KB048673

한국추리문학상
황금펜상 수상작품집

2007~2020 특별판

한국추리문학상

황금펜상 수상작품집

2007~2020 특별판

황세연

김유철

박하익

송시우

조동신

홍성호

공민철

한이

정가일

나비클럽

한국추리문학상 황금펜상 수상작품집을 펴내며

세계 각국에 추리문학을 대표하는 유수의 상들이 있습니다. 추리소설의 종주국이라 자부하는 영미권의 경우에는 한 나라에 여러 종류의 추리문학상이 있기도 합니다. 특히 미국에는 에드거상(Edgar Award)으로 알려진 미국추리작가협회상, 하드보일드 작품을 대상으로 하는 셰이머스상(Shamus Award), 흑인 작가들에게 수여하는 체스터 하임스상(Chester Himes Award) 등이 있습니다. 여기에 성소수자 추리소설을 대상으로 하는 레즈비언미스터리(Lesbian Mystery)와 게이남성 미스터리(Gay Men's Mystery) 부문의 람다문학상(Lambda Literary Award)까지 다양한 부문의 추리문학상이 있습니다. 그리고 영국에는 골든대 거상(Gold Dagger Awards)이 있어 전세계 추리소설계에서 최고 권위를 자랑합니다.

하지만 한국의 경우는 1985년부터 한국추리작가협회에서 주관하는 '한국추리문학상'이 유일합니다. 한국추리문학상을 제정하고 처음에는 최우수 장편상에 해당하는 '대상'과 등단 5년 미만의 작가가 펴낸 장편 추리소설에 시상하는 '신예상'의 두 부문에서만 수상작을 선정했습니다. 그런데 두 부문 모두 장편소설만을 대상으로 하기 때문에 문단과 독자들 양측 모두에서 단편 부문의 신설에 대한 요구가 지속적으로 대두되었습니다. 특히 추리소설의 시작을 알린 에드거 앨런 포의 〈모르그 가의 살인〉이 단편소설이고, 추리소설적인 구성을 가장 잘 드러낼 수 있는 형식이 단편이란 점을 생각하면, 우수한 단편에 상을 수여함으로써 창작 의욕을 고취하는 것은 반드시 필요한 일이었습니다. 이에 따라 2006년 한국추리작가협회 총회에서 본격적으로 발의가 되어, 이듬해 2007년에 한국추리문학상의 최우수 단편 부문인 '황금펜상'이 신설되었습니다.

황금펜상은 전년도 11월부터 해당년도 10월까지 잡지와 단행본 등 각종 지면을 통해 발표된 추리소설 단편을 대상으로 심사를 합니다. 추리소설의 기본 문법에 대한 충실함과 참신한 시도, 문학적 완성도를 기준으로 《계간 미스터리》 편집위원들이 본선에 올릴 후보작을 고르고, '황금펜상 심사위원'을 별도로 위촉하여 본선에 오른 작품들을 최종 심사하고 수상작을 선정하는 방식을 취하고 있습니다.

이후 황금펜상을 수상한 작가들의 행보를 보면 최우수 단편 부문을 신설한 것이 탁월한 선택이었다는 사실이 증명되었습니다. 제1회 수상자인 김유철은 황금펜상 수상 이후 '부산일보' 신춘문예에 당선되고 '문학동네 작가상'을 수상했습니다. 2011년 제5회와 2020년 제14회 수상작을 낸 황세연은 '교보문고 스토리 공모전' 대상과 '한국추리문학상' 대상을 수상하는 등 상복을 이어가고 있습니다. 또한 제4회 수상자인 박하익은 황금펜상 수상작 〈무는 남자〉를 연작 장편 추리소설 《선암여고 탐정단》으로 개작해 동명의 JTBC 드라마로 방영했고, 제6회 수상자인 송시우는 황금펜상 수상작인 〈아이의 뼈〉를 표제작으로 하는 단편집을 출간하고, 장편소설 《라일락 붉게 피던 집》, 《검은 개가 온다》 등을 펴내며 왕성한 활동을 이어오고 있습니다. 연작단편집 《달리는 조사관》은 이요원 주연의 드라마로 방영돼 호평을 받기도 했습니다. 공민철, 정가일, 조동신, 홍성호 역시 장편 추리소설과 단편집을 출간하면서 평단과 독자들의 고른 호평을 받고 있습니다.

이번 2020년 수상작을 선정하면서 2007년부터 황금펜상을 수상한 12편의 작품을 한데 모아 《한국추리문학상 황금펜상 수상작품집 2007~2020 특별판》을 내놓게 되었습니다. 국내외의 독자들을 매혹시킬 추리소설가들의 시작 혹은 통과 지점을 모았다고 자부합니다. 내년 2021년부터는 황금펜상 수상작과 본선에 오른 작품들을 선보이는 《한국추리문학상 황금펜상 수상작품집》을 매년 펴내고, 더 많은 우수한 단편들이 창작될 수 있도록 지원할 예정입니다.

황금펜상을 수상할 더 많은 작가들의 탄생을 고대하며, 중간 결산 지점에 모인 다양한 작품들을 즐겨주시기 바랍니다.

한이

한국추리작가협회 회장

차례

흉가 황세연

심사평 / 백휴 · 정석화

황세연

스포츠서울 신춘문예에 당선하며 소설을 쓰기 시작했다. 소설 몇 권을 출간한 뒤 출판사에 취직해 편집자로 일하다가 회사 합병으로 잘린 뒤 다시 열심히 소설을 쓰고 있다. '교보문고 스토리 공모전' 대상, '한국추리문학상' 신예상과 대상, 황금펜상을 수상했다. 장편 추리소설 《내가 죽인 남자가 돌아왔다》, 《삼각파도 속으로》 등을 출간했다.

"천천히 둘러보시죠."

얼굴이 검은 오십 대 부동산중개인이 마당이 넓어 보이도록 녹슨 파란색 철대문을 양쪽으로 활짝 열었다.

"와! 마당이 전부 꽃밭이네. 하정 씨, 이게 무슨 꽃이지?"

나는 유모차를 밀고 하얀 꽃송이들이 가득한 마당으로 들어서며 뒤따라오는 아내에게 물었다.

"수국."

"수국? 수국이면 꽃이 파란색이잖아?"

"막 피기 시작해서 그럴 거야. 시간이 지나면 파란색으로 변해."

아내의 말을 들은 부동산중개인이 수국 꽃밭 사잇길 한가운데서 발길을 멈추고 돌아섰다.

"수국꽃이 꼭 파란색만 있는 건 아닙니다. 수국은 보통 꽃이 피기 시작할 때는 이렇게 녹색이 약간 들어간 흰 꽃이었다가 점차 연한 청색으로, 이어서 붉은 기운이 도는 자색으로 변하죠. 하지만 토양이 산성일 때는 청색, 알칼리성에서는 붉은색을 띠는 특성이 있죠. 이 동네는 토양이 산성인지 제주도처럼 파란 수국이 많던데, 붉은 꽃을 보고 싶으시면 알칼리성 용액이나 석고가루 같은 걸 뿌리 쪽에 뿌려두시면 됩니다."

마당 한가운데에 서서 수국을 바라보던 아내가 꽃밭 사잇길로 걸어가 금방 쓰러질 것처럼 이쪽 마당을 향해 기울어진 담장 너머로 옆집을 살폈다.

"왜 그래?"

"옆집에는 누가 사나 싶어서…. 집을 살 때는 이웃에 어떤 사람들이 사는지 보는 것도 중요해."

"부부싸움하다가 가스통 터트리는 그런 사람이라도 살까봐?"

"하하. 옆집에는 노부부가 수년째 살고 있습니다. 꽤 점잖은 분들입니다. 다만, 재개발만큼은 반대한다더군요. 노인들 특성이 대부분 살던 집에서 그냥 살려고 하잖아요. 얼마 전에 어떤 외지인이 전화로 저집을 비싸게 사겠다고 했는데, 한마디로 거절했다더군요. 자, 안으로 들어가시죠."

현관문을 열고 어두컴컴한 실내로 들어간 중개인이 문이 활짝 열려 있는 방들을 돌아다니며 전등 스위치를 눌러 집 안을 환하게 밝혔다.

꽤 낡은 집이었다. 거실의 마룻바닥은 여기저기 틈이 벌어져 있었고, 하얀색 벽지도 곳곳이 누렇게 변색되어 있었다.

"헤헤. 이 동네는 집들이 다 이렇습니다. 곧 재개발될 거라는 기대감에 수리하지 않고 살아서…."

"집이 얼마나 비어 있었다고 했죠?"

아내가 물었다.

"14개월요."

"보일러는 잘 돌아가나 모르겠네?"

"사모님, 집을 정말 잘 고르신 겁니다. 이 일대에 이렇게 싼 집은 없습니다. 급급매물입니다. 집주인은 이 집을 하루라도 빨리 팔고 싶어 하고, 사모님은 바로 들어오고 싶어 하시니 조건도 딱 맞는군요."

"이 집 주인은 이 집을 언제 샀대요?"

아내가 다시 물었다.

"2년 조금 더 됐을 겁니다."

"그 전 집주인은 누군지 모르시고요?"

"저야 모르죠. 그런데 그런 걸 왜…?"

"그냥 궁금해서요."

"어떻습니까?"

중개인이 아내의 표정을 살피며 물었지만, 아내는 거실 유리창을 통해 수국 가득한 마당을 내다볼 뿐 대답하지 않았다.

"다른 집들도 좀 보여드릴까요?"

"아뇨, 전 이 집을 사고 싶어요."

거실과 안방만 대충 둘러본 아내가 먼저 현관 밖으로 나갔다.

나는 세 살배기 아들 은조를 안은 채 집 안을 조금 더 둘러본 뒤 아내를 따라 밖으로 나갔다.

"그럼, 두 분이 상의해 보시고 연락 주세요."

내가 이 집을 탐탁지 않게 생각한다는 걸 눈치챈 중개인이 녹슨 철 대문을 잠근 뒤 먼저 자리를 떴다.

중개인의 모습이 사라지길 기다리던 내가 아내를 향해 돌아섰다.

"하정 씨, 이런 집에서 은조 데리고 살아도 괜찮겠어? 생각보다 오래 살아야 할 수도 있어. 아직 사업 시행인가도 안 났잖아."

"아이참! 이게 다 은조 때문에 이사하려는 거라니까!"

아내의 목소리에 짜증이 묻어났다.

"자기야, 이런 집에서 안 살면 언제 돈 벌 거야? 재개발만 돼봐. 몇 억은 그냥 굴러떨어져. 글 써서 언제 몇억 모을래? 지금 같으면 돈을 모으기는커녕 겨우 먹고사는 거잖아. 은조는 무슨 돈으로 키우고 가르칠 거야?"

"그래도 그렇지…."

"다른 건 생각 말고 은조만 생각해. 돈이 있어야 자기가 그리 애지

중지하는 우리 은조를 남부럽지 않게 키울 거 아냐?"

"알았어…. 그럼, 바로 계약할 거야?"

"그래야지. 우리가 미적거리는 사이에 누가 채가면 어떡해."

"14개월이나 비어 있던 집을 누가 갑자기…?"

"세상일이란 모르는 거야. 내일 갑자기 사업 시행인가가 나기라도 해봐. 집주인이 집을 팔려고 하겠이?"

아내는 마음이 급한지 곧바로 휴대전화를 꺼내 들었다.

"집이 왜 14개월이나 비어 있었던 거예요?"

아내가 볼펜으로 계약서의 빈칸을 채우며 예순 살쯤 돼 보이는 집 주인 여자에게 물었다.

"세입자가 이사 온 지 얼마 안 돼 갑자기 급한 사정이 생겼다며 이사 가겠다고 하더라고요. 사정이 딱한 듯하여 결국 내 돈으로 전세금을 빼줬는데, 재개발 예정 주택이라 세입자 구하기가 어려워 판매로 돌린 거예요."

"이 집에 직접 사신 적은 없으세요?"

"예. 우린 집 사서 세만 한 번 놨어요."

"혹시 전 집주인은 어떤 사람인지 아세요?"

"거기 등기부등본에 나와 있을 텐데요. 부천에 사는 칠십 대 할아버지. 그분 아들 내외가 몇 년 살다가 어디로 이사 간 뒤 사정이 있어서 몇 년 비워뒀다가 파는 거라고 하더라고요."

"몇 년씩이나 집이 비어 있었다고요? 왜요?"

아내와 집주인의 이야기를 가만히 듣고 있던 내가 갑자기 끼어들며 물었다.

"글쎄, 그런 사정까지야 내가 어떻게…."

"혹시 집터가 안 좋은가?"

"예에?"

집주인이 황당하다는 표정으로 나를 쳐다봤다.

한 달 후, 잔금을 치르고 열쇠를 받아든 우리 가족 세 사람은 점심도 거른 채 곧장 새집으로 향했다. 이삿짐 차가 도착하기 전에 집 안 청소를 마쳐야 했다.

"와! 정말 수국꽃이 파란색으로 변했어. 어? 이거 봐, 하정 씨. 붉은 꽃도 있어. 토양 대부분이 산성인데 저기만 알칼리성인가봐."

내 말에 아내가 발길을 멈추고 파란 수국 한쪽에 탐스럽게 피어 있는 붉은 수국을 한참 동안 쳐다봤다.

"읍! 자기야, 이게 무슨 냄새지?"

청소도구를 들고 먼저 현관 안으로 들어선 아내가 인상을 찌푸렸다. 정말 안에서 뭔가가 썩는 듯한 냄새가 진동했다.

"전에는 이런 냄새 안 났는데? 하수구에서 올라오는 냄샌가?"

신발을 신은 채 안으로 들어간 나는 거실 창문부터 활짝 열어놓고 안방 방문을 열었다.

"어? 이거 뭐야? 전에 집 보러 왔을 때도 이랬었어?"

안방 문 가운데 부분이 유화 물감을 아무렇게나 덧칠해 놓은 것처럼 울퉁불퉁했다. 방문 앞쪽뿐만 아니라 뒤쪽도 마찬가지였다.

나를 따라 방문 양쪽을 살펴본 아내도 인상을 찡그렸다.

"왜 이렇지? 전에 집 보러 왔을 때는 문이 활짝 열려 있어서 자세히 안 봤는데…."

오래전에 누군가가 방문 가운데를 주먹이나 망치 등으로 때려서 커다란 구멍을 뚫은 뒤 나중에 석고로 메우고 페인트칠을 한 흔적이었다. 전문가가 아닌 집주인이나 세입자가 수리한 솜씨였다.

나는 다른 방의 방문들도 살펴보았다. 화장실, 문간방, 작은방의 방문들도 모두 다 석고를 칠해 수리한 크고 작은 흔적들이 있었다.

"도대체 누가 이런 거야? 설마 부부싸움하다가…? 완전 사이코패스가 살았나보네."

"세상 살다 보면 별 미친놈들 다 있어. 아이구, 이제 어쩔 수 없으니 신경쓰지 마세요, 서방님. 대충 살다가 재개발되면 새 아파트로 이사 갑시다. 자, 청소 시작!"

화장실에서 걸레를 빨아 들고나온 아내는 현관 신발장부터 청소하기 시작했다.

그런데 몇 분도 안 지나서 아내의 날카로운 비명이 또 들려왔다.

"어머나! 웬 칼이야?"

"무슨 칼?"

현관으로 달려가 보니 신발장 위쪽 깊은 곳에 시뻘건 무쇠 칼 하나가 놓여 있었다.

"자기야, 저거 피 아니지?"

"아냐, 녹이야. 전에 살던 사람들이 두고 간 칼이야. 미신 때문에."

"미신?"

"칼을 두고 가는 건 이 집과 얽혀 있는 나쁜 악연을 끊고 이사 간다는 의미야."

"악연?"

"그냥 미신일 뿐이야. 칼을 두고 간다고 어디 불행을 잘라낼 수 있겠어? 하정 씨는 가톨릭 신자잖아. 전혀 신경쓸 거 없어."

"참, 별 같잖은 미신을 믿는 사람도 다 있네."

이사 와서 처음 잠을 자는 밤이었다. 이삿짐 정리하랴, 청소하랴, 몹시 피곤했지만 집이 낯설어서인지 쉽게 잠이 오지 않았다.

새벽 한 시쯤 잠들었을 것이다.

댕! 댕! 댕!

세 번의 희미한 종소리. 거실 디지털시계의 종소리였다.

눈을 뜨니 창을 통해 들어오는 빛에 의해 천장이 뿌옇게 보였다. 갑자기 에어컨 바람이라도 불어오는 것처럼 이불 밖으로 내놓은 두 다리에 서늘한 기운이 감돌더니 천장에 검은 점 하나가 어른거렸다. 습자지에 검은 먹물이 번지듯 그 점이 점점 커졌다. 1미터 정도 크기로 번진 검은 점에서 끈적한 액체 같은 것이 내 얼굴을 향해 길게 흘러내리기 시작했다. 아니, 그건 액체가 아니라 긴 머리카락이었다. 머리카락 한올 한올이 실뱀처럼 꿈틀거렸다. 검은 머리카락에 이끌려 허연 얼굴이 천장 속에서 스며 나왔다. 허연 구더기가 득실거리는 검은 얼굴이었다. 눈동자가 없었다. 두 개의 검은 구멍이 있을 뿐이었다. 살이 썩는 지독한 냄새. 썩은 피부에서 박탈된 머리카락, 머리카락을 타고 흐르는 진물과 꿈틀대는 구더기가 내 얼굴을 향해 툭툭 떨어져 내렸다.

"으흐흡-."

공포에 질린 나는 악착같이 몸을 움직이려 했지만, 조금도 움직일 수가 없었다. 온몸이 끈적끈적하게 녹아서 침대에 찰싹 달라붙은 것만 같았다.

썩은 얼굴이 점점 내려와 내 얼굴을 들여다봤다. 썩은 얼굴에서 줄줄 흘러내리는 부패액과 꿈틀대는 구더기들이 반쯤 벌린, 다물 수 없는 내 입안으로 툭툭 떨어져 내렸다. 구더기들이 꼭 조이고 있는 목구멍을 간질이고 악취가 풍기는 썩은 물이 목구멍 속으로 흘러들어가려고 했다. *끄윽-. 끄윽-.*

"아하합!"

마비된 근육을 움직이려고 갖은 애를 쓰다가 비명을 지르며 잠에서 깼다. 드디어 몸이 움직였다.

댕! 댕! 댕!

가위눌리기 전에 들었던 것과 같은 세 번의 희미한 종소리가 다시 거실에서 울렸다.

건조한 입안이 거칠거칠했다. 입안에 뭔가가 있었다. 혀와 손가락으로 더듬어 잡히는 걸 *끄*집어냈다. 아내의 긴 머리카락이었다.

몸을 일으키며 옆을 살폈다. 아내는 화장실에 갔는지 없었다. 침대에서 내려가 옆의 이동식 간이침대를 살폈다. 창을 타고 들어오는 희미한 가로등 불빛에 천사처럼 평화롭게 잠들어 있는 아들 은조의 모습이 보였다. 이유를 알 수 없는 막연한 불안감이 스르르 사라졌다. 악몽을 꾸고 가위에 눌렸을 뿐이었다.

우편물을 부치고 돌아오는데 칠십 대 후반쯤의 노인이 우리 집 대문 앞에 서서 안쪽을 살피고 있었다.

"누구시죠?"

노인이 급히 대문에서 물러났다.

"아, 지나가다가 그냥…. 저, 여기 사슈?"

말투에 충청도 사투리가 섞여 있었다.

"그런데요?"

"이런 집은 얼마나 하나유?"

집을 보러 다니는 사람 같았다.

"재개발 주택 사시게요?"

"꼭 그런 건 아니구, 옛날 생각이 나서 한번 살펴봤슈. 예전에 내가 저쪽 금화부동산 옆에서 슈퍼를 했었거든유."

그 말을 듣는 순간 나는 어젯밤의 악몽과 함께 하나의 질문이 떠올랐다.

"예전에 이 집에 어떤 사람들이 살았는지 아세요?"

"언제유?"

"어르신이 여기서 슈퍼 하실 때요."

"그때는 어떤 젊은 부부가 살았었는디…. 왜유?"

"요즘 제가 같은 악몽을 반복해 꾸는데, 이 집에 무슨 사연이 있나 싶기도 하고…?"

"악몽유? 무슨 악몽?"

노인이 호기심을 보였다.

"무서운 귀신 꿈요."

"남자 귀신인가유, 여자 귀신인가유?"

"여자 귀신요."

"그, 그래유….'

내 대답에 실망이라도 한 것처럼 노인의 목소리가 작아졌다.

"어르신 슈퍼 할 때 이 집에 어떤 사람들이 살았었죠?"

"젊은 부부였는디…. 동거하는 사람들 같기도 허구. 내가 무거운 생수 같은 걸 배달하러 이 집에 종종 들르곤 했었쥬. 지금 살아 있으믄 한 사십 대 중반쯤 되었을 텐디. 7년쯤 전인디."

"혹시 죽었나요?"

"죽은 건 아니구, 어느 날 갑자기 두 부부가 몸만 감쪽같이 사라졌슈….'

노인이 말꼬리를 흐리며 내 표정을 살폈다. 이 집에 살고 있는 사람에게 말하기 껄끄러운 이야기 같았다.

"몸만 사라지다니, 어디로요?"

"글쎄, 어디로 사라졌는지는….'

"자세히 좀 말씀해 주세요."

내 재촉에 노인은 어쩔 수 없다는 듯이 다시 이야기를 시작했다.

"하여튼 그 부부가 사라진 뒤, 이 집 거실에서 누구 혈흔이 좀 발견되었다며 형사들이 긴 쇠꼬챙이로 온 집 안을 찌르고 다니고, 개를 끌고와서 마약이라도 찾듯 냄새를 맡게 하고, 마당 이곳저곳을 파헤쳤쥬."

"그래서 뭘 찾아냈죠?"

"아니, 아무것도 못 찾았다고 하더라구유. 형사들이 손을 뗀 뒤에는 실종자 가족들이 나서서 인부 여러 명을 고용해 화단 벽돌까지 허물어가며 마당이고 어디고 팔 수 있는 곳은 다 파보고, 정화조 속까지 샅샅이 뒤졌는디 결국 아무것도 안 나왔슈."

나는 속으로 안도했다. 이 집에서 살인사건이 벌어졌고 집 안 어딘가에 시체가 숨겨져 있었다면 사는 내내 찜찜할 터였다.

"이 집에서 누구의 시체도 나오지 않고 두 부부의 행적도 여전히 묘연하자 사람들은 남편이 아내를 죽여서 바다에 버리고 투신자살했다고 하기도 하고, 아내가 바람을 피우다 들키자 정부와 함께 남편을 죽인 뒤 시체를 어딘가에 버리고 해외로 밀항했다고 하기도 하고…. 하여튼 두 사람은 실종 상태였다가 끝내 나타나지 않아 사망으로 처리되었다는 것 같어유."

노인은 말을 하면서 계속 우리 집 쪽을 힐끔거렸다.

"아, 그래서 집이 5년 동안이나 비어 있었던 거군요?"

"아마 그랬을 거유. 근디, 이사는 언제 왔슈?"

"일주일쯤 되었습니다."

노인이 고개를 끄떡였다.

"아내가 몇 살인가유?"

"서른여덟입니다."

노인이 생각하는 표정으로 다시 고개를 끄떡였다.

"유모차가 있든디 애는 몇 살이유?"

"우리 나이로 네 살입니다. 왜요?"

노인이 꼬치꼬치 캐묻자 나는 막연한 불안감이 생겼다.

"내가 요즘 사주를 공부 중인데 궁합이 어떤가 한번 따져봤쥬. 나쁘지 않네유. 잘살규!"

노인이 자리를 뜨고 나서 집 안으로 들어서니 무너질 듯이 기울어진 담장을 쇠파이프 몇 개가 받치고 있었고, 못 보던 삽과 곡괭이가 마당에 놓여 있었다.

내가 쇠파이프로 괴인 담장을 살피고 있는데 아내가 밖으로 나왔다.

"이거, 하정 씨가 한 거야?"

"화단을 손질하려 했더니, 담이 무너질 것 같잖아. 깔리거나 다치면 어떡해. 철물점에 얘기해서 기둥을 사다가 받쳤어. 아저씨가 재료비만 받고 공짜로 작업해 주기에 고마워서 앞으로 필요할 것 같은 연장을 추가로 샀어."

"그래, 잘했어. 그렇잖아도 내가 하려던 참이었는데….”

"자기가? 형광등 하나 못 갈아 끼우시는 분께서?"

아내가 입술을 삐죽 내밀어 보이며 농담을 했다.

"좀 전에 집 앞에서 궁합 보는 노인을 만났는데, 우리가 이 집에서 잘살 거래."

"그게 무슨 말이야?"

나는 아내에게 조금 전에 만난 노인에 관해 이야기했다. 순간 아내의 표정이 차갑게 굳었다. 아내가 대문을 열고 밖으로 나가 골목을 살폈다. 하지만 노인은 이미 사라지고 없었다.

"어떻게 생긴 노인인데?"

"그냥 평범한 칠십 후반쯤 되는 노인. 충청도 사투리를 쓰던데."

"아니, 누군 줄 알고 그런 사람하고 말을 섞어? 우리 집안에 대해서 세세히 얘기한 거야?"

"아, 아니…. 그냥, 하정 씨 나이하고 우리 은조 나이 묻기에 별것도 아니고 해서 대답했을 뿐이야."

"아이참! 그 사람이 도둑놈인지, 유괴범인지, 뭐 하는 사람인지도 모르면서 왜 그런 걸 알려줘. 예전에 이 동네에서 잠자던 아기 두 명이 감쪽같이 사라진 사건 몰라?"

"그런 사건이 있었어? 나쁜 사람으로 보이지는 않던데?"

"범죄자들이 얼굴에 범죄자라고 쓰고 다녀? 오히려 평범하고 착해 보이니까 사람들이 방심하다가 당하는 거야."

처음 방문한 동네 치킨집에서 우리 가족이 저녁 대신 치킨을 먹고 있는데 지나가던 사십 대 여자가 창을 통해 아내를 발견하고 안으로 들어왔다.

"호정이? 호정이 맞지? 어휴, 이게 얼마 만이야!"

"저는 동생, 하정이인데요."

여자가 못 믿겠다는 듯이 눈을 크게 뜨고 아내의 얼굴을 살폈다. 여자는 아내의 입가에 있는 검은 점을 잠시 쳐다보다 다시 활짝 웃었다.

"이런! 하정이구나! 너무 오랜만이라…. 나이 먹고 살 찌니 예전 언니 모습하고 똑같네. 7년 만인가, 8년 만인가? 언니는 요즘 어떻게 지내?"

"잘 지내요, 부산에서."

"나는 언니가 다시 이사 왔나 했지. 아쉽네, 떠날 때 작별인사도 못 했는데. 언니 보면 안부 전해줘."

여자가 자리를 뜨고 나자 아내가 낮게 중얼거렸다.

"재수 없게!"

"누군데 그래?"

"예전에 언니랑 헬스 같이 다니던 사람."

"언니? 어떤 언니?"

"언니가 있었는데 죽었어. 예전에, 사고로."

나는 안됐다는 표정을 지었다. 아내는 부모형제는 물론 가까운 친척조차 없었다.

"저 여자, 언니와 친하게 지냈던 거 같은데 언니가 죽은 사실도 모르는 거야?"

"그럴 사정이 있어. 언니가 빚이 많아서 잠적했다가 갑자기 죽었거든. 구질구질한 이야기 하기 싫어서 대충 둘러댄 거야."

나는 더 묻지 않았다. 아내는 가족 이야기가 나오면 늘 표정이 어두워졌다.

또 새벽 세 시에 시계 종소리를 들으며 가위에 눌렸다. 같은 귀신이었다.

소변이 급한데 빼꼼히 열려 있는 화장실 문틈 사이로 불빛이 새어

나왔다. 안에 아내가 있었다.

나는 거실 소파에 앉아 화장실에서 아내가 나오길 기다렸다. 하지만 십여 분이 지나도록 아내는 화장실에서 나오지 않았고 어떤 소리도 나지 않았다.

화장실로 다가간 나는 열린 문틈으로 안을 들여다봤다. 아내가 거울 앞에 서서 뭔가를 하고 있었다. 아내 앞에 검은 액체가 든 작은 접시가 놓여 있는 것이 얼핏 보였다. 이 밤중에 화장이라도 하고 있는 거야 뭐야? 아내가 손에 든 바늘로 입술을 찔러대는 것이 보였다. 놀란 나는 급히 인기척을 냈다.

"이 밤중에 뭐 하는 거야?"

아내가 돌아보는 순간 화장실 문이 쾅 닫혔다. 안에서 아내의 당황한 듯한 목소리가 흘러나왔다.

"점, 점이 마음에 안 들어서⋯."

아내는 입꼬리 옆의 점을 바늘로 파내고 있던 모양이었다.

"뭐? 복점이라더니, 한밤중에 자다 말고 왜? 점을 빼려면 병원에 가야지. 덧나면 어쩌려고 그래?"

"아, 짜증나게 하지 말고 가서 자!"

아내의 신경질에 나는 마당으로 나가서 붉은 수국을 향해 성난 오줌줄기를 갈겨댔다. 그러면서 생각했다. 오늘이 며칠이더라? 역시 15일의 새벽이었다.

내가 아내를 만난 것은 7년 전 늦여름 어느 날 새벽이었다. 여자가 술에 취해 길에 쓰러져 있는 것을 발견한 나는 그냥 둘 수 없어 파출소로 데려갔고, 여자가 정신을 좀 차릴 때까지 옆을 지켰다. 정신을 차린 여자는 주민등록증의 나이보다 좀 더 들어 보이는 얼굴이긴 했으나 이목구비가 뚜렷한 미인이었다.

여자는 당시 '다비치'라는 필명으로 로맨스 소설을 쓰는 작가였다. 전자책 쪽에서는 이름이 꽤 알려져 있었다. 나도 추리소설을 쓰는 소설가인지라 대화가 잘 통하는 편이었다. 우리는 만난 지 일 년도 안 돼 결혼했다. 아내는 결혼에 회의적인 것 같았지만, 나는 아내를 놓치고 싶지 않았다.

하지만 우리의 결혼 생활은 낭만적일 거라는 내 예상과 달랐다.

습관적으로 술을 마시는 아내는 결혼 전에 내가 알고 있던 것보다 훨씬 주사가 심했다. 또 조울증이 있어 약을 먹고 있었다. 아내는 매월 15일 전후로는 성난 헐크가 되었다. 결혼 초, 아내가 별것도 아닌 일로 크게 화를 내고 자신의 분을 이기지 못해 집 안의 물건들을 닥치는 대로 집어 던질 때면 나는 아내의 인성이 원래 그런가보다 했다. 그런데 곧 주기가 있음을 깨달았다. 하지만 생리증후군은 아니었다. 다른 주기였다.

다행히 아내는 임신을 하자 술을 끊었고, 아이를 낳고는 조울증과 헐크증후군도 거의 사라졌다. 아이에 대한 사랑 때문에 몸의 호르몬이 바뀐 것 같았다.

그런데 이 집으로 이사 오고 나서 아내는 다시 예전으로 되돌아가려는 듯한 조짐이 보였다.

집터가 안 좋은가?

아내는 한 시간쯤 지나서 화장실에서 나왔다. 입꼬리 옆에 동그란 습윤밴드를 붙이고 있었다.

오랜만의 서울 나들이였다. 소설을 출간하기로 한 출판사 사람들과 저녁 약속이 있어서 부랴부랴 집을 나서는데 집 앞의 대로변에 못 보던 커다란 플래카드가 걸려 있었다.

월영시 4구역 사업 시행인가를 축하드립니다.

신속한 사업추진을 기원합니다.

－GX건설 임직원 일동

나는 다시 집으로 뛰어들어갔다.

"하정 씨! 하정 씨!"

"왜 그래?"

입가에 습윤밴드를 붙인 아내가 화장실에서 얼굴을 내밀었다.

"드디어, 재개발 사업 시행인가가 통과됐나봐. 저기 커다란 플래카드가 걸려 있어."

"정말?"

아내가 못 믿겠다는 듯이 슬리퍼를 신고 밖으로 뛰어나갔다. 나는 은조를 안은 채 아내를 뒤따랐다.

아내는 한참 동안 플래카드를 올려다봤다.

"우리 곧 새 아파트로 이사 갈 수 있는 거지?"

아내는 아무런 대꾸도 없이 얼굴을 찡그리고 있었다.

"왜 그래?"

"두통이 좀 있어서."

"우리 축하파티해야지. 들어올 때 맥주하고 치킨 사 올게. 은조야, 우리 저녁에 파티하자."

"1차만 하고 빨리 와야 해."

하지만 술을 좋아하는 나는 출판사 관계자들과 2차, 3차를 갔고 새벽 두 시쯤 맥주를 사 들고 집 앞에 도착했다. 열쇠로 대문을 열려고 했지만 열리지 않았다. 안쪽에 걸쇠가 걸려 있었다.

초인종을 눌러댔다. 계속 대답이 없었다.

아내에게 전화를 걸었지만 역시 받지 않았다.

"하정 씨, 문 좀 열어!"

까치발을 하고 불이 켜져 있는 집 안을 향해 고래고래 소리쳤다. 철대문을 쾅쾅 두드려댔지만 아내는 어떤 반응도 하지 않았다.

도가 지나치다 싶어 화가 나다가 슬슬 불안한 마음이 생겼다.

'혹시 무슨 일 있는 건 아니겠지?'

대문을 넘어가려고 하는데 현관문 열리는 소리가 났다.

"야, 이 개새끼야! 지금 몇 신데 누가 반긴다고 집구석에 기어들어와?"

기습적으로 날아온 아내의 날카로운 목소리에 나는 머릿속이 하얗게 변했다. 오랜만에 또 전쟁이 시작된 것이다. 그제야 나는 오늘이 15일이라는 걸 깨달았다.

"씨팔! 돈도 못 버는 새끼가 어디서 굴러먹다가 이제 들어오는 거야! 엉?"

대문이 열렸다. 나는 바짝 긴장한 채 일부러 헤헤거리며 안으로 들어섰다.

"미안! 많이 기다렸지? 오늘 무지 즐거운 날이잖아. 재개발 시행인가도 났고, 책도 계약했고. 출판사 사람들이 앞으로도 계속 같이 책 내자며 싫다는데도 막 술을 사주는데 어떻게 마다해…. 헤헤, 여기 술 사 왔어. 하정 씨가 좋아하는 비싼 금징어하고. 들어가서 한잔 더 하자. 헤헤."

나는 아내에게 비굴한 웃음을 흘리며 술병이 든 봉지를 들어 보였다. 순간 아내가 술병 봉지를 낚아채서 해머던지기를 하듯 휘둘러 다 쓰러져가는 시멘트 담벼락에 내동댕이쳤다. 퍽!

나는 화가 치솟아 올랐으나 꾹 참았다.

"어휴, 아까운 술! 하정 씨도 이미 한잔했구나, 그치? 들어가서 이야기하자."

나는 아내의 손목을 잡아 집 안으로 끌고 들어갔다.

"놔, 놔! 이 개새끼야! 이 더러운 손 치워!"

아내가 몸부림치며 손톱으로 내 팔을 할퀴었다.

"에이, 조용히 좀 해. 누가 보면 내가 바람이라도 피우다 들어온 줄 알겠네."

집 안으로 들어서니 은조는 현관에 서서 울고 있었고, 예상대로 거실에는 맥주병과 소주병이 널려 있었다.

겁먹은 은조를 안고 있는 나에게 아내는 갖은 욕을 해댔고 심지어 술병까지 집어던졌다. 내가 머리를 숙여 겨우 피하자 그대로 날아간 병이 현관문 유리를 깼다. 아내는 그 이후로도 횡설수설하며 한참 동안 혼자서 악을 쓰다가 제풀에 지쳐서 잠들었다. 나는 이성을 잃은 아내를 볼 때면 아내가 정신병, 또는 사이코패스 기질이 있는 게 아닌가 하는 생각이 들곤 했다.

"으으, 하정아 미안해. 으으으…."

이건 또 뭐야? 아내가 자기 이름을 불러가며 잠꼬대를 했다. 악몽이라도 꾸는 건가?

은조가 색연필로 그림 그리는 것을 지켜보던 나는 깜짝 놀랐다. 단순하고 조잡한 그림이었지만 나는 그 그림이 무엇인지 단번에 알아봤다. 긴 머리를 한 여자가 거꾸로 그려져 있었다. 반복되는 내 악몽 속의 여자 귀신과 닮아 있었다.

"이게 누구야?"

"아줌마."

"아줌마 누구?"

"밤에 아줌마."

나는 온몸에 소름이 돋았지만 침착하려고 노력했다.

"왜 사람을 거꾸로 그렸어?"

"꺼꾸로 다녀."

그러면서 은조가 작은 손가락으로 천장을 가리켰다. 뭔가 막연한 불안감이 치밀어 오르며 온몸에 소름이 돋는 것 같았다.

"아빠, 가려워."

은조가 손을 등뒤로 뻗어 엄지로 등을 긁었다.

"어디가?"

나는 은조의 상의를 위로 끌어올렸다.

"어, 뭐야?"

은조의 등과 배가 온통 울긋불긋했다.

"하정 씨, 애 왜 이래?"

부엌에 있던 아내가 달려와 은조의 피부를 살폈다.

"아토핀가?"

"아토피는 건조한 겨울에 생기는 거 아냐?"

"아냐. 여름에 습도가 높아도 생겨."

"없던 아토피가 왜…? 이 집이 새집도 아닌데?"

말을 하며 거실 벽과 천장을 살펴보는 내 눈에 뭔가 평범하지 않은 게 들어왔다. 천장과 벽이 만나는 부분에 검은 얼룩이 있었다. 좀 전에 은조가 손가락으로 가리킨 곳이었다.

나는 식탁 의자를 가져다 놓고 올라가서 벽지의 검은 부분을 살폈다. 습기 때문인지 벽지의 이음매 부분이 넓게 벌어져 있는데 안이 온통 새까맸다.

손톱으로 벌어진 벽지 한쪽을 잡고 살짝 잡아당기니 습기 먹은 벽지가 썩은 바나나 껍질처럼 주욱 벗겨지며 새까만 곰팡이로 가득한 벽면이 드러났다. 곰팡내가 진동했다.

"아이구, 벽이 온통 썩었어! 이러니 애한테 아토피가 안 생기겠어? 집 안에서 풍기는 이상한 냄새가 바로 이 냄새였나봐. 우리 은조, 폐병 걸리겠다."

집을 수리하는 동안 우리 가족은 여관에서 생활하기로 했다.

"하정 씨, 하는 김에 수도관하고 온수관도 교체할까?"

여행용 가방에 은조 장난감들을 챙겨 넣던 내가 옷을 챙기고 있는 아내에게 물었다.

"왜?"

"며칠 전에 수도꼭지에서 머리카락 나온 이야기 했잖아."

며칠 전, 은조를 욕조에 앉혀놓고 잠깐 나갔다 돌아오니 은조의 손에 검은 머리카락이 한 움큼 쥐어 있었다.

"이거 뭐야? 아이 찌찌!"

은조가 손가락으로 욕조 수도꼭지를 가리켰다.

"저기 찌찌."

수도꼭지를 살펴보니 검은 머리카락 몇 올이 밖으로 삐져나와 있었다. 머리카락을 잡고 당겨보았다. 수도꼭지 안 어딘가에 걸렸는지 좀처럼 끄집어낼 수가 없었다. 수돗물을 조금 틀고 잡아당겼다. 막힌 하수구에서 머리카락 꺼낼 때처럼 긴 머리카락 뭉텅이가 줄줄 끌려 나왔다.

"에이! 어떻게 수도관 속으로 사람 머리카락이 들어가? 은조가 욕실 바닥에 뭉쳐 있는 내 머리카락을 집어서 수도꼭지 속으로 밀어 넣으려던 거겠지. 은조, 구멍만 보면 무엇이든 가져다 밀어 넣으려고 애쓰는 어린애잖아."

"그래도 뭔가 찜찜해."

"아냐. 이번에는 그냥 벽지와 옥상 방수 처리만 하고 끝내. 곧 헐릴 집인데 돈 많이 들이는 것도 아깝고. 또 언제까지 애하고 여관에서 지낼 거야? 새집으로 이사 갈 때까지만 꾹 참고 살자고."

"알았어⋯."

"아, 그리고, 작업할 때 꽃밭 망가지지 않게 조심하라고 인부들에게 단단히 일러둬. 이 집의 유일한 장점인 저 꽃밭마저 망가지면 안 되잖아."

"혹시 재개발 전에 이사 갈 생각 있는 거야?"

"그런 건 아닌데, 사람 일이란 모르는 거잖아. 갑자기 집 팔고 이사 갈 일이 생길지 어찌 알아."

집 근처의 여관을 잡아 아내와 은조를 머무르게 하고 나 혼자 집으로 돌아왔다.

돈을 아낄 요량으로, 내가 할 수 있는 일은 직접 하기로 했다. 인부 한 명을 고용해 둘이서 살림살이를 작은 방으로 옮겨 쌓아두었다. 다른 방들을 먼저 도배한 뒤 그 방은 나중에 나 혼자 도배할 생각이었다.

벽지를 뜯어내니 벽과 천장이 온통 검은 곰팡이로 뒤덮여 있었다.

"어휴, 연탄창고네."

한숨이 절로 나왔다. 마스크를 쓰고 비로 벽을 쓸어내고 물걸레로 닦아댔다. 닦아도 닦아도 검은 곰팡이가 걸레에 끝없이 묻어났다. 곰팡이 청소가 끝난 뒤 누수를 잡기 위해 옥상 청소를 하고 방수 페인트를 사다가 칠했다. 며칠 뒤 페인트가 마르면 한 번 더 칠해야 했다.

벽지를 뜯어낸 벽이 마르고 옥상 페인트가 건조되는 며칠 동안은 달리 할 일이 없었다. 통풍이 잘되도록 집 안의 창문들을 활짝 열어놓고 기다리면 되었다.

운이 없게도 다음 날 밤, 비가 내렸다.

"우리 집 괜찮을까?"

아내의 한마디에 나는 새벽 두 시 삼십 분쯤 여관을 나섰다.

집 앞의 좁은 골목에는 가로등조차 없었다. 우산을 쓴 채 휴대전화 라이트로 비추며 열쇠를 꺼내 대문을 열었다.

"어?"

거실과 안방에 불이 켜져 있었다. 또 활짝 열려 있어야 할 창문들이 모두 닫혀 있고 커튼까지 쳐져 있었다.

불이야 저녁때 내가 집을 둘러보고 나서 끄는 것을 잊었을 수 있지만, 창문이 모두 닫혀 있고 커튼이 쳐져 있는 것은 극히 이상한 일이었다. 분명 저녁때까지는 창문들이 모두 활짝 열려 있었다. 귀신 꿈을 꿀 때처럼 온몸이 오싹해졌다.

'혹시 내가 잘 때 아내가 왔다 갔나?'

휴대전화의 라이트를 끄고 현관문을 향해 조심스럽게 발걸음을 옮겼다. 대문을 통과하느라 접었던 우산을 반쯤 펼쳐 쓴 채 꽃밭 사이를 조심스럽게 걸어가는데 발에 뭔가가 차였다. 삽이었다. 집어 들었다.

곡괭이도 같이 있었는데 곡괭이는 아내가 치웠는지 보이지 않았다.

삽자루를 움켜쥔 채 현관 앞에 서서 집 안을 향해 귀를 기울였다. 거세게 쏟아지는 빗소리뿐 어떤 소리도 들려오지 않았다.

우산을 한쪽에 세워두고 현관문을 조심스럽게 잡아당겼다. 단단히 잠겨 있었다. 조금 안심이 되었다.

열쇠를 꽂아 돌려서 현관문을 조금 열고 문틈으로 안을 살폈다. 조용했다. 문을 천천히 열며 안을 살폈다. 벽지를 모두 뜯어놓은, 가구 하나 없는 집 안 몰골이 폐가처럼 험악했다. 역시 어떤 인기척도 없었다.

문을 활짝 열고 안으로 들어섰다. 일부러 큰 소리를 냈다.

"무슨 놈의 비가 이리 거세게 내리는 거야, 젠장!"

나는 들고 있던 삽을 더욱 단단히 움켜쥐며 신발을 벗은 뒤 거실로 들어섰다.

텅 빈 거실을 한번 둘러보고 나서 불이 켜진 안방 문을 열었다.

헉! 안방 바닥에 큰 구멍이 뚫려 있었다. 그 구멍이 내 눈에 들어오는 순간 뭔가가 내 머리를 스치고 지나갔다. 쿵! 삽을 치켜들며 옆을 돌아보니 노인이 벽을 찍은 곡괭이를 다시 치켜들고 있었다. 전에 집 앞에서 우리 가족들에 관해 물었던 그 노인이었다.

"뭐, 뭐야?"

나는 뒤로 주춤 물러서며 노인을 향해 삽날을 겨눴다.

노인이 곡괭이를 치켜든 채 일정한 거리를 유지하며 뒷걸음치는 나를 따라 거실로 나왔다.

"내 아들을 죽인 원수! 내 아들 어딨어?"

"도대체 무슨 말이야?"

"이 집으로 다시 돌아오다니, 뻔뻔하기도 하지. 너하고 그년하고 공모해서 내 아들 죽였잖여! 너희들이 다시 돌아온 걸 보면 분명 내 아들은 이 집 어딘가에 있어! 어딨냐구?"

"무슨 뜬금없는 헛소리야? 미쳤어?"

나는 노인이 미쳤다고 생각했다. 어쩌면 중증 치매 환자일 수도 있었다. 상대가 나보다 힘이 약하고 병든 노인이라는 판단이 서자 마음에 여유가 생겼다.

"자자, 진정하시고 말로 합시다!"

나는 겨누고 있던 삽을 내리며 노인을 달래려고 했다. 그 순간 내게서 빈틈을 찾은 노인이 다시 곡괭이를 크게 휘둘렀다. 나는 상체를 재빨리 뒤로 젖혔다. 곡괭이날은 피했지만, 곡괭이 자루가 내 가슴을 세게 쳤다. 숨이 턱 막힐 정도로 큰 충격이었다. 벽에 등을 기대며 가슴을 움켜쥐는 나를 향해 다시 노인이 곡괭이를 휘둘렀다. 공사현장에서 잔뼈가 굵었는지, 노인답지 않은 재빠른 공격이었다. 나는 얼굴로 날아오는 곡괭이를 방어하기 위해 왼팔을 들어 얼굴을 가리며 오른손에 쥔 삽을 휘둘렀다. 곡괭이의 날이 내 팔과 귀를 스치며 벽에 쿵하고 박혔다. 본능적으로 눈을 질끈 감았다가 뜨니 손에서 곡괭이를 놓친 노인이 뒤로 주저앉는 것이 보였다. 노인은 몇 발짝 뒷걸음치다가 엉덩방아를 찧고 그대로 털썩 쓰러졌다. 그리고 어떤 미동도 없이 손과 다리만 부들부들 떨었다. 노인의 목에서 붉은 피가 분수처럼 뿜어져 나왔다.

"어? 어?"

의도하지 않은 상황이었다. 내 얼굴로 날아드는 곡괭이를 쳐내려고 세게 휘두른 삽날이 노인의 목을 가격한 것이었다.

나는 화장실로 뛰어가 수건을 가져다 피가 줄줄 흐르는 노인의 목에 감고 손으로 눌렀다. 하지만 소용없었다. 삽날이 경동맥을 자르고 목뼈까지 부러트린 것 같았다.

나는 정체 모를 노인의 시체를 앞에 두고 서서 휴대전화를 만지작거렸다. 112든, 119든 전화를 걸어 신고해야 한다고 생각했으나 머릿속이 복잡했다.

어쨌든, 살인이었다. 한국에서는 정당방위가 인정되는 경우가 매우 드물다. 도둑질하러 들어온 사람을 때려죽여도 유죄다. 나도 정당방위가 분명했지만, 재수 좋아야 집행유예이고 재수 없으면 몇 년 징역

형을 살아야 할 것이다.

아내의 찡그린 얼굴과 은조의 웃는 얼굴이 떠올랐다.

"미친 늙은이! 죽으려면 곱게 죽지 왜 남의 집에 몰래 들어와서 멀쩡한 사람 인생까지 망쳐!"

두려움 속에서 화가 치밀어 올랐다. 시간을 몇 분 전으로 되돌릴 수만 있다면…. 이 시체가 내 눈앞에서 감쪽같이 사라져서, 내가 몇 분 전의 평범한 일상으로 돌아갈 수 있다면 얼마나 좋을까.

생각해 보니, 시체만 없애면 내 삶이 다시 평범한 일상으로 되돌아갈 수 있을 것 같기도 했다. 한밤중에 도둑놈처럼 남의 집에 몰래 침입한 사람이 그 사실을 남들에게 떠벌리지는 않았을 것이다.

노인의 주머니를 뒤졌다. 지갑과 휴대전화가 들어 있었다. 신분을 확인하기 위해 지갑을 펼쳐서 주민등록증을 꺼내 살폈다. 그 사람이었다. 부천에 사는 이 집의 예전 주인 박달수.

"어?"

주민등록증 뒤에 빛바랜 사진 한 장이 꽂혀 있었다. 사진을 빼서 자세히 들여다보지 않을 수 없었다. 삼십 대 남자와 여자가 정장을 입고 찍은 사진이었는데, 여자가 눈에 익었다. 아내와 닮아도 너무 닮았다. 다만 아내보다 어려 보였고, 조금 더 뚱뚱했고, 입가에 점이 없었다.

'아내의 언니…? 이런!'

그 사진 한 장으로 모든 것을 짐작할 수 있었다. 사진 속의 부부는 노인의 아들 부부이고, 노인의 며느리가 아내의 언니인 '최호정'인 것 같았다.

노인이 죽기 전에 했던 말이 떠올랐다. 노인은 며느리가 아들을 죽인 뒤 시체를 이 집 어딘가에 숨기고 달아났다고 생각하는 것 같았다. 노인은 언니와 닮은 아내를 오랜만에 모습을 드러낸 며느리로 착각했고, 또 나와 아내가 공모해서 자기 아들을 죽였다고 생각했던 것 같았다.

'그런데 도대체 왜 아내는 언니가 살던 이 집으로 이사 온 거지?'

아내가 이 집을 사서 이사 온 것은 결코 우연이 아니었다. 분명 어떤 의도가 있었다. 하지만 오래 생각할 여유가 없었다.

나는 노인이 입고 있던 바지와 피 묻은 상의를 벗겨 들고 화장실로 들어가 비누와 물로 대충 빨았다. 물에 젖은 노인의 옷을 입어보니 좀 작았지만 못 입을 정도는 아니었다.

노인의 휴대전화와 지갑, 내 신발과 새 옷을 두 개의 비닐봉지에 따로 넣어 들고 노인의 옷과 신발을 신은 채 집을 나섰다. 우산으로 얼굴을 가린 채 CCTV를 피해 동네를 빠져나가 외지고 어두운 길을 오래도록 걸었다. 드디어 바다가 나타났다. 나는 우산을 눌러쓴 채 바닷가 CCTV 앞을 걸어서 지나갔다.

지문을 없애기 위해 노인의 휴대전화와 지갑, 신발을 젖은 풀잎에 문질러 잘 닦은 뒤 바닷가 절벽 위에 가지런히 내려놓았다. CCTV가 없는 어두운 나무 밑에서 노인의 젖은 옷을 벗고 젖지 않은 내 새 옷으로 갈아입었다. 노인의 옷은 돌에 감싸서 바다에 던졌다.

나는 다시 우산으로 얼굴을 가리고 CCTV를 피해가며 한참을 걸어서 집으로 돌아왔다. 노인의 끔찍한 시체는 거실에 그대로 널브러져 있었다. 피투성이 시체 옆에 떨어져 있는 삽과 곡괭이를 집어 들고 마당으로 나갔다. 서둘러야 했다.

노인에게 같이 사는 가족이 있다면 빠르면 오늘 밤, 늦어도 내일쯤에는 경찰에 실종신고를 할 것이다. 노인의 휴대전화가 바닷가에서 발견되면 경찰이 노인의 동선을 추적할 것이다. 어쩌면 경찰이 우리 집까지 추적해 올 수도 있었다.

시체를 밖으로 옮겨 영원히 발견되지 않을 어딘가에 묻을 수 있다면 좋겠지만 날이 밝아오는 지금은 불가능했다. 지금 상황으로선 경찰이 우리 집을 수색하더라도 찾지 못할 어딘가에 임시로 감춰둘 수밖에 없었다. 사건이 잠잠해지면 시체를 옮겨 영원히 발견되지 않게 처리해야 했다. 재개발 공사가 시작되기 전에.

집 안의 혈흔 걱정은 안 해도 될 것 같았다. 오늘 중으로 벽지를 새로 바르고 장판을 새로 하면 모든 혈흔이 완전히 감춰질 것이다. 설령 과학수사 기술이 뛰어나 어딘가에서 혈흔이 좀 발견된다고 해도 시체가 없으면 살인사건으로 인정되는 경우는 극히 드물었다. 시체만 없다면.

시체를 감출 만한 곳을 찾기 위해 집 안을 둘러보았다. 시체를 임시로 묻었다가 아내 몰래 꺼낼 수 있는 곳은 붉은 수국이 피어 있는 마당 한쪽의 꽃밭밖에 없었다. 아내가 이 집의 유일한 장점인 꽃밭을 건드리지 말라고 했지만 어쩔 수 없었다.

쇠파이프가 견고하게 받치고 있는 담장 아래의 붉은 수국들을 삽으로 캐서 한쪽으로 치우고 구덩이를 파기 시작했다. 비가 온 데다 흙이 고운 편이어서 삽질이 수월했다. 점점 구덩이가 깊어졌다.

날이 훤하게 밝을 무렵 충분한 깊이의 구덩이가 파였다. 거실로 시체를 가지러 가려는데 불쑥 불안감이 몰려왔다. '만약 며칠 내로 형사들이 우리 집으로 몰려와 시체를 찾기 위해 집 안 곳곳을 수색한다면? 예전에 이 집에 살던 사람들이 실종되었을 때처럼 형사들이 시체를 찾기 위해 긴 꼬챙이로 땅속을 찔러대고 마당 곳곳을 파헤친다면?'

나는 최악의 상황을 걱정하지 않을 수 없었다. 형사들이 작심하고 덤빈다면 시체가 발견되는 건 시간문제였다. 시체를 제아무리 잘 감춰도 못 찾아낼 리 없었다.

시체를 집 안이 아닌 집 밖의 어딘가에 묻어야 했다. 하지만 지금은 시체를 밖으로 내갈 수 없는 상황이었다.

'아, 그렇지!'

기막힌 아이디어가 떠올랐다. 담 아래로 구덩이를 파서 옆집 시멘트 마당 밑에 시체를 묻으면 될 것 같았다. 형사들이 시체를 찾기 위해 눈에 불을 켜고 덤빈다고 해도 범죄와 상관없는 옆집의 수십 년 된 콘크리트를 깨고 그 밑을 뒤질 리는 없었다. 또 콘크리트 아래쪽은 구덩이를 파다가 무너지거나 땅이 꺼질 염려도 없었다. 나는 깊이 파놓은 구덩이의 옆쪽을 파기 시작했다. 땅이 물러서 삽질이나 곡괭이질을 할 때 큰 소리가 나지 않아 다행이었다.

담장 경계선을 지나 옆집 시멘트 마당 밑을 파고 있는 삽날에 흙이 아닌 뭔가가 찍혔다. 삽으로 흙을 조금 더 파내고 살펴보니 커다란 흰색 비닐이 보였다. 오래된 쓰레기봉투 같았다. 손을 구덩이 속으로 넣어 비닐봉지를 잡고 끌어당겼다. 무거웠다. 힘껏 잡아당기자 조금 끌려 나오던 비닐이 쭉 찢어졌다. 그 순간 화학약품 냄새와 악취가 진동하며 뭔가 시커먼 것이 찢어진 비닐 사이로 모습을 드러냈다. 자세히 보기 위해 휴대전화 손전등을 켜고 손으로 시야를 가리는 흙을 긁어냈다. 둥글고 검은 뭔가가 보였다.

"헉억!"

머리! 사람의 잘린 머리였다. 그것도 하나가 아니라 두 개였다. 두피에서 박탈된 머리카락 형태로 보아 시체 한 구는 남자 같았고 다른 한 구는 여자 같았다. 그 짧은 순간 백만 가지 생각이 뇌리를 스쳤다.

며느리가 아들을 살해했을 것이라는 노인의 생각과 달리, 아들과 며느리 둘 다 살해된 뒤 토막 나서 암매장되었다. 도대체 누가 이런 짓을? 혹시….

하지만 역시 오래 생각할 시간이 없었다. 두 구의 토막 사체가 든 비닐봉지를 그대로 두고 그 옆쪽을 팠다. 곧 노인 시체를 밀어 넣을 수 있을 만큼의 공간이 생겼다. 나는 속옷만 입고 있는 죽은 노인의 팔과 다리를 끈으로 묶고 허리를 접어서 부피를 최대한 줄여 구덩이 안으로 억지로 밀어 넣고 흙으로 꼼꼼히 메우기 시작했다. 흙을 퍼 넣고 발로 밟아 다지는 작업을 반복하여 구덩이를 메웠다.

구덩이를 흙으로 단단히 메우고 난 나는 뽑아놓았던 수국을 그 위에 다시 심고, 가랑비가 내리고 있는데도 꽃밭에 골고루 물을 뿌렸다.

다행히, 며칠이 지나도록 경찰은 코빼기도 보이지 않았다. 이제 아내에게 말을 꺼낼 때가 된 것이다.

"우리 이사 가자!"

"뭐?"

나의 단도직입적인 말에 아내가 무슨 말이냐는 듯이 쳐다봤다.

"우리 이사 가자고. 난 이 집이 너무 싫어."

"자기 더위 먹었어? 도배와 장판까지 새로 싹 해놓고 왜 갑자기…?"

"사실은… 나, 사람을 죽였어."

"뭐? 사람을 죽여?"

아내는 믿을 수 없다는 표정이었다.

"농, 농담이지?"

"사실이야."

나는 아내의 눈을 뚫어지게 쳐다보다가 시선을 피하며 다시 입을 열었다.

"며칠 전 공사하느라 집이 비었을 때 전에 그 노인, 부천에 사는 박달수라는 사람이 우리 집에 침입해 안방 바닥까지 파헤치고 옆집 마당 속에 묻혀 있던 시체 두 구도 찾아냈어. 그래서 죽일 수밖에 없었어. 저기, 시체에서 흘러나온 어떤 알칼리성 약품 때문에 붉게 변한 수국 아래쪽 옆집 마당에 이제는 시체 두 구가 아니라 세 구가 묻혀 있어."

아내가 들고 있던 찻잔을 거실 바닥에 떨어트렸다. 하지만 아내는 걸레를 가지러 가지 않았다. 대신 내가 걸레를 가져다 바닥을 닦았다.

아내가 갑자기 훌쩍이기 시작했다.

"으흐흐흑…. 미, 미안해. 난 우리 가족을 지키고 싶었어. 우리 은조를 지키고 싶었어. 그래서 돌아온 거야. 흐흐흑…."

아내는 한동안 훌쩍이고 나서 떨리는 목소리로 말을 이었다.

"그때, 나는 형부와 동거 중인 언니 집에 얹혀살았어. 그런데 형부는 술만 마시면 사람이 아니었어. 저기 우리 집 문짝, 형부가 다 때려 부순 거야. 급기야 어느 날 술에 취한 형부가 나에게 덤벼들었어. 그걸 집에 돌아온 언니가 봤고, 네가 인간이냐고 욕을 해대는 언니의 머리를 형부가 돌로 된 상패로 내리쳤어. 나는 언니를 구하기 위해 부엌칼로 형부를 찌를 수밖에 없었어. 결국, 두 명 다 죽고 말았어. 흐흐흑."

충격적인 이야기였다. 하지만 내가 예상했던 것 이상의 충격은 아니었다. 거실에 아무렇게나 널브러져 있는 두 구의 처참한 시체. 아내는 이 집에서 그대로 도망가고 싶었다. 하지만 갈 데가 없었다. 아내는 두 구의 시체를 끌어다 욕조에 밀어 넣고 화장실 문을 잠근 뒤 일주일을 지냈다. 시체가 썩기 시작하자 악취가 심했다. 벌레도 꼬였다.

시체를 다시 보는 것이 끔찍했지만, 동네슈퍼에서 커다란 알칼리성 표백제를 몇 통 사다가 시체가 든 욕조에 들이부었다. 그런데도 시체 썩는 악취는 더욱 심해졌다. 곧 옆집에서 항의가 들어올 것 같았다. 이 악취가 무슨 냄새인지 아는 사람이 주변에 산다면 경찰에 신고할 수도 있었다.

생각 끝에 시체를 땅속에 묻기로 했다. 마당 구석의 꽃밭을 파기 시작했다. 며칠이나 삽질을 한 후에야 옆집 시멘트 마당 밑에 두 구의 시체를 넣을 공간을 만들 수 있었다. 하지만 시체가 무거워서 옮길 수가 없었다. 잘라서 옮겨야 했다.

두 구의 토막 사체를 옆집 마당 밑에 묻은 다음 날 형부의 아버지로부터 전화가 걸려 왔다. 아들과 며느리가 계속 전화를 받지 않는데 소식을 아느냐는 것이었다. 아내는 얼마 전에 형부네 집에서 독립해 나와 아무것도 모른다고 딱 잡아뗐다.

형부의 아버지가 언제 집으로 들이닥칠지 몰랐다. 대충 짐을 싸서 도망쳤다.

"흐흑! 될 대로 돼라…. 경찰에 잡혀도 그만… 병들어 죽어도 그만…. 늘 술에 취해 살았어. 그렇게 내일 죽을 것처럼 자포자기하며 살다가 어느 날 자기를 만난 거야. 사실, 결혼도 자기가 하자고 하니 될 대로 돼라는 심정으로 했어…."

그랬던 것 같았다. 아내의 그 당시 삶은 나도 이미 잘 알고 있었다.

"그러다 우리 은조를 낳았어. 그러자 삶에 강한 애착이 생기기 시작했어. 나는 어떻게 되어도 상관없지만, 우리 은조만큼은…. 은조를 지키고 싶었어. 그래서 이 동네 재개발 소식을 듣자마자 마음이 너무 불안해서 돌아온 거야. 시체가 발견되지 않게 하는 것이 결국은 우리 가족을 지키고 은조를 지키는 거잖아. 우리 은조가 불행해지는 것보다는 차라리 내가 시체와 함께 살며 불행한 게 낫잖아. 그래서 돌아온 거야. 시체들 옆에서 시체들을 지키다가 재개발 공사가 시작되기 전에 자기 몰래 파내 옮기려 했어…."

아내는 사람들의 이목을 피하려고 시체가 묻혀 있는 옆집을 비싼 값에라도 사려 했는데 팔지 않아 어쩔 수 없이 이 집을 살 수밖에 없었던 것 같았다. 부동산중개인이 말했던, 전화를 걸어 옆집을 비싼 값에 사겠다고 한 사람이 바로 아내였을 것이다.

나는, 자다가 깨서 엄마 따라 울상짓는 세 살배기 아들을 품에 꼭 안은 채, 하염없이 눈물을 흘리는 아내 옆에 오래도록 묵묵히 앉아 있었다. 내 눈에서도 눈물이 흘렀다.

"어휴, 무겁다. 조심들 해!"

이삿짐센터 인부들이 세 개의 커다란 플라스틱통을 힘겹게 트럭에서 내렸다.

"이 묵은지가 든 통들은 어디로 옮길까요?"

"이쪽입니다."

나는 인부들을 새집의 뒷마당으로 안내했다. 뒷마당 구석에는 내가 미리 파놓은 세 개의 구덩이가 입을 쩍 벌리고 있었다.

"여기에 넣어주세요. 묵은지는 깊은 땅속에서 한 이삼 년 묵어야 제 맛이 나죠. 누가 훔쳐 갈 수도 있으니 부엌 뒷문 앞에 묻어두고 잘 지키다가, 전세 기간 끝나서 다음에 이사 갈 때 파내면 딱이겠군요."

"오랫동안 땅속에서 자연 숙성된 묵은지로 김치찌개 끓이면 진짜 맛있겠어요."

인부들이 내 어설픈 농담에 박자를 맞추며 세 개의 통을 조심스럽게 구덩이 속에 밀어 넣었다.

우리 집을 산 사람에게 넘겨줄 인감증명서를 떼러 동사무소에 간 아내에게서 전화가 걸려 왔다. 지문인식기가 계속 오류 난다며 내게 와달라는 것이었다.

나는 아내를 만나 함께 인감증명서 발급 창구로 갔다.

"어? 그사이 직원이 바뀌었네요?"

"식사시간이어서 교대했습니다. 무엇을 도와드릴까요?"

"오늘 꼭 인감증명서를 떼야 하는데 제가 지문인식이 안 돼요. 아까 그 직원이 신분 확인이 가능한 가족을 데려오라고 했거든요."

"아, 그래요. 신분증 주시죠."

아내의 주민등록증을 받아든 직원은 주민등록증 사진과 아내의 얼굴을 대조했다.

"최하정 님, 맞죠?"

"예."

직원은 사진이 이상하다는 듯이 꽤 오래 아내와 사진을 비교했다.

"저 맞아요. 말랐을 때 찍은 거고, 오래전에 찍은 사진이라…."

"오른손 엄지손가락을 지문인식기에 대보시죠."

"아까 여러 번 했는데 열 손가락 다 안 되더라고요. 주부습진 때문인지…."

"다한증인 경우에도 그럴 수 있고, 여러 가지 이유로 그런 분들이 꽤 있습니다."

아내가 지문인식기에 엄지를 가져다 댔다. 불일치였다.

"역시, 다른 방법으로 본인 확인을 해야겠군요. 인감증명서는 함부로 발급할 수 없는 중요한 서류라서 좀 까다롭습니다. 가족관계증명서 좀 열람하겠습니다."

동사무소 직원이 키보드를 두드렸다.

"남편분 이름이…?"

"황세환입니다."

"신분증 좀 주시죠."

나는 지갑에서 주민등록증을 꺼내 내밀었다.

"지문인식기에 오른손 엄지손가락을 대주세요."

내가 엄지를 대자마자 곧바로 인증이 되었다.

"확인되었습니다. 이분이 아내 최하정 님 확실하시죠?"

"예, 맞습니다. 제가 아내도 몰라보겠습니까. 하하하."

직원이 아내의 인감증명서를 출력해 두 개의 신분증과 함께 건네려다가 뭔가 마음에 걸리는 것이 있는지 다시 아내의 사진을 들여다봤다.

"사진에는 점이 있으신데…. 저, 최하정 님! 죄송합니다만, 입술 옆의 그 밴드 좀 잠깐 떼주시겠어요?"

동사무소 직원은 아내가 점이 있어야 할 입술 옆에 밴드를 붙이고 있는 것이 이상하다고 생각한 것 같았다. 아내는 보름 전쯤 밤에 입술 옆에 있는 점을 바늘로 파낸 뒤 흉터가 남지 않게 하려고 줄곧 습윤밴드를 붙이고 지내왔다.

나는 살짝 긴장되었다. 밴드를 떼면 아내의 얼굴에 희미하게 있던 점이 완전히 사라졌을 텐데, 트집 잡히는 것이 아닌가 싶었다.

"이거 한번 떼면 잘 안 붙는데…."

아내가 빨간 매니큐어가 칠해진 손톱으로 입술 주위를 더듬어 밴드를 잡고 조심스럽게 떼어냈다.

헉!

순간 나는 가슴에 총이라도 맞은 것처럼 숨이 턱 막혔다. 아내의 입꼬리에 있는 점이 완전히 사라지거나 더 희미해진 것이 아니라, 더 크고 선명한 점으로 변해 있었다. 아내는 그날 밤 화장실에서 바늘로 점을 뺀 게 아니라 점을 만들고 있었던 것이다.

아내의 입꼬리에 있는 커다란 점을 본 직원이 인상을 찡그린 나와
는 반대로 환하게 웃으며 말했다.

"아! 본인 확인되었습니다, 최하정 님!"

심사평

    모든 작가에게 가장 훌륭한 작품은 자작(自作)이다. 거기엔 특별히 관심이 가는 주제, 선호하는 표현방식, 퇴고 후에도 자꾸 곱씹게 되는 세밀함, 그것으로 드러날 수밖에 없는 삶의 리듬이 포함돼 있다. 따라서 그 어떤 평가에도 작가는 불만을 가질 수밖에 없다. 이런 전제하에서 작품 심사가 이뤄졌다.

    이번 심사 대상작은 전부 이십여 편이었다. 정통 추리소설에 한정하지 않았고, 한국추리작가협회 소속 회원이 참여한 여러 작품이 포함됐다. 심사자의 취향을 최대한 배제하기 위해, 보편적으로 인정되는 평가항목들 – 표현력, 이야기의 흐름, 자연스러움(환상이라면 환상의 그럴듯함), 구성의 탄탄함, 소설을 읽으면서 더해지는 긴장감, 그리고 무시할 수 없는 요소로서 반전을 기준으로 삼았다. 이십여 편 중 본심에 오른 작품은 '국선변호인의 최종변론', '용서', '풀 스로틀', '어둠의 시간', '흉가' 다섯 작품이다. 당연한 얘기지만, 각각의 장단점이 비교, 평가되었다.

    〈국선변호인의 최종변론〉(윤자영)은 '받은 고통'을 고스란히 되돌려준다는 살인동기가 동전의 이면처럼 부각된다. 반전은 그럴듯했지만 '이에는 이 눈에는 눈'(以眼還眼) 식의 폭력은 소설이 선사하는 쾌감에도 불구하고 그 주제의 측면에서 '손쉬운 문제해결 방식'이 약점으로 지적됐다. 이는 결국 작가가 제시하고자 했던 주제가 무화되는 결론에 도달하고 마는 것이라 씁쓸하다.

    〈용서〉(홍성호)는 법의 이름에 기대어 만사를 해결하려는 지금의 세태를 비판적인 시선으로 바라보는 '회복적 사법'이라는 주제가 신선했다. 가해자가 형벌을 받아들임으로써 죗값을 치르는 것이 아니라 진정한 뉘우침과 사과, 피해자의 용서에까지 이르는 발상 – 이것을 구현하려 했던 점이 좋은 평가를 받았다. 피해자의 오랜 기다림, 그러나 끝내 사과하지 않는 가해자에 대한 실망, 그로 인해 개인적 징벌 행위에 이른 복수심, 이어지는 가해자의 태도 전환 등 전개와 반전도 나름 괜찮았다. 다만 '25년'이라는 세월이 주는 시간감각을 단편소설에 축약함으로써 불가피하게 생겨난 직위성이 지적됐다. 피해자의 인생 목표를 하나의 틀 속에 고정해 인물을 인형화한 것이 아닌가 하는 의문도 든다. 주제는 살아남았지만 인물은 죽어버린 결과가 도출된 것 같아 아쉽다.

〈풀 스로틀〉(한이)은 스릴을 극대화하는 방식이 흥미로웠다. 적절히 장치된 성경 구절은 비장감을 증폭시키는 효과로 적절했다. 예수의 사랑과 사탄의 자식을 대비시킴으로써 어느 쪽이 선이고 어느 쪽이 악인지 묻는 작가의 욕망이 쉼 없이 드러난다는 점에서도 긍정적이었다. 차의 리모컨 키가 피해자(혹은 피해 관계자)의 허망한 흔적임과 동시에 새로운(복수하는) 가해자의 수단으로 기능하게 장치함으로써 판단이 쉽지 않은 선악의 은유가 완성되는 방식도 호기심을 자극했다. 그럼에도 마무리가 미흡했다. 굴곡이 드러나지 않고 직선으로 쭉 뻗고 만 듯한 인상이 아쉬움으로 남는다.

〈어둠의 시간〉(김세화)은 재밌는 스토리를 가졌다. 긴장감을 불러일으키기 위해 기자가 처한 진퇴양난의 상황에 독자를 끌어들이는 작가의 능력이 꽤 인상적이었다. 경험에서 우러나온 상황 묘사도 매끄럽고, 시사성을 함유한 마지막 반전도 괜찮았다. 다만 익숙한 인물들과 행동 양식은 클리셰의 한계를 벗어나지 못했다. 중편보다는 장편에 어울리는 리듬과 호흡 또한 약점으로 지적됐다.

〈흉가〉(황세연)는 여러 장점이 돋보였다. 이야기 전체를 작가가 장악, 전달하는 능력도 다른 작품에 비해 뛰어났다. 대반전 못지않은 소반전 역시 괜찮았다. 수국의 색깔과 토양의 관계가 드러나는 수미일관성의 경우, 독자가 눈치챌 수 있도록 유인함으로써 특별한 효과를 발휘했다. 화자의 우발적인 범행과 시체가 발견되는 장소의 새로운 관계, 아내의 입가에 붙인 습윤밴드의 비밀이 밝혀지는 과정을 통해 흥미를 유발한 솜씨도 흡족했다. 복잡한 상황 설정과 전개, 그것의 자연스러운 해결 과정을 통해 균형을 잃지 않으면서도 마지막 반전까지 빼어난 솜씨를 보여줬다. 추리소설의 장점을 극대화한 작품이라 당선작으로 선정함에 있어 이견이 없었다.

　본심에 오른 작품은 물론 그렇지 않은 작품도 꽤 흥미롭고 기발한 작품이 제법 많았다. 일일이 열거할 수 없지만 그들의 변화와 발전 역시 기대한다.

2020년 12월
한국추리문학상 '황금펜상' 심사위원
백휴, 정석화

작가의 글

올해 7월에 출간된 나의 장편소설 《심각파도 속으로》는 2차대전 때 금괴 28톤을 싣고 침몰한 일본군 병원선을 소재로 한 미스터리물이다. 이 소설을 쓰는 동안 종종 이런 생각을 했다. 이런 금괴 하나만 하늘에서 뚝 떨어진다면 얼마나 좋을까, 그럼 평생 돈 걱정 없이 소설만 쓸 텐데…. 소설을 쓰다가 책상에 엎드려 잠든 어느 날, 꿈속에서 텔레비전을 켜니 대통령이 긴급 브리핑을 하고 있었다. "국민 여러분, 히말라야산맥 크기의 금으로 된 금괴 모양의 소행성이 지구를 향해 날아오고 있습니다. 충돌 예상 시각은 3일 뒤이고, 충돌 중심 지점은 대한민국 서울 서대문구 홍은동입니다."

국선 변호사 ― 그해 여름

김유철

김유철

독서와 영화. 고양이를 좋아하고 음주를 즐기며, 지루하지 않은 삶을 살려고 노력 중이다. 지금까지 5편의 장편과 4편의 중편과 11편의 단편소설을 발표했다. 올해 새로운 장편이 출간될 예정이다.

1

　김은 김밥 두 줄과 생수로 점심을 때우고 있었다. 재판이 몰리는 날
엔 정신이 없을 정도로 바쁘게 뛰어다녀야만 했고 오늘이 바로 그런
날이었다. 3년 전에 구입한 소나타 승용차 안은 잡동사니들로 넘쳐났
다. 피의자들의 서류 파일과 사진, CD가 뒷좌석에 쌓여 있었고 올해
개정판으로 나온 인명사전이 좌석 아래에 비스듬히 세워져 있었다.
김밥을 입으로 가져가던 그는 룸미러로 보이는 자신의 얼굴을 무심히
바라보았다. 이중으로 구겨진 턱과 반쯤 벗어진 이마, 검은색 뿔테 안
경을 쓴 40대 초반의 초라해 보이는 얼굴이었다. '중년이란 한심한 거
로군.' 잠시 차창 밖으로 시선을 돌리던 김은 핸드폰의 진동음에 고개
를 돌렸다. 조수석 시트 위에서 춤을 추듯 진동하는 핸드폰을 집어 든
그의 미간에 잠시 주름이 일었다.
　"네, 사무장님."
　"어디세요?"

"지금 식사 중인데요."

"또 혼자서 김밥 드시는 거 아닙니까?"

"뭐…."

대답을 얼버무리는데 50대 중반의 사무장이 자동차 앞에서 손을 흔들며 웃고 있었다.

조수석에 몸을 기댄 사무장과는 10년 가까이 호흡을 맞춰오고 있었다. 10년 동안 사무장은 두 명의 딸을 대학에 보냈다. 물론 그사이 김도 결혼을 했고 여섯 살짜리 딸이 있었다. 사무장이 먼저 내민 건 일회용 종이컵에 담긴 커피였다. 뒤이어 그는 오후 두 번째 재판에 잡혀 있는 101호 피고인의 합의서와 반성문, 부모의 탄원서가 들어 있는 판지파일을 내밀었다.

"말씀하신 서류들입니다. 너무 꼼꼼하게 챙겨주시는 거 아닌지 모르겠어요."

"초범에다 우발적이었잖아요. 수고하셨습니다."

판지파일을 펼치며 김이 살며시 미소를 지었다. 사무장은 자동차 에어컨의 스위치를 강으로 돌리면서 어깨를 으쓱거렸다. 그는 자동차 문에 꽂혀 있는 물티슈 한 장을 꺼내 얼굴을 닦으며 덧붙이듯 말했다.

"휴가 말입니다."

"네."

김이 짧게 대꾸하자 사무장이 다시 입을 열었다.

"변호사님이 작년에 말씀하신 곳 말이에요. 거길 가볼까 합니다. 그 호수… 이름이 뭐였더라."

"청평요?"

"네, 청평호수. 내년에 큰애가 졸업반이 되니까 올해 꼭 여행을 가야 한다고 졸라서요."

"거기 근처의 자연휴양림에서 1박을 하시는 게 좋을 텐데요."

"그렇잖아도 예약을 해뒀습니다. 매달 2일 아홉 시부터 다음 달 예약을 받는다고 변호사님이 말씀하셔서 그렇게 했지요."

사무장은 넉살 좋게 웃으며 물었다.

"김 변호사님은 어때요? 이번 휴가 계획은 잡으셨습니까?"

"부모님 모시고 온천이나 다녀올까 생각 중입니다."

"그거 좋은 생각이군요. 그러고 보니까 어른들 뵌 지도 꽤 오래되었군요. 두 분 다 건강하시죠?"

김은 말없이 고개를 끄덕였다. 김의 아버지는 반평생을 중학교 국사 선생으로 지내다 퇴직을 했다. 지금은 서예와 바둑이 유일한 취미로 경남 고성의 시골에서 어머니와 함께 소소한 전원생활을 즐기고 있었다. 사무장은 차창 밖의 법원 건물을 잠시 바라보다 말고 생각난 듯 김에게 다시 말을 건넸다.

"아, 그리고 어제 국선 변호 건 하나가 들어왔는데 김 변호사님 생각이 나더군요."

판지파일을 덮으며 김이 질문을 던졌다.

"무슨 사건인데요?"

"살인사건입니다. 항소심인데, 피고인이 경찰이에요."

"경찰이요?"

사무장은 고개를 끄덕이며 가죽 가방 안에서 서류뭉치를 꺼내 들었다. 십자모양으로 고무밴딩이 된 두터운 서류뭉치를 넌지시 내려다보다 김이 물었다.

"피해자는요?"

"이배정이라고, 피고인의 애인입니다. 교살이에요."

김은 서류뭉치를 받아들며 또 질문을 던졌다.

"아, 그렇군요. 그런데 왜 제 생각이 났던 겁니까?"

"피고인이 갑자기 인정을 하고 있어요. 자신이 살해했다고…."

김은 사무장의 옆얼굴을 보며 되물었다.

"갑자기요?"

"네, 갑자기…. 피고인 스스로 상처를 입었단 소리죠. 마음의 상처 말입니다."

"자포자기를 했단 뜻이군요."

사무장은 고개를 끄덕이며 덧붙였다.

"어쩌면 죄책감인지도 모르지만…. 느낌이 그렇잖아요."

"그가 범인이 아니라고 생각하시는 겁니까?"

사무장은 다시 한번 어깨를 으쓱이며 웃었다.

"그렇게 생각하실 줄 알았습니다."

2

김이 법대에 들어간 건 순전히 아버지의 권유 때문이었다. 두 친형도 법대를 나왔지만 고시에 패스하지는 못했다. 그래서인지 김이 사법고시에 합격하자 제일 기뻐한 것도 아버지였다. 판사나 검사가 나와야 집안의 위신이 선다는 낡은 사고를 가지고 있었지만, 김은 그런 아버지를 싫어하지는 않았다. 물론 그가 아버지의 바람대로 훌륭한 판사가 되지 못한 까닭도 있었지만.

제법 외모에 신경을 쓰기 시작하는 딸아이는 일찍 잠자리에 들었는지 보이지 않았다. 김보다 여섯 살 연하의 아내는 거실에 앉아 텔레비전 연속극을 보고 있었다. 김은 다가오는 아내에게 양복 윗도리를 맡기며 저녁은 먹었다고 말했다. 아내는 받아든 옷을 옷걸이에 걸고 부엌에서 토마토주스를 가지고 나왔다.

"낮에 고성에서 전화 왔었어요. 미진이 보고 싶다구."

"그래? 시간 내서 한번 내려가야겠군. 보약 좀 사 갖고 내려갈까?"

주스를 받아들며 김이 물었다. 아내는 미소를 지으며 응답했다.

"날 잡아서 경동시장에 다녀올게요."

간단하게 샤워를 마친 김은 서재로 들어가 낮에 사무장이 던져두고 간 살인사건의 서류뭉치를 뒤적거렸다. 머그잔 가득 커피를 가지고 들어온 아내가 서류에 붙어 있는 피해자의 현장사진을 보며 물었다.

"이번엔 살인사건이에요?"

아내는 질문만 던지고 인상을 찌푸리며 나갔다. 김은 천천히 서울 동부지방검찰청에서 작성된 수사기록을 살피기 시작했다.

피고인은 27세로 1년 전에 임관한 순경이었다. 피해자는 20세의 카페 종업원으로 이 순경과는 3년 전부터 사귀기 시작했다. 사건 전날 두 사람은 이 순경이 근무하는 파출소 부근의 모텔에 묵었고, 사건 당일 아침 일곱 시에 이 순경은 근무를 위해 모텔에서 나왔다. 그리고 오전 열 시경 피해자를 깨우기 위해 다시 모텔로 들어갔으며, 방에서 목이 졸려 살해된 피해자를 발견하고 신고했다. 하지만 검찰은 유력한 용의자로 이 순경을 지목했다.

김은 머그잔을 입으로 가져가 미지근해진 커피를 마셨다. 그리고 검사 측 자료들을 꼼꼼히 살펴봤다. 먼저 피해자는 피고인과 결혼해 달라는 요구를 하고 있었다. 한 번의 낙태 경험이 있었으며 ─ 물론 이 순경의 아이다 ─ 외부에서 침입한 흔적이 없었다. 하지만 피고인의 유죄를 확신하게 된 결정적인 계기는 피해자의 사망추정시각 때문이었다. 국립과학수사연구원에서 보내온 법의학적 소견서에는 피해자의 사망시각이 이 순경이 모텔을 나간 일곱 시 이전으로 나와 있었다.

잠시 소견서 내용을 살피던 김은 책상서랍에서 담배를 꺼내 물었다. 그리고 책장에 꽂혀 있는 책들을 멍하니 바라보았다. 학창시절 그는 추리소설을 읽으며 고시 공부에서 오는 스트레스를 풀곤 했다. 그래서인지 그의 책장엔 소설책이 많았고, 그중에 마쓰모토 세이초의 책이 눈에 띄었다. 모래그릇. 살인의 결과보다 원인을 되짚어가는 작가의 스타일을 김은 좋아했다.

'왜 살인을 해야만 했을까?'

김은 담배연기를 내뱉으며 생각에 잠겼다. 피해자가 살해된 시각이 이 순경이 모텔에서 나간 일곱 시 이전인지 그 이후인지보다는 살인 동기가 무엇인지 알고 싶었다. 그는 탁상시계의 시침을 확인하고 나서 사무장에게 전화를 걸었다. 긴 신호음 뒤에 핸드폰에서 그의 목소리가 흘러나왔다.

"늘 그렇지만 지금쯤 전화가 걸려 올 거라 생각하고 있었습니다. 뭘 알아볼까요?"

"이 순경과 피해자에 대해서 좀 더 알고 싶습니다."

"역시…. 그 밖에 더 필요한 건 없습니까?"

김은 국과수에서 보내온 소견서를 내려다보며 사무장에게 물었다.

"저기, 사망추정시각 말입니다. 그게 얼마나 정확한 걸까요?"

3

접견실 창밖으로 두꺼운 먹구름이 보였다. 장마시즌이 끝났다고 일주일 전에 텔레비전 뉴스에서 방송했지만, 여전히 흐린 날이 이어지고 있었다. 습하면서 기온이 높은 찜통더위는 김에겐 곤욕이었다. '홍삼캔디라도 사 먹어야겠군.' 하는데 접견실 문이 열리면서 이 순경이 모습을 나타냈다. 그는 생각보다 작은 키에 왜소한 체격이었다. 교도관이 착석한 가운데 김은 이 순경과 마주 앉았다.

김은 담배를 꺼내 그에게 내밀었다.

"아뇨, 전 피우지 않습니다."

김은 잠시 이 순경의 얼굴을 바라보다 말고 질문을 던졌다.

"왜 갑자기 마음이 변했습니까? 왜 증언을 번복한 거죠?"

이 순경은 대답하지 않았다. 김은 공판기록을 살피면서 다시 물었다.

"증언을 번복하기 전이 오히려 설득력 있었다는 걸 본인도 잘 알고 있을 겁니다."

"절…."

이 순경은 크게 심호흡을 하고 나서 김을 똑바로 바라보았다.

"그냥 이대로 내버려둘 순 없을까요? 전… 지금이 좋습니다."

"그녈 진정으로 사랑하지 않았습니까?"

"제발…."

이 순경의 눈자위가 붉게 물들었다. 김은 다시 창살 밖의 하늘을 올려다보며 담배연기를 내뱉었다. 타나토스적이군. 김은 사무장의 말처럼 그가 살인을 저지르지 않았을지도 모른다는 생각이 들었다. 하지만 그의 생각과는 달리 이 순경은 그 뒤 한마디 말도 하지 않았다. 혹 자신이 마음에 들지 않는다면 언제든 변호인 교체 신청을 할 수 있다고 김이 말했지만, 그는 여전히 침묵을 지킬 뿐이었다. 김은 서류를 챙기며 쓸쓸하게 그와 작별인사를 나눠야만 했다. 교도관의 손에 이끌려 나가는 그의 등뒤에서 김은 혼잣말처럼 내뱉었다.

"경찰이 된 이유가 뭘까, 생각해 본 적 있어요? 만약 진범이 있다면… 녀석은 또다시 살인을 저지를 겁니다."

4

307호 법정 안은 한산했다. 방청석에는 젊은 여성 두 명과 60대로 보이는 중절모를 쓴 노인이 앉아 있을 뿐이었다. 김은 변호사 대기석에 앉아 서기와 속기사의 모습을 멍하니 바라보고 있었다. 이동수레에 쌓여 있는 공판기록을 정리하는 서기나 속기 타자기 앞에서 커피를 마시고 있는 여자 속기사의 무표정한 얼굴은 흐린 날씨만큼이나 우울해 보였다. 거기다 3011호 건은 피고인의 불성실한 답변으로 조사를 제대로 하지 못했다. 김은 그런 사실에 짜증이 났다.

검사석으로 걸어가던 윤 검사가 김을 바라보며 "무슨 일 있어? 아침부터 죽상이네."라며 인사말을 대신했다. 김은 연수원 동기인 그에게 "뭐, 별로. 이번에도 12년 때릴 거지?"라고 대꾸했다. 윤 검사는 "글쎄…."라고 뒷말을 흐리며 검사석으로 걸어가 들고 온 조사서류를 펼쳤다.

판사가 착석한 가운데 호송경찰과 함께 이 순경이 법정으로 들어왔다. 피고인석에 선 그의 얼굴은 접견실에서 봤을 때보다 야위어 보였다. 김은 그의 초췌한 얼굴을 보면서 '왜 스스로 무너져버리려고 하는 걸까?'라는 생각을 떨쳐버릴 수 없었다.

윤 검사는 이 순경이 피해자와 함께 모텔에 투숙했으며 여덟 시 모닝콜을 부탁했지만 모텔 종업원이 잘못 알고 일곱 시에 전화하는 실수를 범했을 때 신호가 가기도 전에 전화를 받았던 사실, 일곱 시에 모텔을 나간 이 순경이 오전 열 시경 모텔로 다시 돌아온 사실(피고인 스스로 알리바이를 만들기 위해 그랬을 거라고 윤 검사는 강하게 어필했다.) 그리고 객실에 다른 사람의 침입 흔적이 없었다는 것과 피고인의 자백 등을 들어 유죄가 확실하다고 말했다.

"피해자의 부검 시 위 속 내용물이 황색의 반죽 상태로 남아 있었는데 그건 피해자의 사망시각이 식후 두 시간에서 세 시간 사이라는 걸 말해줍니다. 피해자는 사건 당일 새벽 두 시 삼십 분경까지 음식 섭취를 했다는 사실이 확인되었으며, 따라서 사망시각은 오전 다섯 시경으로 봐야 합니다."

말을 마친 윤 검사는 국과수에서 보내온 새로운 소견서 사본을 서기에게 건네며 말했다.

"국립과학수사연구원에서 보내온 두 번째 법의학적 소견서를 증거물로 채택해 줄 것을 요청합니다."

변호인석에 앉아 있던 김은 가방에서 서류와 메모지를 꺼내 유심히 살피기 시작했다. 그때 김은 자신에게 좀 더 많은 시간이 필요하다는 걸 깨닫기 시작했다.

"변호인 변론하세요."

판사가 낮은 목소리로 말했다. 김은 서류 한 장을 들고 변호인석에서 일어나 또렷한 목소리로 입을 열었다.

"1심에서 검찰 측 증거물로 제시된 법의학적 소견서에 이의를 제기합니다, 재판장님."

"네?"

"당시 소견서 작성자인 국과수 의사를 증인으로 채택합니다."

긴장된 얼굴로 증인석으로 올라온 국과수 법의학 담당 의사는 판사와 서기의 지시에 따라 선서를 낭독하고 서명을 한 뒤 자리에 앉았다. 김은 그에게 다가가 물었다.

"사체의 경직 정도는 검시하는 사람의 주관적, 경험적 판단이 중요한 것으로 알고 있는데, 맞습니까?"

"네."

"주관과 경험에 따라 사망추정시각이 고무줄처럼 늘어날 수도 줄어들 수도 있는 거구요."

"그렇습니다."

김은 윤 검사를 바라보며 의사에게 질문을 던졌다.

"3011호 피해자 사체의 직장 온도나 경직 상태 등에 대한 감식을 직접 하셨습니까?"

그는 판사석을 잠시 흘깃거리다 말고 무겁게 입을 열었다.

"아닙니다. 감식수사보고를 참고로 소견서를 작성했습니다."

"그럼 피해자의 감식은 누가 한 거죠?"

"서울지방경찰청에서 나온 감식반장이었습니다."

"그를 전적으로 신뢰하신다는 말씀이군요."

"네…."

의사는 머뭇거리며 김을 바라보았다.

"개인의 경험과 주관이 중요한데도 말이죠?"

"그건…."

"이의 있습니다, 재판장님."

검사석에서 몸을 일으킨 윤 검사가 소리쳤다.

"지금 변호인은 유도질문을 하고 있습니다. 오늘 제출한 소견서로도 충분히…."

"아뇨, 충분하지 않습니다."

윤 검사의 말을 자른 김은 판사석으로 다가가 소견서 복사본을 흔들며 말을 이었다.

"3011호 사건의 경우 피해자의 사망추정시각이 피고인의 유죄를 입증하는 가장 중요한 근거가 되었습니다. 하지만 1심에서 채택된 증거자료에는 문제가 많았습니다, 재판장님. 따라서 검사 측에서 채택한 법의학적 소견서에 대한 구체적이고 정확한 검증이 먼저 이뤄져야 한다고 생각합니다."

판사는 고개를 끄덕이며 나직이 말했다.

"좋아요. 다음 공판은 일주일 뒤인 8월 1일 오후 세 시로 하겠습니다. 그 정도면 충분히 검증할 수 있는 시간이 되겠죠?"

5

사우나실 안은 훈훈한 열기로 가득했다. 젖은 수건을 머리 위에 얹은 김과 사무장은 핀란드식 사우나실에 앉아 이야기를 나누고 있었다. 사무장은 난로 위의 달궈진 돌멩이 사이에 물을 뿌려대며 말했다.

"윤 검사 표정 봤어요? 김 변호사님한테 단단히 삐진 모양이던데."

김은 수건 자락으로 눈 주위를 훔치면서 대꾸했다.

"그거 알아요? 윤 검사 연수원 시절부터 잘난 척하고 다닌 거? 우리 사무실 열었을 때도 얼굴 한번 비추지 않았잖아요."

"그거랑 이번 재판이랑 무슨 관계가 있다구요."

"그냥 그렇단 얘기예요."

김은 이렇게 말하곤 피식거렸다. 그리고 생각난 듯 사무장에게 물었다.

"두 사람 관계는 어땠나요?"

"피해자가 이 순경 뒷바라지를 해준 모양입니다."

"경찰시험도 요즘은 경쟁이 심하다고 들었는데…. 고시 공부를 도운 거나 마찬가지인 셈이군요."

"굳이 말하자면."

"경찰시험에 합격한 피고인은 카페 종업원인 애인이 부담스러워지기 시작했고 결혼보단 헤어지기를 원했다…. 뭐 그런 신파조의 이야기가 이어지는 건 아니겠죠?"

사무장은 가벼운 웃음소리를 터뜨리며 응답했다.

"피해자의 사진 보셨잖아요. 그 정도 미인이라면…."

"그러고 보니까 피해자 주변에 대해서도 알아봐야겠어요. 그 정도 미모의 카페 종업원이라면 쫓아다니는 남자들이 있었을 텐데…. 모텔에 들어간 시간이 새벽이었죠?"

"새벽 한 시쯤이요."

"현장사진 보니까 술이 있었던 것 같은데."

"캔맥주 두 개와 아몬드 부스러기가 발견됐죠. 그런데 그건 왜 묻습니까?"

사무장이 호기심 어린 눈으로 김을 바라봤다.

"오늘 윤검이 들이민 소견서요. 위 속 내용물의 소화 정도로 사망시각을 추정하던데, 많은 변수가 있을 수 있다고 들었습니다."

"알코올이 변수가 될 수도 있단 소리군요."

"알아봐주셔야죠."

"박봉에 너무 많은 일 시키시는 거 아닙니까?"

사무장의 장난기 섞인 농담에 김도 웃으며 대꾸했다.

"대신 몸보신해 드리겠습니다."

찜질방에서 나온 두 사람은 근처 삼계탕집에 들어가 이른 점심식사를 했다. 식당 구석진 방에서 김은 현장사진들을 찬찬히 살피기 시작했다. 사무장이 밥맛 떨어진다며 핀잔을 줘도 김은 상관하지 않았다.

그러다 사진 한 장을 사무장에게 내밀며 물었다.

"현장에서 발견된 두 개의 족적사진이요. 이건 아직 확인된 게 없죠?"

사무장은 사진을 건너다보며 고개를 끄덕였다.

"그리고 제3자의 체액이 발견되기도 했었구요."

"하지만 검사 측에선 모두 피고인이 알리바이를 위해 조작한 거라고 주장하고 있어요. 피고인도 이미 시인을 했고…."

"다른 사람의 머리카락까지 뽑아다 놓았다구요? 아뇨, 아니에요. 이건 진짜 범인을 잡을 수 있는 소중한 증겁니다."

"그럴까요?"

사무장이 되물었을 때 식당 종업원이 뚝배기에 담긴 삼계탕을 수레에 싣고 테이블로 다가왔다. 김과 사무장은 여종업원이 돌아갈 때까지 잠시 침묵을 지켰다.

"4층이었고 창문은 잠겨 있었어요. 외부에서 침입한 흔적이 없었단 소리죠."

"정문으로 들어왔을 수도 있잖아요."

"어떻게요?"

김은 뭔가 떠오르는 게 있는지 사무장에게 물었다.

"이 순경이 묵은 모텔 호실 알고 계신가요?"

"경찰 수사기록에 남아 있으니까요."

"최근에 열쇠를 잃어버리거나 하진 않았을까요."

"피고인이 묵었던 방이요? 글쎄요, 그것까진…."

사무장은 숟가락으로 뚝배기 안을 휘젓다 말고 투덜거렸다.

"역시 공짜는 없는 거죠."

김은 사무장에게 인삼주를 따라주며 너스레를 떨었다.

"재판도 뜸해지고… 요즘은 한가하시잖아요."

"사고 치는 사람들도 휴가는 다녀와야 하니까요. 장마가 끝났으니 이제부터 본격적인 휴가시즌이긴 하죠. 그런데 김 변호사님."

"네."

"김 변호사님은 왜 이 순경이 무죄일 거라고 생각하시는 겁니까? 접견실에서도 퇴짜 맞았다면서요."

김은 물수건으로 손가락에 묻은 기름기를 닦으며 응답했다.

"피고인의 얼굴 본 적 있어요?"

"얼굴이요?"

"왜 사랑하는 사람이 죽으면 같이 따라 죽고 싶어 하잖아요. 타나토스적인…."

사무장은 잠시 이 순경의 모습을 떠올리더니 고개를 끄덕였다.

"듣고 보니 그렇긴 하네요."

6

미국 변호사였던 찰스 대로우가 남긴 유명한 명언이 있다. "죄는 미워하되 사람은 미워하지 마라." 하지만 현장에 있다 보면 그 말이 얼마나 공허한지를 알 수 있었다. 죄가 깊으면 그만큼 사람도 미워지는 것이다. 물론 선입견을 가지기 전까진 그리 문제될 건 없지만. '구체적으로 말하자면 선입견을 가지고 수사를 하기 전까진.'

김은 가쁜 숨을 내쉬며 오르막길을 올랐다. 그는 흐르는 땀을 손등으로 닦으며 주위를 두리번거렸다. 이 순경의 본가는 마포구 아현동에 있었다. 서울에서 얼마 남지 않은 재개발 예정 지역인지라 낡고 오래된 건물들로 가득했다. 김은 메모지에 적힌 주소지 앞에 서서 문패를 확인했다. 3층으로 된 빨간 벽돌 건물의 다세대주택이었다. 그는 계단을 올라 2층으로 올라갔다.

현관에서 마주친 사람은 피고인의 동생이라고 했다. 4개월 전에 공익근무를 마치고 복학 준비를 하고 있다는 그는 김이 항소심을 맡은 국선 변호사라고 자신을 소개하자 구세주라도 만난 사람처럼 김을 반겼다.

거실은 좁았지만 정리정돈이 잘되어 있었다. 피고인의 동생이 부엌에서 커피를 타는 동안 김은 거실 여기저기를 두리번거리다 텔레비전 위에 있는 사진을 발견하곤 천천히 그곳으로 걸어갔다. 액자 속 사진에는 초등학생으로 보이는 소년이 경찰관 모자를 비스듬히 쓰고 손에는 38구경의 장난감 권총을 쥔 채 포즈를 취하고 있었다. 머그잔 두 개를 들고 부엌에서 나온 피고인의 동생이 김의 등뒤에서 조용히 말했다.

"형이에요. 형은 어릴 적부터 경찰이 되고 싶어 했거든요."

"아, 그래요?"

"옛날 우리 옆집에 경찰관 아저씨가 살았는데 형은 언제나 그 경찰관 아저씨를 동경했어요. '이다음에 꼭 경찰관이 돼서 악당들을 혼내줄 거야.'라고 말하곤 했으니까."

김은 뒤돌아서서 피고인의 동생에게 사진을 좀 빌려 갈 수 있겠느냐고 물었다.

"그럼요."

동생은 흔쾌히 액자에서 사진을 꺼내 김에게 내밀었다.

"형이 죽이지 않았어요. 두 사람은 정말 사랑하고 있었다구요."

김과 마주 앉은 동생이 먼저 입을 열었다.

"결혼할 생각이 없었던 건 아닙니까?"

"아뇨, 형도 결혼하고 싶어 했어요. 단지…."

동생은 침울한 얼굴로 말을 이었다.

"저와 어머니 때문이었습니다."

"돈… 문제 때문인가요?"

동생은 고개를 끄덕이며 조심스럽게 덧붙였다.

"올해 제가 복학을 하니까 학비 문제가 있었어요. 거기다 어머니가 아프셔서…."

"아, 어머님이 계셨군요."

인사를 하려고 일어서던 김은 방문 사이로 보이는 검은 리본이 달린 양복저고리를 발견하곤 조심스레 다시 자리에 앉았다.

"돌아… 가셨습니까?"

피고인의 동생은 입술을 굳게 다문 채 고개를 끄덕였다.

"석 달 전이었어요. 2심 재판이 시작될 즈음에."

두 사람 사이에 잠시 침묵이 흘렀다. 김은 이 순경이 증언을 번복한 이유를 그제야 알 것 같았다. '정말 그는 삶을 포기할 생각이로군.' 김은 교도소 내에 있는 접견실과 법정에서 봤던 이 순경의 침울한 얼굴을 떠올리면서 생각했다.

"낙태를 한 걸로 알고 있는데 그건 어떻게 된 겁니까?"

"그해엔 형이 시험에 떨어졌거든요. 생각지도 않게 임신을 한 모양이었어요. 형수가… 아, 죄송합니다."

동생은 머리를 긁적이며 수줍게 말했다.

"옛날부터 형수라고 불렀거든요…. 형수가 형 뒷바라지한다고 수술을 한 거였어요."

"형과 의논하지도 않구요?"

"네."

동생은 다시 고개를 끄덕였다.

"그 사실을 왜 1심 때 밝히지 않았죠?"

"기회가 없었어요. 물어보는 사람도 없었구요."

김은 피해자의 사망추정시각이 오전 일곱 시경이라는 법의학적 소견서가 발송되면서부터 이미 피고인이 유죄일 거라는 분위기가 수사관들과 검찰 관계자들 사이에 암묵적으로 돌았다는 사실을 인정해야만 했다. 그런 편견이 개입되기 시작하면 모든 조사가 실인을 검증하는 답사 형식으로 변색되기 쉬웠다. CSI류 같은 미국 드라마들이 과학수사는 백퍼센트 신뢰할 수 있다는 환상을 사람들에게 심어줬는지는 모르지만.

"형이 법정에서 유죄로 인정받고 있는 가장 큰 이유는 자백을 했기 때문이에요. 검사 측에선 형량을 낮추기 위해 자백을 선택했다고 믿고 있는 겁니다. 더 심각한 건 형이 변호를 맡은 저와도 이야길 하지 않는다는 거예요."

"제가 어떻게 도와드리면 되는 거죠?"

"형이 마음을 열 수 있도록 설득하는 겁니다. 재판까진 4일밖에 남지 않았어요."

"내일 당장 형을 만나러 가겠어요."

동생은 다짐하듯이 김에게 말했다. 그리고 나서 머그잔을 입으로 가져갔다.

"형은 몇 달 사이 가장 사랑하는 사람을 두 사람이나 잃어버렸어요. 아마 그 때문일 겁니다. 모두 자신 때문에 일어난 일이라고 생각할 거예요. 그런 성격이니까…."

김은 충분히 공감하고 있다고 말한 뒤 담배를 꺼내 동생에게 내밀었다. 하지만 그는 손사래를 치며 애써 웃는 낯으로 말했다.

"아뇨, 담밴 피우지 않아요. 아버지가 폐암으로 돌아가셨는데, 그때부터 어머니와 약속했거든요. 절대로 담배를 배우지 않겠다구요."

김은 아쉬운 표정으로 담뱃갑을 바라보다 다시 호주머니 속에 집어넣었다. 그리고 접견실에서 담배를 피우지 않는다고 말하던 이 순경의 모습을 잠시 떠올렸다.

7

8미리 비디오카메라의 플레이 버튼을 누르자 노란색 오리 복장을 한 미진이가 다섯 마리의 오리 복장 친구들과 함께 무대 위에서 춤을 추기 시작했다. 유치원에서 재롱잔치가 있었다고 말하는 아내는 미진이의 엉성한 춤 솜씨를 보면서 김을 닮아서 아이가 몸치인 것 같다고 웃어댔다. 미진이는 아내 옆에서 제대로 연습을 하지 못했기 때문이라고 변명을 늘어놓다 말고 비디오카메라의 전원을 꺼버렸다.

"감기에 걸렸었잖아. 유치원에도 가지 못했다구."

미진이는 시위라도 하듯이 아내에게 소리를 질러댔다. 아내는 "누가 뭐래."라고 태연스럽게 대꾸를 한 뒤 비디오카메라를 가방 안에 넣으며 "고성 갈 때 가져가야지."라고 과장되게 말했다. 미진은 "할아버지하고 할머니한테 보여줄 거지. 안 돼!"라고 소리치며 얼굴이 새빨개져서 아내에게 매달리기 시작했다. 김은 두 모녀의 짓궂은 장난을 무덤덤하게 바라보다 말고 베란다로 나갔다. 베란다 난간에 기대어 담배를 입에 문 김은 아파트단지 내에 흐르는 고즈넉한 평온을 즐겼다. 매미 소리, 놀이터에서 떠드는 아이들의 웃음소리, 야채를 실은 1톤 트럭이 지나가면서 내는 마이크 소리, 그리고 산 너머로 검붉게 물드는 저녁 하늘을 김은 멍하니 바라보았다. 그는 지그시 눈을 감은 채 이런 소소한 행복이 오랫동안 이어졌으면 하는 바람을 가졌다. 종교를 가지고 있진 않았지만 자신이 누리고 있는 작은 행복을 누군가에겐 감사하게 생각해야 한다고 느끼기도 했다.

조심스럽게 베란다 문을 열고 나온 아내가 다가왔다. 김의 옆에 나란히 선 아내가 "저도 한 개비 줄래요."라고 말했다. 김은 담배를 아내에게 내밀며 말했다.

"지금도 피우고 있었던 거야? 미진이 가졌을 때 끊은 줄 알았는데."

"가끔요."

김은 거실 쪽을 흘깃거리며 아내에게 다시 물었다.

"하긴, 그땐 그게 당신 매력이었지…. 미진인?"

아내는 배시시 미소를 지으며 말했다.

"삐졌나봐요. 자기 방에 들어가서 나오지 않고… 문도 잠그고…."

"어째 하는 짓이 아이랑 똑같아. 나이를 거꾸로 먹는 것도 아니구."

"젊게 살려는 게 뭐 어때서? 당신 뒷바라지에 내 청춘 다 갔으면 호강이라도 시켜줘야지. 살 만하니까 이젠 애 뒷바라지까지 모두 나한테 떠맡기구. 당신은 나한테 할 말이 없네요."

아내는 담배연기를 김에게 장난스럽게 뿜어댔다.

그러고 보면 아내는 김이 복학한 순간부터 고시 준비를 마칠 때까지 항상 그의 곁에서 힘이 되어주었다. 3년 내리 미역국을 먹었을 때도 그녀는 끝까지 김을 믿는다고 말했다. 스트레스 때문에 본의 아니게 많아진 투정과 끊임없이 주절대는 절망적인 말투에도 아내는 참을성 있게 견뎌주었다.

김은 난간에 등을 기댄 채 문득 '이 순경의 여자친구도 그랬을까?' 하는 생각이 들었다.

"그때 말이야. 고시원 틀어박혀서 당신한테 매일 신경질이나 부리고 할 때… 싫지 않았어?"

아내는 한동안 김의 얼굴을 넌지시 바라보았다.

"진실을 알고 싶어요?"

김이 말없이 고개를 끄덕이자 아내는 심술궂은 표정을 지었다.

"사실 나 그때 따로 만나는 사람 있었어요. 대기업에 다니는 회사원이었고 나이도 비슷해서 놀기 좋았죠. 같이 영화도 보러 가구 술도 마시구 그랬어요. 당신한테 받은 스트레스도 그 남자한테 풀어버리면서."

"하… 그해에 시험에 붙지 못했으면 당신한테 차일 뻔했군."

김은 미소를 지으며 다시 난간으로 몸을 돌렸다. 어느새 하늘은 어두워지고 있었다. 아내 역시 김과 나란히 하늘을 올려다보며 담배를 피웠다. 산등성이에서 불어오는 바람이 두 사람의 얼굴을 스치고 지나갔다.

"살인사건 때문이에요?"

"응?"

김이 살며시 아내를 곁눈질하며 반문했다.

"당신답지 않게 오늘은 우울한 것 같아서 그래요."

"그래? 사실은 오늘 말이야…."

아내가 반쯤 피우다 만 담배를 김에게 내밀었다. 그는 미소를 지으며 담배를 입으로 가져갔다.

"사무장이 피해자에 대해 이야길 해주더군. 고아원 출신에다 고등학교를 중퇴할 수밖에 없었다고. 거기다 가난한 남자친구를 위해 카페에서 술을 팔았었지. 남자친구가 경찰시험에 합격했을 때에도 아픈 어머니가 있어서 카페를 그만둘 수가 없었어. 하지만 그 두 사람은 행복해질 수 있었지. 내년쯤에 결혼식도 올리고 미진이 같은 예쁜 딸을 가질 수도 있었을 거야. 살해되지만 않았다면."

아내가 김의 가슴에 머리를 기댔다. 그는 아내의 머리를 쓰다듬으면서 침울하게 말을 이었다.

"세상은 참 불공평한 것 같아."

"그걸 바로잡는 게 당신 일이잖아요."

김은 말없이 아내의 이마에 입술을 가져가며 혼잣말처럼 조용히 물었다.

"정말 그럴 수 있을까?"

8

7년 전에도 비슷한 살인사건이 부산에서 있었다. 남편이 출근한 사이에 아내와 딸이 살해된 사건이었다. 물론 용의자는 남편이었고 경찰과 검찰에서 그 근거로 제시한 것이 두 피해자의 사망추정시각이었다. 하지만 대법원에서 판결이 뒤집혔고, 용의자였던 남편은 무죄선고를 받았다.

"그때의 공판기록을 보면 이런 말이 있어요. 피해자가 욕조에서 발견되었을 당시 욕조 안의 물은 온수였으며 피해자 중 한 명인 딸의 폐에서 물이 발견된 점으로 미루어 딸은 욕조 안에서도 한동안 살아 있었을 가능성이 있었으며, 그 밖의 많은 변수가 존재했다는 점, 그리고 사체 발견 후 여섯 시간이 경과한 후에야 첫 조사가 이루어졌다는 점을 들어 피해자의 사망추정시각을 전적으로 신뢰할 수 없다, 라구요."

초코바를 반쯤 깨문 채 사무장이 말했다. 김은 책상 위에 걸터앉아 고개를 끄덕였다.

"사망추정시각이 남편이 출근한 여덟 시 이전이라는 걸 증명할 수 없다면 여덟 시 이후라는 것 또한 증명할 수 없다…. 뭐 그런 거지요."

"이 순경 사건도 그때와 크게 다르지 않아요. 이번엔 충분히 승산 있는 게임입니다."

"피고인만 마음을 다잡는다면요."

사무장은 고개를 끄덕이면서 대답했다.

"그렇긴 하죠."

그는 김이 부탁한 서류들을 한 부씩 내밀면서 말을 이었다.

"김 변호사님 생각이 맞았어요. 체내에서 알코올이 분해되는 과정 때문에 소화 속도가 느려질 수 있다고 하더군요."

"그래요? 하지만 검사 측 소견서엔 피해자의 음주에 대한 부분이 빠져 있던데요."

"그것도 알아봤는데 분명히 부검의는 소견서에 그런 사실을 밝혔다고 했습니다."

"그럼, 수사 중에 일부러 누락시켰단 소리군요."

사무장은 어깨를 으쓱이며 짧게 응답했다.

"아마도."

"경찰과 검사 측에선 피해자의 사망시각에 너무 집착하고 있었단 생각이 들어요. 이 순경이 살인범이라고 못을 박은 뒤에 수사를 시작했다는 느낌이 들거든요."

"그게 매너리즘에 빠져서 그래요. 대부분의 경우엔 범인이 맞으니깐…. 그리고 이건 현장에서 발견된 족적과 머리카락, 체액에 관련된 자료들입니다."

또 다른 서류를 김에게 내밀며 사무장이 말했다.

"2007년에 제작된 나이키 신발이군요."

"인터넷에서 대량 판매를 한 제품이에요. 운 좋게 찾아냈죠. 거기 사진에 신발의 전체적인 모양이 나와 있을 겁니다."

"270밀리에 이런 디자인이라면 20대 초반에 175센티미터 이상의 신장일 가능성이 클 거예요. 거기다 B형에 곱슬머리."

"하지만 머리카락의 경우엔 그전에 숙박했던 손님의 것일 수도 있지요."

"물론입니다."

김은 사무장이 건네준 서류들을 살피다 말고 물었다.

"참 그건 어떻게 됐죠? 그 열쇠….."

"제가 직접 모텔에 가서 알아봤는데요. 피해자가 묵었던 방의 열쇠를 잃어버린 적이 없답니다."

"최근에 모텔을 그만둔 종업원은요."

"그건 또 왜요?"

"청소하는 직원들이 마스터키 같은 걸 가지고 다니잖아요."

"그것까진 생각하지 못했는데…. 김 변호사님, 이번 3011호 사건은 정말 열심이시군요."

사무장은 말하며 혀를 내둘렀다.

"분명히 살인범은 지금도 이 도시 어딘가를 활보하고 다닐 겁니다. 전 그런 사실을 참을 수가 없어요."

사무장은 김의 부릅뜬 눈을 바라보면서 한숨을 내쉬었다.

"네, 한 번 더 알아보죠. 종업원 중에 나이키 신발을 신고 곱슬머리에 B형, 마스터키를 사용할 수 있는 사람이 있었는지…. 대신 이번엔 진짜 몸보신하러 가는 겁니다. 을지로 쪽에 제대로 된 장어구이집이 생겼다는데."

그때 여 사무원이 노크를 하고 들어와 김에게 통지서 한 장을 내밀었다.

"최 변호사님이 업무 외적인 건 개인이 알아서 해결하시래요."

김은 범칙금 납부통지서를 뜯어 펼쳤다. 오만 원짜리 속도위반 딱지였다. 옆에서 통지서를 건너다보던 사무장이 "사진은 잘 나왔네."라고 김에게 농담을 건넸다.

9

"이원희 씨 항소심 국선 변호를 맡은 김유입니다."

교도소 직원은 접견신청서를 내미는 김을 올려다보며 박카스병을 흔들어댔다.

"어젠 동생이 찾아왔었죠."

김은 간단하게 대꾸했다.

"아, 그래요."

접견실 중앙 테이블에 앉은 김은 검사 측에서 제시한 법의학적 소견서를 펼쳐 읽으며 꼼꼼하게 체크했다. 그리고 이 순경이 갑자기 증언을 번복한 부분에 대해서 읽기 시작했다.

"잠들어 있는 피해자의 몸 위에 올라타 두 손으로 목을 졸라 살해했다. 알리바이를 만들기 위해 출근했으며… 가만, 그렇다면 왜 모닝콜을 부탁했을까?"

김은 어이가 없다는 듯 고개를 흔들었다. 정말 이 순경이 피해자를 살해할 목적이었다면 모닝콜을 부탁할 필요가 없었기 때문이다. 종업원이 실수로 여덟 시가 아닌 일곱 시에 모닝콜을 했다면 더욱 그러했다. 결국 모닝콜을 했던 시각이 이 순경에게 혐의를 두는 가장 큰 이유가 되었던 것이다.

'이런 엉터리 같은 수사가 어딨지. 모두들 피해자의 사망추정시각이라는 함정에 빠져 있었던 거야.'

그때 교도관과 함께 피고인이 모습을 나타냈다. 김은 자리에서 일어나 그에게 눈인사를 건넸다. 피고인이 자리에 앉는 동안 김은 검은색 서류가방에서 초콜릿 우유를 꺼내 테이블 위에 올려놓았다.

"동생이 그러더군요. 초콜릿 우유를 좋아한다고."

피고인은 응답하는 대신 테이블 위에 있는 우유를 한동안 내려다보았다. 그러고 나서 김에게 시선을 던지며 말했다.

"초콜릿 우유는 배정이가 좋아했어요. 초콜릿 우유뿐 아니라 케이크, 아이스크림같이 단 걸 좋아했죠."

김은 피고인이 대꾸하는 순간부터 마음이 놓이기 시작했다. 그가 김에게 마음을 열어 보인다면 그보다 다행스러운 일은 없으니까.

"아내는 커피를 좋아하죠. 언제부턴가 저도 아내 식성을 따라가게 되더군요."

"어제 동생이 찾아왔었습니다."

김은 말없이 고개를 끄덕였다.

"이 순경과 좀 더 친해지고 싶어서…. 이해하죠?"

피고인은 대답하는 대신 테이블 바닥을 쓸쓸하게 내려다봤다. 그리고 천천히 우유팩으로 손을 가져갔다.

"고아원에 있을 때부터 제일 먹고 싶었던 게 달달한 초콜릿 케이크였다고 말하곤 했죠. 그래서 경찰시험에 붙은 날 커다란 케이크를 사서 배정일 기다렸어요. 아주 큰 케이크 말예요…. 예쁜 반지도 선물하고 싶었지만 돈이 없었어요. 첫 월급을 타면, 정말이지 그땐 꼭 그렇게 해주겠다고 약속을 했었거든요. 그런데…."

피고인의 양어깨가 떨리기 시작했다. 그의 뺨에서 흘러내린 눈물방울이 테이블 아래 접견실 바닥으로 떨어졌다. 김은 조용히 담배를 꺼내 입에 물었다.

"결국엔 약속을 지키지 못했어요. 1년이 지난 뒤에도 말예요."

피고인은 잠시 심호흡을 하고 나서 다시 입을 열었다.

"그날도 그녀가 제게 말했죠. 삼십 분만 더 있다가 출근하면 안 되냐구…. 삼십 분만이라도 같이 있고 싶다고…. 하지만 전 그러지 않았어요."

"자책할 필요 없어요, 이 순경."

김은 피고인의 동생에게서 빌린 그의 어릴 때 사진을 살며시 내밀었다.

"경찰이 돼서 악당을 혼내주는 게 꿈이었다고 동생이 그러더군요."

피고인은 사진을 내려다보며 고개를 흔들었다.

"전 그럴 자격이 없어요. 전 여자친구와 어머니까지…."

"이봐, 이 순경!"

김이 양손으로 테이블을 내려치며 큰 소리로 외쳤다. 창가 쪽 의자에 앉아 있던 교도관이 동그랗게 뜬 눈으로 김을 쳐다보았다.

"언제까지 그렇게 도망만 다닐 건가. 억울하지도 않아? 여자친구와 어머니가 지금의 자네 모습을 본다면 뭐라고 할 것 같아, 응? 잘한다고 박수라도 쳐줄 것 같나?"

김은 테이블 위에 있는 서류를 신경질적으로 정리하기 시작했다. 김의 갑작스러운 호통에 피고인은 고개를 숙인 채 침묵을 지켰다.

김은 서류가방을 챙기면서 덧붙였다.

"다른 변호사 찾아보도록 해. 자네같이 나약한 인간은 더 이상 상대하고 싶지 않으니까…."

옆에 엉거주춤 서 있던 교도관이 김과 피고인을 번갈아 보며 안타까운 시선을 던졌다. 김이 접견실 문 앞으로 다가갔을 때 피고인이 천천히 입을 열었다.

"아무도 제 말을 믿어주지 않았어요."

문 앞에 서 있던 김이 뒤돌아서서 피고인을 바라보았다. 피고인은 여전히 의자에 걸터앉아 힘없이 말을 이었다.

"아무도 제 말을 믿지 않았다구요…."

김이 피고인에게 다가가며 한풀 꺾인 목소리로 말했다.

"그 아무도에서 나와 동생은 빼주게. 적어도 나와 이 순경의 동생은 그렇게 생각하지 않았으니까."

피고인은 김을 올려다보며 물었다.

"왜 저한테 이렇게까지 하는 겁니까?"

"자넨 대한민국 경찰이니까. 악당을 혼내줘야 하잖아."

10

102호 법정의 변호사 대기실에 앉은 김은 선배 변호사들과 귓속말로 이야기를 나누고 있었다. 재판정에선 초등학교 여학생을 성추행한 혐의로 체포된 피고인에 대한 검사 측의 공격이 시작되고 있었다. 김의 옆에 나란히 앉아 있던 선배 변호사는 "저런 녀석은 아예 거시길 잘라버려야 한다니까."라고 속삭였다. 그때 법정 안으로 들어온 사무장이 김을 향해 손짓했다. 김은 폭행사건 서류를 자리에 내려놓고 사무장을 따라 법정 밖으로 조용히 걸음을 옮겼다.

"무슨 급한 일이에요? 곧 재판이 시작될 텐데."

손목시계를 확인하며 김이 말했다. 사무장은 복도 한쪽에 서 있던 스포츠머리의 젊은 남자에게 다가가며 흥분한 목소리로 말했다.

"글쎄, 몇 분이면 된다니까요."

스포츠머리가 다가오는 김에게 허리를 굽혀 인사를 했다. 두 사람 사이에 선 사무장이 젊은 남자를 가리키며 그를 소개했다.

"3011호 피고인과 시험 공부를 같이 했었답니다."

스포츠머리는 한 번 더 김에게 고개를 꾸벅거리고 나서 입을 열었다.

"사이버테러대응센터에 근무하고 있어요. 공부할 때 이 순경과 함께 스터디그룹을 했습니다."

"아, 그래요. 반갑습니다. 그런데 무슨 일이죠?"

"이 순경 변호를 맡으셨다구요."

김은 고개를 끄덕이며 말했다.

"그렇습니다."

스포츠머리는 주섬주섬 가방 안에서 DVD 케이스를 꺼내 김에게 내밀었다.

"이걸 전해드리고 싶어서요."

김은 스포츠머리가 건네는 DVD 케이스를 받아들며 물었다.

"이게 뭐죠?"

"이틀 전에 저희 센터로 신고가 들어왔어요. 몰래카메라에 당했다는 제보 전화였는데, 그게….."

옆에 있던 사무장이 반문했다.

"몰래카메라요?"

스포츠머리가 말을 이었다.

"아무래도 카메라에 찍힌 모텔이 이 순경이 배정 씨랑 묵었던 곳 같아서요. 저도 가끔 이 순경한테 놀러 갔다 늦으면 그 모텔에서 잠을 자곤 했거든요."

김과 사무장은 서로 시선을 교환하며 "모텔?" 하고 동시에 입을 열었다. 김이 물었다.

"범인은 잡았습니까?"

"아뇨, 아직…… 하지만 아이피를 추적하는 중이니까 곧 잡을 수 있을 겁니다."

그때 102 법정에서 선배 변호사가 얼굴을 내밀며 김에게 소리쳤다.

"이봐, 김변. 자네 차례야."

김은 DVD를 사무장에게 건네며 "10분이면 끝나요."라고 말한 뒤 스포츠머리에게 감사의 말을 전했다.

"이 순경은 곧 복직될 겁니다."

11

김은 팔짱을 낀 채 노트북 화면에서 몰래카메라에 촬영된 영상을 보고 있었다. 화면 속에는 두 명의 벌거벗은 남녀가 침대 위에서 뒹굴고 있었다. 낮은 조도 때문에 방 안 전체가 흐릿했지만, 분명히 이 순경이 묵었던 모텔 같았다.

함께 영상을 보던 사무장은 침대 오른쪽에 놓인 화장대 근처를 손가락으로 가리키면서 말했다.

"맞는 것 같아요, 3011호. 피고인이 묵었던 방이요. 저기 화장대 거울에 비치는 간판 보이시죠?"

김은 노트북 화면 가까이 다가가 사무장이 가리키는 곳을 주의 깊게 살폈다.

"무슨 나이트클럽 같은 건가요? 되게 반짝거리는 것 같은데…."

"맞습니다. 모텔 맞은편에 나이트클럽이 있어요. 그리고 간판이 정확히 모텔의 4층, 407호와 맞닿아 있죠."

김은 심각한 얼굴로 카메라의 각도를 어림잡았다. 그러다 현장에서 발견된 족적사진을 떠올렸다. 김은 책상 위에 놓여 있던 서류 속에서 사진을 찾아 노트북 앞으로 돌아왔다.

"현장에서 발견된 족적이요. 그게 발견된 곳이 어디였죠?"

"텔레비전이 놓인 선반 근첩니다."

대답하던 사무장이 뒤돌아보며 "그건 또 왜요?"라고 물었다.

"카메라 앵글요. 족적이 발견된 곳과 비슷한 것 같지 않아요?"

사무장은 김의 말을 되짚어보더니 탄성을 터뜨렸다.

"아! 그렇군요…."

사무장은 김이 내미는 족적사진을 보면서 화면 속 카메라의 시선과 이리저리 비교했다. 김은 일시정지 버튼을 누른 뒤 확인하듯이 입을 열었다.

"카메라는 텔레비전이 있는 곳 부근에 설치돼 있었을 겁니다. 그리고 족적은 그 부근에서 발견됐구요."

"그게 뭘 뜻하는 걸까요?"

"몰래카메라 때문에 피해자의 방으로 범인이 들어갔을 가능성은 어때요?"

"몰카라… 하지만 왜요?"

사무장의 질문에 김은 족적사진을 한 번 더 보면서 말했다.

"이제부터 알아봐야죠. 여기서 모텔까지 30분이면 갈 수 있겠죠?"

12

50대로 보이는 모텔 주인은 숨을 쉴 때마다 배가 풍선처럼 부풀어 올랐다. 그는 느린 걸음걸이로 4층 복도를 지나 407호실 앞에 서서 카드를 도어록에 갖다 댔다. 김은 남자가 사용하는 카드에 시선을 두며 물었다.

"마스터키군요."

남자는 고개를 끄덕이면서 퉁명스럽게 대답했다.

"이거 없으면 안 돼요. 문이 닫히면 저절로 잠기게 되어 있거든요. 가끔 속옷차림으로 나왔다 방으로 들어가지 못하는 손님들이 있으니까."

사무장과 함께 방으로 들어선 김은 곧장 텔레비전 앞으로 걸어가 주위를 살피기 시작했다. 문 앞에 서 있던 주인 남자가 못마땅한 표정으로 말했다.

"여기에 뭐가 있다는 거지요?"

사무장이 미소를 지으며 응답했다.

"범인이 남기고 간 물건을 찾고 있습니다."

모텔 주인은 여전히 불만스러운 표정으로 대꾸를 했다.

"이미 범인은 잡혔잖아요. 안 그래도 손님 떨어질까봐 쉬쉬하고 있단 말입니다."

주인은 신경이 쓰이는지 문밖 복도를 흘깃거리며 혹시 손님이 지나가지는 않는지 확인을 했다. 그사이 김은 텔레비전 주위를 살피다 말고 벽에 걸린 그림액자로 눈길을 돌렸다. 사과와 촛대가 놓인 체크무늬 탁자를 배경으로 한 싸구려 정물화였는데 그림을 바라보던 김은 호주머니 속에서 꺼낸 손수건으로 액자틀을 잡은 뒤 조심스럽게 들어 올렸다.

"거기군요."

사무장이 다가와 말했다. 김은 그림액자의 중앙에 난 작은 구멍을 뚫어지게 쳐다보았다. 사무장은 액자가 걸렸던 벽면을 가리키면서 김에게 말했다.

"저기에 설치를 했었겠죠?"

사무장이 손짓하는 곳에는 정사각형 모양의 홈이 패여 있었다. 콘센트가 있던 자리였는지 검은색과 빨간색 전선 가닥이 벽면 사이로 살며시 보였다.

"하지만 지금은 아무것도 없군요."

김의 말에 사무장은 반문을 했다.

"카메라가 없다는 게 뭘 뜻하는 걸까요?"

김은 족적이 발견된 곳에 서서 벽면을 바라보았다. 그리고 뒤돌아서서 침대로 시선을 돌렸다.

"만약 피해자가 말입니다, 몰래카메라가 설치된 걸 우연히 발견하게 됐다고 가정하면 어떨까요?"

"피해자가요?"

"그날 이 순경이 경찰복 차림으로 모텔에 묵었다고 했었죠. 그러니까 겁이 났을 겁니다. 경찰관의 여자친구였으니까요."

"그렇다면 실시간으로 화면을 보고 있었단 소리가 되겠군요."

사무장은 오른손을 턱으로 가져가면서 주인 남자에게 물었다.

"살인사건이 일어난 뒤에 모텔을 그만둔 직원은 없었습니까?"

현관 쪽에 기대어 서서 어디론가 문자메시지를 보내고 있던 모텔 주인이 고개를 돌리면서 되물었다.

"네? 뭐라구요?"

"살인사건이 일어난 뒤에 여길 그만둔 남자 직원이 있었냐구요."

모텔 주인은 어깨를 으쓱이다 말고 대꾸했다.

"한 녀석이 있긴 있었습니다만… 왜 그러시죠?"

이번엔 김이 질문을 던졌다.

"그 직원 키가 175센티미터 이상이거나 곱슬머린 아니었습니까?"

모텔 주인은 의아한 표정으로 되물었다.

"맞아요. 녀석 키가 어중간한 편이었죠. 곱슬머리에….''

애써 흥분을 감추며 김이 물었다.

"연락처나 주소 같은 걸 알고 싶은데요."

"그야 어렵지 않습니다만, 도대체 무슨 일입니까?"

모텔 주인이 되묻자 사무장이 대신 대답했다.

"여기서 일어난 살인사건과 관계가 있습니다."

모텔 주인은 눈을 동그랗게 뜨며 "네?"라고 묻고는 믿을 수 없다는 듯 입을 열었다.

"그럴 리가요. 그 녀석은 휴학생이었습니다. 대학생이었다구요."

13

사이버테러대응센터에 근무하는 스포츠머리에게 모텔 직원에 대한 정보를 제공하는 건 사무장의 몫이었다. 김은 오후에 뇌물수수사건과 관련된 재판이 잡혀 있었다.

법정으로 들어가기 전에 김은 사무장에게 당부했다.

"압수수색이 필요할 거예요. 만약 범인이 녹화한 CD나 테이프를 갖고 있다면 이 순경의 혐의가 풀리게 되는 거니까. 그거 잊지 마세요. 그리고 현장에서 발견된 족적과 머리카락, 휴지에서 발견된 체액의 유전자감식결과도 챙겨두셔야죠. 아, 또 모텔에서 가져온 그림액자요. 거기 지문검사도 해야 하고."

김의 말이 끝나자마자 사무장은 "걱정하지 마시라니까요." 하고는 김을 법정 안으로 떠밀었다.

몰래카메라의 동영상을 인터넷에서 판매한 남자가 잡혔다는 소식을 전해 들은 건 그로부터 일곱 시간이 지난 뒤였다. 마침 사무장과 사무실 근처의 국밥집에서 늦은 저녁을 먹고 있던 김은 핸드폰에서 흘러나오는 스포츠머리의 목소리를 들으면서 안도의 한숨을 내쉬었다. 3011호 피해자가 살해되던 당시의 영상을 찾을 수만 있다면 3일

뒤에 있을 재판에서 새로운 증거자료로 사용할 수 있기 때문이었다.

스포츠머리는 차분하게 사건의 경위에 대해 설명하기 시작했다.

"관할 사이버수사대에 현행범으로 잡힌 녀석은 사무장님의 말씀대로 스물네 살의 휴학생이었습니다. 녀석의 주소지에서 이미 몰래카메라 두 대와 수백 개의 동영상도 발견을 했구요. 아이피도 그쪽 주소가 맞았습니다. 담당 계장님께서 따로 연락을 주셨는데 피해자 자료에 대해 알려주면 조사를 하겠다고 말씀하셨습니다."

김은 반주로 마시던 소주잔을 비우면서 응답했다.

"아뇨, 직접 찾아가 뵙도록 하죠. 관할 경찰서가 어디라고 했습니까?"

"남붑니다."

김은 국밥집 벽에 걸려 있는 시계의 시각을 확인하면서 다시 입을 열었다.

"거기 계장님 핸드폰 번호를 알 수 있을까요?"

스포츠머리가 불러주는 번호를 사무장의 핸드폰으로 저장한 뒤 김은 서둘러 몸을 일으켰다. 맞은편 테이블에 앉아 물수건으로 목 주위를 닦던 사무장은 한숨을 내쉬며 말했다.

"수저 든 지 20분도 안 됐네요."

김이 못 들은 척 아무런 대꾸를 안 하자 사무장은 별수 없다는 듯 플라스틱 의자에서 일어나 계산대로 향했다.

14

남부경찰서에서 만난 계장은 경찰대학 출신의 젊은 사내였다. 김은 계장에게 대략적인 사건 경위에 대해 설명하고 피해자의 인적사항에 대해서도 밝혔다. 옆에 있던 사무장이 현장에서 발견된 족적사진과 국과수의 유전자감식결과가 나와 있는 서류, 3011호 사건조사기록을 계장에게 건넸다. 그리고 "지문 채취도 의뢰했으니 곧 연락이 올 겁니다."라고 덧붙였다. 계장은 누런 봉투에 들어 있는 서류를 옆구리에 끼면서 유치장에 수감 중인 녀석은 묵비권을 행사 중이라고 말했다.

"어디서 본 건 있어가지고…. 더구나 살인사건에 대해선 들으려고도 하지 않아요."

계장은 자판기 커피를 뽑아 김에게 먼저 내밀었다. 김은 종이컵을 받아들며 물었다.

"동영상들은 어디 있습니까?"

"박스에 담아 보관 중입니다. 케이스에 아무런 표시가 없기 때문에 일일이 확인을 해봐야 할 겁니다."

"그래도 재판 때까지는 찾을 수 있겠죠."

자판기 가장 왼쪽에 있는 블랙커피 버튼을 누르면서 계장이 질문을 던졌다.

"거기 피고인이 경찰이라고 들었습니다만?"

김은 고개를 끄덕이면서 응답했다.

"네, 아주 훌륭한 경찰관이 될 겁니다."

계장의 말대로 박스 안의 CD 케이스에는 아무런 표시도 되어 있지 않았다. 김과 사무장은 사이버수사대 사무실 한쪽에 앉아 무작위로 CD를 집어 들었다. 동영상 화면에는 다양한 나이와 계층의 커플들이 나타났다 사라졌다. 근처 다방에서 티켓을 끊어 여자를 사는 중년 남자가 있는가 하면, 고등학생으로 보이는 나이 어린 커플도 있었다. 중년 여성과 젊은 남자나 반대로 젊은 여자와 중년 남자의 사랑이 있었고 동성애 커플도 있었다.

사무장이 길게 하품을 해대며 한마디했다.

"참, 세상은 요지경이에요."

김은 서른 번째 영상을 틀면서 우려 섞인 목소리로 물었다.

"녀석이 동영상을 지워버렸으면 어떡하죠?"

사무장은 의자등받이에 몸을 깊숙이 기댄 채 박스에 남아 있는 CD

케이스를 넘겨다보며 대꾸했다.

"아직 많이 남아 있잖아요. 조금 더 찾아보죠."

김은 호주머니를 뒤져 담배를 꺼냈다. 그때 옆에 있던 사무장이 졸린 음성으로 말했다.

"김 변호사님, 전 담배 끊은 지 3개월째예요."

김은 입에 문 담배를 다시 담뱃갑 속에 넣으면서 말했다.

"3011호 피고인도 담밸 피우지 않는다고 하더군요. 아버지가 폐암으로 죽었기 때문이라고…. 어머니와 담배를 피우지 않겠다고 약속했다고 말이죠."

사무장은 반쯤 감긴 눈으로 모니터 화면을 바라보면서 응답했다.

"음, 그건 잘한 일이죠."

"아세요? 부모를 공경하는 남자가 살인을 저지를 확률이 몇 퍼센트나 되는지?"

"글쎄요…."

사무장은 느릿하게 상체를 일으켜 서른한 번째 동영상 CD를 꺼내 들었다.

"0.2퍼센트 미만입니다. 0.2퍼센트."

김의 확신에 찬 목소리에도 사무장은 별로 신경을 쓰지 않았다. 리모컨으로 빠르게 보기 전환을 하면서 반문했다.

"0.2퍼센트에 의해서 세상이 변하기도 한다는 거 모르십니까?"

다시 정상 속도로 리모컨을 작동시키면서 사무장은 무덤덤하게 말했다.

"아무래도 오늘의 행운번호는 31번이었군요. 김 변호사님, 저기 하얀 제복이 보이십니까?"

15

8월 1일 오후 세 시의 대기온도는 35도를 오르내리고 있었다. 방청석에 앉은 사람들은 모두 대형 에어컨 가까이에 모여 있었다. 언제나처럼 서기와 속기사가 3011호 재판을 준비하고 있었고, 재판장은 반쯤 얼이 있는 플라스틱 물통으로 연신 입을 축였다. 검사석의 윤 검사는 어느새 구릿빛 피부를 하고 나타났다. 본격적인 무더위가 시작되어서인지 사람들 표정이 나사가 풀린 듯 멍하고 피곤해 보였다. 다만 피고인석에 서 있는 이 순경만이 굳은 얼굴로 재판정을 바라보고 있었다. 어제 오전에 접견실을 찾아간 김이 몰래카메라와 용의자에 대한 이야기를 들려주었기 때문인지도 몰랐다. 용의자의 나이가 스물네 살이며 대학 휴학생이라고 김이 말하자, 그는 비교적 담담한 목소리로 물었다.

"영상을 보셨습니까?"

김은 말없이 고개를 끄덕이고 나서 동영상에 대해 간단하게 설명을 했다.

"배정 씨가 몰래카메라를 발견하고 그곳으로 다가가 벽에 걸린 그림액자를 들어 내리려고 했어요. 그때 녀석이 들어와 뒤에서 목을 졸랐지. 그 뒤에 카메라의 앵글이 흔들렸는지 화면은 한동안 텔레비전 근처의 바닥을 찍고 있었어요. 그리고 곧 남자의 나이키 신발이 보이고 그것으로 영상은 끝나버렸어요. 아쉽게도 그림액자에서 지문을 발견하진 못했습니다. 하지만 같은 사이즈의 나이키 운동화를 찾아냈어요. 녀석의 원룸 신발장에서."

"그럼 전 풀려나는 건가요?"

"아직은…. 그쪽의 수사 진행 상황과 재판 과정을 지켜봐야죠. 하지만 여기선 곧 나갈 수 있을 겁니다. 내가 조치를 할 테니까."

피고인은 주먹을 불끈 쥐더니 말했다.

"녀석을 만나보고 싶군요. 왜 그런 짓을 한 거죠?"

84

"학비와 생활비 때문이라고 하더군요."

"결국, 녀석도 불쌍한 놈이었군요. 제 손으로 녀석의 손에 수갑을 채우고 싶습니다."

김은 2심에서의 자백이 허위였다는 사실을 먼저 밝혀야 한다고 말했다. 그는 입술을 깨문 채 고개를 끄덕이곤 김을 보며 말했다.

"진심으로 감사하게 생각합니다."

김은 윤 검사가 심문하기 전에 서기를 통해 진범으로 보이는 용의자가 남부경찰서에 수감 중이라는 사실을 밝혔다. 재판장은 증거자료로 제출된 CD케이스를 훑어보면서 "여기에 진범의 범행 장면이 찍혔단 소리죠?"라고 확인하듯 물었다. 그러곤 의사봉을 두드리며 "잠시 휴정하겠습니다."라고 말했다. 그리고 윤 검사와 김을 재판석 가까이 불러 속삭였다.

"판사실에서 보도록 할까요."

16

판사실 가장자리에 데스크톱이 놓여 있었다. 재판장과 윤 검사가 앉아 있는 가운데 김이 컴퓨터 앞으로 걸어가 CD를 꺼냈다.

"동영상에 나왔던 신발이 발견됐어요. 머리카락과 체액에서 채취한 유전자감식결과도 동일인으로 나왔구요. 사건 발생 당시 모텔 종업원으로 일하고 있었습니다. 녀석의 원룸에서 발견된 동영상 대부분도 그 모텔에서 촬영한 거구요."

재판장이 팔짱을 긴 채 혼잣말처럼 말했다.

"마스터키로 문을 열고 들어갔단 소리군요."

김이 재판장에게 말했다.

"피고인 구속 취소 신청을 할까 합니다."

재판장은 고개를 끄덕이면서 윤 검사를 바라보았다.

"재판을 연기해야겠지요? 진범의 형이 확정되는 대로 무죄선고를 내리기로 하고."

윤 검사는 재판장의 말에 수긍하는지 눈을 깜빡거렸다. 그리고 소파에서 일어서며 김에게 말했다.

"자네가 이겼군."

그리고 재판장에게 고개를 꾸벅하곤 입을 열었다.

"재판장님도 수고하셨습니다. 전 화장실에 가봐야 할 것 같아서요."

"5분 뒤에 속개하는 것으로 하고…. 김 변호사도 피고인 대기실에 가봐야지요?"

재판장도 소파에서 일어나 법복을 다시 걸쳤다. 김과 나란히 판사실 복도로 나온 윤 검사가 뭔가 허탈한 표정을 지으며 말했다.

"이번 사건 말이야… 진범이 잡히지 않았으면 어떻게 됐을까?"

"물론, 그래도 내가 이겼겠지."

윤 검사는 김의 옆구리를 찌르며 "어련하겠어."라고 말한 뒤 오른손을 들어 그의 어깨 위에 걸쳤다.

"휴가 다녀와야지? 어쨌든 홀가분하게 떠날 수 있어 좋겠어."

17

국도를 빠져나가면서 차가 조금씩 속도를 내기 시작했다. 뒷좌석에 탄 아내는 새벽부터 수산시장에 들러 전복을 사 왔다. 전복죽은 김의 어머니가 좋아하는 음식이었다. 새벽에 잠을 설친 탓인지 아내는 낙동강 하구를 지날 때부터 꾸벅이며 졸기 시작했다. 미진이는《빨강머리 앤》을 읽다 말고 아내의 눈치를 살피며 김에게 속삭이듯 말했다.

"진짜 테이프 안 가져가는 거지?"

김은 시치미를 떼며 답했다.

"물론이지. 아빠가 카메랄 숨겼어. 엄마가 가방 찾는 거 미진이도

봤잖아."

"응…. 어쨌든 다행이다."

길게 안도의 한숨을 내쉬며 미진이는 다시 책을 펼쳐 들었다. 그러곤 졸고 있는 아내를 흘겨보며 입술을 삐죽였다.

고성에 거의 도착할 무렵 사무장으로부터 전화가 걸려 왔다.

"지금 막 청평에 도착했거든요. 여긴 생각했던 것보다 좋은 것 같아요. 김 변호사님은 고성에 잘 가셨습니까?"

"아직요. 하지만 곧 도착할 겁니다."

"마누라나 애들 등쌀만 아니라면 그저 집에서 낮잠이나 자는 건데 말입니다. 아, 그리고 이 순경한테 문자가 왔어요. 오늘 나온답니다. 다음 주쯤 사무실에 들르겠다고 하는군요."

"그래요?"

피고인 대기실에서 이야기를 나누던 이 순경의 모습을 떠올리며 김은 잠시 미소를 지었다. 고성 시내로 들어서자 도로가 밀리기 시작했다. 김은 차창을 닫고 에어컨을 다시 틀었다.

작가의 글

2007년 가을로 기억하고 있다. 한국추리문학상 황금펜상을 수상하게 되었다고 전화를 건 사람은 당시 한국추리작가협회 사무국장이었던 황 선배였다. 충청도 사투리가 섞인 특유의 구수한 목소리로 상을 타게 되었으니 연말에 서울로 올라오라는 거였다. 사실 그때만 해도 황금펜상이 뭔지도 몰랐다. 당시 한국추리작가협회에서 주관하는 상은 1985년에 처음 만들어진 한국추리문학상 대상과 신예상, 그리고 '계간 미스터리' 신인상이 전부였다.

그해 겨울, 제1회 황금펜상 시상식이 총회와 함께 이어졌다. 《B컷》이라는 장편으로 신인상을 수상한 최혁곤 선배와 나란히 사진도 찍고 트로피도 받았던 기억이 난다. 하지만 그 뒤로 몇 년 동안 2회 수상자가 나타나지 않았고, 1회로 황금펜상이 없어지는 건 아닌가 하는 부담감도 있었다. 하지만 다행히 2회 수상자가 4년 만에 나왔고, 그 후배 작가(박하익)는 수상작인 단편소설을 장편으로 늘려 JTBC에서 드라마로 방영하는 쾌거를 이루었다. 동시에 상의 가치도 그만큼 높아졌다. 물론 나도 황금펜상을 수상한 뒤에 부산일보 신춘문예와 문학동네 작가상을 수상하며 나름 황금펜상의 권위를 높이는 데 일조했다는 자부심을 가지고 있다. 그 뒤로 인권위원회 조사관을 소재로 한 소설로 역시 드라마 방영까지 되었던 송시우 작가와 얼마 전 교보스토리 공모전 대상을 받으며 베스트셀러를 낸 황세연 작가를 비롯해, 실력과 성실함을 갖춘 작가들이 많이 배출되었다. 현재 한국추리작가협회 회장인 한이 작가로부터 '황금펜상 수상작품집'을 낸다는 소식을 들었을 때, 기뻐했던 이유도 그 때문이다. 앞으로도 황금펜상 수상자들의 선전을 진심으로 기원한다.

무는 남자

박하익

박하익

1981년 충북 청주에서 태어났다. 2008년 '계간 미스터리' 신인상, 2010년 '동양일보 신인문학상' 소설 부문에 당선하며 작품 활동을 시작했다. 장편소설《종료되었습니다》,《선암여고 탐정단》등을 냈으며,《도깨비폰을 개통하시겠습니까?》로 제22회 창비 '좋은 어린이책' 원고 공모에서 대상을 받았다.

1

그와 맞닥뜨린 건 아파트단지에 설치된 방음벽 근처에서였다. 등굣길. 막 코너를 돌았을 때 하얀색 플라스틱 안대를 한 남자가 말을 걸어왔다.

"고운눈 안과가 어딨는지 아세요?"

방향을 알려주려고 몸을 돌린 순간이었다. 그가 채율의 입을 틀어막았다. 능소화 넝쿨 뒤로 끌려들어갔다.

'무는 남자다!'

정신이 번쩍 들었다.

요즘 한창 출몰한다던 변태였다. 바바리맨은 못 볼 곳을 보여주기만 할 뿐이지만 무는 남자는 소녀들의 팔목을 깨물었다. 변장술이 뛰어나서 아직 누구도 진짜 얼굴을 보지 못했다.

송곳니가 오른쪽 팔목을 아프게 파고들었다.

채율은 몸부림을 쳤다. 남자가 입은 알로하셔츠 깃을 휘어잡았다.

우두둑 단추가 떨어졌다. 셔츠 깃 사이로 뱀처럼 뒤엉킨 검은 곡선이 보였다.

'트라이벌 타투….'

여고생의 살결을 쪽쪽 빨며 탐닉한 후에야 변태는 떨어졌다. 막대사탕을 꺼내 입에 물려주기까지 했다. 소문대로 체리맛이었다. 목캔디처럼 맵고 알싸했다. 폭력적인 단맛의 울타리를 넘어 남자는 사라졌다.

채율은 치한이 증발한 쪽을 향해 사탕을 집어 던졌다. 가로등에 맞고 튕겨 나온 사탕은 정확하게 반으로 쪼개져 땅에 떨어졌다.

단지 밖으로 빠져나와 택시를 잡았다. 차 안에서 대충 지혈하고 손수건으로 묶었다.

오늘은 서류상으로 전교생 95퍼센트가 희망한 보충수업이 시작되는 날이었다. 학년을 가리지 않고 똑같은 교복을 입은 개미들이 줄줄이 경사진 진입로를 올라가고 있었다. 복장 단속을 하는 선도부원이 있는 곳에서 택시를 세웠다. '선암여고'라 새긴 명판이 보였다. 누군가에게는 다정한 모교의 이름이겠지만 채율에게는 숨기고픈 전과에 불과했다. 국조단군상과 교훈석 사이를 가로질러 학교 안으로 들어왔다.

아직도 심장이 두방망이질 쳤다. 다리도 휘청휘청 힘이 들어가지 않는다.

누군가에게 전화라도 해서 하소연하고 싶다. 하지만 통화가 되는 사람이 없다. 아빠는 회사에 있고, 엄마와 오빠는 지난달 잠깐 한국에 들어왔다가 다시 출국해 버렸다. 중학교 때 친하게 지냈던 친구들은 학적부 관리를 위해 증권캠프, 전경련캠프 같은 곳에 갔기 때문에 연락이 되지 않았다. 그리고 고등학교에서 만난 아이들과는….

드르륵. 교실 문소리에 급우 몇 명이 뒤를 돌아보았다. 눈이 마주쳤지만 그뿐, 데면데면 고개를 돌렸다.

고등학교에서 만난 아이들과는 1학기 내내 인사도 하지 않고 지냈다. 스스로 선택한 바였다. 채율은 이제 곧 미국으로 유학을 떠날 계획이었다. 이류 학교 아이들과 친해질 필요도 이유도 없었다.

롱샴 책가방을 가방 고리에 걸고 영어 교재와 MP3를 꺼냈다. 입시실패를 위로하며 아버지가 사주신 핑크색 소니 NWZ-S455 MP3는 채율이 어디를 가든 반드시 챙기는 애장품 1호였다. 주로 영어듣기 파일을 재생하거나 과외 선생님 강의를 녹음하는 데 사용했다.

이어폰에서 MOT의 〈서울은 흐림〉이 흘러나왔다. 부드러운 선율에 맞춰 호흡을 진정시켰다. 중3 때 이미 토플 80점대를 넘겼던 채율은 영어시간마다 고문당하는 기분이었다.

지루하기는 2교시 수학도 마찬가지였다. 수학 김승국 선생님은 1학기 복습을 한답시고 고난도 프린트 문제풀이만 했다. 개념도 이해하지 못한 아이들 태반이 졸거나 장난을 치는데도 못 본 척 설명만 계속하고 있다. 교실을 장악할 능력이 없는, 학원이었다면 학생과 학부모의 탄핵을 받아 진즉에 내쫓겼을 무능한 교사였다.

에어컨은 고장이 났는지 자꾸만 미지근한 바람을 토해냈다. 외고 입학에 성공했더라면 지금쯤 엘리트 친구들과 함께 캠프에 참석하고 있을 터였다. 두 번 다시 돌아오지 않을 소중한 청춘을 영양가 없는 수업으로 탕진하고 있다는 게 비통했다. 상처는 계속 욱신거렸다.

'병원에 가보지 않아도 괜찮을까?'

손수건을 들춰 보았다. 치흔 주변으로 검푸르게 멍이 올라와 있다.

"안채율! 너도 무는 남자한테 당했냐?"

뒷자리에 앉은 내신 9등급이 어깨를 쳤다. 형식만 의문이지 과도한 성량을 집적시킨 사실상 광고보도다. 졸고 있던 교실이 부스스 몸을 일으켰다. 우리 반 애가? 진짜?

"무는 남자라니?"

김 선생님이 프린트물을 교탁에 내려놓으며 아이들에게 물었다. 어떻게든 수업시간을 줄여보고자 너도나도 침을 튀겨가며 신종 변태에 대한 15분 분량 오디오 다큐멘터리를 완성했다. 피해자인 채율은 입도 벙긋할 필요가 없었다. 김 선생님 허락하에 양호실에 갈 수 있게 된 게 그나마 다행이었다.

종례시간 직전, 담임 선생님 목소리가 스피커를 타고 울렸다.

"1학년 7반 안채율, 2학년 1반 오유빈, 3학년 서민지, 4반 신보람, 은진경, 3학년 3반 도현정, 5반 마슬기, 11반 유하현, 지금 호명된 학생들은 수업이 끝난 후 1학년 7반 교실로 오기 바랍니다. 다시 호명합니다. 1학년 7반 안채율…."

정식교사로 발령받은 지 2년밖에 되지 않은 정동수는 서른이 된 올해 처음으로 담임을 맡았다. 피곤할 정도로 반 아이들을 각별히 대했다. 교무실로 돌아간 김 선생님의 이야기를 듣고 흥분한 모양이었다.

"내일 하면 안 돼요? 저 오늘 과외 가야 하는데…."

"금방 끝낼 테니까, 걱정하지 마."

팔에 든 멍을 보고 동수는 단호하게 말했다. 책상 위에는 인쇄된 A4 용지가 놓여 있었다. 무는 남자에게 기습당한 상황을 육하원칙에 맞춰 쓸 수 있게 칸이 나뉜 용지였다. 진술서는 빠르고 성의 없이 작성됐다. 최대한 자세하게 쓰라는 당부가 무색했다.

'하교시간이라 그런가?'

집중력이 없는 얼굴들이었다. 운영위원회 회장 딸인 신보람 선배는 아예 영어 단어를 외우고 있었다. 유명 예고를 다니다가 폭력사건을 일으키고 일반고로 편입한 마슬기 선배는 핸드폰으로 문자를 보내고 있다. 다들 동수를 불신하고 있었다.

선암여고는 선암중과 함께 선암재단에 속한 사립학교였다. 개방이 사제가 도입된 후 위세가 한풀 꺾였다 해도 이사장의 오빠 하윤일이 3선 국회의원으로 건재했다. 시 교육청과 시의회, 교육과학기술부에도 상당한 수의 사람을 심어두고 있다는 소문이었다.

학생이라고 다 같은 학생이 아니듯이 교사라고 다 같은 교사가 아니었다. 사립 선암여고에서는 설립자 하순아 이사장을 중심으로 인척 관계에 있는 교원들이 권력을 나눠 갖고 있었다. 지배하는 자와 지

배당하는 자가 물과 기름처럼 확실하게 양분되어 있는 세렝게티에서 신출내기 교사는 기간제 교사와 다름없이 각종 잡무에 차출되어 머슴처럼 부려졌다. 팔을 걷어붙이고 나서봤자 이사장 며느리이자 교무부장 박해오 선생님이 공문 몇 개 떠넘겨버리면 금방 흐지부지될 것이다. 사정을 번연히 알고 있는 선배들이니 답변할 의욕이 있을 리 없다. 동수는 혼자서 벽을 치는 듯한 연설을 계속했다.

'교장 선생님께 말씀드려볼까?'

채율은 생각했다. 하씨 세력을 견제할 수 있는 건 교장 이여주뿐이었다.

채율은 교장이 좋았다. 선암학원 역사상 하씨 가문과 친인척 관계가 아니면서 처음으로 교장자리에 오른 사람이었다. 지난달 채율의 어머니가 학교에 오셨을 때는 존경하는 작가를 만난 팬처럼 볼을 붉히며 사인을 받았다. 겸손함과 진솔함이 자연스럽게 배어나는 사람이었다. 학생들이 무는 남자에게 피해를 입었다는 걸 알면 방관하지는 않을 것이다. 적어도 정동수가 무는 남자를 잡을 수 있도록 비호해 줄 것이다.

채율은 하교하기 전 교장실에 들렀다.

안타깝게도 교장은 출장 중이었다. 정부에서 급식 위탁체제를 직영으로 바꾸라며 압박하고 있었고, 그에 대응하기 위해 서울시 사립 중고교 교장회 모임에 갔다고 했다. 냉장고처럼 시원한 교장실에서 빠져나와 교문을 향해 뛰었다. 일주일에 두 번 있는, 고액 수학과외에 늦지 않으려면 서둘러야 했다.

2

무는 남자에게 습격당한 1학년 최초의 피해자라는 타이틀은 은자처럼 호젓이 소일하던 채율의 라이프스타일을 변화시켰다. 이름도 얼굴도 알고 싶지 않은 아이들이 찾아와 성가시게 말을 걸었다. 개중에는 정체가 모호한 불량서클도 있었다.

"3반에 무는 남자 잡으려고 작당한 애들이 있어. 걔네들이 네 뒷조사하고 다니더라? 하도 귀찮게 굴기에 너희 어머니가 쓰신 책이랑 오빠에 대해 말했는데 나 잘못한 거 아니지? 그거 비밀도 아니잖아?"

반장 정희가 귀띔해 주었을 때 이미 불길했었다.

무는 남자 체포 수사대. 무려 '무수대'로 불린다는 4인조 저능아들이었다. 도형의 방정식 연습문제를 몰입해서 풀고 있던 쉬는 시간, 녀석들이 찾아왔다.

"자네가 천재 안채율인가?"

무수대 리더 윤미도는 셀룰로이드로 된 검은 테 안경을 쓰고 있었다. 열린 입 사이로 덧니가 도드라져 보였다. 부챗살 펴지듯 양옆으로 다른 얼간이들이 나타났다. 맨손으로 소도 때려잡을 듯 늠름한 팔뚝을 가진 여학생, 독방에서 10년 수련한 듯 시커먼 오라를 풍기는 폐인, 그리고 동갑이라고는 믿어지지 않을 만큼 겉늙어 보이는 미녀.

"천재?"

저렴한 발상에 채율은 비소했다. 찬사는 자신의 몫이 아니었다. 2년 전부터 미국 캘리포니아대학에서 박사과정을 밟고 있는 채율의 이란성 쌍둥이 오빠를 향한 말이다. 어머니가 쓴 베스트셀러《천재는 이렇게 만든다》라는 책에서도 천재는 오빠였다.

무지한 대중들은 채율이 오빠와 쌍둥이로 태어났다는 이유로, 어머니에게 똑같은 교육을 받았다는 이유로 최소한 14K 정도는 천재성이 도금돼 있을 거라고 여겼다. 채율이 오빠보다 잘하는 건 다트 던지기밖에 없는데.

"자네 우리 수사대에 들어오지 않겠나? 물론 공짜로 가입하라는 건 아니야."

미도는 책 한 권을 내밀었다. 연습장처럼 스프링 제본된 책이었다. 반투명한 플라스틱 표지 안쪽에 '레오니트 안드레예프'라는 이름이 적혀 있었다. 희곡 〈뺨 맞는 남자〉와 첫 단편소설 〈가난과 부〉가 수록된 작품집이었는데, 직역한 듯 투박한 문장이 비전문가에 의한 번역임을 짐작하게 했다.

"채준이는 수학에 재능이 있지만 채율이는 러시아 언어와 문학에 관심이 많아요. 전부터 도스토옙스키나 막심 고리키에 푹 빠져 살더니, 얼마 전에는 레오니트 안드레예프의 《인간의 삶》을 감명 깊게 읽었다네요. 전문 번역가가 되어서 안드레예프의 작품을 번역하는 게 딸의 꿈이에요. 이번에 외고에 합격하면 좀 더 꿈에 가까워지겠죠."

1년 전 방송에 출연했던 어머니가 했던 말이 생생하게 되살아났다.

방송용 멘트를 믿고 책을 구해 오다니. 아들과 비교해 잘난 것 없는 딸을 변호하기 위해 어머니가 지어낸 거짓말에 불과하다.

입시에 실패한 것만으로 충분히 어머니 명예에 먹칠을 했다. 여기서 가입을 거절하면 다시 한번 어머니를 거짓말쟁이로 만드는 것이 된다.

모두가 채율의 입만 쳐다보고 있었다. 사면초가의 상황이었다. 고개를 끄덕이고 말았다.

미도는 신입 대원의 어깨를 두드렸다.

"이것 말고도 읽고 싶은 작품이 있다면 말만 해. 얼마든지 훔쳐다 줄 테니까."

허무할 정도로 시시한 이유에 발목을 잡혀 채율은 선암여고 비공식 추리동아리 무수대의 정식 대원이 되었다. 보충수업이 끝나면 무수대 대원들은 제갈공명을 모시듯 천재 소녀를 모시러 왔다.

무수대 모임은 언제나 자견관, 선암여고 서편에 자리 잡은 다목적 강당에서 이뤄졌다. 자견관 1층은 급식실, 2층은 체육관 겸 강당이었다. 3층은 학교 건물과 구름다리로 연결되어 음악실과 무용실, 전산실, 각종 동아리실, 등사실 등으로 활용되었다. 3층 연극부실 옆 창고가 무수대의 아지트였다. 대원 연희가 연극부에도 가입돼 있어 열쇠를 가지고 있었다.

"지금은 여고생들을 물고 돌아다닐 뿐이지만 나중에 무슨 일을 벌일 줄 알아? 강간범이나 연쇄살인범도 사소한 장난부터 시작하는 법이라고. 우리는 이 남자를 잡아 교화해야 할 의무가 있어. 미래에 생길지 모를 희생자들을 구하기 위해서 말이야."

곰팡내 나는 좁은 공간에서 무수대 아이들은 시트콤 대사들을 주절거렸다.

이를테면 미도의 오른팔이자 행동대장 격인 최성은은 무수대 가입 이유를 이렇게 설명했다.

"이번에 무는 남자를 잡아서 경찰표창을 받았으면 좋겠어. 그러면 내가 지망하는 K대 경호학과 갈 때 가산점을 받을 수 있거든. 졸업할 때 공로상도 받을 수 있고. 나중에 놈과 마주치게 되면 요 며칠 연습한 맛수히(무에타이 올려치기)를 날려줄 생각이야."

연예인 지망생 연희는 매스컴을 탈 기회를 잡으려고 무수대에 가입했다. 고등학생들이 힘을 합쳐 변태를 잡는다면 지방 언론사라도 취재를 올 테고, 그러면 아름다운 미모로 대중을 홀릴 계획이었다.

김윤서는 놀아주는 친구가 없어 가입했다고 했다. 종이만 보면 이상한 도형을 강박적으로 그려대는 아이였다.

무수대 아지트 선반에는 1급 비밀이라고 쓰인 파일이 놓여 있었다. 안에는 지금까지 무는 남자가 출현한 장소와 시간, 변장 모습까지 깔끔하게 정리되어 있었다.

파일에 따르면 무는 남자는 1학기 기말고사가 끝난 7월 5일부터 보충수업이 시작된 8월 2일까지, 한 주에 두 번꼴로 출몰했다. 등하교 시간, 피해자가 혼자 있을 때를 노렸다. 기말고사가 끝난 이후부터는 단축수업을 했고, 보충수업 때도 오전만 공부했던 걸 감안하면 무는 남자는 대학생이거나 확실한 직업이 없는 백수일 확률이 높았다.

특이한 점은 무는 남자가 선암여고 학생들만 노리고 있다는 사실이었다. 근방 세원여상, 형주고, 선암여중, 석용고 아이들 중에 피해를 입은 아이들은 한 명도 없었다. 세원여상과는 도로 하나를 두고 연접

해 있음에도 그러했다.

연희는 무는 남자 3차 프로파일링 보고서에서 무는 남자가 선암여고 학생들을 노리게 된 이유를 이렇게 파악했다.

우리 학교 학생들이 제일 예쁘기 때문이다. 토요일마다 우리 학교를 기웃거리는 남학생들 수를 생각해 보라. 아마 무는 남자는 학창시절 우리 학교 학생을 짝사랑했을 것이다. 그때 마음을 전하지 못한 게 한이 되어….

보고서뿐만 아니라 직접 대화를 나눌 때도 소설에 가까운 이야기들이 브레인스토밍되었다. 근거도 증거도 없는 잡설들 가운데 압권은 무중력한 분위기의 소유자 김윤서의 입을 통해 나왔다.

"오유진 선배랑 멘티(mentee)인 애가 우리 반이거든. 걔 말이, 그때 유진 선배는 여드름 흉터 없애는 시술을 받은 후라 물을 만질 수 없었대. 여름이니까 하루라도 씻지 않으면 냄새가 나잖아? 땀 냄새가 나는 불결한 몸을 물다니 이상하지 않아? 실제로 무는 남자는 유진 언니를 물 때 오만상을 찌푸렸다는 거야. 내가 무는 남자라면 악취를 맡자마자 바로 놔줬을걸. 습격받은 순서도 특이해. 서민지, 유하현, 은지경, 도현정, 오유진, 마슬기, 신보라, 안채율 순이야. 성의 이니셜은 S, U, E, D, O, M, S, A지. 이 글자들에 흐르는 사악한 기운이 느껴지지 않니? 글자들을 거꾸로 읽어보라고."

"아스모데우스(Asmodeus)?"

악당 볼드모트의 이름을 들은 사람처럼 윤서는 목을 움츠렸다.

"외경 〈토비트서〉에 나오는 정욕의 악마야. 인간 여자를 탐한 악마였지. 무는 남자는 흑마술사야. 아스모데우스를 소환하기 위해 순결한 여학생의 피가 필요했던 거지. 아이들이 피해를 입은 지역을 지도에 표시해 보면…."

윤서는 가방에서 다이어리를 꺼냈다. 손으로 직접 그린 화려한 만

다라들이 표지에 다닥다닥 붙어 있었다. 다이어리에 붙은 복사한 지도 위에 엑스 자 표시를 했다. 사건 장소들이 명쾌하게 한붓그리기로 그려졌다. 뒤집힌 오망성(五芒星)이었다.

"앞으로 희생자는 두 명이 더 나올 거야. 오망성에는 총 열 개의 점이 있는데 아직 두 군데가 남았거든. 아마 장소는 이곳과 이곳이 되겠지."

무수대 모임을 순식간에 마녀모임으로 바꿔버리는 말이었다. 25억을 들였는데도 빗물이 줄줄 새는 강당 천장이 그럴싸한 분위기를 연출해 주었다.

서글프게도 이 클럽 안에서는 채율도 하나의 캐릭터로 통용되었다. 한번 매트릭스가 조직되고 나니 등장할 수순이나 대사가 정해져버렸다. 의견을 나누다 말고 대원들은 채점을 기대하는 눈빛으로 채율 쪽을 흘끔거린다. 바보들을 깨우쳐주기 위해 채율이 나설 때였다.

"유씨 성을 영어로 쓸 때 U가 아니라 Y로 시작해. 아니면, 아예 Ryu로 쓰기도 하고…. 성은 시간 순서대로 나열하면서, 장소는 무시로 이으면 어떡해? 고의로 원하는 도형이 나오도록 연결한 거나 마찬가지잖아. 봐, 이렇게 이으면 별이 아니라 그냥 나무 목(木) 자가 나오지? 피해 장소들에 점을 찍을 때는 세밀한 지도를 써야지. 축척이 작은 지도를 쓰면 형태 왜곡이 쉽잖아."

가끔 채율이 직접 소견 발표를 할 차례가 오기도 했다. 아이들이 요구하는 건 진실이 아니라 재미였으므로 기대에 부응하기는 쉬웠다.

"그 사람 병에 걸린 게 아닐까? 에이즈 같은 거 말이야. 작년 제천에서 에이즈 택시기사가 나타났었어. 세상에 대한 원망에 사무쳐서 애꿎은 사람들에게 병을 옮기고 다녔지. 물론 에이즈는 물린다고 해서 걸리는 병은 아니야. 하지만 무는 남자의 목적이 처음부터 병을 옮기는 거였다면, 일부러 입안에 상처를 내고 출혈이 있는 상태로 아이들을 물지 않았을까? 피해자들은 다들 피가 날 만큼 세게 물렸어. 전염확률이 높아지지. 무는 정도라면 신고가 들어와도 경찰들은 대수롭지 않게 생각할 거야. 강간하는 것보다는 훨씬 안전하게 병을 전염시킬 수 있지. 에이즈는 잠복기가 몇 년씩이나 되는 병이니까. 발병할 때쯤 이면 아이들은 대학생이나 사회인이 되어 있을걸. 설마 성관계 경험 도 없었던 고등학교 때 병을 얻었으리라고는 생각지 못할 테니, 범인 이 감염 경로 추적에 걸릴 가능성도 극히 적어. 여학생들만 노린 이 유? 체력이 약해 제압하기 쉽잖아. 순결무구한 것일수록 더럽히는 쾌 감도 크고. 원한에 사무친 인간이 저지를 만한 범죄야."

다들 감명받은 얼굴로 박수를 쳤다.

간단한 회의가 끝난 후에는 현장조사를 위해 사건장소를 방문했다. 결론보다 답을 탐색하는 과정을 중요하게 생각하는 리더의 가치관에 따라 가는 도중에 떡볶이가게가 있으면 들렀고, 헌혈의집이 있으면 피를 뽑아주고 영화를 봤다. 때로는 목적을 망각한 채 맥도널드부터 향했다. 헤어질 때가 되면 미도는 일당을 주는 고용주처럼 거들먹거 리며 안드레예프 작품을 한 장씩 찢어 내밀었다.

집에 돌아온 후에는 낭비한 시간을 만회하기 위해 악착같이 공부했 다. 밤 열 시가 되면 미국에서 전화가 걸려 왔다. 하루를 어떻게 보냈 는지 캐묻는 어머니의 전화였다.

"저녁 내내 수학 공부했어. 응, 그 문제집은 벌써 다 풀어놨고. 과외 선생님한테는 왜 관두라고 그랬어? 그 선생님이 그렇게 족집게라며? 오빠한테는 기천만 원도 안 아깝고 나한테는 백만 원 돈도 아깝지? 몰라! 아빠는 아직 안 들어왔어. 요즘 계속 술만 먹고 다녀. 그래, 바람 났나봐."

짜증. 짜증. 온통 짜증나는 일들뿐이다.

가끔 채준이 전화할 때도 있었다. 성별부터 성격, 아이큐까지 전혀 다른 쌍둥이 오빠지만, 상대는 복소함수 문제를 암산으로 풀어버리는 우수한 두뇌의 소유자다. 전화 한 통만으로 단서를 얻을 수 있을지도 모른다. 무는 남자에 관한 이야기를 들은 채준이 진지하게 말했다.

"너희 학교 애들 조심해야겠다."

혹시 정말로 에이즈 환자라서? 소름이 끼쳤다.

"너, 지하철 타기 전에 물렸다며? 우리 집은 선암여고랑 학군이 다르잖아. 다른 피해자들도 학교보다 집이나 학원 쪽에서 가까운 곳에서 습격을 당했다고 했고. 여덟 명이나 물렸는데 목격자는 한 명도 없는 게 이상하지 않았어?"

천제는 부언했다. 무는 남자는 피해자들의 신상과 거처를 미리 알고 있었다. 목표물이 인적이 없는 곳을 지날 때를 노려 덮친 것이다.

오빠가 지적한 사실을 전하자 무수대 아이들은 학교의 운명이 자기들 어깨에 달린 것처럼 행동했다. 개학 후에도 탐정 놀이를 계속하며 무는 남자가 에이즈 환자라는 미신을 전도해 나갔다.

4

외고 입시에 실패한 이후 채율의 소원은 미국 명문 고교에 진학하는 것뿐이었다. 그것만이 실패자라는 멍에를 벗을 수 있는 유일한 길이었다.

입시라는 말만 들어도 심장이 벌렁거렸다. 중3 때 치렀던 난리를 고3 때도 치를 자신이 없었다. 입시를 위한 공부가 아니라, 지성과 이성을 제대로 단련하는 학문을 하고 싶었다.

같은 자궁에서 쌍둥이로 9개월을 자랐다. 그러나 지금 오빠는 필즈상을 받은 보처즈 박사와 뜨겁게 토론하며 학문을 즐기고 있고, 채율은 서른 명을 욱여넣은 교실에서 다섯 개 중 하나만 고르면 되는 기술을 연마하고 있다. 1번 아니면 2번, 2번 아니면 3번이 정답인 단순한 세계. 재능이 부족하다는 걸 알지만, 재능이 부족하면 드넓게 사유할 수 있는 기회마저 박탈당해야 하는 걸까. 정신적 프롤레타리아가 되어 남들이 찾아낸 답만 외우는 인생은 거절하고 싶다. 자유롭게 사유할 수 있는 곳으로 가서 꿈을 펼치고 싶다.

어머니는 채율의 부탁을 보류했다. 베스트셀러까지 출판한 자칭 타칭 교육 전문가 입장에서 누가 봐도 도피 유학으로 여겨질 길로 딸을 인도하기는 힘들었다. 그리하여 나온 타협안이 '학교에서 전교 1등을 하거들랑'이라는 조건부였다. 전교 1등을 하는 순간 인간 사육장에서 탈출할 기회를 부여받게 된다.

2학기 개학 후 미도의 쪽대본을 과감히 외면하고 공부에 매진했다. 한동안 잠잠하던 녀석들은 느닷없이 문자를 보내 채율을 유혹했다.

'새로운 피해자가 생겼어. 무는 남자 맨얼굴을 봤대!'

호기심은 갈증처럼 유예가 불가능했다. 이번이 진짜 마지막이라는 생각으로 자견관 무수대 아지트로 향했다.

반갑게 인사하는 대원들 사이로 처음 보는 아이가 앉아 있었다. 9월이 되어 성은이네 반에 전학 온 학생이라고 했다. 이름은 윤세희. 오른쪽 팔목에 보라색 꽃이 피어 있었다.

"눈이 더 컸어. 쌍꺼풀도 이렇게 진하지 않았고, 입술은 조금 더 얇게."

"이런 느낌?"

슥슥. 윤서가 연필을 잡고 있었다. 지우개와 연필이 지나갈 때마다 스케치북 위에 사람의 얼굴이 드러났다. 아마추어라 진행이 느렸다.

하품을 하며 의자에 앉았다. 연희의 바느질감 사이에 놓인 연극 대본이 눈에 띄었다. 눈에 익은 제본 방식이다. 〈존경하는 엘레나 선생님〉이라는 제목 아래에 '류드밀라 라주몹스까야'라는 러시아 작가 이름이 박혀 있었다.

연극부 학생들은 달마다 희곡을 읽고 토론했다. 처음 이 창고에 들어왔을 때 놓여 있던 8월 과제 작품은 극작가 지이선이 쓴 〈모범생들〉이었다. 시간도 때울 겸 찬찬히 대본을 읽어나갔다.

마지막 줄을 다 읽었을 때쯤 몽타주도 완성되었다. 화공은 스케치북을 뒤집어 작품을 공개했다. 그림 속에 드러난 무는 남자는 깜짝 놀랄 만큼 … 잘생겼다?

마지막 피해자가 몽롱한 눈빛으로 말했다.

"응. 비스트 양요섭 닮았지?"

인간은 간사한 동물이다.

물렸을 때는 영혼의 속치마까지 더럽혀진 기분이 들더니만 수려한 이목구비를 보니 반감이 70퍼센트까지 급감했다. 외모가 전부는 아닐 테지만, 이 정도로 멋들어진 외모를 가졌다면 눈먼 여자들이 꽤 달라붙지 않았을까? 성인 여성에게 접근할 능력이나 매력이 없어서 미성년을 추행했던 거라고 여겨왔는데 편견이 깨졌다.

미도가 엄숙하게 헛기침을 했다.

"제군, 드디어 우리가 나설 때가 되었소."

대장은 등사실 습격을 명령했다. 목표는 윤전 등사기였다. 등사실에 잠입하고도 윤전기 사용법을 아는 대원이 없어서 삼십여 분을 흘려보내야 했다.

마침내 제판 버튼을 눌렀을 때 복도에서 발소리가 들려왔다. 축제 연습을 끝마치고 올라온 연극부원들이었다. 담당 하연준 선생님도 끼어 있었다. 무수대 대원들은 숨을 죽인 채 문 아래쪽에 바짝 붙었다. 등사실에는 창문이 뚫려 있어 지나가는 사람들이 안을 들여다볼 수 있었다.

채율은 간절히 기도했다. 제발 선생님이 안을 들여다보기를, 그리하여 폭주하고 있는 어린양들을 발견하고 지명수배 전단을 갈기갈기 찢어주기를, 이왕이면 원본까지 모두.

발소리는 허무하게 멀어졌다.

사흘 동안 일인당 100장씩, 저녁시간에 학교 개구멍을 빠져나가 전단을 배포했다. 미도의 핸드폰은 쉴 새 없이 울렸다. 서른일곱 번의 장난 전화와 스물두 번의 항의 전화(주로 아파트 경비 아저씨들에게 걸려온 전화였다), 네 번의 음란 전화와 열두 번의 보이스피싱까지.

확실한 제보 전화가 걸려 온 건 중간고사를 불과 두 주일 남겨놓은 금요일이었다. 제보자는 학교에서 3킬로미터 남짓 떨어져 있는 편의

점 아르바이트생이었다. 그녀는 채율만 알고 있는 인상착의, 즉 무는 남자 어깨에 있던 트라이벌 타투까지 정확하게 언급했다.

"내가 정보를 제공하면 너희는 뭘 줄 건데?"

아르바이트생은 도발적으로 물었다.

미도는 회심의 미소를 지으며 카키색 교복 카디건에서 뭔가를 꺼냈다. '무는 남자 체포 수사대 대장'이라는 직함이 인쇄된 명함이었다.

현기증이 밀려왔다. 저 민망한 명함을 만들기 위해 미도는 신중하게 시안을 고르고 문구를 고민했을 것이다. 200장을 주문할까 300장을 주문할까 갈등했을 것이며, 택배 아저씨가 벨을 누르기 전까지 배송 추적도 수차례 했을 것이다.

아르바이트생도 '어쩌라고?' 묻는 표정으로 명함을 보고 있었다. 대장은 명함 뒷면을 뒤집었다. 싸이월드 미니홈피 주소가 적혀 있었다.

"일촌 신청을 해주세요. 도토리를 300개 보내드리겠습니다. 그 정도면 홈피를 단장하고 배경음악까지 살 수 있죠."

조개에서 시작된 화폐의 역사는 금속주화와 지폐의 시대를 지나 신용카드와 도토리에 이르렀다.

"웃기지 마. 그 정도로는 어림없어."

"언니, 우리 학생이에요오…. 가진 건 도토리밖에 없어요. 문제집값도 많이 드는데."

상대는 최저임금보다 못한 돈을 받으며 야간 아르바이트를 하느라 만성피로에 시달리는 가여운 고학생이었다. 계속해서 떼를 쓰자 결국 타협이 이루어졌다. 거래된 도토리는 400여 개.

아르바이트생은 어서 사라지라는 의미로 원래는 자기 몫이었던, 유통기한이 지난 삼각김밥을 무수대 대원들에게 집어주었다.

미도는 잠복근무 명령을 내렸다. 무는 남자를 잡을 수 있다는 기대감 때문에 채율도 토를 달지 않았다.

잠복 장소는 편의점 근처에 주차된 5톤 트럭 뒤였다. 교문 감시가 가장 해이한 저녁 급식시간에 떨어진 출동 명령에 응하느라 저녁을 먹지 못했다. 참숯불고기맛 삼각김밥이 꿀보다 더 달콤했다.

길거리 식사를 마친 여고생 다섯 명은 길바닥 위에 앉아 수다를 떨었다. 아이돌 가수 이야기에 핏대를 세우고 선생님 흉을 보았다. 동급생 여자애의 험담을 하다가 뜬금없이 드라마 이야기로 넘어갔다. 차가 지나갈 때마다 헤드라이트가 비췄다. 함께 이야기를 나누는 아이들 얼굴이 전시회관에 놓인 작품들처럼 새롭게 보였다.

참 평범한 아이들이다.

무는 남자는 바보임에 틀림없었다. 이런 애들을 한 입이라도 물어보려고 치밀한 변태 짓을 하다니. 바보를 잡으려고 애쓰는 무수대 아이들은 더한 바보였다. 아니, 가장 바보는 따로 있었다. 이 아이들은 진심으로 무는 남자가 연쇄살인범이나 강간범이 될 재목이라고 생각해서 시간을 투자하는 게 아니다. 그냥 이렇게 노는 게 재미있으니까, 일상의 탈출구로 무는 남자를 활용할 뿐이다. 노는 게 목적이니까, 노는 아이들.

하지만 나는? 어쩌다 휘말려서 지금에 이르렀다. 바보 중 최고 바보다. 채율은 한숨을 내쉬었다.

여덟 시쯤 되었을 때 아르바이트생이 문자를 보냈다.

'왔어. 지금 들어온 추리닝 입은 남자야.'

편의점 쪽을 살폈다. 유리문 안쪽에서 푸른색 인영이 어른댔다.

일동은 남자가 편의점에서 나오길 기다려 뒤를 밟았다. 포획이 목적이 아니라 거처를 알아내기 위한 미행이었다. 조심조심 옷깃을 세우고 뒤를 밟았다.

큰길가에는 온갖 학원들이 난립해 있었다. 어학원, 논술학원, 수학전문학원, 키즈영어, 독서실, 음악학원, 특목고전문학원, 영재교육원, 미국입시전문학원⋯. 빌딩 층층을 채우고 색색 간판을 밝히고 있다. 들어오고 나가는 학원 승합차들이 빵빵 클랙슨을 울려댔다.

인도에는 다종다양한 교복을 입은 학생들이 지친 얼굴로 걷고 있었다. 개중에는 채율이 낙방한 외고 교복을 입은 학생들도 있었다. 채율은 수많은 경쟁자들 사이를 요리조리 피해 무는 남자를 따라갔다.

별안간 남자가 뒤를 돌아보았다. 인도 위를 걷는 수많은 학생들 사이에 섞여 있는 채율을 발견했다. 레이저처럼 정조준된 시선이었다.

들켰나?

다음 순간 남자가 뛰기 시작했다. 미도가 외쳤다.

"잡아!"

그는 아침마다 두 시간씩 헬스를 하는 사람처럼 날랬다. 하루종일 앉은 자세로 수업을 듣다가 빵 사러 갈 때만 매점을 향해 전력질주하는 학생들과는 차원이 다른 체력이었다. 골목을 꺾을 때마다 낙오자가 생겼다. 심장이 터질 것 같았다. 채율이 나가떨어지자 성은이 무서운 속도로 옆을 스쳐 지나갔다. 남자는 이미 도로를 건넌 뒤였다.

안 돼.

여름 내내 곰팡내 가득한 창고에 갇혀 회의를 했다. 많은 시간을 낭비했고 전단까지 붙였다. 이대로 그를 놓쳤다가는 억울해서 잠이 올 것 같지 않았다.

깨진 포석 조각이 손에 잡혔다. 채율은 있는 힘을 다해 그것을 던졌다. 돌멩이는 산뜻한 직선으로 날아 남자의 머리를 강타했다.

"잡았어? 정말로 잡은 거야?"

환호는 잠깐이었다.

쓰러진 남자는 부들부들 경련을 일으켰다. 바지를 뒤져보니 포장도 뜯지 않은 에쎄라이트 한 갑과 라이터, 천 원짜리 두 장과 오백 원짜리 동전 하나가 나왔다. 가족에게 연락할 핸드폰도 없었다. 도망가자는 윤서의 제안을 무시하고 연희가 119에 신고했다.

"머리에 피 흘리는 아저씨가 쓰러져 있는데 어떻게 된 건지 모르겠어요. K동 교차로 근처 제과점 맞은편이에요. 네, 농협이요."

병원에 도착했을 때 간호사가 난감한 표정을 지었다.

"어른이 있어야 하는데⋯."

한 사람밖에 떠오르지 않았다. 사건의 추이를 알고, 일을 수습해 줄 수 있는 사람. 선생의 혼이 죽지 않은 신출내기. 정동수는 정확히 삼십 분 뒤, 병원 로비에 나타났다. 자다가 나왔는지 머리가 까치집이 되어 있었다.

"바로 저놈이야? 확실해?"

가벼운 뇌진탕이라는 진단을 받았다. 다른 환자가 없는 다인실에 눕혀놓고 남자가 의식을 차리길 기다렸다. 병원에 온 지 한 시간쯤 지나 남자는 눈을 떴다.

"드디어 만났군요, 무는 남자 씨."

카리스마 넘치는 분위기로 미도가 입을 열었다. 담임도 팔짱을 낀 채로 험악하게 인상을 썼다. 건방지게 나왔다가는 본때를 보여주겠다는 몸짓이었다.

"우리는 무는 남자 수사대. 선암여고 일천 재학생들을 대표해 당신을 체포하기 위해 결성되었습니다."

무는 남자의 안색이 서서히 바뀌었다. 혼란스럽던 초점이 또렷해지고 입가에는 미소까지 감돈다. 그는 정동수에게 말했다.

"애들 내보내고 어른들끼리 이야기합시다, 어른들끼리."

아이들은 안중에도 없다는 태도였다. 담임이 말했다.

"그냥 여기서 이야기해."

"애들이 놀랄지도 모르는데?"

무는 남자는 매트 위에 놓여 있는 담임의 핸드폰을 집었다. 허락도 구하지 않고 어딘가로 전화를 걸었다. 곁에 앉아 있던 담임만 번호를 봤다. 얼굴색이 변했다. 전화가 연결되기 직전, 담임은 무는 남자의 손에서 핸드폰을 낚아챘다. 그리고 부탁했다.

"얘들아, 너희 잠깐만 나가 있을래?"

5

10월이 되자 단풍이 아이섀도처럼 은은히 교정을 물들였다. 교실 앞의 모감주나무가 노랗게 변할 무렵 중간고사가 다가왔다. 채율은 설명하기 힘든 감정에 시달리고 있었다.

해결되지 않은 그날 일 때문이었다.

아이들이 병실에 다시 들어갔을 때 무는 남자는 사라지고 없었다. 열린 창문에 커튼이 펄럭였다. 담임은 아이들을 외면한 채 말했다.

"미안하다."

몸싸움에서 졌다는 게 변명이었다.

다음 날 미도와 성은이 교무실로 직접 찾아갔지만 문전박대당했다. 시험문제 출제 기간이라 함부로 들어갈 수도 없었다. 정동수는 본인의 담당 교과목인 한국사 수업에도 들어오지 않았다. 이미 시험 범위까지 진도가 나갔으니 자율학습을 해도 상관없다는 전언이었다. 조회나 종례도 반장을 통해 이뤄졌다.

천하의 무수대 아이들도 중간고사가 다가오자 움츠러들었다.

"일단 시험부터 끝내고 그다음에⋯."

대장의 말을 곱씹으며 채율은 MP3를 어루만졌다.

비밀을 아는 건 채율뿐이다.

그날, 병실을 나서면서 채율은 일부러 교복 카디건을 벗어두고 나갔다. 카디건 주머니 안에는 보이스 레코딩 기능이 켜진 MP3가 돌아가고 있었다.

하루에도 몇 번씩 녹음된 파일을 들었다.

아이들이 나가고 난 뒤 정동수는 무는 남자가 눌러놓은 번호로 제3자와 통화를 했다. '교장 선생님'이라고 대답하는 정동수의 목소리가 똑똑히 들렸다. 통화를 마친 정동수는 무는 남자에게 질문을 퍼부었다. 실망과 분노가 뒤섞인 격한 반응이었다.

무는 남자는 얄미울 정도로 침착했다.

"나는 인터넷으로 고용된 사람이라 아무것도 몰라요. 애들 물기만 하면 돈을 준다는데 거절할 사람이 어디 있나요? 요즘 같은 불경기에. 변태 같지도 않아요. 변태라면 가슴이나 엉덩이를 물라고 했겠죠. 뭣보다 무는 순서는 바뀌어도 상관없지만, 요일은 반드시 지키라고 했어요. 예를 들자면, 방금 나간 애들 중에 있던 걔는 월요일 아니면 목요일로 지정이 되어 있었어요. 요일에 집착하는 변태 보셨어요? 정신병자라면 또 몰라. 처음 시작할 때는 착수금조로 30만 원 받았구요, 그 후로는 한 명당 20만 원씩⋯ 200만 원 조금 넘게 받은 셈이에요. 돈 보낼 때 퀵을 써서 얼굴도 몰라요. 애들 정보는 의뢰받을 때 한꺼번에 받았고요. 저도 처음에는 무서웠거든요. 헌데 딱 한 번 그쪽이랑 전화 통화가 된 적이 있어요. 걱정하지 말라고 안심을 시켜주더라고요. 걔네들은 절대로 경찰에 신고할 수 없는 애들이니까 염려 말라고. 혹시라도 잡히면 아까 그 번호로 전화를 걸라고 했어요. 그 사람이 모든 걸 해결해 줄 거라나? 저도 머리가 있는데 번호 받자마자 인터넷에 쳐봤죠. 단번에 뜨던데요? 선암여고 교장실⋯. 이게 무슨 뜻일까요?"

진짜 무는 남자는 따로 있다. 그는 추행과 같은 목적으로 아이들을 선별한 게 아니다.

절대로 경찰에 신고할 수 없는 아이들이라니. 피해자들에게 뭔가 켕기는 구석이 있다고밖에는 생각되지 않았다.

'내가 신고하지 않은 건 그냥 귀찮아서였어.'

그러나 그것은 채율 혼자만의 이유였다. 다른 선배들은 어째서 잠자코 있었을까.

참고서에 나오는 문제와는 차원이 다른 고난도 문제가 눈앞에 있었다. 혹시 알지 못하는 사이에 범죄에 연루된 건 아닐까? 지구를 돌리는 힘이 악이든 부조리든 상관없지만 적어도 얽혀든 이유는 알고 싶었다.

어린 시절 채율의 오빠는 새로운 문제를 만나면 방문을 걸어 잠근 채 깊은 생각에 잠기곤 했다. 침식까지 망각하는 무서운 집중력이었다. 이번만큼은 채율도 문제에 집중했다.

'이건 내 문제다. 나만이 풀 수 있는 문제다.'라는 확신이 들었다.

해답에 도달한 때는 중간고사 전날이었다.

진짜 무는 남자를 만나기 위해 채율은 자견관으로 향했다.

학교는 고요했다.

다른 학생들은 지식을 욱여넣느라 주위에서 벌어지는 일들을 돌아볼 여력이 없다.

무는 남자는 연극부실 녹색 철제 책상에 앉아 있었다. 부원들이 제출한 연구과제를 훑어보고 있었다. 스탠드 조명에 비친 콧날이 놀랄 만큼 이사장과 닮았다. 등뒤에 있는 책장에는 수백 권의 대본들이 정리되어 있었다. 무수대 아이들은 공교롭게도 이곳에서 안드레예프를 도둑질했다.

무는 남자는 갑자기 나타난 채율을 보고도 놀라지 않았다. 오히려 어서 자리에 앉으라는 손짓을 했다.

창문 너머로 보이는 학교는 무덤 같았다. 10년 전에도 똑같은 모습이었을 학교. 10년 후에도 변함없을 학교. 아이들은 계속 바뀌지만 시간은 멈춰져 있다. 학생들은 3년이 지나면 다른 곳으로 떠나지만 사립 교원들은 퇴직 때까지 같은 직장에서 일한다. 주어진 선택지는 두 가지. 타락을 감수하며 승진을 향해 달리든지, 무기력한 안락에 파묻히든지.

의자에 앉아 있는 건 타락과 부패가 변증법적으로 굳어진 괴물이었다. 한참 동안 두 사람은 시선을 교환하며 말이 없었다.

하연준은 품속에서 붉은색 박스를 꺼냈다. 담뱃갑처럼 작은 상자 안에서 알사탕이 나왔다.

"감기 사탕이야. 요즘 금연 중이거든."

손을 들어 거절했다. 그는 느물느물 웃으며 사탕을 제 입에 넣었다.

체리향 단내가 풍겨왔다.

"나한테 고맙지? 잘못했으면 너도 범죄자가 될 뻔했잖아."

채율은 고개를 떨어뜨렸다. 이곳까지 오면서도 빗나가길 바랐던 추측이었다.

가짜 무는 남자가 언급했던 월요일과 목요일은 채율이 수학 과외 수업을 받는 날이었다. 몽타주 작성을 도와준 1학년 전학생에게 물어보니 같은 선생님에게 과외를 받고 있었다.

며칠 전 과외 수업 날 채율은 스팸 문자가 과외 선생님 핸드폰에 전송되도록 예약해 놓았다. 아버지에게는 작은 선물을 준비해 주십사미리 부탁드렸다.

대리운전. 대출. 도박 바카라. 4분 차이로 도착하는 문자를 확인하기 위해 과외 선생님은 수시로 핸드폰 비밀번호를 입력했다. 아버지는 과외 선생님을 잠깐 밖으로 불러 선물을 드렸다. 그사이 아까 봐둔 비밀번호를 눌러 데이터를 확인했다. 과외 선생님의 핸드폰에는 그동안 무는 남자에게 피해를 입은 학생 전원의 이름과 번호, 이여주 교장 선생님의 연락처까지 저장되어 있었다.

"언제부터 아셨어요? 교장 선생님이 시험지를 유출해서 학부모들에게 넘기고 있다는 거."

"정년이 훌쩍 넘은 등사실 노인네를 해고하지도 않고 싸고돌 때. 학교에 오래 있다 보면 감이 와. 교장 바뀐 후로 운영회 회장 따님 성적이 쭉 오르기도 했고."

등사실 기사가 준 시험지를 이 교장이 과외 선생에게 넘기고 과외 선생은 과외 프린트 형식으로 가공해서 학생들과 수업을 한다. 그 과정에 학부모와 교장 사이에 목돈이 오고 갔음은 물론이었다.

"등사실 노인네, 내가 증거까지 대는데도 놀라지 않더라고. 자길 해고하면 폭로할 테니 알아서 하라나? 이사장 아들인 내가 경찰에 신고할 수 없다는 걸 알았겠지. 그렇다고 이 교장을 내쫓을 수도 없어. 아는 게 많아서 정년까지는 모시고 있어야 하거든."

"그래서 무는 남자를 만들어내신 거예요? 학교 사람이 아닌, 외부인이 시험지 유출을 알고 있는 것처럼 위장하기 위해?"

여학생들을 물고 사라지는 변태와 선생님을 연결할 수 있는 이는 많지 않으리라. 일부러 교사답지 않은 응징 방법을 선택했다.

연준은 웃음을 터트렸다. 쉰이 넘은 나이였지만 평생 어머니의 비호 아래 살아 늙은 거죽 밑으로 섬뜩한 천진함이 꿈틀대고 있었다. 멋진 장난을 꾸며놓고 아무에게도 털어놓지 못해 안달했던 어린아이처럼 이 교장을 골탕 먹인 이야기를 신나게 털어놓았다.

과외가 있는 날마다 무는 남자를 시켜 학생들을 물게 했다. 변태가 계속해서 자신이 가르치는 학생들만 노리는 일이 벌어지다 보니 과외 선생도 교장에게 보고하지 않을 수 없었다. 연준은 돈을 요구하는 익명의 협박 메일도 보냈다. 평생 쌓아온 명예를 단번에 놓칠 걸 두려워한 교장은 2000만 원이 넘는 돈을 보내주었다. 가짜 무는 남자에게 지급한 200여 만 원을 제외하면 1800만 원 정도의 이득을 챙긴 셈이었다. 교장은 학부모들에게 이야기해 무는 남자를 신고하지 못하게 했다. 시험지 유출은 당연히 중단되었다. 과외는 계속되었지만 가격이 떨어졌다.

연준은 쉴 새 없이 떠들어댔다. 채율의 담임 정동수가 임용되기 위해 누구와 누구에게 돈을 바쳤는지 액수까지 구체적으로 설명했다. 교장이 잘못을 저지른 걸 알면서도 학교를 관두지 못하는 불쌍한 인물이라고 했다. 열일곱 살이 감당하기 버거울 정도로 적나라한 현실이었다.

어머니에 대한 배신감은 훨씬 더 컸다. 미국에 있으면서도 원격조종하듯 딸을 움직였던 어머니. 단 한 번도 딸의 가능성을 믿지 않았던 어머니. 무는 남자의 습격을 받지 않았다면 아무런 의심 없이 어머니가 소개한 과외를 받고 전교 1등을 했을 것이다. 게다가 어머니는 중간에 과외 선생을 바꾸려고 했었다. 무는 남자 소동으로 시험지 공급이 중단되었기 때문이었다. 시험지 유출에 대해 분명히 알고 있었다.

소름이 끼친다.

평생 어머니의 꼭두각시가 되는 삶. 어머니가 만들어준 무대 위에 살면서도 아무것도 모르는 삶.

"한 가지 묻고 싶은 게 있는데요, 왜 일부러 힌트를 주신 거죠? 저 대본들이 아니었다면 선생님이 무는 남자라는 걸 맞히지 못했을 거예요."

손가락으로 책상을 가리키며 채율이 물었다. 책상 오른편 바닥에는 제본된 대본이 산처럼 쌓여 있었다. 연극부 토론 과제로 나눠주었던 대본들이다. 〈존경하는 엘레나 선생님〉은 시험 전날 수학 시험지를 달라고 학생들이 선생님을 찾아가 협박하는 내용이다. 〈모범생들〉도 커닝을 시도하는 학생들에 관한 내용이다. 1학기만 해도 연극부 토론 과제는 〈햄릿〉, 〈인형의 집〉, 〈샐러리맨의 죽음〉과 같은 뻔한 고전들이었다. 무는 남자가 출현한 이후 갑자기 현대극으로 바뀌었다. 그것도 부정시험을 다룬 작품들로만.

"난 항상 진정한 교사가 되고 싶었거든."

하연준이 조용히 미소 지었다. 물어뜯은 상처를 바라보는 것처럼 황홀한 눈빛이었다.

"진정한 교사요?"

"무는 남자를 잡겠다고 설치는 아이들이 생겼단 얘길 듣고 뿌듯했어. 이 학교에는 멍청이들만 다닌다고 생각했는데 그래도 쓸 만한 놈들이 있잖아? 나는 나와 내기를 했던 거야. 저 아이들 중 누구라도 진실에 도달한다면 교사된 입장에서 아주 멋진 상을 주기로."

연준은 책상서랍을 열어 묵직한 갈색 봉투를 하나 꺼냈다. 사탕을 권했던 것처럼 채율에게 봉투를 넘겨주었다.

정수리에서부터 척추까지 찌르는 듯한 전기가 흘렀다.

안에는 시험지가 들어 있었다. 당장 내일 치를 중간고사 시험지가 한 과목도 빠짐없이 출력되어 있었다.

"이번만이 아니야. 네가 졸업하는 마지막 학년 마지막 시험까지 모든 시험지를 제공하지. 내신은 물론이고 모의고사 시험지까지. 등사실 노인네도 곧 정년이 끝나는 교장보다야 나를 따르는 게 훨씬 이득이라는 걸 알고 있겠지."

"그럼 선생님도 교장 선생님하고 똑같아지는 거잖아요. 이럴 거면 뭐하러 무는 남자를 고용했어요? 왜 선배들을 물었냐고요?"

"그 아이들하고 비교하지 마. 넌 자기가 살아 있다는 걸 증명한 유일한 아이야. 변칙을 누릴 자격이 있다고."

한없이 다정한 손길로 연준은 채율의 교복 칼라를 정돈해 주었다. 투명하지만 유독한 시선. 최면을 걸듯 나직한 목소리로 속삭였다.

"인생의 해답을 하나 가르쳐줄까? 지금까지 네가 배운 거 다 가짜였어. 앞으로 배울 것도 모두 다 쓰레기지. 순위나 석차는 네 가능성을 손상시키려고 고안된 정신적인 족쇄일 뿐이야. 선생으로서 한 명쯤 사람답게 키우고 싶었어. 전교 2등도 실패자 취급하는 이 이상한 시스템에서. 인간으로 살아. 패배자도, 공부하는 기계도 되지 마. 쓸데없는 죄책감도 갖지 말고. 네 머리로 생각하고, 그 생각 외에는 믿지 마. 아무것도. 그 누구도."

정신을 차려보니 연극부실 밖에 서 있었다. 깊은 밤 풀벌레 우는 소리가 들렸다.

채율의 가슴에는 혼자서 답을 찾아야만 하는 문제가 들려 있었다.

사지선다형 문제였다.

1번. 시험지를 갖고 경찰서에 가서 지금까지의 모든 일들을 털어놓는다. 진짜 무는 남자에게서도 어머니에게서도 해방될 수 있는 방법이다. 기회는 지금밖에 없다. 내일 시험이 끝나면 이 증거물의 가치는 사라지고 만다. 하지만 1번을 택할 경우 어머니가 경찰 조사를 받아야 한다.

2번을 택할까? 하연준의 말대로 하면 3년 내내 편하게 살 수 있었다. 무시당할 일도 없고, 속상해야 할 일도 없다. 남는 시간에 원하는 책이나 읽고 영화나 예술작품도 마음껏 감상할 수 있다. 다른 아이들과 즐겁게 어울릴 수도 있겠지. 여느 아이들처럼 떡볶이를 먹고, 콘서

트도 보러 가고, 장난을 치고, 수다도 떨고.

그 순간 한 가지 깨달음이 심장을 울렸다. 무수대 아이들이 한 명 한 명 떠올랐다. 그래, 그 아이들과 어울리는 건 재밌었지. 귀찮기는 했지만 지루하지는 않았다.

3번도 존재했다. 이번만 연준이 준 시험지로 전교 1등을 한 뒤 미련 없이 미국으로 떠나는 것. 어머니는 교장 선생님이 시험지를 빼돌리지 못했다고 여길 테니, 채율이 자기 실력으로 1등을 했다고 믿을 것이다. 한 번도 딸을 신뢰하지 않았던 어머니의 코를 납작하게 해줄 수 있다. 그러나 이것도 기만이다. 진짜 실력으로 이뤄낸 것이 아닌 이상.

4번. 시험지를 구석에 처박아두고 아무 일도 없었던 것처럼 열심히 공부해서 시험을 치르는 것이다. 현실적이고 적당히 도덕적으로 보이는 방법. 하지만 이게 정말 정답일까?

구름다리를 건너 교실로 돌아가면서 채율은 고민에 빠졌다. 교실마다 휘황한 형광등이 창백한 안색으로 공부에 열중하는 아이들을 비추고 있었다.

대입 때까지만 고생하면 된다던 어른들 꾐은 유치하고 치졸한 거짓말에 불과하다. 대학에 가면 취업이라고 하는 전투가 기다리고, 취업을 하고 나면 결혼, 결혼을 하고 나면 승진, 쫓겨나지 않기 위해 아등바등 몸부림치는 싸움이 뫼비우스의 띠처럼 끝없이 이어진다. 조금이라도 헛발을 디뎠다가는 구름다리 밑으로 추락하게 만드는 전투들.

추락한 인생이 어떠한지 보여주는 경고판들은 학교 곳곳에 살아 움직이고 있었다. 정규 교사들과 똑같은 시간을 일하고도 월급을 달리받는 임시직 기간제 교사들이나, 교장보다 많은 나이에도 청소나 폐지 줍기 같은 허드렛일을 하며 살아가는 노인들. 젊었을 때 시간을 허투루 썼다가는 어떤 결말을 맞게 되는지 경고해 주기 위해 일부러 고용한 존재들처럼 보였다.

오빠가 처음 미국에 갔을 때 지독한 향수병에 시달렸던 일도 기억이 났다. 오빠는 자신이 두고 온 친구들과, 행복한 학창시절을 끊임없이 그리워했다. 열두 살에 대입검정고시를 패스하던 날, 미국행 티켓을 손에 넣던 날, 유년기를 잃게 될 것임을 오빠는 알지 못했다. 엄마가 설명했다고 한들 이해할 수 있었을까. 인생은 수학 문제처럼 명료한 게 아니다.

'대체 뭐가 정답이지?'

중간고사 하루 전날, 중간고사 시험지를 들고 있었다.

작가의 글

〈무는 남자〉는 제게 뜻깊은 단편입니다. JTBC의 드라마로 만들어진 《선암여고 탐정단》 시리즈를 쓰게 된 출발점이 되었으니까요. 제가 쓴 첫 장편 책이기도 했습니다.

이번 책을 준비하면서 파일을 찾아보니 없어서 처음부터 타이핑을 했습니다. 덕분에 10여 년 전 처음 작가를 시작할 때의 느낌을 다시 맛보았지요. 그동안 일어난 실제 사건과 작품을 비교해 볼 수도 있었어요. 서울 모 유명고교에서 일어났던 시험지 유출 같은 사건과 함께 말이지요.

제가 학생일 무렵에는 학교 내 '상피제' 같은 건 시행되지 않았습니다. 교사로 근무할 때도 자녀와 함께 다니는 동료가 있었지요. 부모님이 아이가 다니는 학교의 교사라면 학교가 개최하는 각종 대회나 선발에서 상당히 유리한 입장에 서게 됩니다. 시험이란 실력만큼이나 정보를 수집하는 게 중요하니까요. '불공평'하다고 막연히 의심을 품었던 상황이 유명고교에서 악용되어 일어난 걸 보고 많이 씁쓸했습니다. 그동안 얼마나 많은 일들이 암암리에 일어났을까요?

그러나 모 고교 시험지 유출 사건을 밝혀낸 주역은 해당 학교 학생들이었습니다. 세상의 어둠에 당연한 상식들이 조금씩 밀려나고 있습니다. 희망을 품고 싶습니다.

스탠리 밀그램의 법칙

황세연

황세연

스포츠서울 신춘문예에 당선하며 소설을 쓰기 시작했다. 소설 몇 권을 출간한 뒤 출판사에 취직해 편집자로 일하다가 회사 합병으로 잘린 뒤 다시 열심히 소설을 쓰고 있다. '교보문고 스토리 공모전' 대상, '한국추리문학상' 신예상과 대상, 황금펜상을 수상했다. 장편 추리소설《내가 죽인 남자가 돌아왔다》,《삼각파도 속으로》등을 출간했다.

　도대체 어떻게 이런 일이 벌어졌을까? 텔레비전 뉴스에서나 볼 수 있었던, 날벼락보다 더한 일이 우리 가족을 덮쳤다.

　그 잔혹한 일이 벌어지고 있을 때 나는 큰 소리로 웃으며 대학 동창들과 술을 마시고 있었다.

　"하하하. 맞다, 맞다! 그래서 덩치가 작은 내가 덩치 큰 널 짐자전거 뒤에 싣고 기숙사까지 가느라 피똥 쌀 뻔했었어. 하하하. 30년 전 일인데, 넌 별걸 다 기억하는구나."

　"그런데, 그 고물자전거는 어떻게 했더라? 네 성격에 그런 고물을 계속 타지는 않았을 것 같은데?"

　"맞아. 그 똥자전거는 그날 바로 기숙사 앞 어딘가에 버렸을 거야. 하하하."

　1차에 이어 2차를 갔다.

　아내와 처제가 두 시간 동안 내게 수십 차례 전화를 걸었지만 나는 가방에 넣어둔 휴대전화 벨소리를 듣지 못했다.

　2차 술자리에서 일어나 3차로 노래방을 가려는데 친구의 휴대전화가 울렸고 고개를 갸웃거리며 전화를 받은 친구가 얼굴에서 미소를 지우며 난감하다는 표정으로 내게 휴대전화를 건넸다. 나는 영문도 모르고 전화기를 받아들었다. 말을 하지 못하고 계속 흐느끼는 아내의 울음소리….

용하다는 병원을 수없이 드나들다가 마흔이라는 나이에 인공수정으로 어렵게 어렵게 얻은 열두 살 된 나의 천사. 눈에 넣어도 아프지 않을 것 같은 나의 늦둥이 외동딸 은비가 잔혹하게 살해되었다. 범인은 우리 아파트 12층에 사는 열네 살 먹은 중학교 2학년 남학생이었다. 아버지에게 잔소리를 들은 뒤 홧김에 부엌칼을 들고 밖으로 나와 엘리베이터를 탔고 맨 처음 만난 사람인 은비의 목을 칼로 세 번이나 찔렀다. 놈은 경찰에 자신은 너무 불행한데 엘리베이터에서 만난 은비가 귀티가 나고 너무 행복해 보여 죽였다고 진술했다.

시간을 되돌릴 수 있다면 얼마나 좋을까. 수많은 상황 중에 단 하나만 빗나갔더라도 은비는 죽지 않았을 것이다. 그날 학원 선생이 독감에 걸려 수업에 빠지지만 않았더라도. 학원 앞에서 친구들과 좋아하지도 않는 떡볶이를 사 먹지만 않았더라도. 길을 건널 때 무단횡단을 했거나 신호등이 조금만 빨리, 또는 늦게 들어왔더라도. 아파트 경비실에 들러 택배가 왔는지 확인만 하지 않았더라도. 아파트 앞에서 친구를 만나 잡담만 하지 않았더라도. 은비가 눌렀던 엘리베이터 버튼을 중국집 배달부가 잘못 눌러 엘리베이터가 9층을 지나 위로 올라가지만 않았더라도…. 그중에 단 하나만 어긋나 몇 초의 시차만 있었어도 은비는 그놈과 같이 엘리베이터를 타지 않았을 것이다.

하지만 은비가 죽은 것은 현실이고 아무리 시간을 되돌리고 싶어도 시간은 뒤돌아가지 않는다.

은비를 죽인 놈은 아직 생일이 지나지 않아 만으로 13세라고 했다. 나이가 만 14세 미만이기 때문에 법적으로 처벌할 수 없는 '촉법소년'에 해당하여 형사처벌을 받지 않고 가정법원 소년부로 보내진 뒤 보호처분을 받을 예정이라고 했다. 보호처분이란 집에서 보호관찰을 받거나 아동복지시설 등에 보호를 위탁하는 것을 말한다.

내가 녀석을 합법적으로 응징하는 방법은 부모를 상대로 민사소송을 벌여 피해배상을 받는 방법뿐이다. 그런데 어찌 사람의 목숨, 우리 은비의 목숨을 돈으로 배상받을 수 있단 말인가?

아버지가 잔소리하는 것이 화가 나서 사람을 죽이고 싶었으면 원인 제공자인 자기 아버지를 죽일 것이지 왜 생판 모르는 사람에게 칼을 휘둘러 죽여버리고 온 가족의 행복을 무참히 짓밟는단 말인가? 몽둥이로 때려죽이고 끓는 물에 삶아 죽여도 시원치 않을 놈이다.

나는 녀석을 죽이기로 결심했다. 그뿐만 아니라 녀석의 성격 형성에 가장 큰 영향을 준 사람을 찾아내 같이 죽일 것이다.

촉법소년인 녀석은 곧 풀려날 것이다. 녀석이 풀려나길 기다리는 사이 나는 전직 경찰관 등 수사전문가들을 고용해 녀석을 살인마로 만든 범인을 찾아내야 한다. 녀석을 살인마로 만든 사람 중에 녀석에게 가장 큰 영향을 준 사람을 골라 녀석과 같이 처형함으로써 은비의 복수를 할 것이다. 그게 녀석의 부모든, 학교 선생이든, 친구든, 그 누구든 예외는 없다. 나는 그동안 사형반대론자였고 박애주의자였지만, 이제는 아니다. 나는 이제 증오에 찬 복수의 화신일 뿐이다.

사실, 조사해 보지 않아도 뻔하다. 놈이 그렇게 된 데는 부모들의 영향이 가장 컸을 것이다.

나는 고용인들에게 놈의 가정환경부터 조사하도록 지시했다.

[첫 번째 보고서] 살인범 M의 가족들

살인자 M의 아버지 최홍만, 55세이고 보일러가게를 운영한다.

M은 최홍만의 친아들이 아니다. 재혼한 아내가 데리고 온 아들이다. 최홍만과 재혼한 M의 어머니는 M이 네 살 때인 10년 전에 교통사고로 세상을 떠났다. 그 이후 최홍만이 혼자서 M을 키웠다. 최홍만은 M이 어려서부터 줄곧 무관심했다. 가끔 폭력도 행사했다.

어머니가 죽고 새아버지와 함께 지내며 관심과 사랑을 받지 못한 소년이 비행 청소년이 될 확률은 평범한 집안의 아이들보다 훨씬 높을 것이다. M이 살인하게 된 데는 열악한 가정환경 영향이 컸던 것 같다.

최홍만은 아들에 대한 태도를 제외하고는 비교적 성실한 남자인 듯하다. 그는 아침 열 시에 가게에 나가 저녁 여덟 시쯤 퇴근한다. 살인 사건이 벌어졌던 날 오후 네 시쯤 친구를 만나 술을 마셨고 오후 일곱 시쯤 술에 취해 평소보다 조금 일찍 집으로 돌아왔다. 그런데 집 안이 어질러져 있고 M이 최홍만을 본체만체하며 게임에 몰두하고 있었다. 최홍만 역시 아들을 본체만체하며 평소처럼 방으로 들어가려 했다. 그런데 그의 눈에 화분에 심은 난초의 이파리 하나가 부러져 있는 것이 보였다. 화가 난 최홍만은 녀석의 뺨을 때린 뒤 "너는 네 친아버지를 닮아서 게으르고 지저분하다."라는 모욕적인 말을 했다. 그리고 방에 들어가 잠을 잤는데, 밖이 시끄러워 일어나 보니 M이 안면도 없는 여중생을 살해한 사건이 벌어진 것이었다.

살인자 M의 새아버지 최홍만의 변명:

"나도 할 만큼은 했습니다. 내 피붙이가 아니니 관심이 좀 덜 가는 것은 어쩔 수 없는 일이 아니겠습니까. 그래도 나는 녀석을 먹이고 입히고 학원 보내고 용돈도 넉넉히 주는 등 할 건 다 했습니다. 몇 년 전에 새 장가를 갈 기회가 있었는데 여자가 애 딸린 남자와 결혼하는 건 싫다고 해서, 녀석 때문에 결혼을 포기한 적도 있습니다. 그런데 녀석이 은혜를 원수로 갚은 겁니다. 사실, 알고 보면 녀석도 불쌍한 놈이긴 합니다. 제 어미가 그때 그렇게 무면허 운전자의 뺑소니차에 치여 죽지만 않았더라도 녀석과 내 인생이 이렇게 개판이 되지는 않았을 텐데…."

[두 번째 보고서] M의 어머니를 죽인 뺑소니 운전자 한종팔

M의 어머니 박정자가 최홍만과 결혼한 것은 12년 전으로, 전 남편이 죽은 지 2년 뒤의 일이다. 가진 재산도 없는 데다 식당 종업원 일을 하여 혼자 아들을 키우는 것이 버거웠던 M의 어머니는 아는 사람의 중매로 일곱 살 많은 최홍만과 서둘러 결혼했다.

박정자는 최홍만과 결혼한 후 행복한 한때를 보냈다. 전업주부로 집에서 아이만 키웠기에 M에게 충분한 사랑을 쏟을 수 있었다. 만약 그녀가 계속 살아 있었다면 M도 살인자가 되지 않았을 확률이 높고 최홍만도 계속 행복한 인생을 살았을 것이다.

10년 전 M의 어머니 박정자가 죽은 것은 어떤 범죄 때문이었다. 비가 내리던 날 밤 계모임에 다녀오다 무면허 뺑소니 운전자의 트럭에 치였다. 그녀는 차에 치이고도 한동안 살아 있었다. 신속히 병원으로 옮겨 응급조치만 했어도 목숨을 건졌을 텐데 사고를 낸 운전자가 그대로 뺑소니를 쳤다. 박정자는 도로 옆에 계속 방치되어 있다가 새벽에 시체로 발견되었다.

박정자를 트럭으로 친 무면허 운전자 한종팔은 한 달 뒤 자수했다. 무면허만 아니었으면 119에 연락해 차에 치인 사람을 병원으로 옮겼을 테고 경찰에 교통사고 신고도 했을 텐데 무면허 운전이라서 그럴 수 없었다고 말했다. 그는 벌어먹여 살려야 할 자식들이 있었고 날마다 찾아오는 빚쟁이들이 있었다. 그는 빚에 쪼들리며 하루 벌어 하루 먹고사는 처지였다.

한종팔은 그 일이 있기 얼마 전까지만 해도 꽤 수익성이 좋은 개인 사업을 하고 있었다. 그런데 어느 날 친구에게 사기를 당해 하루아침에 빚더미에 올라앉았다. 그는 사기사건 이후 폭음을 일삼았고, 어느 날 음주운전 단속에 걸려 3개월간 운전면허 정지를 당했다. 그 뒤 빚쟁이들에게 쫓기는 스트레스를 이기지 못한 아내까지 아이들을 남겨 둔 채 가출했다.

그는 자식들을 먹여 살리기 위해 낮에는 건설현장에서 막노동을 하고 밤에는 주유소에서 주유원으로 일하며 근근이 버텨나갔다.

그러던 어느 날, 5톤짜리 지입 트럭 한 대로 운수업을 하던 친구가 음주운전으로 운전면허를 취소당했다. 그래서 1년 동안 냉동트럭을 운전할 사람이 필요했는데 좋은 기회라고 생각한 한종팔이 대리운전 기사로 나섰다. 그 친구는 한종팔이 운전면허 정지를 당했다는 걸 모르고 있었다.

냉동트럭은 밤에 창고에서 물건을 싣고 출발해 다음 날 아침까지 목적지 영업소에 물건을 건네주면 되었다. 영업용 트럭 운전자를 경찰관이 검문할 일도 없었고, 일주일만 버티면 운전면허 정지기간이 끝났다. 어떻게든 일주일만 버티면 되었다. 그런데 재수 없게 운전대를 잡은 첫날 사고를 낸 것이다.

비가 오는 밤이어서 앞이 잘 안 보였다. 퍽 소리가 나는 순간 브레이크를 밟아 차를 세워보니 차 뒤쪽으로 20미터쯤 떨어져 있는 인도 위에 누군가가 쓰러져 있었다. 움직임이 전혀 없는 것이 이미 죽은 것 같았다. 순간, 오만가지 생각이 뇌리를 스쳤다. 병원으로 싣고 갈까 말까. 병원으로 싣고 가면 무면허라서 보험 적용이 안 될 테니 병원비, 장례비, 합의금 등 목돈이 필요했고, 합의를 하지 못하면 교도소에 들어갈 수밖에 없었다. 그럼 아이들은 누가 키운단 말인가? 그렇지 않아도 그는 빚쟁이들에게 시달리며 하루하루를 겨우겨우 버티고 있었다.

그는 눈을 질끈 감고 다시 액셀러레이터를 밟아 현장에서 도망쳐버렸다.

며칠 뒤 그는 사고현장을 지나다 길옆에 걸려 있는 현수막을 보고 자신이 차로 친 사람이 죽었다는 것을 알게 되었다. 죄책감에 시달리며 술로 세월을 보내던 그는 만취 상태에서 경찰에 자수했다.

무면허 뺑소니 운전자 한종팔의 변명:

"김용만이 그놈이 나에게 사기만 치지 않았더라도 내 인생이 이렇게 꼬이지는 않았을 겁니다. 내가 제일 믿던 친구 놈인데, 그놈이 나에게 사기만 치지 않았다면 내가 빚더미에 올라앉지 않았을 테고, 운전면허 정지를 당하지도 않았을 테고, 아내가 가출하지도 않았을 테고, 냉동트럭을 운전할 일도 없었을 테고, 또 설령 냉동트럭을 운전하다가 사람을 치었어도 뺑소니를 치는 일은 없었을 텐데…. 내가 믿는 도끼에 발등만 찍히지 않았어도 결코 그 아주머니를 차로 치어 죽이는 일은 없었을 겁니다."

[세 번째 보고서] 무면허 뺑소니 운전자의 친구 김용만

김용만은 경찰생활을 하다가 사표를 내고 사업을 시작했다. 하지만 몇 년도 지나지 않아 원금까지 모두 까먹었다. 이후 아파트경비원으로 취직했다.

10년 전 당시, 김용만의 아내는 중병에 걸려 있었다. 지금과 달리 그때 그 병은 국민건강보험이 적용되지 않아 개인이 치료비 대부분을 부담해야 했다. 그래도 김용만은 아파트경비원이라는, 월급은 많지 않지만 나이 들어서도 일할 수 있는 안정된 직장이 있어 근근이 버텨나갈 수 있었다.

그런데 어느 날 작은 사건이 발생해 직장에서 해고되었다. 어떤 놈이 김용만이 경비를 서고 있는 아파트에 들어와 고급 외제차만 골라 못으로 긁어놓았다. 그 일이 있던 날, 그가 경비실을 비우고 인근공원에서 친구와 막걸리를 먹은 것이 주민들에게 발각되어 해고된 것이다. 곧 범인이 잡혔지만 그렇다고 해고된 김용만을 다시 고용하지는 않았다.

김용만은 겨우 마흔네 살이었는데 나이가 많다는 이유로 재취업이 쉽지 않았다. 아내의 병원비 때문에 허덕이던 그는 결국 친구와 동업으로 노래방을 차리기로 했다.

그때까지만 해도 김용만은 신용 하나는 살아 있었다. 사업 준비를 하며 김용만은 친구의 돈까지 같이 관리했는데 아내의 병이 위중해지자 공금 일부를 아내의 수술비로 써버렸다.

친구 몰래 유용한 공금을 어떻게 메워 넣을까 궁리하는 김용만에게 조카가 가뭄에 단비 같은 이야기를 했다. 조카가 막 취직한 회사가 무슨 신기술을 개발해 주가가 폭등할 것이라는 이야기였다. 김용만은 돈을 벌 좋은 기회다 싶었다. 남은 사업자금 전부를 그 회사 주식에 투자했다.

조카의 말대로 며칠 뒤 그 회사에서 신기술을 개발했다고 발표했다. 그 소식이 신문에 보도되자 주가가 가파르게 상승했다. 그때 주식을 팔았어야 했다. 하지만 그는 미련을 버릴 수 없었다. 조금 더 오른 뒤에 팔려고 했는데 갑자기 주가가 폭락하더니 급기야 회사가 부도를 맞았다. 주식 사기였다. 물론 주식 사기를 벌인 자들은 고점에서 주식을 모두 팔아 돈을 챙겨서 해외로 도주한 뒤였다. 조카도 회사가 부도나기 전까지는 그게 사기였다는 사실을 모르고 있었다. 조카와 형도 그 회사 주식을 사서 큰 손해를 봤다.

주범인 최순석 등 주식사기꾼들은 그 뒤 국내로 송환되어 재판을 받고 교도소에 갔지만, 피해자들은 거의 배상을 받지 못했다. 주식 사기를 당한 김용만도 동업자인 한종팔의 사업자금을 되찾을 방법이 없었다. 김용만은 그렇게 친구 한종팔의 사업자금을 떼어먹은 사기꾼이 되었다.

한종팔의 돈을 떼어먹은 김용만의 변명:

"내가 친구의 사업자금을 유용해 주식투자를 한 것은 크게 잘못한 일이지만 내가 일부러 친구의 돈을 주식에 투자해 날리고 떼어먹은 것은 아닙니다. 나도 피해자일 뿐입니다. 그 주식사기꾼 최순석에게 당하지만 않았어도 내 인생과 친구의 인생이 그렇게 나락으로 떨어지지는 않았을 겁니다."

[네 번째 보고서] 주식사기꾼 최순석

최순석은 전과 5범이다. 그에게 진짜인 것은 하나도 없다. 그가 쓰고 있는 이름도 대부분 가짜고, 이력과 학력도 모두 가짜다.

최순석의 아버지는 시골에서 남의 농사를 짓다가 도시로 나와 막노동을 했는데 공사판에서 허리를 다친 뒤 시장에서 짐자전거로 짐을 날라주는 일을 해 먹고살았다.

최순석은 이런 가난한 집안의 둘째아들로 태어났고, 고등학교에 다니다가 자전거를 훔친 것이 발각된 뒤 학교를 자퇴했다. 이후 철공소, 피혁공장, 주유소, 커피숍 등에서 잠깐씩 일을 하다가 나이트클럽의 웨이터로 취직했다. 그곳에서 지역 깡패들을 알게 되어 어울리다 폭력 전과가 생겼고, 교도소에 드나들며 알게 된 교도소 동기들과 사기도박장을 개설했다. 그렇게 번 돈으로 그는 피라미드회사를 만들어 운영했고, 또 부도 직전의 회사를 인수해 주식 사기를 쳤다.

최순석은 교도소에 들어갈 때마다 재소자들에게 자신의 운명이 자전거 한 대 때문에 갈렸다고 입버릇처럼 이야기했다.

지금으로부터 30년 전, 주식 사기를 치기 20년 전, 최순석은 고등학생이었다. 성적이 뛰어나지는 않았지만, 품행이 나쁜 불량청소년도 아니었다.

최순석은 집이 가난해 제때에 수업료를 내지 못하는 경우가 많았다. 그때도 한 달이나 늦게 수업료를 낼 수밖에 없는 상황이었는데, 아버지가 은행에서 수업료를 찾아온 그날 어떤 좀도둑이 아버지의 짐자전거를 훔쳐 갔다. 토요일 저녁 아버지가 동네 구석에 있는 술집 앞에 낡은 짐자전거를 세워두고 동료들과 막걸리를 한잔하고 나와보니 자전거가 사라지고 없었다. 아버지는 시장에서 짐자전거를 이용해 시장 상인들이나 손님들의 짐을 날라주는 일이 직업이었기에 먹고살기 위해서는 그 자전거가 꼭 필요했다. 아버지는 최순석에게 수업료 내는 것을 조금 미루자고 말했다. 가족들이 먹고살려면 자전거가 꼭 필요하니 수업료 내는 것을 미루고 자전거를 먼저 사자고 했다.

최순석은 수업료 없이 학교 가는 것이 죽기보다 싫었다. 월요일 학교에 가면 교무실로 불려 가 다른 선생님들과 학생들이 보는 앞에서 망신을 당할 것이다. 담임 선생님이 "오늘은 꼭 수업료를 가져오겠다고 하지 않았느냐. 왜 거짓말을 밥 먹듯 하냐?"라며 핀잔을 줄 것이다.

최순석은 일요일 아침부터 저녁까지 아버지의 짐자전거를 찾으러 거리를 돌아다녔다. 짐자전거를 타고 가는 사람만 보면 모두가 아버지의 자전거를 타고 있는 것 같았으나 뒤쫓아 가 어렵게 확인해 보면 다른 자전거였다.

저녁 늦게 그는 아버지가 타던 것과 비슷하게 생긴 짐자전거 한 대를 훔쳐 집으로 끌고 왔다. 아버지에게는 친구네 집에 사용하지 않는 짐자전거가 있어서 한동안 빌려 쓰기로 하고 가져왔다고 거짓말을 했다. 아버지는 아들의 말을 믿고 그 자전거로 일을 시작했다. 그런데 며칠 뒤 그 자전거를 잃어버린 사람이 자신의 자전거를 가지고 있는 최순석의 아버지를 경찰에 신고했다. 그의 아버지는 경찰서로 끌려가 조사를 받고 풀려났다.

설상가상으로, 그 짐자전거를 잃어버린 사람이 최순석과 같은 학교에 다니는 선배의 아버지였다. 그 선배가 경찰서에서 최순석을 봤고 학교에 '도둑놈 자식'이라는 소문을 퍼트렸다.

그 소문이 퍼진 다음 날 최순석은 등교 대신 아버지의 지갑에서 만 원을 훔쳐 서울행 버스를 탔다.

김용만의 돈을 사기 친 주식사기꾼 최순석의 변명:

"그때 어떤 놈이 아버지의 짐자전거만 훔쳐 가지 않았더라도 내 인생이 이렇게 꼬이고 꼬여 사기꾼으로 전락하지는 않았을 겁니다. 그 일만 없었어도 내가 자전거를 훔칠 일도, 그 사건이 알려져서 학교를 그만두고 가출하는 일도 없었을 겁니다. 그 사건 하나가 내 인생을 크게 뒤틀어놓았고 또 나에게 사기당한 여러 사람의 인생까지 뒤틀어놓은 것이죠. 어떤 놈이 아버지 자전거만 훔쳐 가지 않았더라도…."

내가 고용한 조사원들의 조사보고서는 이게 끝이다.

보고서대로라면 마지막 보고서의 최순석이라는 사람이 이 사건의 최초 원인을 제공한 사람인 것 같다. 최순석이 저지른 일이 대여섯 다리를 건너가 결국 우리 은비를 살해한 것이다. 최순석의 주식 사기로 자신의 사업자금과 친구 한종팔의 사업자금을 잃은 김용만, 김용만 때문에 무면허 뺑소니 운전자가 된 한종팔, 한종팔의 무면허 뺑소니에 아내를 잃고 가정이 파탄 난 최홍만, 새아버지 최홍만의 무신경과 폭력 때문에 불량소년이 되어 살인자가 된 M, M이 아무 이유도 없이 죽인 나의 사랑하는 딸 은비.

내가 죽일 사람이 정해졌다. 내 딸을 무자비하게 죽인 살인자 M, 그리고 최순석.

그런데 자꾸 최순석의 변명이 거슬린다. 아버지의 짐자전거 도둑 때문에 자신의 인생이 꼬였다는 말. 자신도 어떤 범죄 때문에 인생이 뒤틀려 다른 사람에게 나쁜 짓을 하게 되었다고 변명을 하고 있다.

나는 더 추적해 보고 싶지만 불가능한 일이었다. 최순석의 인생이 바뀌는 계기가 되었다는, 최순석 아버지의 짐자전거 도난. 당시에도 범인을 못 잡았는데 수십 년이 지난 지금 어떻게 범인을 찾아낸단 말인가? 그래서 날고 기는, 몸값 비싼 내 조사원들도 더는 파고들지 못하고 보고서를 여기서 마무리했을 것이다. 끝까지 추적할 수 있으면 좋을 테지만, 인간의 능력으로는 불가능한 일이니 어쩔 수 없는 일.

나는 보고서를 다시 검토한 뒤 M과 함께 최순석을 죽이기로 결정했다. 내가 조사할 수 있는 선에서 최순석은 은비의 살인에 영향을 끼친 최초의 원인제공자다. 최순석의 과거 범죄가 나비효과가 되어 점점 퍼져나가 결국 아무 죄도 없는 우리 딸이 무자비한 범죄에 희생된 것이다.

나는 그를 죽이기 전에 그의 변명이 사실인지, 그것조차도 꾸며낸 거짓말은 아닌지 진실이 알고 싶어졌다. 나는 조사원들에게 추가로 돈을 주고 최순석의 아버지가 정말 짐자전거를 잃어버린 일이 있는지, 그 때문에 그가 정말 짐자전거를 훔쳤고 고등학교를 자퇴했는지, 물증과 목격자 위주로 재차 조사하도록 지시했다.

　며칠 뒤 추가 보고서가 도착했다.

　[최순석은 30년 전 당시 대전 중구 용두동에 살았고, 그의 아버지는 1981년 6월 20일(토요일) 밤 열 시께, 대전 중구 용두동 서대전고등학교 인근에 있는 '대천집'이라는 막걸리집 앞에 잠금장치 없는 낡은 짐자전거를 세워두었다가 도난당했음. 다음 날 최순석이 짐자전거를 훔쳤고 며칠 뒤 발각되어 그의 아버지가 피해자와 합의함으로써 사건이 종결됨. 당시 경찰기록을 확인함.]

　"허억!"
　마지막 추가 보고서를 들고 있는 내 손이 부들부들 떨렸다.
　"설마? 설마…?"
　다리에 힘이 풀려 풀썩 주저앉는 내 귓가에 은비가 살해되던 날 밤 술자리에서 대학 동창 한 명이 크게 웃으며 했던 이야기가 메아리쳤다.

　"하하하. 우리 30년 우정을 위해 건배!"
　"그래, 건배! 그럼 너 그 일은 기억나니? 하핫! 대학 2학년 때, 여름방학 직전 어느 토요일 저녁이었는데, 너랑 나랑 대전 시내에서 영화 보고 주머니 탈탈 털어서 술 마시느라 차비가 없었잖아. 그래서 학교 기숙사까지 걸어가다가 힘들어서 서대전고등학교 근처에서 고물 자전거 한 대 훔쳤던 일?"
　"그런 적이 있었던가? 아, 맞다! 기억났어! 네가 어느 골목 담벼락에 오줌 누고 나서 술집 앞에 세워져 있던 고물자전거 끌고 왔잖아. 하핫!"

"아냐, 인마! 난 자전거 탈 줄도 모르는데 내가 자전거를 끌고 왔겠냐? 네가 끌고 왔지."

"하하하. 맞다, 맞다! 그래서 덩치가 작은 내가 덩치 큰 널 짐자전거 뒤에 싣고 기숙사까지 가느라 피똥 쌀 뻔했었어. 하하하. 30년 전 일인데, 넌 별걸 다 기억하는구나."

"그런데, 그 고물자전거는 어떻게 했더라? 네 성격에 그런 고물을 계속 타지는 않았을 것 같은데?"

"맞아. 그 똥자전거는 그날 기숙사 앞 어딘가에 버렸을 거야. 하하하."

*스탠리 밀그램의 '6단계 분리 법칙': 사람들은 살아가는 동안 수많은 사람과 알고 지낸다. 만일 사람들이 각자 100명씩 안다고 가정하면, 1단계에서는 한 사람이 100명밖에 모르지만 2단계에서는 한 다리 건너 아는 사람이 100명 곱하기 100명이니 1만 명이 되고, 3단계에서는 두 다리 건너 아는 사람이 100만 명이 된다. 4단계에서는 1억 명, 5단계에서는 100억 명이 되므로 몇 다리만 건너면 전 세계 인구 70억 명 누구와도 아는 사이가 되는 셈이다. 이러한 여섯 단계의 분리 개념은 인류 모두가 긴밀히 연결되어 있어 서로 크고 작은 영향을 주고받을 정도로 지구가 좁다는 의미에서 '작은 세계 현상'이라고도 한다.

하버드대학의 사회심리학자인 스탠리 밀그램은 1967년 미국의 중서부에 사는 불특정 다수에게 여러 통의 편지를 보내 이 편지들이 보스턴에 사는 특정인들에게 도착할 수 있도록 협조해 달라고 부탁했다. 이 실험에 참여한 사람들은 미지의 보스턴 사람들을 알고 있을 법한 친지와 지인들에게 편지를 발송했고, 편지를 받은 사람들은 다시 편지의 주인을 찾기 위해 자신의 지인들에게 편지를 발송했다. 밀그램이 보낸 편지는 절반가량이 다섯 명의 중간 사람, 즉 여섯 단계를 거쳐 보스턴 특정인들에게 전달되었다. 이후 미국 물리학자인 던컨 와츠가 밀그램의 연구를 수학적으로 설명한 '작은 세계 이론'을 발표하고 이메일 실험으로 검증하였다.

작가의 글

바람난 아내가 남편을 죽이기 위해 음식에 쥐약을 섞어 수차례 먹였
다. 하지만 남편은 아무 탈 없이 멀쩡했다. 이상하게 생각한 아내가
남은 쥐약을 먹어봤다. 극심한 복통을 느낀 아내는 응급실에 실려 갈
수밖에 없었고 그로 인해 범행이 탄로 났다.

남편이 쥐약을 먹고 멀쩡했던 이유는, 과거 소장 절제 수술을 하고 하
루 세 번씩 비타민 K3를 먹어왔는데 그것이 쥐약 속의 극약 성분인
와파린(Warfarin)의 해독제였기 때문이다.

늘 이런 것을 생각한다.

아이의 뼈

송시우

송시우

대전에서 태어났다. 고려대학교 철학과를 졸업했다. 2008년 '계간 미스터리' 신인상을 받고 본격적으로 추리소설을 쓰기 시작했다. 《라일락 붉게 피던 집》, 《달리는 조사관》, 《검은 개가 온다》를 썼다. 세 작품 모두 드라마화가 확정됐는데, 그중 《달리는 조사관》은 2019년 9월 OCN에서 방송되었다. 단편집으로는 《아이의 뼈》를 발표했다. 국가인권위원회에서 일하고 있다. 법과 윤리, 정신의학을 둘러싼 쟁점에 관심이 많다.

범죄피해자학회가 주최한 강연회에서 노파를 다시 만났다.

강연회는 제법 큰 규모의 행사였다. 나는 강사 중 한 명으로 초빙되었다. 몇 년 전부터 범죄피해자학회에 이름을 올려두고 있었던 것이 계기가 되어 '범죄피해자의 법적 권리'라는 제목의 강의를 맡았다. 변호사라는 자격 외엔 별다른 직함이 없는 내가 이런 자리에 서는 것은 이례적인 일이었다.

노파는 강의 중간에 뒷문을 열고 들어왔다. 나는 노파의 작고 쪼그라는 몸피와, 머리카락 한 올 남김없이 매끈하게 빗어 넘겨 쪽진 백발과, 관절염을 앓는 듯 뒤뚱거리는 걸음걸이를 알아보았다. 노파는 해가 갈수록 조금씩 말라가고 있음이 틀림없었다. 마지막으로 보았을 때보다 더 가늘어진 몸으로, 한 손엔 큼지막한 비닐가방을 들고 있었다. 한 걸음 내디딜 때마다 비닐가방을 든 쪽으로 무게중심이 쏠려 위태로워 보였다. 노파가 의자를 드르륵 끌어당겨 힘겹게 앉는 모습을 나는 연단에서 지켜보았다.

강의 프로그램이 모두 끝나고, 범죄피해자들의 수기 발표가 이어졌다. 눈물과 한숨이 강한 파동을 가지고 청중들 사이에 퍼졌다. 청중 대부분이 범죄피해자 자조모임 회원들이었다.

진행요원이 나와 마이크를 잡았다.

"다음은 고통에 대한 기억, 극복과 치유를 위한 타임캡슐 행사가 뒷 마당에서 진행될 예정이오니 안내요원을 따라 이동해 주시기 바랍니 다."

차분한 음악이 울려 퍼졌다. 청중들이 제각각 크고 작은 짐을 집어 들고 주섬주섬 일어섰다. 노파도 비닐가방을 들고 강연장을 나가는 사람들 뒤에 따라붙었다. 건물로 들어올 때 뒷마당에 커다란 구덩이 를 파놓은 것을 보았다. 오늘 그곳에 범죄피해자의 영정사진이나 가 슴 아픈 유품들, 건강하고 행복했던 시절의 추억이 담긴 물건들이 묻 힐 예정이었다.

"타임캡슐은 모두가 지켜보는 가운데 봉인되어 묻힐 겁니다." 진행 요원이 계속 말했다. "그리고 5년 후 모두가 지켜보는 가운데 개봉될 예정입니다. 타임캡슐을 이용하실 분들은 열쇠를 잘 간직해 주시기 바랍니다."

나는 빈 강연장에 남았다. 창가에 서서 행사를 진행하는 확성기 소 리를 들었다. 삼십 분 정도 지났을 때였다.

"여기 계셨네요. 감사합니다."

뒤에서 노파의 목소리가 들려 돌아보았다. 노파가 강연장 입구에 서서 허리를 깊숙이 숙여 내게 인사했다. 무엇이 감사하다는 건지 모 르겠다고 생각하며 나도 따라 허리를 숙였다.

우리는 건물 일층 로비에 있는 커피숍으로 자리를 옮겨 마주 앉았 다. 차 한 잔씩을 앞에 두고 어색한 시간이 흘렀다. 나는 헛기침을 하 고 무겁게 내려앉은 침묵을 깼다.

"김남호가 죽었습니다. 알고 계셨습니까?"

노파는 대답 없이 찻잔을 들어 올렸다.

"지난여름에 머리가 없는 시체로 발견되었습니다. 옷가지 속에 제 연락처를 적은 쪽지가 있었다는군요. 저도 경찰이 연락을 해서 알았습니다."

나는 간단히 세 문장으로 경위를 설명했다. 아무것도 묻지 않는 노파의 머릿속에 무슨 생각이 들었을지 나는 종잡을 수가 없었다.

범인은 잡혔을까. 머리가 없는 변사체도 요즘 시대에는 그다지 자극적인 뉴스거리가 되지 못하는 모양이었다. 시체 발견 사실만 토막기사로 당일 신문지상에 등장하고는 끝이었다. 틈틈이 후속기사를 찾아보았지만 없었다.

시체엔 머리도 없었고 신분을 추정할 수 있는 소지품도 없었다. 경찰은 지문을 조회했다. 그래서 몸의 주인이 살인죄로 20년 복역 후 재작년에 출소한 54세의 전과자 김남호라는 것을 알아냈다. 김남호의 몸은 오래 씻지 않은 듯 매우 더러웠고 입고 있는 옷은 때에 절어 본래의 색을 알아볼 수 없었다. 노숙자라 행적조사가 어렵다고 경찰은 고충을 털어놓았다. 시체의 오른쪽 양말을 벗기자 종이쪽지가 하나 나왔고, 그 쪽지에 내 이름과 사무실 연락처가 적혀 있었다고 했다.

경찰은 당연히 김남호와의 관계를 물었다. 나는 한때 김남호의 국선 변호를 맡은 적이 있다고만 대답했다. 왜 김남호가 죽을 때 내 연락처를 갖고 있었던 거냐고 경찰이 물었지만 나도 모를 일이었다. 왜 범인은 시체의 머리를 잘랐을까요, 라고도 물었지만 그건 더더욱 모를 일이었다.

"천벌을 받았군요."

노파가 말했다. 김남호의 죽음을 알고 있었다는 것인지 아닌지 추측이 불가능한 말이었다. 노파가 덧붙였다.

"저, 오사카에서 오늘 오전에 왔습니다. 지난 2년간 한국 땅을 밟아본 적이 없지요."

노파는 일본인이었다. 내가 노파를 알기 훨씬 전에 상처로 얼룩진 이 땅을 떠나 일본에 귀화했다. 후지하라 토모요. 노파의 새로운 이름이라고 했다. 그러나 이국에서의 생활이 망각을 가져오진 않았다. 노파는 오랫동안 키워온 집착과 집념을 실행하기 위해 잠시 귀국하여 내게 일을 맡겼었다. 그리고 모든 일이 완료된 후 돌아가 내게 전화했다. 변호사님 덕분에 모두 잘 끝났습니다, 감사합니다. 노파와 나는 30년 이상의 나이 차이가 났지만, 노파는 지나치다 싶을 정도로 내게 깍듯했다. 저와 제 아이를 위해 변호사님이 해주실 일은 이제 없는 것 같습니다. 최선을 다해주셔서 감사합니다. 전 지금 오사카입니다, 라고 말하는 노파의 목소리에는 다신 돌아가지 않겠다는 의지가 담겨 있었다.

그러므로, 나는 물었다.

"여긴 어쩐 일이십니까?"

"변호사님께 드릴 말씀이 있어서요."

"저를 만나려고 여기까지 일부러 오셨습니까?"

"겸사겸사요."

"아직 남은 일이 있나요?"

노파는 당치도 않다는 표정으로 고개를 가로저었다.

"아니요. 일은 모두 끝났어요. 단지… 제가 말하지 않은 게 있지요."

말끝에 알 수 없는 미소를 짓고 노파는 창밖으로 시선을 돌렸다. 나는 노파를 처음 만나 일을 의뢰받던 날 느꼈던 그 수상하고 불온한 기운을 다시 떠올렸다.

"나는 돈이 아주 많아요."

2년 전, 어느 겨울 저녁이었다. 홀로 내 변호사 사무실을 찾아온 노파가 말했다. 자부심은 느껴지지 않는 말투였다.

"아시겠지만, 돈이 많으면 할 수 있는 일이 많답니다."

말을 하면서 노파는 말아 쥔 손수건으로 코와 입언저리를 닦았다. 나는 예의에 어긋난다는 것도 느끼지 못한 채 노파의 앙상한 얼굴을 빤히 바라보았다. 망상에 가까운 노파의 집착. 그 수상한 기운이 나를 불편하게 했다.

모든 것을 말했으니 이제 당신이 결정하라고, 마주 앉은 노파의 눈빛이 재촉했다. 작은 머리통을 뒤덮은 머리카락이 온통 새하얬다. 전설 속 백발마녀처럼, 천 살 정도 먹은 늙은 요귀처럼 비현실적이었다. 저 노파가 과연 수백억대의 자산가가 맞긴 한 걸까, 라는 의심이 솟았다. 하지만 내 앞에는 노파가 선수금 명목으로 가져온 현금다발이 수북이 쌓여 있었다. 믿지 않을 이유가 없었다.

사람은 얼마나 많은 피를 흘리면 죽을까요.

노파는 이런 질문으로 이야기를 시작했다. 노파는 20년 전 범죄로 딸을 잃었다고 했다. 당시 아이는 열두 살이었다. 범행현장은 아이의 피로 낭자되어 있었다. 그러나 시신이 발견되지 않았다. 생존의 자취도 찾을 수 없었다. 따라서 현장에 뿌려진 피의 양이 사망에 이를 정도인지 여부가 문제가 되었다고 노파는 말했다. '시신 없는 유아 살인사건'이라고 불리는 그 유명한 사건의 피해자가 바로 노파의 딸이었던 것이다.

아이의 실종신고를 받았을 때 경찰은 금품을 노린 유괴사건일 가능성이 크다고 판단했다. 노파의 남편이 도내에서 꽤 큰 과자공장을 운영했기 때문이었다. 부부는 검소하고 평범하게 살았지만, 지역에선 부자로 알려져 있었다. 아이는 부부가 마흔 무렵에 겨우 얻은 외동딸이었다.

사건은 노파도 낮부터 과자공장에 나가 일을 돕느라 아이를 집에 혼자 두었던 날 벌어졌다. 노파가 집에 들어갔을 때, 평소 명랑하게 떠들던 아이의 모습과 온기는 없고, 어둠이 깔린 방 한가운데에 책가방만 덩그러니 내던져 있었다.

밤새 동네 방범대원까지 동원한 대대적인 수색이 이루어졌다. 노파는 파랗게 질린 얼굴로 방 안에 앉아 협박전화를 기다렸다. 아무 성과 없이 하루가 갔다. 그리고 다음 날 아침, 노파의 딸이 어제 낮 동네 인형가게에 들어가는 것을 보았다는 제보가 들어왔다. 인형가게는 노파의 집에서 겨우 300미터 떨어져 있었다. 외지에서 온 젊은 남자 혼자 얼마 전부터 가게를 인수하여 꾸려가고 있었다. 동네 사람들은 남자에 대해 잘 몰랐다.

경찰이 인형가게 뒤에 딸린 살림집으로 들이닥쳤다. 문은 잠겨 있었고 안에선 기척이 없었다. 경찰들은 현관문 근처에 떨어진 핏자국을 보았고, 문을 따고 집 안으로 들어갔다. 세 평 정도의 방은 그야말로 피바다였다. 바닥에는 피 웅덩이가 넓게 퍼져 있었다. 벽과 천장에 튄 피는 아래로 죽죽 흘러내려 굳어 있었다. 죽은 사람이든 산 사람이든 사람의 몸은 없었다. 피에 젖은 바비인형 하나와 칼날에 피가 엉겨붙어 굳은 접이식 등산칼 하나가 바닥에 내던져 있을 뿐이었다.

그로부터 두 시간 만에 인형가게 주인 김남호는 인근에서 체포되었다. 김남호는 이십 대 초반에 이미 열 살 된 여자아이를 성폭행한 전과가 있었다. 별건 폭행과 절도 전과까지 합하여 거의 10년을 교도소에 있다가 출소한 지 얼마 되지 않은 자였다.

체포 당시 김남호는 남방셔츠에 운동복 바지 차림이었다. 흙투성이 옷에서는 휘발유 냄새가 났다. 경찰 조사과정에서 김남호는 제대로 된 진술을 하지 않고 정신이상자처럼 행동했다. 두서없이 엉뚱한 말을 내뱉었고 별안간 고함을 지르다 졸도하기도 했다. 아이의 행방을 묻는 질문에 대해 "아이는 집에 있다."라는 말만 반복했다. 추궁이 매서워지자 조사실 벽에 머리를 박아 자해했다.

그러나 모든 증거가 김남호를 범인으로 가리켰다. 방 안에 뿌려진 피는 아이의 피로 밝혀졌다. 김남호의 옷과 신발에서 아이의 피가 발견되었다. 등산칼 손잡이에 김남호의 지문이 찍혀 있었다. 없어진 것은 아이와, 인형가게 마당에 늘 주차되어 있던 김남호 소유의 중고 승용차였다. 승용차는 체포 이틀 뒤 마을에서 15킬로미터 떨어진 야산 중턱에서 발견되었다. 차는 전소되어 증거를 찾을 수 없었다.

쏟아지는 증거와 추궁에 눌린 김남호는 이때부터 조금씩 말하기 시작했다. 김남호는 자신의 인형가게 근처를 배회하던 아이가 외로워

142

보여 가게에 들어올 것을 권했다고 했다. 바비인형 하나를 유독 좋아하기에 손에 쥐여주고 방으로 같이 들어갔다. 한참을 놀다가 갑자기 심하게 떼를 쓰고 울기에 당황한 나머지 칼을 들어 딱 한 번 찔렀다. 그리고 바로 아이를 방에 둔 채 뛰어나와 헤매다가 밤을 새고, 집에 돌아가는 중에 경찰에 잡힌 것이라고 말했다. 아이가 어디로 갔는지, 왜 자기 차가 야산에서 불탄 채 발견되었는지는 모른다고 했다. 김남호는 대법원에서 형이 확정될 때까지 이 진술을 바꾸지 않았다. 김남호는 재판과정에서 자신이 정신분열증을 앓고 있다고 주장했지만, 정신감정 결과 반사회적 인격장애라는 진단을 받았다.

노파는 처음에 자신이 던졌던 질문에 대답했다.

"사람은 전체 혈액의 30퍼센트 이상이 빠져나가면 당장 치료를 받지 않는 한 죽어요. 40퍼센트 이상이 되면 틀림없이 죽지요. 현장에서 발견된 아이의 피는 약 0.6리터. 체중 대비 산출한 전체 혈액량의 20퍼센트 정도라더군요."

유출된 피의 양만으로는 사망을 단정할 수 없었다.

경찰은 김남호의 차가 발견된 야산을 샅샅이 수색했다. 도내 모든 의료기관과 복지시설을, 무허가로 운영하는 곳까지 포함하여 뒤졌으나 사건 당일 아이를 치료했다는 곳은 찾지 못했다.

"칼에 찔린 방에서 이미 엄청난 피를 쏟아낸 아이가… 구조되지 못했으니… 치료받지 못했으니… 아무도 아이를 보지 못했으니… 어떻게 되었겠어요."

사건 전후사정을 종합적으로 판단한 끝에 법원은 아이가 사망했다고 판단했다. 김남호는 살인과 사체유기죄로 일심에서 무기징역을 선고받았고, 이후 항소심과 상고심에서 20년형으로 감형되었다.

사건 이후 노파의 가정은 붕괴되었다. 범죄로 아이를 잃은 대부분의 가정에서 일어나는 안타까운 수순이었다. 상실감을 이기지 못한 노파의 남편은 사건 다음 해 만취하여 밤길을 걷다가 교통사고로 사망했다. 노파는 혼자 남았다.

노파는 과자공장을 처분하고 전자제품 대리점을 차리는 한편 주식과 부동산에 자금을 투자했다. 손톱에 불이 붙듯 일에 달라붙었다. 주식과 부동산이 황금알을 낳는 거위였던 시절이었다. 노파는 돈에 대한 감각과, 배짱과, 운과, 무엇에든 몰두해야 할 시간이 있었다. 막대한 재력을 가진 늙은 과부가 되는 동안, 노파는 사비를 털어 야산을 파헤쳤다. 진실을 알려달라고, 교도소에 있는 김남호에게 편지를 보냈다. 김남호는 답장하지 않았고 거듭된 노파의 면회신청에도 응하지 않았다.

"한마디 사죄의 말은커녕 어떤 설명도 듣지 못했어요. 재판이 끝나고 나서는 얼굴 볼 기회조차 없었죠."

파란만장한 범죄피해 역사를 보고한 뒤 용건을 털어놓은 노파에게 나는 물었다.

"왜 하필 저를 찾아오셨죠? 더 훌륭하고 유명한 변호사도 많은데요."

"지금 김남호의 국선 변호를 맡고 계시다면서요."

나는 놀랐다. 김남호는 만기 출소를 3개월 앞두고 동료 수용자를 폭행한 죄로 기소되었다. 법원이 국선 변호인 선정을 허락했고 내가 배정되었다. 그러나 아직 첫 번째 접견도 하지 않은 상태였다.

국선 변호인 선정 사실을 어떻게 알았냐고 물어보려던 찰나, 노파가 앞질러 말했다.

"교도관 중 아는 사람이 있지요."

노파는 그동안 김남호가 교도소에서 어떻게 살아왔는지에 대해서도 틈틈이 들었다고 했다.

"독재에 저항하다 붙잡혀 온 양심수처럼 공권력에 의분을 표출하며 살고 있다더군요. 무죄를 증명하겠다면서 재심신청 서류를 준비하는 게 낙이었대요. 재심은 번번이 기각되었죠. 가끔 아이의 시체가 있는 장소를 대겠다고 돌발행동을 하기도 했어요. 교도소의 비리를 폭로하겠다고 신문사에 편지를 보내면서 자기 글을 기사로 내주면 시

체가 묻힌 장소를 말해주겠다고 하는가 하면, 시체가 있는 장소를 밝
히는 대신 시설이 좋은 교도소로 이송해 달라고 교도소장 면담 시 난
동을 부리기도 했답니다. 그런 시도들이 실패하면 재빨리 말을 바꿨
죠. 시체 운운한 것은 거짓말이었다고."

나는 김남호의 국선 변호인으로서 교도관의 감시나 감청 없이 김남
호를 독대할 수 있었다. 변호인과 피의자 사이에만 통용되는 특권이
었다. 노파가 나를 찾아온 이유가 거기에 있었다.

"일을 맡겠습니다."

노파의 치밀함과 그 치밀함을 낳은 오욕의 세월에 두려움을 느끼며
나는 말했다. 나는 돈이 필요했다. 사무실은 몇 달간 적자운영 중이었
고, 내겐 갚아야 할 집안의 빚이 쌓여 있었다. 돈이 많으면 할 수 있는
일이 많다는 노파의 말은 나에게도 옳았다.

노파는 허리를 숙이며, 감사하다고 오래오래 인사했다. 그저 중개
역할만 해달라고, 일이 잘못될 경우 책임은 모두 자신이 지겠다고 노
파는 중얼거렸다. 다시 몸을 일으킨 노파의 눈에 물기가 서려 있었다.
노파는 기도하듯 무릎에 손을 모으고 말했다.

"그래요. 가서 전해주세요, 변호사님. 내가 돈을 주겠다고요."

노파의 주름진 입술이 파르르 떨렸다.

"내 아이의 시신을, 내가 돈을 주고 사겠다고요."

교도소 변호사 접견실. 나는 플라스틱 칸막이로 구분된 접견부스에
혼자 앉아 김남호를 기다렸다. 다른 부스는 모두 비어 있었다. 일부러
변호사 접견이 뜸한 요일과 시간을 골랐다.

수용사동 쪽 문이 열리고 교도관을 따라 머리가 약간 벗어진 땅딸
막한 체격의 중년 남자가 들어왔다. 20년 전 신문 사회면을 도배했던
남자, 어린아이를 향한 잔혹한 범행과 수사당국을 농락하는 뻔뻔한
태도로 온 국민의 지탄을 한몸에 받았던 인형가게 총각은 볼품없이

쇠락한 중년의 남자가 되어 있었다. 그는 나를 힐끗 보고는 엉덩이를 의자에 반쯤 걸치고 앉았다. 국선 변호사 따위는 우습다는 투였다. 푸른 수의 속으로 손을 넣어 가슴팍을 북북 긁으면서 안녕하쇼, 하고 인사하는 그에게 나는 내 소개를 했다.

그리고 거두절미하고, 거래를 제시했다. 불량스럽게 건들거리던 김남호의 움직임이 멈췄다. 치켜뜬 눈에서 적의가 느껴졌다.

"이봐!"

김남호가 두툼한 손을 휘둘러 책상을 쿵 하고 내리쳤다. 접견부스에서 몇 발짝 떨어진 곳에 앉아 있던 교도관이 이쪽을 두리번거리며 살폈다.

"나는 무죄야!"

김남호가 소리쳤다. 나는 손을 들어 교도관에게 괜찮다는 신호를 보냈다. 무슨 수작이지? 목소리를 낮춘 김남호가 이빨 사이로 내뱉는 말투로 말했다. 의심을 가득 담은 눈동자가 좁은 눈꺼풀 사이에서 흔들렸다.

그가 20년간 수없이 되풀이해 온 거짓말을 쉽게 뒤집을 거라고는 생각하지 않았다.

"피해자 어머님께서 원하는 것은 단지 아이의 시신을 찾아 수습하는 거예요. 의뢰인은 사건 후 남편을 잃고 칠십이 넘은 지금까지 다른 가정을 꾸리지 않고 혼자 살아왔어요. 아이의 시신을 이제라도 찾아 묻어주는 것이 의뢰인에게는 지금 가장 중요한 일입니다. 그런데 이것밖에는 방법이 없다고 생각하고 계세요."

노파를 의뢰인이라는 명칭으로 칭했지만 사실 이 자리에서는 김남호가 내 의뢰인이 되어야 했다. 나는 공식적으로 김남호가 저지른 폭행사건의 변호를 위해 이곳에 온 것이기 때문이었다.

형기가 거의 다한 수용자들이 관규를 위반하고 문제를 일으키는 일이 종종 있다고 예전에 어떤 교도관에게 들은 적이 있다. 말년병장 같은 뻐딱한 마음이 그들에게 생기는 것 같았다. 잘못 건드리면 사회에

나가 뭐 대단한 복수라도 할 것처럼 으름장을 놓는 이도 있다고 했다. 그런 풀어진 마음 때문인지 어쩐지 몰라도 김남호는 20년 형기가 다해가는 마당에 조금 큰 사건을 저질렀다. 운동시간에 다른 수용자와 싸우다가 돌을 집어 던져 전치 4주의 상처를 입힌 것이다. 가까운 시일 내 합의와 고소취하가 이루어지지 않으면 징역이 몇 개월 더 추가될 형편이었다. 20년을 복역한 사람이 몇 개월 더 사는 게 뭐가 대수냐고 할지 모르겠으나, 20년 동안 출소 날짜 하나만 바라보고 산 사람에게 그것은 매우 절실한 문제인 듯했다. 나를 쏘아보는 김남호의 핏발 선 눈에서 들들 끓는 욕망이 느껴졌다. 이 안에서도, 발견되지 않은 아이의 시신을 방패 삼아 권력 있는 자를 흔들어 하찮은 이익을 얻으려고 했던 사람이다. 다시 한번, 살아보고 싶으리라.

"김남호 씨가 제안을 받아들이겠다고 일단 약속만 해주면 의뢰인께서 폭행 피해자에 대한 합의금을 바로 지급하겠다고 했습니다."

나는 김남호에게 명함을 건넸다.

"출소하면 제 사무실로 와주세요. 아이의 시신이 있는 곳을 제게 알려주고, 준비해 놓은 현금을 가지고 가시면 됩니다."

"약속을… 어떻게 하라는 거지?"

명함의 귀퉁이를 매만지며 김남호가 물었다. 합의금 얘기가 나왔을 때부터 그는 한결 차분해져 있었다.

"그냥, 지금 이 자리에서 구두로 하시면 됩니다."

문서를 남기지 않는다. 돈은 현금으로 오간다. 노파와 김남호는 직접 만나거나 연락하지 않는다. 노파는 스스로 이런 원칙들을 정했다.

김남호를 믿을 수 있겠느냐는 내 물음에 노파는 당연히 믿지 않는다고 대답했다. 그러나 게임을 시작한 자가 먼저 신뢰를 보여야 하지 않겠느냐며, 노파는 '게임'이란 용어를 사용했다. 눈앞의 욕망을 참지 못하고 폭력적이며 잔인한 한편으로 계산적이고 교활한 남자를 다루어야 하는 게임. 그를 무력화할 수 있는 것은 그의 욕망이라고 노파는 말했다. 그 욕망에 고리를 채워 당겨야 한다고.

혹시 아이의 시신이 어디 있는지 김남호도 정말 모르는 것은 아닐까요. 거래금을 내게 맡기는 노파에게 나는 조심스럽게 말했다. 불에 태웠거나 강물에 흘려보내는 등 시신을 되찾을 수 없게 훼손했을 수도 있다는 말씀인가요. 노파는 담담하게 응수했다. 그동안 김남호는 시신이 있는 장소를 밝히겠다며 무언가를 요구할 때 꼭 시체가 '묻힌' 장소를 말하겠다고 하곤 했어요. 말할 생각은 추호도 없었겠지만, 최소한 말하면 찾을 수도 있는 곳에 시신이 있다는 자신감에서 벌인 일이에요. 그는 체포되었을 때 흙투성이였어요. 아이는 어딘가에 묻혀 있어요.

김남호는 제 날짜에 출소했다.

출소 며칠 뒤 내 사무실을 찾아온 김남호는 아무 말 없이 약도가 그려진 쪽지를 건넸다. 약도는 불에 탄 김남호의 차가 발견된 그 야산의 어딘가를 가리키고 있었다. 나는 노파가 맡긴 현금 이천만 원을 주었다. 김남호는 눈이 휘둥그레져 지폐 사이사이를 뒤져보기도 하고 한 뭉텅이씩 집어 들어보기도 했다.

"이번 달 안에 제게 한 번만 전화를 주셨으면 합니다."

황급히 돈을 챙겨 나가려는 김남호의 뒤통수에 대고 내가 말했다. 여전히 의심을 지우지 않은 눈으로 김남호가 돌아보았다.

"왜지?"

"20년 전의 기억이니 약도가 정확하지 않을 수도 있지 않습니까? 그럼 다시 논의를 해봐야지요."

김남호는 그렇게 하겠다고 했다. 전화번호도 집주소도 남기지 않고 그는 사라졌다. 우리 사이에서 약속이란 한번 뱉으면 공중에서 사라져버리는 말뿐이었다.

노파는 약도에 나타난 장소를 파보았으나 아무것도 없었다고 했다. 기대하지 않았으므로 노파는 실망하지 않았다.

"다시 연락을 해올 거예요, 틀림없이."

노파는 확신에 차서 말했다.

"네."

"먼저 얼마를 원하는지 물어보세요. 그리고 이번엔 확실한 증거를 제시하라고 해주세요. 내게 빚이 있으니 응할 거예요."

"증거라고 하면?"

"무엇을 증거로 할지는 그 사람이 정하라고 하세요. 증거를 가져오면… 원하는 돈의 두 배를 주겠다고 하세요."

김남호는 한 달이 조금 더 지나 나타났다. 그는 지난번엔 기억에 착오가 있었다며 비굴하게 굴었다. 후줄근한 입성에 입가에선 술냄새가 진동했다. 출소하자마자 아무런 희생 없이 큰돈을 손에 쥔 그가 어떤 생활을 하고 있을지 짐작이 갔다. 그는 조금 미안하지만 어쩔 수 없다는 표정을 하고 오천만 원을 요구했다. 하지만 증거를 내놓으라는 말에 돌변하여 노파를 직접 만나 거래하겠다며 펄펄 뛰었다.

"이 요구를 받아들이지 않으면 거래는 끝입니다. 대신 증거를 가져오면 의뢰인이 일억 원을 줄 거예요. 역시 현금으로."

김남호가 잠잠해졌다. 하지만 나에 대한 증오로 눈빛은 무섭게 이글거렸다. 그는 몇 마디 욕지거리를 내뱉고 발소리도 크게 사무실을 뛰쳐나갔다.

며칠 후 그는 다시 전화했다.

"좋아. 묻은 곳을 팠어. 사진을 찍고 다시 덮어두었어. 됐어?"

사건 후 경찰과 노파의 대대적 수색에도 불구하고 아이를 찾을 수 없었던 이유가 있었다. 아이는 불에 탄 김남호의 차가 발견된 그 야산이 아닌, 주변의 다른 산에 묻혀 있었다. 김남호가 가져온 사진 속 파헤쳐진 구덩이에는 백골로 변한 아이와 삭은 옷가지가 놓여 있었다. 20년 만에 아이의 뼈가 실체를 드러내는 순간이었다.

아이의 뼈가 찍혀 있습니다. 묻힌 장소도 특정되어 있습니다. 김남호가 보는 앞에서 나는 노파에게 전화했다. 돈을 주세요. 노파의 짧은 지시가 내려졌다.

나는 현금 일억 원이 든 돈 가방을 김남호에게 건넸다. 김남호는 황감한 표정으로 돈 무더기에 손을 찔러 넣고 뒤적였다. 나갈 때는 나를 향해 고맙다고 활짝 웃기까지 했다. 내가 본 그의 마지막 모습이었다.

노파는 아이의 뼈를 무사히 찾아 장례를 치렀다고 했다. 오사카에서 건 마지막 통화에서, 노파는 분명히 그렇게 말했다.

"그날 이후 김남호가 변호사님께 또 연락하진 않았나요?"

노파가 식어버린 차를 홀짝이며 물었다. 노파의 말에 상념을 깨고 내 의식은 다시 범죄피해자학회 강연회가 개최된 빌딩의 커피숍으로 돌아왔다. 겨울 해가 짧아 어느덧 창밖이 어두워져 있었다. 커피숍 주방 쪽에서 그릇을 정리하는 소리가 들렸다.

"전화가 한 번 왔었죠."

나는 기억을 더듬었다.

"무슨 말을 했나요?"

"제가 먼저 일이 잘 끝나 다행이라고 했어요. 어쨌든 감사하다고 했더니, 당황하더군요."

악인도 악행에 대해 고맙다는 말을 듣는 것은 불편한 것 같았다. 수화기 너머에서 그는 할 말을 잃고 더듬거렸다.

"다른 말은?"

"아이 어머니 연락처를 물었어요."

"제 연락처를요?"

"모른다고 했죠. 실제로 모르니까요, 일본 연락처는⋯."

노파는 일본 거주지의 주소와 연락처를 알려주지 않았다. 그때 새삼 노파에 대해 내가 아는 게 별로 없구나, 하고 생각했다. 임무가 끝난 해외 기지를 불태우고 본국으로 떠나는 스파이처럼 노파는 아무런 흔적도 남기지 않고 떠났던 것이다.

노파는 무언가 곰곰이 생각하는 듯했다. 나를 바라보는 노파의 얼굴에 어떤 결의가 스치고 지나갔다.

"머리뼈가 없었어요."

"네?"

"우리 아이요. 두개골이 없었다고요."

사진과 약도를 받은 날, 노파는 비밀스러운 일을 처리해 주는 인부를 고용해 산으로 갔다. 노파도 노구를 이끌고 인부들을 따라 산에 올랐다. 약도가 가리키는 장소에 가보니 최근 흙을 파헤쳤다가 덮어놓은 흔적이 역력했다. 구덩이를 팠다. 아이의 뼈와 썩어서 군데군데 천조각만 시늉처럼 남은 옷가지가 나왔다.

그러나 아이의 머리가 없었다. 가는 목뼈 위에 아무것도 놓여 있지 않았다. 사진 속에는 분명히 있었던 아이의 작은 두개골이 사라져버리고 없었다.

"왜! 진작 말씀하시지 않았죠?"

나는 소리쳤다. 20년 만에 만난 머리가 없는 아이의 뼈. 그 끔찍한 발견의 현장이 머릿속에 스냅사진처럼 찰칵찰칵 찍혀 펼쳐졌다. 머리가 없는 팔과 다리. 머리가 없는 가슴과 등.

"아이가 일을 당했을 때, 더할 나위 없이 슬프고 말할 수 없을 만큼 고통스러운 와중에도… 난감했어요."

노파는 딴소리를 했다.

"남겨진 것은 현장에 뿌려진 피밖에… 텅 빈 관 위에 아이가 메고 다녔던 책가방과, 안고 자던 인형과, 가장 좋아했던 옷을 올려놓고 장례를 치렀죠. 아이의 빗에 있던 머리카락 몇올을 골분함에 넣고 납골당을 마련했어요. 상상이 가나요?"

노파의 말에 울음이 섞였다. 심상치 않은 말의 공백에 긴장하여 노파를 보았다. 노파의 가늘고 긴 목에 핏줄이 양각으로 돋아나 있었다. 얼굴이 터질 듯 빨갛게 달아올랐다. 노파는 손수건을 입가에 대고 온몸을 부들부들 떨며 기침을 하기 시작했다. 손수건을 받치고 있는 손가락이 끊어질 듯 파리했다. 기침이 점점 격해졌다. 주위에 있던 사람들이 걱정스러운 얼굴로 노파를 바라보았다. 나는 일어나 노파에게 손을 뻗었다. 노파가 가까스로 물잔을 손에 쥐고 내 어깨를 밀어 앉혔다. 잔에서 물이 넘쳐흘러 노파의 소매를 적셨다.

"내가 견딜 수 없었던 것은…."

기침을 다스리며 노파는 숨을 몰아쉬었다.

"정말 견딜 수 없었던 게 무엇인 줄 아나요, 변호사님?"

"괜찮으신가요?"

"내 아이가 혹시 살아 있으면 어떡하나 하는 것이었어요, 변호사님."

"…."

"내 아이가! 내 아이가요, 변호사님! 내가 모르는 곳에서… 모르는 사람과 함께… 몸 안의 피가 거의 빠져나가 창백해진 얼굴로… 살아가고 있을지도 모른다는 망상에서 벗어날 수가 없었어요. 핏줄이 비칠 듯이 창백한 얼굴로요. 한 해 한 해 갈수록 조금씩 자라서… 이제 만나도 알아볼 수 없는 모습으로 어딘가 있다면… 나는 어떻게 해야하나…."

노파는 얼굴을 감싸고 소리 없이 절규했다. 체념과 억제의 힘으로 꼿꼿하고 담담했던 노파가 고통에 무너지고 있었다.

노파가 돈을 주고 산 것은 아이의 죽음이었다.

김남호는 노파의 의도를 잘못 알았다. 두개골이 없어도 죽음은 확인되었다. 거래를 더 이어갈 필요는 없어졌다. 두개골이 없어진 아이의 뼈는 다른 효과를 낳았다. 자신은 결코 김남호를 용서한 적이 없었다는 것을 노파는 알게 되었다.

"그렇게 얻은 돈으로 방탕한 생활을 하면서… 죽는 날까지 양말 속에 변호사님의 연락처를 넣어두고…. 행여 거래가 또 이어질 수도 있을 거라는 희망을 품고 있었겠죠?"

말하며 노파는 몸을 떨었다.

"아이가 살아 있을 때 놈이 아이에게 무슨 짓을 했을지 상상하고 싶지도 않아요. 그래도… 그래도… 살았으면 좋았을 거예요. 나아졌을 거예요…. 죽이다니요… 아무 죄도 없는 열두 살짜리를… 칼로 난자하고 내다 버리는 사람은… 그런 사람은 도대체 어떤 사람인가요? 변호사님, 정말 나와 같은 사람일까요?"

내가 대답할 수 있는 질문은 하나도 없었다. 노기를 표출한 노파는 한순간 바람 빠진 풍선처럼 푹 꺼져 말이 없었다. 처음 봤을 때는 보이지 않았던 짙은 병색이 앙상한 얼굴에 드러나 있었다.

"이만 가지요. 늦었네요…."

노파가 몸을 일으켰다.

나는 노파의 느린 걸음에 맞춰 걸으며 건물 밖으로 나갔다. 주차장으로 향하려는데 한 발짝 앞서가던 노파가 돌아보았다. 노파는 멈춰서서 코트주머니를 뒤적이더니 내게 손을 내밀었다.

"죄송합니다만, 변호사님이 이걸 맡아주셨으면 좋겠어요."

플라스틱 꼬리표가 달린 열쇠가 노파의 손끝에서 대롱대롱 흔들리고 있었다.

"뭔가요?"

"타임캡슐이 5년 뒤에나 개봉된다고 하더군요."

나는 강연장에 들어올 때 노파가 들고 있었던 커다란 비닐가방을 떠올렸다.

"아이는 인형을 참 좋아했어요. 아이가 죽고 한동안은 인형으로 가득 찬 아이의 빈방에서 우두커니 앉아 있곤 했었죠. 아이가 아꼈던 곰인형을 타임캡슐에 넣어놨어요. 솜으로 빡빡하게 속을 가득 채운 봉제인형이지요."

나는 얼떨결에 열쇠를 받았다. 노파는 가랑잎같이 마른 손으로 내손가락을 굽혀 열쇠를 쥐여주었다. 그렇게 내 손을 감싸고 선 채 노파는 말했다.

153 "제가 5년 후까지 살아 있기는 힘들 것 같아요. 변호사님이 곰인형

을 찾아주셨으면 해요."

열쇠는 묵직하고, 또 차가웠다.

참 이상한 사건이에요. 지난여름 시체로 발견된 김남호의 사건을 맡아 내게 전화했던 형사가 말했다. 형사는 나에게서 사건의 실마리를 잡을 수 있으리라 많이 기대했던 모양인지 내 대답이 신통치 않자 실망감을 감추지 못하고 푸념했다. 도대체 머리는 왜 자른 건지 원. 피해자 신분을 숨기려고 그런 거면 상식적으로 손목부터 끊어야 하는 거 아닙니까? 열 손가락 지문은 그대로 두고 머리만 잘라가고, 그건 또 어디에 버렸는지 찾을 수도 없어요. 무슨 의도인진 모르겠지만 해놓은 거 보면 전문가의 솜씬데. 변호사님, 뭐 떠오르는 거 정말 없으십니까?

노파는 강연장에서 몹시 힘겹게 비닐가방을 옮겼다. 노파가 쇠약하다는 걸 감안하더라도 그것은 그만한 크기의 봉제인형보다는 무거워 보였다. 뭔가 다른 걸 넣고 꿰맸기 때문이었다. 아이가 좋아했던 곰인형 속에 딱 들어갈 만한, 아이를 죽인 살인자의 머리.

"저를 찾아오신 진짜 이유가 뭐죠?"

나는 물었다. 노파는 금방 대답을 하지 못하고 약간 놀란 눈으로 나를 보았다. 나는 채근했다.

"뭐죠?"

"아이의 두개골이 없었다는 얘기, 들려드리고 싶었어요."

"김남호가 양말 속에 제 연락처를 넣어둔 것을 어떻게 아셨나요? 그 사실은 신문에도 나오지 않았고, 저도 말씀드리지 않았는데요."

노파의 두 눈이 검은 유리알처럼 빛났다. 노파는 쓸쓸하게 웃었다. 비밀을 나눠 가진 자들 사이에 통하는 신뢰가 담긴 웃음이었다.

"죄송합니다, 변호사님…. 누군가 단 한 명이라도 알아주었으면 했어요."

노파는 허리를 숙이고 머리를 조아렸다. 혼자만 아는 진실은 힘이 없어요. 죄송합니다. 모두 내 아이가 죽었다고 했지만 나는 아이의 죽은 육체를 보지 못해서 과연 그게 진실일까, 오랜 기간 너무도 괴로웠어요. 진실을 아예 묻어버리는 건, 안 될 일 같아요. 죄송합니다, 변호사님. 아이의 머리는 찾았어요, 심부름꾼이. 변호사님과는 전혀 다른 사람들이지만. 잘 수습해서 제게 주었습니다. 그러니 걱정 마세요.

2년 전 나는 노파에게 많은 돈을 받았다. 노파는 약속한 금액보다 더 많은 돈을 내게 주었다. 한 일에 비해 지나치게 많이 받았다고 생각하고 있었다. 그러나 빚진 기분을 가질 필요가 없다는 것을 이제 알았다. 일은 아직 끝나지 않았다.

노파가 주차장에 대기시킨 차에 올라타는 모습을 바라보며 나는 속으로 노파에게 물었다. 자신이 김남호를 결코 용서한 적이 없었다는 사실을, 머리가 없는 아이의 뼈를 봤을 때 비로소 느꼈던 것이 맞는지요. 결국 이렇게 되리란 걸 당신께서는 알고 있었던 것 아닌가요.

나는 노파가 준 열쇠를 손바닥이 아프도록 세게 쥐었다. 후지하라 토모요 님, 당신께선 내게 무엇을 주신 겁니까.

작가의 글

〈아이의 뼈〉는 지금껏 썼던 단편 추리소설 중 가장 기억에 남는 작품입니다. 황금펜상을 받기도 했고, 2017년에 단편집을 엮을 때 표제작으로 들어가기도 했습니다. 상실과 죽음이란 문제와 관련하여 유사한 결을 가진 작품을 이후에도 몇 번 더 발표한 적 있으니 아마도 이것이 저를 계속 고민하게 만드는 주제인가 봅니다. 앞으로도 계속해 보겠습니다.

주인공 노파는 첫 발표 당시에는 이름이 없었는데, 개인 단편집에 실을 때 일본인 독자의 이름을 빌려 지었습니다. 열성적인 한국 추리소설 독자이자 일한 번역가이기도 한 후지하라 토모요 님, 이 자리를 빌려 한 번 더 이름을 불러드리고 싶습니다. 작품 속 후지하라 토모요 님에게도 공감과 위로의 말씀을 올립니다.

보화도

조동신

조동신

2010년 단편 〈칼송곳〉으로 '제12회 여수 해양문학상' 소설 부문에서 대상을 수상했으며, 2012년 '제1회 아라홍련 단편소설 공모전'에서 가작, 2017년 '제2회 테이스티 문학상 공모전'에서 우수상, 2017년 '제3회 부산 음식 이야기 공모전'에서 동상, 2018년 '제4회 사하구 모래톱 문학상'에서 최우수상, 2019년 '제주 신화콘텐츠 공모전'에서 우수상을 수상했다. 장편 《까마귀 우는 밤에》, 《내시귀》, 《금화도감》, 《필론의 7》, 《세 개의 칼날》, 《아귀도》, 《수사반장》, 인문서 《초중학생을 위한 동양화 읽는 법》, 《청소년을 위한 서양화 읽는 법》 외 다수의 단편을 발표하였다.

1

"별 이상은 없나?"

"없사옵니다."

"오늘 해남에서 물자 실은 배가 온다고 했는데 아직 오지 않았나?"

"아직 오지 않았사옵니다."

"바람이 세서 그런가? 좋아, 수고했네."

저녁 보고를 마치고 나온 만호는 바닷가를 보았다. 해가 많이 짧아지고 바람도 차가워진 만큼, 저녁노을을 싣고 와서 하얗게 부서지는 파도도 꽤 거칠었다. 하지만 저 파도도 작년 한 해 동안의 통제사 심경만큼 오르락내리락하지는 않을 것이다.

삼도 수군통제사 이순신(李舜臣), 임진년 왜란이 일어난 후 그가 여러 해전에서 세운 전공은 조선은 물론 이전의 어떤 왕조에서도 찾아보기 힘들었다. 그러나 전공이 너무 크면 오히려 죄를 받게 된다고 했던가. 지난해, 통제사는 모함을 받아 도성으로 압송되어 처참한 고문을 받았다. 나라에 충성한 대가가 고문과 투옥이라니, 보통 사람 같으면 도저히 견디지 못했을 것이다. 그뿐만 아니라 통제사가 물러난 후 부임한 2대 통제사 원균(元均)은 칠천량해전에서 왜군에게 말 그대로 전멸당하고 1만 이상의 수군과 거의 모든 배를 잃고 말았다. 그 소식을 들은 통제사 이순신의 심정이 어떠했을까. 거기다 조정은 쌀 한 톨도 지원하지 않은 채 그를 다시 통제사에 임명해 적을 막으라 명령하였다. 만호가 평생 그때만큼 조정을 원망했던 적도 없었다.

중요한 건 그다음의 일이었다. 그동안 몇 번이나 통제사에게 감탄했지만, 작년 여름 말부터 가을까지 그가 보여준 기적은 누구도 그전에는 상상할 수 없을 정도였다. 그가 복직했을 때 조선 수군에게 남은 배는 열두 척뿐이었고 식량도 무기도 군사도 모자랐다. 여느 장수 같으면 도망치든가, 아니면 자포자기로 적군에게 달려들어 싸우다 죽었을 것이다. 그러나 통제사는 철저히 적의 움직임을 파악하고 남은 병력과 물자를 모아 승리의 가능성을 찾았고, 결국 서해를 노리던 왜군을 진도 앞바다 울돌목에서 물리치는 데 성공하였다.

만호는 지금도 그 해전 때의 느낌이 생생했다. 적선은 바다를 덮었는데 조선의 배는 겨우 한 척이 더해진 열세 척이었다. 첫 해전을 치르기 직전보다도 더했던 그 긴장감, 싸우는 동안의 절박함, 손가락이 떨어져 나가도 좋다는 심정으로 몇 번이나 당겼던 활의 팽팽한 느낌 등등. 그리고 마침내 기적처럼 적을 무찌른 후에 든 생각은 단 하나, 통제사와 함께할 수 있었던 자신과 장졸들은 행운아다, 그뿐이었다. 통제사는 전투를 치르기까지 누구보다 많은 고생을 했지만 누구보다 의연했다. 적이 우리 땅에 있는 한 그의 눈은 적을 향하고 있었기 때문이다.

왜군의 서해 진출은 일단 막았지만, 아직 아군보다 월등히 우세한 적군이 남해에 버티고 있었고 월동 준비도 해야 했다. 그 때문에 통제사는 북서풍을 막는 데도 좋고 서해와 남해는 물론 영산강까지 동시에 감시할 수 있는, 이곳 보화도(寶花島, 현재 고하도)를 기지로 쓰기로 했다.

수군 본영을 옮긴 지도 벌써 두 달이 넘게 지나 새해가 되었다. 다행히 왜군은 별다른 움직임 없이 수군은 물론 육군까지도 모두 남해안으로 피하여 성을 쌓고 월동 중이었다. 울돌목해전의 여파가 그만큼 큰 탓이다. 이럴 때 아군도 한숨 돌리면 좋겠지만 워낙 병력과 선박이 부족하고 물자도 없으니 잠시도 쉴 틈 없이 새 배를 만들고 전쟁 자금을 마련하는 데 힘을 기울여야 했다.

어느덧 만호는 섬 서부 해안에 있는 선소(船所, 조선소)에 도착했다. 수군에게 가장 중요한 군 장비는 두말할 나위도 없이 전함이다. 그러나 조선 수군의 배는 단 열세 척이었으므로 통제사는 최우선으로 판옥선 건조를 서두르라 명하였으며, 피난민 중에서 목수든 대장장이든 기술을 가진 사람은 모두 새 함선을 건조하는 데에 투입되었다. 그중에 난민을 가장한 왜군 간자 등이 섞여 있을 수 있으니 만호는 피난민 신원을 철저히 파악하고, 선소를 수시로 점검하였다.

"장 군관 나리 아니십니까?"

만호에게 말을 건 이는 지난해 울돌목해전 무렵 전라 우수영에 부임한 군관 허삼석이었다. 그의 손에는 웬 보따리가 하나 들려 있었다.

"아, 허 군관 아닌가? 이번에는 자네가 군량 운반 담당으로 왔나?"

"유 현감께서 직접 오시는 날이라 모시고 왔사옵니다. 그분이 통제사 영감 만나러 가시지 않았습니까?"

"유 현감 나리? 뵙지 못했네. 자넨 여기서 뭘 하고 있나?"

"온 김에 선소나 좀 보고 가려고 왔습니다. 참, 해로통행첩(海路通行帖)[1] 발급 덕택에 군량도 그럭저럭 모이고 있으니 우리 수군이 겨울은 날 수 있을 것 같습니다. 통제사 영감 정말 현명하신 분입니다."

---

1) 명량해전 후 이순신은 군량 조달을 위하여 피난민들의 배에 통행증을 발급하여 큰 배는 3섬, 중간 배는 2섬, 작은 배는 1섬씩 발급수수료를 받았고 통행첩 없는 배는 간첩선으로 간주하였다.

"사실 그 때문에 통제사 영감 속이 좋지 않으시네. 민폐를 끼치고 있으니 말일세. 군사들에게 지급할 식량도 옷도 피난민들에게 얻어서 쓰고 있고."

"전란 중에는 흔히 있는 일이옵니다. 더욱이 장군은 강요하시지도 않는데 백성들이 자발적으로 가져오니, 뭔 문제가 있겠습니까? 작년 울돌목해전 때도 백성들이 식량은 물론 솜이불까지 다 장군께 자진해서 바쳤잖사옵니까. 그런 걸 다 걱정하시다니."

허 군관을 뒤로 한 채 만호는 포구로 갔다. 군량을 싣고 왔는지 군사들이 저마다 한 짐씩 지고 바삐 오가고 있었다. 해남 현감 유형(柳珩, 5대 삼도 수군통제사)이 왔다면 인사라도 하려고 했는데 어디서 엇갈렸는지 그는 포구에 없었다. 허 군관은 왔으면 짐 나르는 군사들이나 인솔할 것이지 뭐하러 선소에는 따로 갔을까.

만호는 염전 쪽으로 가보았다. 원래 겨울에는 일조량이 적어 소금을 만들기 어렵지만 전란 중이고 소금은 중요한 전비(戰費) 마련 수단이라 이 계절에도 염부(鹽夫)들은 땀을 흘려야 했다. 만호가 염전에 도착했을 때 염부들은 마침 소금물을 모으다가 쉬면서, 바다에서 잡아온 게를 삶는 중이었다.

"아유, 군관 나리 아니십니까? 오셔서 게 한 마리 드시죠. 요즘은 게가 제철입니다."

"고맙습니다. 일은 잘돼갑니까?"

키가 작은 염부 한 명이 어디 갔다 왔는지 뒤늦게 자리에 앉으며 대답했다.

"일이야 뭐, 눈이나 비만 오지 않는다면 잘될 것 같습니다. 원, 소만 있었어도…."

원래는 갯벌에 구덩이를 파서 소로 써레질을 한 뒤 밀물 때마다 그 구덩이에 바닷물을 모아 농축시켜 그 물을 끓여 소금을 얻어야 하지만, 이 방법은 바닷물 모으는 데 시간이 걸렸다. 또 급하다고 바닷물을 그대로 끓이면 연료가 많이 들고, 나오는 소금의 질도 좋지 않기 때문에 지금은 모두 섯등(갯벌에 바닷물 모으는 구덩이) 위에 나뭇가지와 갈대를 가로질러 놓고 갯벌 흙으로 덮은 뒤 그 위에 바닷물을 계속 부어서 구덩이에 진한 소금물을 모으는, 전라도 전통 제염법을 쓰고 있었다.

"통제사 영감께 말씀드려서 소를 구하도록 해보겠습니다."

"그만두십쇼. 통제사 영감이 이런 데까지 신경쓰시게 하면 안 되죠. 언제 왜놈들이 또 올지 모르는데."

울돌목해전 후 통제사에 대한 백성들의 믿음은 거의 절대적이었다. 만호는 자신도 모르게 뿌듯해졌다.

저녁식사 때가 되자, 만호는 본영으로 갔다. 본영에서 가장 먼저 눈에 들어오는 것은 긴 장대에 매달린 사람 머리였다. 전란 중에 참혹한 꼴은 많이 보았지만, 아군 본영 한가운데서 사람의 잘린 머리를 보는 일에는 도저히 적응이 되지 않았다. 그 머리들은 적군의 것이 아니라, 아군이나 우리 백성 중 적의 편에 붙거나 다른 백성에게 해를 입힌 이들의 머리였기 때문이다. 특히 권세를 휘두르는 양반들에 경멸당하고 설움받던 천민들이 난리로 인해 치안이 약해진 틈을 타 복수를 하는 일도 있었다. 가끔은 그들에게 동정이 가기도 하였으나 후방을 안정시키는 일도 전투 준비 못지않게 중요하니 어쩔 수 없이 그런 사람들도 잡아들여야 했다.

군관들 식사하는 자리로 가자 곧장 코가 뻥 뚫리는 듯한 냄새가 들어왔다. 그날 저녁은 모처럼 홍어애탕이었다. 홍어 애(간)와 잡뼈, 삭힌 살 등에 된장과 미나리를 넣어서 끓인 홍어애탕은 냄새가 고약하지만 속을 편하게 해주고 고뿔(감기)에도 효험이 있어 이런 겨울에 먹기 아주 좋았다. 만호는 식탁에 앉다가 문득 허 군관이 오지 않았음을 알아차렸다.

"크, 큰일났습니다!"

갑자기 군사 복장을 한 남자가 달려왔다. 그의 표정으로 보았을 때 좋은 소식이 아님은 금방 짐작할 수 있었지만, 그의 말은 매우 뜻밖이었다.

"사, 사람이 죽었습니다!"

"사람이, 죽었다고?"

만호는 숟가락을 내팽개치고 그 군사에게 달려갔다.

"죽다니, 누가 죽었니? 사고인가?"

"사, 살인입니다! 전라 우수영 허삼석 군관 나리가 죽었습니다!"

만호는 그 군사의 안내를 받아 벗집(소금물 끓이는 작업장)으로 달려갔다. 달려가 보니 이미 그 주변에는 염부와 군사들이 여러 명 모여 웅성거리고 있었는데, 그 가운데 있던 이는 의아하게도 해남 현감 유형이었다.

"자네, 장만호 군관이라고 했지?"

"그, 그렇습니다."

왜 유 현감이 여기 있을까, 만호가 물을 틈도 없이 그의 질문이 이어졌다.

"여기는 연병장이 코앞인데 경비병도 없나?"

"소금 창고에는 경비병을 두지만 벗집이랑 염전에는 없사옵니다."

만호는 대답 후 횃불을 들고 죽은 이를 보았다. 허 군관은 아궁이 앞에 벌렁 누운 듯한 자세로 죽어 있었다. 왼쪽 뒷머리에 상처가 있었는데 출혈량이 적은 것으로 보아 뭔가 천 같은 걸로 감싼 둔기에 맞은 것 같았다. 그리고 무엇 때문인지는 몰라도 솥에는 아무것도 없는데 아궁이에는 아직 불씨가 남아 있었으며 안에서 뭔가가 탁탁 튀고 있었다. 아궁이 위에는 전립(전투용 모자)이 놓여 있었다.

"통제사 영감 오셨습니다!"

밖에서 다른 목소리가 들렸다. 만호와 유 현감은 자리에서 물러나며 고개를 숙였다. 조금 있다가 통제사가 들어왔다.

"살인사건이라고? 그것도 군관이 살해당했다니? 유 현감 자네가 데려온 군관 아닌가?"

"그렇사옵니다. 허삼석 군관이라 하옵니다."

유 현감이 말했다. 통제사는 만호에게로 몸을 돌렸다.

"죽은 지 얼마나 된 것 같은가?"

"한 식경(약 30분) 정도 된 것 같사옵니다. 지금 겨울이라서 몸이 더 빨리 식었는지도 모르지만 아무리 빨리 잡아도 그 시간보다 더 되지는 않았을 것 같사옵니다. 그리고 허 군관의 손에 약간의 재가 묻어 있습니다."

만호는 업무상 검험(검시)을 배워뒀기 때문에 시체가 굳어진 상태를 보고 사망시간 정도는 알아낼 수 있었다. 통제사는 유 현감 쪽으로 몸을 돌렸다.

"식사시간에 왜 오지 않나 했더니, 자네는 왜 여기 있나?"

"선소를 보고 오다가 벗집에 불이 켜져 있는 것 같아서 와보니 시체가 있었사옵니다. 그 때문에 군사를 한 명 보내서 알리도록 했습니다."

"늘 열심이군. 그래, 허 군관이 평소 여기에 자주 오는 편인가?"

"자주 오지는 않을 겁니다. 군량이나 물자를 보급할 때 군관들이 돌아가면서 오기 때문에 허 군관은 이번이 두 번째일 것이옵니다."

"섬 말고, 이 벗집 말일세."

"그건 모르옵니다."

"이 섬에서 어떤 배도 나가지 못하도록 일러두게. 유 현감, 자네도 마찬가질세. 장 군관, 자네가 이 사건을 맡게."

"소관, 명령 받들겠사옵니다."

2

만호의 주 업무는 후방 치안 담당이었으므로 이러한 문제가 발생할 경우 그에게 수사 권한이 주어졌다.

생각해 보니 의외로 범인을 쉽게 잡을 수 있을 것 같기도 했다. 보화도 주변을 오가는 배는 빠짐없이 탐지되게 마련이고, 이날 이곳에 온 배는 조업 나선 어선 몇 척 외에는 유 현감과 그 군사들이 타고 온 한 척뿐이다. 또한 이 추운 겨울 바다에서 헤엄쳐 달아날 수는 없을 것이다. 즉 범인은 아직 이 섬 안에 있다.

만호는 일단 유 현감이 데려온 군사들에게 허 군관에 대하여 물었으나 별다른 단서는 없었다. 단지 그날 유 현감이 싣고 온 화물 중 침구 및 의복을 만드는 데 쓰는 목화솜이 있었는데 허 군관의 소매에서도 약간의 목화솜 조각이 발견되었다는 점이 마음에 걸렸다. 그리고 소금을 끓일 때가 아니었는데도 아궁이에 불을 지핀 흔적이 있었다는 점도 마찬가지였다.

만호는 지금까지 모아둔 단서를 토대로 살인현장이 어디이며, 흉기는 무엇이고, 용의자는 누구인지 생각해 보았다.

그중 첫 번째, 즉 살인현장이 벗집인지, 아니면 누가 살해한 뒤 그곳에 숨겼는지 생각해 보았으나 이 의문에 대하여는 금방 결론을 내릴 수 있었다. 선소·난민촌·포구·본영·연병장 등은 모두 군사들이 엄중히 경비하고 있고, 주변에 다니는 배 또한 엄격하게 감시되며, 각 배마다 해로통행첩이 발급되기 때문에 그것을 보이지 않으면 간첩선으로 간주된다. 즉 가장 경비가 허술한 곳은 벗집이 될 수밖에 없다. 이곳은 며칠에 한 번 소금물을 끓일 때만 사용되고 평소에는 잠그지도 않으니 드나들기는 식은 죽 먹기다. 허 군관은 유일하게 경비도 없는 벗집에서 은밀히 누군가와 만나기로 약속했고 그곳에서 당한 것이다. 먼저 만나자고 한 쪽이 누군지는 모르지만.

두 번째 의문은 흉기는 무엇이었을까 하는 것이었다. 벗집에 있는 물건 중 둔기로 쓸 만한 물건은 솥에서 소금을 긁어모을 때 쓰는 가래와 소금물을 퍼 올 때 쓰는 물통이 전부였다. 고초(진한 식초)를 주방에서 조금 얻어다 이 물건들에 뿌려보았으나 붉게 반응한 자국, 즉 핏자국은 나오지 않았다. 장작을 흉기로 쓴 뒤 불에 태워 없앴을까 하는 생각이 들었지만, 볏짚에는 지붕이 없어 이곳에 땔감을 두면 젖을 수도 있기에 모든 장작은 창고에 있고 이곳에는 회초리로도 쓸 수 없는 잔가지나 지푸라기만 있을 뿐이었다. 다시 말해 범인은 흉기를 자신이 준비했다. 무엇이었는지는 정확히 모르지만, 범인이 자신에게 피가 튀지 않게 하려고 헝겊이나 그 비슷한 걸로 감쌌을 거란 점만은 분명했다.

그리고 세 번째 의문, 과연 용의선상에 누구를 올려야 할까. 보화도에는 호남 곳곳에서 온 수많은 난민들이 있지만 허 군관을 죽일 수 있는 사람은 의외로 적었다. 훈련 때 보았는데 허 군관은 전라 우수영 군관 중 가장 무예 실력이 뛰어났기 때문에 웬만해서는 그를 당해낼 수 없었다. 거기다 당시 허 군관은 칼까지 가지고 있었는데도 당했다. 이는 범인이 그와 아는 사이고 등을 보일 수 있을 만큼 안심할 만한 인물임을 의미한다. 또한 그가 왼쪽 뒷머리를 맞았으니 범인은 왼손으로 때렸다는 말이 된다. 조선 사람들은 대개 어렸을 적부터 강제로 오른손을 주로 쓰도록 교육받지만, 전란 중 오른팔을 다치거나 잃은 사람도 꽤 된다. 거기까지 생각이 미치자 허 군관이 방심할 만한 인물이면서 왼손을 쓰는 사람이 한 명 떠올랐다.

"나리, 추운데 밖에서 주무시능교?"

다른 사람의 목소리가 만호의 의식을 현실로 돌아오게 했다. 눈을 들어 보니 해남현 소속 군사였다. 이름은 띡쇠라고 했다.

"자다니, 생각을 좀 하고 있었네. 참, 유 현감 나리 어떻게 하다가 오른손을 다치셨나?"

"사흘쯤 전에 실수로 창날을 잡으셨다 아잉교. 크게 다치지는 않았는데 당분간 오른손을 쓰지 못하시는지라."

"그래? 살인사건 때문에 묻는 건데, 허 군관이 자네한테 뭐라고 말한 건 없었나?"

"별건 없고, 갑자기 볼일이 있다면서 짐 나르는 병력은 저더러 인솔

하라고 하셨는지라. 그리고 참, 처녀 도사가 여기로 피난 왔다고 하셨는지라. 어디서 그런 소문은 들으셨는지 원."

"처녀 도사?"

떡쇠의 입에서 의외의 말이 나왔다.

"해남 처녀인데 이름은 보화 아닌교. 보화도에 보화가 피난 온, 아니지, 비를 금방 알아차린다고 해서 '처녀 도사'라고 알려져 있지라. 그 때문에 나막신 장수, 농부, 염부도 그 처녀에게서 날씨를 점지받곤 합죠. 아니지, 작년 울돌목해전 끝나고 왜군들이 퇴각하면서 해남현을 몽땅 약탈하고 불까지 놓고 갔는디 그 여인이 조만간 비가 와서 왜군 움직임을 멈출 테니(왜군들의 무기인 조총은 비가 오면 쓸 수 없다) 그 틈을 타서 보화도로 피하자고 했다 하는지라. 그 여인 말대로 그날 밤에 비가 억수로 왔고 사람들이 피한 다음 날 곧장 왜군이 그리로 들이닥쳤다는지라. 거기다 그로부터 보름쯤 지나서 통제사 영감께서 보화도에 진을 치셨으니 더욱 안심할 수 있게 되지 않았는지라? 해남 출신 난민들은 거의 전부 그 처녀 도사 덕을 봤당께요."

그 말을 듣자 만호도 호기심이 동했다. 유 현감이 허 군관을 죽였을까 하는 생각이 들기는 했지만, 아직 확신은 없으니 다른 가능성도 알아보아야 했다. 그 보화라는 여인은 섬 가운데에 마련한 난민촌에서 아버지와 단둘이 지낸다고 했다.

"참, 군관들도 그 처녀를 찾아가거나 한 적이 있는가? 허 군관이 간 적 있나?"

"모르겠는지라."

보화라는 여인의 아버지는 원래 염부였기에 지금도 갯벌에서 소금 만드는 일을 하고 있으며 그녀는 선소에서 밥 짓는 일을 돕고 있었다. 겨울이라 농사도 짓지 못하고 있기 때문에 난민들 중 일할 수 있는 사람은 거의 모두 함선 건조에 동원되었으므로 일꾼들에게 줄 밥을 짓는 데에도 사람이 많이 필요했다.

선소 취사장에 가니, 설거지하고 있던 그녀를 찾을 수 있었다. 그녀는 17세나 18세 정도로 보였으며 몸집은 꽤 작았고 생각보다 빼어난 미모를 지니고 있었다. 그녀는 만호를 보자 약간 경계하는 눈빛을 보였다.

"군관 나리께서 웬일로 오셨능교?"

"나는 수군 통제영 소속 장만호 군관이다. 이번에 염전에서 일어난 살인사건 이야기는 들었을 텐데, 혹시 이번 살인사건 누가 저지른 일인지 알 수 있느냐?"

"어, 없사옵니다."

혹시나 했지만 답은 예상대로였다. 날씨는 예측할 수 있어도 살인사건의 범인까지 알아맞히지는 못하는 모양이었다.

"허삼석 군관이라고 아느냐?"

"여긴 군관 나리가 한두 분이 아니랑께요."

"모른다는 말이구나. 그래도 여기 온 다음, 아, 해남에 살 때라도 군관 중에 누가 너에게 날씨를 물어보러 오거나 하지 않았느냐?"

"한두 분 정도는…."

그녀는 간단히 대답했다. 만호는 잠시 고개를 갸우뚱했다.

"참, 너에게 식구들은 없느냐?"

"아부지와 저, 둘뿐잉께요. 아버지 함자는 박, 수 자, 일 자인지라."

"흠."

만호는 그녀에게서 별다른 말을 듣지 못하자 뒤돌아서려 했는데, 그녀의 목덜미에서 뭔가 하얀 게 보였다. 추워서 갈대라도 옷 속에 넣었나 했는데 다시 보니 솜뭉치였다.

"무슨 일이신교?"

그때, 다른 목소리가 들렸다. 뒤에서 나타난 중년 남자는 소금에 절인 듯 키가 작고 바짝 여위었다. 낯이 익었는데 전날 염전에서 갯벌 고르던 염부 중 한 명이었다. 그런데 그보다도 그 남자 옆에 있던, 군복 차림의 남자가 만호의 눈에 더 띄었다.

"아, 장 군관, 자네도 조사하러 온 건가? 수고가 많네."

"유 현감 나리께서 여긴 무슨 일이십니까?"

"살인사건 때문에 나까지 이 섬에 발이 묶이지 않았나, 해남에 아직 할 일도 많은데. 거기다 허 군관은 해남현 소속이니 이번 사건에는 내 책임도 있고 해서 나도 나름대로 사건을 조사하는 중일세. 아, 그건 그렇고, 자네 이 친구에게 내게 했던 말 그대로 해주시게."

유 현감의 채근에 보화의 아버지 박수일이 잠시 망설이더니 말했다.

"제가 어제 염부들끼리 게 삶는 동안 잠시 소피(소변) 좀 보러 갔는 데 이상한 사람 한 명이 절 스쳐 갔는지라. 그 사람이 온 방향을 보니 벗집 방향이었긴 했습죠. 생각해 보니 그 사람이 몽둥이를 들고 있긴 했지라."

염부들이 게를 삶던 시간이라면 사건 발생 시각과 거의 일치한다. 만호의 눈이 커졌다.

"그 사람이 어느 쪽으로 갔소? 다시 보면 알아볼 수 있겠습니까? 아, 몽둥이를 든 손이 어느 쪽이었소?"

"어둑어둑하고 잠깐 스쳤을 뿐이라서…. 키는 꽤 컸던 것 같지라. 이 정도쯤 되나? 아, 그리고 그 사람이 염전 쪽으로 간 것 같아서 새로 온 염부 중 한 명인가 했지라. 요즘 보화도로 피난 오는 사람이 워낙 많으니. 그리고 몽둥이 든 손은 왼손이었던 것 같지라."

"좋소이다. 살해된 허 군관을 아십니까? 혹시 해남에 있을 때 알았 습니까? 그는 따님을 잘 아는 것 같았소이다."

"군관 나리라면 순찰 다니시는 분 몇몇의 얼굴을 좀 알긴 하는지라. 그리고 해남에 있을 때 훈련이나 작업 일정 짠다고 딸년에게 날씨를 물어보러 오신 군관 나리도 좀 있었습니다만, 소인은 잘 모르는지라."

훈련이나 작업 일정을 짜는데 굳이 '처녀 도사'를 찾을 필요가 있었 을까? 만호는 이상하다는 생각이 들었다.

"무슨 성과는 있나?"

돌아오는 길, 유 현감이 만호에게 물었다.

"지금은 성과가 있다고 봐야 할지 잘 모르겠습니다. 저 부녀가 하는 말이 정말이라면…. 참, 오른손 다치신 건 괜찮으십니까?"

"뭐, 덕분에 이젠 괜찮네."

유 현감이 오른손을 쥐었다 폈다 하며 말했다.

"나리, 살인사건이 있었던 날 주변에서 다른 수상한 점을 발견하지는 못하셨습니까?"

"나? 주변을 돌아보다가 소금 만드는 날도 아닌데 벗집에 불이 켜져 있는 것 같아서 가봤다고 말하지 않았나. 그 외 별일은 없었네."

"그때 다른 사람을 보지는 못하셨습니까?"

"봤으면 지금까지 내가 말하지 않았을 리가 없지 않나?"

만호는 유 현감을 보았다. 박수일이라는 염부는 그 수상한 남자가 키가 꽤 크다고 했는데 유 현감도 키가 큰 편이다. 거기다 왼손에 몽둥이를 들었다고 했다.

3

"봉우리에 짚 이엉 씌운 건 어떻게 됐나?"

"다 됐습니다. 멀리서 보면 영락없이 쌀가마처럼 보일 겁니다."

"수고 많았네. 전장에서는 가끔 허세도 필요한 법일세. 도기 그릇을 만들 때 불에 굽다가 깨지는 경우가 간혹 있는데, 그걸 막으려면 막대기에 새끼줄을 감은 다음에 그걸로 흙 반죽을 두드려 공기를 빼야 한다더군. 거기서 착안한 계책일세. 새끼줄을 감듯 짚 이엉을 봉우리에 얹으면 그렇게 보일 것 같지 않은가."

그날, 통제사의 명대로 유달산의 한 봉우리 위에 짚 이엉을 씌우고 백성들에게 군복을 입혀 교대로 그 주변을 돌게 했다. 멀리서 보면 그 봉우리가 군량미 더미처럼 보이고 군사도 많아 보이게 하기 위해서였다. 울돌목해전 때 피난민들의 배를 멀리 띄우고 깃발과 돛대를 높이 세워 군선으로 위장하여 우리 쪽의 숫자가 많아 보이게 했던 작전과 마찬가지다. 하지만 제대로 된 전력이 아닌 허세로 적을 막아야 한다는 사실이 씁쓸하기도 했다. 지금도 계속해서 배를 만들고 있지만, 왜군의 대함대를 물리칠 만한 규모로 만들려면 아직 멀었다.

"참, 허 군관 살인사건은 진전이 있나?"

"별 진전은 없사옵니다."

만호는 약간 망설였지만 일단은 돌아서려 했다.

"참, 자네 여기 병풍 새로 온 거 봤나? 유 현감이 통제사 방에 병풍 하나 없으면 안 된다며 하나 주었네. 그 친구, 별걸 다 신경쓰는군그래."

통제사가 웃는 모습을 보는 일은 매우 드물었다. 지난해에 셋째아들이 전사한 다음부터는 더욱 그러했다.

"이 병풍 그림은 저 유달산에서 보화도를 내려다보고 그린 그림이라고 하네. 그러고 보니 이 보화도의 별칭이 병풍도라지? 유달산에서 내려다보면 병풍처럼 보인다고 해서 말이야. 이건 병풍 안의 병풍인 셈일세."

통제사는 전부터 유 현감을 아꼈다. 그런 그에게 자기 생각을 말해도 될지, 만호로서는 망설일 수밖에 없었다. 순간 통제사의 입에서 웃음기가 싹 가셨다.

"자네에게 실망했네."

순간, 만호는 사람의 말 한마디가 가슴을 후벼 판다는 말의 뜻을 알 수 있었다.

"자넨 유 현감이 범인이라고 생각하고 있지? 죽은 허 군관이 왼쪽 뒷머리를 맞았으니 면식범이고, 유 현감은 오른손을 쓸 수 없다는 점 하나 때문에."

"네?"

"조금만 생각하면 되지 않나. 유 현감이 범인이라면 해남에서 죽이지 왜 여기서 죽였겠나? 여기서 죽이면 이 섬 안에 범인이 있다는 말

172

밖에 되지 않지만, 해남이나 다른 곳에서 죽이면 왜군이나 외부인이 저지른 일로 위장하기에도 더욱 좋지 않았겠나? 유 현감이 그렇게 무계획적인 인물인가?"

"하, 하오나…."

"자넨 유 현감을 질투하고 있었네. 수군에 발령받은 지 얼마 되지 않았는데도 울돌목해전에서 많은 공을 세웠고 내가 그를 각별히 아끼기 때문이지.[2] 내가 방금 병풍 이야기를 하는 동안 자네의 얼굴에 얼핏 질투심이 보이더군그래. 유 현감이 범인이면 좋겠나?"

"그, 그건 아니옵니다."

"그래, 그건 아니겠지. 하지만 자네는 질투심 때문에 편견을 갖게 됐네. 유 현감이 왜 허 군관을 죽였겠나? 그럴 이유가 있나?"

"하, 하지만…."

"이런 일일수록 편견을 갖고 임해선 안 된다는 걸 자네가 나보다 더 잘 알 게 아닌가. 게다가 후방 치안 담당으로서 이런 사건은 많이 접했을 텐데."

"소, 송구하옵니다."

"그건 그렇고, 자네 이상하다는 느낌 들지 않았나?"

"네?"

"현장 말일세. 허 군관은 머리를 맞았는데도 전립이 전혀 망가지지 않았네. 이는 그가 그곳에 스스로 전립을 벗어놓았다는 말이 되지. 난 자네라면 보자마자 알아차렸을 걸로 생각했는데."

만호는 뭐라 할 말이 생각나지 않았다. 사건현장을 조사할 때 부자연스러운 점을 찾아야 한다는 건 기본 중의 기본이다. 그런 걸 놓쳤으니 부끄럽기 짝이 없는 일이다. 순간, 만호의 머릿속에서 방금 통제사가 한 이야기 중에 한 단어가 빛을 뿜어내는 듯한 느낌이 들었다.

---

2) 이순신은 유형을 자신의 후계자로 가장 적합하다고 언급한 적이 있다. 실제 유형은 순천 왜교성 전투와 노량해전에서 모두 총상을 입으면서도 앞장서서 싸웠다.

"자, 장군, 그러고 보니 아까 새끼줄로 감은 막대기라고 하셨습니까?"

"그렇네. 음… 이제 자네 진가가 나온 듯하군."

통제사는 비로소 웃는 얼굴을 보였다.

만호는 부끄러운 마음을 잠시 접어두고 떡쇠를 데리고 군관 숙소로 가서 허 군관의 소지품을 검사해 보았다. 편견에 차서 피해자의 물건을 조사한다는 기본적인 절차도 잊고 만 것이다. 조사하는 자신이 참 한심해 보였다. 그건 그렇고, 허 군관의 짐은 현장에서 발견된 칼 외에는 활과 화살 등 무기가 전부였다. 하긴 여기 오래 머물 생각은 없었을 것이니 짐도 아주 가볍게 했을 것이다. 그런데 보따리에서 웬일인지 여인의 속치마가 나왔다. 군관이 그런 것을 가지고 있었을 리는 없다. 만호는 잠시 생각한 후 속치마를 내밀며 물었다.

"허 군관이 왜 이런 걸 가지고 있었나?"

"아, 혹시 아들을 가지려고 그런 거 아닐까 모르겠지라. 아들 많이 낳은 여자의 속곳을 빨랫줄에서 걷어 가고 대신 곡식을 놓고 가면 아들을 낳게 된다는 말이 있지유."

"그런 말이 있어?"

"제 어머니가 아들을 다섯이나 낳으셔서 저희 어머니 속곳도 자주 누가 가져갔는지라. 덕택에 그런 날에는 간만에 이밥(흰 쌀밥)도 먹고 그랬는지라."

"하하하, 그래? 자넨 몇짼가?"

"넷째인지라. 그런데 허 군관 나리는 아직 혼인도 안 하셨는데 그런 이유로 속치마를 가지고 다닐 필요가 없을 텐데 말인지라."

"그래?"

만호는 그 속치마가 의외로 낯설지 않다는 점이 그보다도 더 신경 쓰였다. 더 이상한 점은 그 속치마는 계속 실내에 있었는데도 의외로 축축한 기운이 느껴졌다.

"이런, 나리, 진눈깨비가 오는지라. 이거, 살인사건 때문에 소금물도 끓이지 못했을 텐데, 염부들이 걱정하고 있을 것 같지라."

문을 연 떡쇠가 말했다. 하지만 만호는 그 말에는 귀도 기울이지 않고 떡쇠를 보았다.

"진눈깨비, 속치마, 염부. 이런, 그래서 그랬던 거군. 이제 알 것 같네. 왜 이렇게 간단한 걸 생각하지 못했을까?"

"네?"

만호는 떡쇠더러 결박용 포승을 챙기라 한 뒤 진눈깨비도 아랑곳하지 않고 벗집으로 달려갔다. 벗집은 살인사건 이후 출입이 금지되어 있어서 현장 그대로였다. 선비가 서책을 몇 번이고 읽어서 의미를 되새기듯, 사건을 수사할 때는 몇 번이고 현장을 보면서 흔적을 찾아내야 하는 법인데 그 점을 망각하다니. 만호는 스스로 한심함을 느끼며 아궁이에 남아 있던 재를 다시 한번 뒤져보았다.

"아니, 그건 가시 같은지라."

"그래, 홍어는 꼬리에 가시가 있지. 그것도 독침이. 내 생각대로다. 허 군관의 손에 묻은 재가 그리 뜨겁지 않았는데 말일세. 아궁이에는 불씨가 남아 있었다…. 그래, 맞다!"

4

"박수일?"

만호는 박수일이 있는 곳으로 갔다. 진눈깨비가 오면 소금물을 끓일 수 없으니 염부들은 모두 쉬는 중이었다.

"네, 무슨 일이신교?"

"당신이 허 군관을 죽였죠?"

"무, 무슨 말씀이신교?"

박수일이 경악하며 말했다.

"이미 당신 딸도 본영으로 보냈소이다. 당신 부녀는 허 군관을 벗집으로 유인했을 겁니다. 이 섬의 다른 곳은 모두 경비가 엄중하지만 벗집은 소금물 끓일 때에만 쓰고, 거기다 겨울이라 쓰는 횟수도 다른 계절보다 적으니 몰래 만날 장소로는 최고 아닙니까. 그리고 당신은 아궁이 속에 미리 허 군관이 관심을 가질 만한ㅡ아마 솜뭉치였을 겁니다ㅡ물건을 넣어두고, 그가 아궁이를 뒤지도록 한 겁니다. 그리고 당신은 동료 염부들이랑 작업하다가 슬쩍 빠져나와 벗집을 감시하며 허 군관이 오기를 기다렸습니다. 게를 삶아 먹는 자리에 당신은 제일 나중에 왔죠?"

"……"

"그날 저녁이 홍어애탕이었고 당신 딸도 부엌일을 돕고 있으니 당신은 딸을 시켜 홍어 꼬리에 있는 독침을 가져다가 솜뭉치로 싸서 아궁이 속에 넣어두고 허 군관이 거기에 찔리길 기다렸을 겁니다. 그런데 그가 찔리지 않고 계속 아궁이를 뒤지자 뒤에서 다가가 그의 머리를 내리쳤지요. 아궁이를 살펴보려면 전립도 벗어놓아야 하고, 몸을 약간 오른쪽으로 기울이고 오른팔로 안을 더듬었을 테니 왼쪽 머리가 위를 향한 자세가 되고, 그 때문에 왼쪽 뒷머리를 맞았죠. 아무리 고수라도 그런 자세에서는 당할 수밖에 없을 겁니다. 그 증거로 그가 머리를 맞았는데 전립은 멀쩡했고, 그의 소매에 솜조각이 묻어 있었습니다."

그때 옆에 있던 떡쇠가 물었다.

"하지만 나리, 벗집 안에 몽둥이는 없었고 땔감용 나무도 없었는지라. 무엇으로 때려부렀겠는지라?"

"아주 간단한 방법이 있다. 소금자루에 갯벌 흙을 어느 정도 퍼 담은 다음에 자루를 두루마리처럼 단단히 말면 무겁고 단단한 몽둥이가 되지. 거기다 그걸로 때리면 피도 많이 나지 않을 걸세. 범행 후에 흙은 버리고 자루는 불에 태우면 그만이야. 물론 솜뭉치랑 홍어 꼬리도 같이 태웠겠지. 소금자루야 벗집 안에 쌓여 있었으니까 하나쯤 없어진다고 해도 문제 삼을 사람이 없고. 아궁이에는 불씨가 아직 남았는데 허 군관의 손에 묻은 재는 양도 적고 전혀 뜨겁지도 않았네. 즉 불은 허 군관이 죽은 다음에 범인이 피웠다는 말이 된다. 그리고 소금은 불에 태우면 탁탁 튀게 마련이지. 갯벌 흙에는 소금기가 많으니까 소금자루에도 묻었겠지?"

"내, 내가 무슨 이유로 그를 죽였다는 말인교?"

"이것 때문이오. 당신 딸에게 이걸 보여주니 자백하더이다."

만호가 여인의 속곳 두 벌을 박수일 눈앞에 던지듯이 들이밀며 말했다. 순간 그의 얼굴이 소금처럼 창백해졌다.

"이건 부엌에서 일하는 아주머니한테 부탁해서 당신이 지금 머무는 곳에서 슬쩍한 것이오. 이건 허 군관의 짐에서 발견된 것이고. 완전히 똑같습니다. 당신 딸은 비가 오는 날을 기가 막히게 알아맞혔기 때문에 '처녀 도사'라 불렸는데 사실은 신통력이 있었던 게 아니었습니다. 집안 형편 때문에 옷을 제대로 입을 수가 없어서 낡은 소금자루로 속치마를 만들어 입었죠. 그런데 소금은 물기를 빨아들이는 성질이 있기 때문에, 비가 오기 전에 공기 중 물기가 많아지면 그 속곳도 축축해지곤 했으니 머잖아 비가 오리란 걸 알 수 있었겠죠. 그런데 그게 소문이 돌아서 장사꾼, 농부들이 날씨 물으러 와서 돈까지 주니까 도사인 척하면서 지냈는데, 허 군관이 어떻게 그 사실을 알아챘을 겁니다. 그리고 당신은 그 사실을 알아챈 그를 죽인 거요. 들키면 사람들이 당신을 사기꾼 취급할 테니까."

박수일은 결국 주저앉고 말았다.

"흑, 제가 그놈 뒤지게 팼는지라. 하지만 사기꾼 취급당하기 싫어서는 아니었지라!"

"그게 무슨 말이오?"

"그 허 군관이라는 작자는 왜군보다도 더 악질이었당께요! 소인과 딸년이 해남에 있다가 퇴각하는 왜군 부대에 붙들렸는데, 왜군 중 한 명이 '처녀 도사'의 소문을 들었는지 날씨를 묻지 뭡니까. 그 덕에 겨우 풀려났는지라. 근디 허 군관이 그 사실을 알았고 어떻게 소금자루 치마까지 알게 되어부렸죠. 그러자 일본군에게 협력하고 혹세무민한 죄를 묻겠다고 했지라! 살고 싶으면 제 딸을 내놓으라지 뭡니까!"

"뭐, 뭐라?"

"그런 놈에게 어떻게 제 딸을 맡기는교? 겨우 난민들이랑 같이 도 망쳐서 보화도에 오면 괜찮을 줄 알았는데, 그만 그 썩을 놈이 여기 군량 보급한다고 오는 바람에 이번에 마주쳤지 뭔교. 그래서 제가 먼 저 그놈을 없애야 했는지라. 그놈이 우리 딸 환심을 사기 위해 겨울에 옷 속에 넣어두라고 솜뭉치까지 들고 선소에 왔을 때, 저는 딸더러 그 놈에게 벗집에서 만나자고 하라고 했지라. 계획도 제가 세웠고 일도 제가 다 한 것인지라. 제 딸에게는 죄가 없소. 제 목은 잘려도 좋으니 딸만은 제발 선처를…!"

박수일은 절규하였다. 만호는 군관이라는 자가 그런 짓을 했다는 사실에 놀라지 않을 수 없었다.

"사실대로 말하면 되지 않겠소! 단순 부역이나 왜군 위협 때문에 어쩔 수 없이 했다면 용서받을 수 있습니다. 그런데 고작 군관 한 명 의 협박으로 그런 일을 저지른 것이오?"

"소장이 부하 단속을 제대로 하지 못하여 생긴 일이옵니다. 소장을 벌하소서."

만호의 보고가 끝나자, 유 현감이 통제사 앞에 고개를 숙였다. 유 현 감 휘하의 군관이 비리를 저지르다 죽음까지 당하였으니 그에게도 책임은 있었다.

"아닐세. 허 군관은 아직 부임한 지 얼마 되지 않았으니 자네 탓이 라고만 할 수는 없네. 실제로 그 여인을 연모했을 수도 있지 않은가."

"실제 연모했다면 속치마 가져다가 협박하지는 않았을 겁니다. 어 찌 통제사 영감 영내에서 이런 일이 일어날 수 있사옵니까."

만호는 비통히 말했다. 울돌목에서의 승리 이후 백성들의 마음을 확실히 잡았다 여겼지만, 미꾸라지 한 마리가 물을 흐리듯 허 군관이라는 자가 통제사의 명령을 악용하여 백성들을 괴롭히고 부녀자들을 착취하였다니.

"장 군관, 사건 해결하느라 정말 수고 많았네, 후방 안정시키느라 단속할 것도 많으니 자네 일도 힘든 거 아녜. 전란기이니만큼 억울해도 어디에 호소하지도 못하는 이들도 많겠지."

"하오나, 이 일로 인하여 주민들이나 피난민들이 동요하면 어찌하옵니까!"

"그러니 그만큼 우리가 더욱 제대로 일을 해내야 민심도 잡을 수 있는 걸세. 그동안 우리가 백성들의 협력으로 군량이나 의복을 얻어낸 것만도 큰 성과일세. 백성들이 우리를 바라보는 그 마음만으로 나도, 우리 수군도 버티고 있는 걸세. 그러니 우리는 늘 한 눈은 적군을 향해, 다른 한 눈은 백성들을 향해 있어야 하네. 백성들 하나하나의 마음을 모두 얻을 수 있도록 말일세."

만호는 그제야 자신이 중요한 것을 망각하고 있었음을 느꼈다. 통제사라고 그동안 있었던 일들이 어찌 원망스럽지 않았겠는가. 하지만 그런 그가 버틸 수 있었던 이유는 어린 자식들이 제 아비를 바라보듯 그를 바라보는 백성이 있어서였다. 그 많은 악재에도 불구하고 전투를 벌이고, 수군 재건을 위해 힘쓸 수 있었던 원동력은 백성 한 명 한 명까지도 지키려 했던 그 마음이었는데, 늘 통제사와 함께 있으면서도 어찌 그것을 잊었을까. 기기다 잠시지만 유 현감을 질투하기까지 했던 자신이 몹시 부끄러웠다.

작가의 글

목포를 배경으로 한 단편을 쓸 기회가 있어서 조사하던 도중, 명량해전 직후 이순신이 겨울을 나기 위해 군영으로 썼던 곳이 고하도(옛 지명은 보화도)임을 알게 되었다. 등단작에 이순신이 등장했던 터라 한번 더 시도해 보기로 했다. 전라남도 쪽은 예부터 자염(구운 소금)이 유명하고, 이순신 또한 소금을 구워 군비를 충당했다는 말이 있어서 소금 굽는 곳에서 일어난 살인사건을 통해, 명량해전 후 힘겹게 수군을 재건해 나가던 이순신과 그 제장들의 이야기를 전달하려 했다. 다행히 황금펜상을 수상하게 되어 매우 기뻤고, 작가로서 더 큰 성장을 위해 나아갈 용기를 얻었다.

각인

홍성호

홍성호

2011년 '계간 미스터리' 신인상을 수상하면서 등단했다. 이후 여러 편의 중·단편 소설을 발표했고, 장편소설 《악의의 질량》을 출간했다. 현재 법원에서 양형조사관으로 일하면서 퇴근 후 술 약속이 없으면 틈틈이 집에서 글을 쓴다. 항상 전업 작가로 전직을 꿈꾸고 있다.

사진 속 은행잎은 아직 노랗게 물들지 않은 채 바닥에 떨어져 있었
다. 길게 뻗은 길에 떨어진 은행잎을 로우앵글로 찍은 사진. 횅한 벽
에는 사진 액자만 외롭게 걸려 있었다.

"종일 책하고 TV만 보니 지루하지?"

"괜찮아요. 약은 안 드세요?"

"약? 이제 안 먹어도 된다."

"안 먹으면 아프잖아요."

"먹어도 아파."

"어떡해요, 아파서⋯."

"이제 집에 갈 때가 된 것 같다. 벌써 한 달이 지났구나."

"⋯."

"그간 고생했다. 나를 용서해다오."

"아니에요. 더 있어도 돼요."

"아니야. 많이 있었어. 나도 가볼 데가 있고. 집은 혼자서 찾아갈 수

있겠지?"

남자는 뭔가 생각난 듯 안방으로 들어갔다. 잠시 후 남자는 손에 카메라를 들고나왔다.

"뭐예요?"

"카메라다. 저 사진을 찍은 카메라."

"아! 저번에 말했던 그 카메라예요?"

"그래, 이걸 너에게 선물로 주마. 나에게 소중한 물건이지만 이제는 가지고 있을 수가 없겠구나."

"제가 잘 보관할게요."

"그래, 고맙다."

그때, 익숙한 멜로디가 흘렀다. 현관문 벨소리다.

"누구지?"

***

"생사만이라도 확인하고 싶다고!"

남자의 울부짖는 소리와 함께 탁자를 내려치는 둔탁한 소리가 순간 사무실을 정적으로 만들었다.

"죄송합니다. 저희도 최대한 노력을 하고 있습니다만…."

형사과장은 남자와 눈을 마주치지 못하고 탁자에 초점을 맞춘 채 말끝을 흐렸다.

"우리가 일부러 안 잡는 것도 아니고, 너무하는 거 아니에요. 매일같이 찾아와서 어떤 날은 화내고, 어떤 날은 울고불고."

원식의 목소리가 컸는지 준영은 자신의 입술에 손가락을 대며 원식을 쳐다봤다.

"이해할 만하지. 눈에 넣어도 안 아플 외동딸이 납치됐으니."

탁자를 내려치던 남자가 자리에서 일어났다. 남자는 사무실 출입문을 향해 걸으면서 괴성을 질렀다. 사무실에 있는 형사들은 그를 쳐다보지 못했다. 사무실 문을 열고 나가는 남자의 혼잣말이 사무실을 떠

다녔다.

"얼마나 똑똑하고 눈치가 빠른 아이인데… 얼마나 살가운 아이인데…"

제네시스가 지하 주차장으로 들어왔다. 차는 엘리베이터가 연결된 출입문 바로 앞에 섰다. 곧 뒷문이 열리고 여자아이가 나와 출입문으로 들어갔다. 차는 출입문에서 조금 떨어진 공간에 주차했다. 차에서 트렌치코트에 스카프를 두른 여자가 토트백을 들고 내렸다. 그녀는 아이가 들어간 출입문 쪽으로 걸음을 옮겼다.

그때, 주차된 차 뒤편에서 남자가 뛰쳐나왔다. 모자를 깊게 눌러쓰고 마스크를 착용한 남자는 여자를 부르는 듯했고 여자는 뒤를 돌아봤다. 남자는 여자에게 마스크를 쓴 채로 말을 건네는 것처럼 보였다. 여자는 고개를 저으며 출입문 쪽으로 몸을 돌렸다.

남자는 CCTV의 위치를 아는 듯 흘끔 쳐다보더니 CCTV를 등지고 선 다음에 출입문 쪽으로 가려는 여자의 어깨를 잡고 자신을 향해 돌려세웠다. 깜짝 놀란 여자는 방어자세를 취했다. 갑자기 남자가 모자를 벗고 마스크를 내렸다. 둘은 몇 마디를 더 나누는 듯했다. 곧 여자의 얼굴이 심하게 일그러지더니 들고 있던 토트백을 떨어뜨리며 뒤돌아 뛰었다. 사파리 점퍼 안에 손을 넣어 쇠파이프를 꺼낸 남자는 여자를 뒤쫓았다.

여자를 따라잡은 남자는 쇠파이프로 인정사정없이 내려쳤다. 여자는 충격에 날아가듯 쓰러졌다. 쓰러진 여자의 목과 머리 부분을 몇 번 더 내려친 남자는 아무 반응이 없자 쇠파이프를 내던지고 아이가 들어간 출입문으로 뛰어갔다.

잠시 후, 축 늘어진 아이를 어깨에 짊어진 남자가 출입문에 나타났다. 쓰러져 있는 여자를 지나치면서 얼굴을 축구공 차듯 발로 내지른 남자는 성이 덜 풀렸는지 피투성이가 된 얼굴을 다시 발로 짓이겼다. 널브러져 있는 여자에게 분풀이한 남자는 모든 일이 끝났다는 듯 주변을 한번 둘러보더니 주차된 차들 사이를 가로질러 CCTV 화각에서 사라졌다.

다른 각도에서 찍은 화면에는 남자가 아이를 싣고 도주한 차량의 번호판이 선명하게 찍혔다. 하지만 범인의 대략적인 인상착의조차 파악할 수 없었다. 범인의 얼굴은 여전히 모자와 마스크로 철저히 가려져 있었다.

괴한의 습격을 받은 서연의 할머니는 다행히 목숨은 건졌지만 한 달이 넘도록 혼수상태에 빠져 있었다. 서연이 납치된 지 3일 만에 집으로 전화가 왔다. 정체 모를 사람으로부터 걸려 온 전화에서 들리는 건 숨소리뿐, 아무 말도 없었다. 다음 날도 마찬가지였다. 전날과 같은 번호로 전화가 왔으나 어떤 말도 하지 않고 있다가 끊어버렸다. 대포폰으로 걸려 온 정체불명의 전화 두 통. 납치와 관련이 있을 것으로 추정되는 전화는 그것이 전부였다.

"원한 때문이겠죠?"

CCTV 녹화 화면을 본 원식이 덥수룩한 뒷머리를 손으로 꾹 쥐면서 말했다.

"수사내용 요약한 걸 보니 역시 범행동기를 원한으로 보고, 지금 혼수상태로 누워 있는 피해자 심영숙의 주변을 샅샅이 조사했어."

준영이 말했다.

"결과는요?"

"아무 소득이 없었지. 피해자는 남편과 함께 자영업을 했어. 나중에 장사가 잘되자 남편이 직원을 고용해서 장사를 전담하고 피해자는 전업주부로 돌아섰지. 특별한 채권, 채무 관계도 없어. 그렇다면 남자 문제? 그것도 아닌 것 같아. 남편을 교통사고로 잃고 5년 전부터 아들 집에서 함께 사는데, 조사결과 따로 만나는 남자는 없었어."

"CCTV에 나온 용의자는 피해자에 대해 몹시 분노하고 있잖아요. 원한이 아니면 설명할 수 없는 행동을 보이고 있던데요."

"원한은 맞는 거 같은데, 원한이라고 가정하면 설명할 수 없는 게 하나 있어."

"아이 납치! 그것도 미리 시나리오를 짠 것처럼 준비된 행동을 보였죠. 아이가 있는 곳으로 들어가자마자 축 늘어진 아이를 어깨에 지고 나온 걸 보면 알 수 있어요. 거기에는 CCTV가 설치되어 있지 않아 단언할 수는 없지만, 아마도 클로로폼 같은 걸로 흡입하게 해서 아이를 기절시켰을 거예요. 그렇지 않고서는 아무리 아이라도 그렇게 빨리 제압해서 어깨에 질 수 없죠. 분명히 아이를 납치하는 것도 목적이었어요."

"내가 의아하게 생각하는 것도 그거야. 만약 여자에게 원한이 있다면 그 여자만 죽이면 될 텐데 아무 상관도 없는 아이까지 납치하다니. 도대체 이해가 안 돼."

"더군다나 아이를 납치한 후 돈을 요구하는 전화도 없었잖아요. 말없이 끊기만 한 전화가 있었을 뿐이죠."

"그래, 아이를 납치해 놓고 아무 요구가 없었던 것도 이상한 점 중 하나지. 돈 때문에 아이를 납치했다면 구체적인 요구조건을 가지고 전화로 협박했을 텐데 말이야."

"이상한 점이 한두 가지가 아니에요. 그러니까 여태껏 미제로 남아 있겠죠."

준영과 원식은 사건이 장기화될 조짐이 보이자 일주일 전 인력 보강 차원에서 수사팀에 합류했다. 수사팀의 전체적인 분위기는 어두웠다. 모두 입 밖에 내지는 않았지만 실종된 서연이 이미 죽었을 것으로 생각하는 것 같았다.

"아마, 그 아이는 죽었겠죠?"

원식이 말했다.

"글쎄."

준영의 미간에 주름이 잡혔다.

수사본부가 들썩였다. 고덕동의 한 아파트단지 이면도로에서 범행에 사용된 차가 발견되었다. 애당초 수사본부에서는 CCTV에 번호판이 정확히 찍혔기 때문에 용의자와의 연결고리를 금방 파악할 수 있을 것으로 봤다. 하지만 차량 명의는 도산한 회사였다. 이른바 대포차였다. 수사본부는 대포차 유통경로를 찾으려고 노력했지만, 음성적으로 거래되는 데다 계약서를 정확히 작성하는 것도 아니어서 여태껏 실소유주를 찾지 못하고 있었다. 그런 차를 순찰 과정에서 차적 조회를 통해 우연히 발견한 것이다.

"과학수사팀이 먼저 도착했네요."

원식이 차를 세우며 말했다. 뒤늦게 도착한 준영과 원식은 과학수사팀 스타렉스 뒤에 차를 주차했다.

과학수사팀은 차를 샅샅이 뒤지며 채증 작업을 하고 있었다. 준영은 작업하는 차에 바짝 다가가 이리저리 살폈다. 준영이 차를 살피는 동안 원식은 범행에 사용된 차가 주차된 주변을 스마트폰으로 찍었다.

준영은 어느새 원식에게 다가와 원식의 어깨너머로 촬영하고 있는 스마트폰 화면을 바라봤다.

"선배님, 벌써 끝났어요?"

"차에 있는 증거는 과학수사팀이 찾아주겠지."

준영은 차가 서 있는 주변을 둘러보았다.

"장소가 아주 적합한데. CCTV도 없고, 지나가는 차나 사람도 별로 없잖아."

"그러게요. 차를 버리기 딱 좋은데요."

지하철역이 있는 4차선 도로에서 우회전하면 왼쪽에는 아파트단지, 오른쪽에는 다세대주택 밀집 지역이 있는 2차선 도로로 바뀐다. 2차선 도로가 끝나는 지점은 나지막한 산으로 가로막혀 있다. 차가 발견된 곳은 2차선 도로가 끝나는 지점에서 동과 서로 연결되는 이면도로였다. 이면도로는 산과 아파트단지, 주택 지역 뒤편을 끼고 도는 1차선 도로였다. 도로에는 주차구획선이 따로 없는데도 많은 차가 주차되어 있었다. 길가에는 아무렇게나 버려진 건축 폐자재도 눈에 띄었다. 구청에서 특별히 불법주차나 쓰레기 불법투기 같은 걸 단속하지 않는 것 같았다.

"이 동네 사람이거나 예전에 살던 사람이 아니면 이런 장소를 알 수 없겠지?"

준영이 말했다.

"그렇겠죠."

"아이가 납치된 강남 아파트에서 여기까지 차로 몇 분이나 걸릴까?"

원식은 손에 쥐고 있던 스마트폰으로 바로 검색했다.

"30분! 올림픽대로를 타고 오면 그렇다는 거예요. 근데 범인은 길 찾기 프로그램이 가르쳐주는 최단 코스로 오지 않았어요. 샛길 위주로 왔죠. 도로에 설치된 CCTV로 차의 이동경로를 추적했는데, 송파구쯤에서 자취를 감췄어요. 그 이후로 행방이 묘연해졌죠. 아무리 강남이라도 모든 길에 CCTV가 설치된 건 아니니까요. 그러고 보니 이곳 지리에 상당히 밝은 놈인가보네요."

"그럼 샛길로 여기까지 오면 얼마나 걸릴까?"

"대략 한 시간 정도? 신호도 있고 길도 좀 막혔을 테니까요. 그런데 범인은 차를 여기에 두고 어디로 갔을까요?"

"사건 발생이 네 시경이었으니 여기 도착은 다섯 시쯤. 그렇다면 날이 아직 밝았을 텐데 여기 야산에 암매장하진 않았을 거고. 도대체 어디로 사라진 거지…."

***

"많이 아파요?"

"아니, 별로 안 아파. 밥을 못 먹어 배고파서 그래."

여자아이는 남자 머리맡에 있는 커다란 약봉지를 바라봤다.

"저 약 모두 먹어야 하는 거잖아요. 몸이 많이 아프니까 병원에서 약도 많이 주는 거 아니에요?"

"너한텐 거짓말도 못 하겠구나. 넌 어쩜 그렇게 눈치도 빠르니. 맞아, 많이 아파."

"얼마만큼 아픈데요?"

"아주 많이….”

"혹시 죽는 병이에요?"

"그래."

"죽는 건 무서워요. 죽지 마세요."

"무섭기는 하지. 그런데 기대도 된단다."

"기대요? 왜요?"

"지울 수 있으니까. 그리고 가족도 만날 수 있고."

"아….”

"우리가 만난 지 삼 주가 조금 넘었구나."

"맞아요. 삼 주 됐어요."

"두 주일만 더 같이 있어주겠니?"

"좀 더 있어도 돼요."

"아니다. 지금까지 같이 있어준 것만 해도 고맙다. 한 달이면 네 엄마, 아빠가 너의 소중함을 충분히 알 수 있는 시간이야."

"…."

"그리고 헤어질 때 선물을 하나 주고 싶은데."

"선물이요?"

"그래."

***

범행에 사용된 차의 발견으로 잠시 달아올랐던 수사본부 분위기가 급속히 얼어붙었다. 사건을 해결할 만한 결정적인 단서를 발견하지 못했기 때문이다. 차에서 발견된 것은 뒷좌석에 떨어진 서연의 머리카락 한 올이 전부였다. 그 외에 단서가 될 만한 지문 같은 건 발견되지 않았다. 대대적으로 인원을 동원하여 근처 야산도 수색해 봤지만 헛수고였다. 수사는 앞으로 한 발짝도 나아가지 못했다. 다만 차가 발견된 장소가 그 지역에 연고가 있던 사람이 아니면 알 수 없는 장소이기 때문에 그 지역에서 탐문수사를 진행했다.

"제가 너무 부정적인가요?"

원식이 말했다.

"왜?"

"이거 보세요. 이게 뭐예요. 스무고개도 아니고."

원식이 준영에게 스마트폰을 들이밀었다. 스마트폰에는 CCTV 캡처 화면 중 가장 선명하게 나온 사진이 담겨 있었다. 하지만 화면만 선명할 뿐 모자와 마스크를 쓴 범인의 얼굴은 신통한 점쟁이가 아니면 알 수 없을 만큼 철저히 가려져 있었다.

"범인 추정 나이, 40대 초반에서 50대 초반! 이것도 문제죠. 모자 밑으로 듬성듬성 드러난 흰머리를 토대로 나이를 추정했대요. 요즘같이 과학수사가 발달한 때에 그게 무슨 뚱딴지같은 추정이랍니까."

"워낙 얼굴을 철저히 가렸으니까 도리가 없었겠지. 나도 탐문에서 뭘 건질 수 있다고 생각하지는 않아. 그래도 사무실에 가만히 앉아 있는 것보다야 낫겠지."

차가 발견된 장소에서 몇 블록 떨어진 아파트단지를 탐문하는 준영과 원식의 발걸음은 무거웠다. 동마다 들러 경비원에게 사진을 보여줬지만 돌아오는 건 좌우로 흔드는 고갯짓뿐이었다.

"이제 세 동만 들르면 끝이지?"

"네, 물론 건질 건 없겠지만요."

"여기 편의점에서 커피나 한잔하자. 사진도 보여줄 겸 해서."

편의점에 들어간 두 남자는 신분을 밝히고 사진을 보여줬다. 곧 두 남자는 서로 바라보고 씩 웃을 수밖에 없었다. 일하는 직원이 어제부터 출근했다는 대답을 했기 때문이다.

천 원짜리 커피를 들고 편의점 앞 의자에 앉은 준영과 원식은 한숨을 내쉬었다.

"정말 의욕이 안 나네."

원식이 말했다.

"그래도 다행이다. 시원한 바람이 불고 적당히 따뜻하니까. 여름에 이 짓 하려고 해봐라, 등에 땀방울이 쉴 새 없이 흐르고 팬티까지 땀에 다 젖는다니깐."

"선배님은 너무 긍정적이어서 탈이에요. 어쨌든 날씨는 좋네요. 저하늘 보세요. 정말 새파랗고 높네요."

둘은 하늘을 올려다봤다. 하늘은 티끌 하나 없이 맑았다.

"이렇게 좋은 날에는 애인과 함께 놀러 가야 되는데. 어휴, 이게 뭐람."

원식의 목소리가 한탄조로 바뀌었다.

"그래, 이런 날엔 가족이나 애인과 야외에 나가는 게 최고지."

준영의 얼굴에는 차를 타고 해안도로로도 달리는 듯 미소가 그려졌다. 하지만 금세 미소는 사라지고 이마에 주름이 잡혔다.

"이렇게 좋은 날씨에는 실종된 아이가 더 생각날 거야."

"가족사진을 보니까 정말 행복해 보이던데요."

"사진 봤어?"

"네, 혹시 사건 해결에 도움이 될까 해서 서연이 아빠 블로그를 검색해 봤어요."

"생각보다 열정적이네. 그런 것도 검색해 보고."

준영의 칭찬에 원식은 어깨를 으쓱했다.

"이거 보세요."

원식은 자신의 스마트폰을 준영에게 건넸다. 스마트폰에는 김이 모락모락 피어오르는 연못을 배경으로 서연이를 무릎에 앉힌 할머니와 양옆에 서 있는 부부가 보였다. 서연이네 가족이었다. 사진 속 가족은 함박웃음을 짓고 있었다.

  내용을 읽어보니 일본 벳푸 온천에서 찍은 사진이었다. 서연의 아버지인 이근수는 개인 블로그에 해외 여행지를 소개하면서 가족과 함께했던 일정과 사진 등을 올렸다. 여행이 취미인 듯 블로그는 꼼꼼하게 정리되어 있었다. 여행을 준비하는 사람들에게는 많은 도움이 될 것 같았다.

  여행을 다닌 곳도 꽤 많았다. 여행지 목록을 보니 40여 개국이 넘었다. 탄자니아의 세렝게티도 목록에 있는 것으로 봐서 여행 전문가라 불러도 손색이 없었다. 블로그에 달린 댓글에는 그를 여행 칼럼니스트라 칭하는 사람도 있을 정도였다. 게다가 블로그에 올린 대부분 글은 조회 수가 상당히 높았다. 그 덕분에 베스트 글로 뽑혀 검색 목록 최상단에 노출되는 여행지 리뷰가 많았다.

  "정말 좋은 취미를 가졌군. 이렇게 여행을 자주 다니는 걸 보니 돈을 꽤 버는 모양이야."

  "네, 이근수가 경영하는 돈가스체인점은 우리가 생각하는 그런 규모의 사업이 아니에요. 직접 운영하는 본점하고 직영점 두 곳에서 나오는 연매출이 웬만한 중소기업 연매출액보다 낫더라고요. 거기에 전국 체인점이 40개가 넘으니까 거기서 들어오는 로열티랑 식자재 공급마진까지 하면 엄청나게 벌 겁니다. 그러니까 강남 고급 아파트에 살면서 이렇게 해외여행을 다니죠."

  "서연이 아버지 쪽 원한 관계를 조사해 본 거야?"

  "네, 맞아요. 분명히 사건은 원한 때문에 일어난 것 같은데, 범인에게 습격당한 서연이 할머니가 원한 살 만한 일을 하지 않았다면 결국 남는 건 아버지밖에 없잖아요. 그래서 서연이 아버지 쪽을 파헤쳐보기로 했죠. 여태 수사한 기록도 검토해 보고, 제가 직접 발로 뛰어 조사해 봤는데…."

  "그런데?"

  준영이 턱을 약간 내밀며 대답을 재촉했다.

  "결론은 아버지 쪽도 아니었습니다. 전 사업하는 사람이라 금전 관계에서 원한을 살 만한 일이 있을 거로 추측했죠. 그런데 정반대였어요. 금전 거래가 깨끗하다고 소문이 나 있더라고요. 거래처 결제를 어음이 아닌 현금으로 해줄 정도니 말 다했죠. 그리고 여자 문제도 깨끗하고요. 체인점 사업은 아버지 밑에서 배웠고, 아버지가 교통사고로 죽자 물려받은 건데 아까 말씀드린 거처럼 사업이 번창하고 있습니다. 체인점 홈페이지도 한번 보세요. 엄청나다니까요."

준영은 자신의 스마트폰으로 이근수가 운영하는 돈가스체인점 상호를 검색했다. 홈페이지는 그의 블로그만큼 깔끔하게 디자인되어 있었다. 아마도 사장의 의사가 반영된 것 같았다. 준영은 홈페이지 여러 메뉴를 클릭해 보았다. 체인점 현황, 돈가스 메뉴 소개, 회사 연혁.

"으음…."

준영의 입에서 낮은 신음이 흘러나왔다.

"왜요?"

원식의 물음에 준영은 대답하지 않았다. 대신 스마트폰만 뚫어지게 보고 있었다.

준영에게 어떤 직감이 찾아왔다. 이번 사건과 전혀 무관하지 않을 거라는 직감. 왜 하필이면 차가 발견된 곳이 여기였을까. 범인은 남의 눈을 피하기 위한 은밀하면서 자신에게 익숙한 곳이 필요했을 것이다. 분명히 심사숙고해서 고른 장소이리라.

"이거 심상치 않은데."

준영이 말했다.

"선배님, 뭣 때문에 그러는 거예요?"

원식은 미동도 하지 않고 스마트폰 화면을 뚫어지게 보고 있는 준영의 옆으로 갔다.

"회사 연혁? 이게 어쨌다는 거예요."

"이 돈가스체인점이 여기서 시작했네."

홈페이지에는 체인사업의 성공을 자랑이라도 하듯 회사 연혁이 자세히 정리되어 있었다. 회사 연혁은 다섯 평짜리 작은 가게에서 서연이 할아버지, 할머니가 돈가스가게를 개업한 것부터 시작됐다.

"선배님, 뭐라도 찾은 거예요?"

"아니, 찾은 건 아니야. 그런데 뭔가 느낌이 오는 게 있어. 그 느낌이 정확히 뭔지는 모르겠지만…."

준영의 시선은 여전히 스마트폰에 머물러 있었다.

"범행 당시 CCTV를 보면 범인은 서연이 할머니에게 불같은 분노를 표출했어. 축구공을 차듯이 머리를 내지른 것만 봐도 알 수 있지. 우리는 여태 모종의 원한 관계가 이 사건의 동기라고 추측했지만, 어떤 원한인지는 아직 파악하지 못하고 있어. 왜일까?"

"글쎄요? 그걸 알면 사건이 이렇게 답보 상태는 아니겠지요."

"그건 원한 관계를 너무 최근에만 초점을 맞춰 조사해서 그랬던 거야."

"그럴 수도 있겠죠. 그런데 그게 이 회사 연혁하고 무슨 관계가 있나요?"

"우리는 차가 발견된 후미진 위치 때문에 범인이 이 동네를 잘 아는 사람, 즉 현재 이 동네에 살거나 과거 이 동네에 살았던 사람일 거라고 가정하고 있어. 그런데 우연하게도 서연이 할머니와 할아버지가 운영하던 돈가스가게는 바로 이 동네에서 시작했어. 이 회사 연혁을 보라고!"

준영이 스마트폰 화면을 손가락으로 벌려 회사 연혁을 확대했다.

사업 시작: 1986년 강동구 고덕동 ××번지에서 5평짜리 '돈가스 파티' 개업.
사업장 이전: 1991년 강남구로 사업장 확장 이전. '돈가스 파티'에서 '별난 돈가스'로 명칭 변경.

"난 이게 우연이라고 생각하지 않아. 내 생각으로는 범인과 서연이 할머니는 같은 동네 사람이었어. 범행 당시 CCTV 영상을 잘 생각해 봐. 범인은 처음에 마스크를 쓴 채로 피해자와 몇 마디를 나누는 듯 보였어. 피해자는 곧 몸을 돌려서 자기 갈 길을 가려고 했지. 그러자 범인은 피해자를 돌려세운 후 모자와 마스크를 벗고 피해자에게 얼굴을 노출했어. 여태 그런 돌발 행동의 이유를 몰랐는데, 이 회사 연혁을 보고 깨달았어! 범인은 자신의 얼굴을 보여주면서 피해자의 기억을 상기시키려고 하거나 자신의 정체를 알려주려고 한 거야. 피해자가 무슨 일 때문에 복수를 당하는지 알려주고 싶은 거였어."

"흠…."

원식은 준영이 하는 말을 선뜻 부정도 긍정도 할 수 없었다.

"이 사건의 동기인 원한은 좀 더 과거로 거슬러 올라가야 찾을 수 있을 것 같아."

준영이 의자를 박차고 일어났다.

"가볼 데가 있어!"

"선배님, 이 동네 부동산을 다 돌아볼 심산인가요? 벌써 서른 곳은 돌았겠어요."

원식은 허리를 굽히고 종아리를 어루만졌다.

"오늘 너무 많이 걸었어요. 해도 떨어지려고 하네요."

준영은 원식의 퉁퉁 불은 입에서 나오는 불만 섞인 소리를 들은 체 만 체 했다.

"여기 괜찮은데."

준영의 눈이 빛났다. 준영의 시선은 낡은 빌딩에 걸려 있는 허름한 부동산중개소 간판에 닿아 있었다.

"간판이 꽤 오래돼 보이지?"

원식은 머리를 절레절레 흔들었다.

준영과 원식이 찾은 부동산중개소의 내부는 외양만큼이나 남루했다. 스프링이 푹 꺼진 소파에 앉은 노인은 조는 듯한 눈으로 TV를 보고 있었다. 노인은 언뜻 봐도 칠십은 훌쩍 넘어 보였다. 인기척에 노인은 안경을 콧잔등 위로 밀어 올리며 준영과 원식 쪽으로 몸을 돌렸다.

"여쭤볼 게 있어서요."

준영이 신분증을 노인에게 보여줬다. 신분증을 본 노인의 눈에 경계심이 어렸다.

"사장님, 여기서 부동산을 오래 하셨죠? 간판을 보아하니 꽤 오래 영업하신 것 같은데."

"그렇소만."

"혹시 86년에도 여기에서 영업하고 계셨습니까?"

"86년? 내가 이 자리에서만 30년이 넘었소. 그러니 그때도 여기에 있었지. 도대체 뭘 묻고 싶은 거요?"

준영은 스마트폰을 꺼냈다.

"예전에 이 동네에 돈가스가게가 있었는데 기억하십니까?"

노인은 준영이 건넨 스마트폰으로 이근수가 운영하는 돈가스체인의 회사 연혁을 들여다봤다.

"아! 이 사람들."

"아세요?"

"알다마다. 이 사람들이 가게 구할 때 내가 중개를 해줬는데 왜 모르겠어. 내가 터 좋은 곳을 소개해 줘서 장사도 잘된다고 얼마나 고마워했는데. 나도 이 집에 가서 종종 밥도 먹고 왕래하는 사이였지."

"아!"

준영과 원식은 동시에 서로의 얼굴을 쳐다봤다.

준영은 입이 마르는지 입술을 혀로 핥았다.

"혹시 이 사람들이 여기서 장사하면서 누구에게 원한 살 만한 일을 한 적이 있나요?"

"원한이라…. 근데 뭣 때문에 옛날 일을 조사하고 다니는 거요?"

준영은 이근수 집안에 갑자기 닥친 불행을 설명했다.

"그런 일이 있었군."

노인은 안타깝다는 듯 한숨을 쉬더니 안경을 고쳐 썼다.

"가게를 이 동네에서 강남으로 넓혀 간 건 장사가 잘돼서 그런 것도 있었지만, 사실은 그 집 아들이 어떤 사건에 연루되어서 어쩔 수 없이 그랬던 거였지. 소문이 동네에 쫙 퍼졌거든."

"사건이요?"

준영과 원식은 부동산 사장으로부터 과거에 얽힌 이야기를 듣고 바로 경찰서로 들어왔다. 원식은 이근수의 범죄경력부터 조회했다.

"선배님, 이것 보세요. 부동산 사장이 말한 게 사실이었네요."

원식은 범죄경력 조회서를 준영의 코밑까지 들이밀었다.

범인은 이근수의 어머니를 잔인하게 폭행하고 딸을 납치했다. 원한에 의해 일어난 사건으로 추정했지만, 이근수 주변에는 잔인한 범행을 불러일으킬 만한 강렬한 원한은 없었다. 여태껏 수사가 진척이 없는 이유였다.

준영은 범행에 사용된 차가 발견된 지점과 이근수가 운영하는 회사의 연혁을 통해 이 사건의 발단은 생각보다 더 오래된 원한일 것으로 추정했다. 그리고 경찰의 공식 자료인 범죄경력 조회서를 통해 그런 추정이 틀리지 않았다는 걸 확인했다.

묘한 쾌감이 찾아왔다. 하지만 그 쾌감에는 정체 모를 두려움이 묻어 있었다.

직감이 맞았다.

하지만… 사람의 복수심이라는 게 그렇게 끈질긴 생명력을 가지고 있는 것인가. 20년이 넘은 시간 동안 흉기처럼 날카로운 복수심을 가슴속에 품고 살 수 있는 걸까.

사건을 해결해 보겠다는 공명심 때문에 애꿎은 20여 년 전 피해자 가족을 의심하고, 다 아문 상처를 후벼 파는 건 아닐까. 준영의 머릿속을 파고드는 두려움의 정체가 서서히 모습을 드러냈다.

"선배님, 이제 행동할 때가 아닌가요?"

원식의 물음에 준영은 아무런 말이 없었다.

"부동산 사장 말과 지금 조회한 범죄경력을 종합해 보면 사건 발생은 지금으로부터 21년 전이에요. 이근수가 중학교 3학년 때죠. 이근수는 폭행치사로 장기 3년, 단기 2년의 형을 받았어요. 같은 동네에 살면서 같은 학교에 다니던 학생이 피해자였고요. 가해자나 피해자 모두 16세였으니까, 그 부모는 당시 대략 40세에서 50세 사이로 보면 될 거고요. 지금은 60세에서 70세 사이. 그 사건의 피해자 어머니는 판결이 나고 얼마 되지 않아 아들을 잃은 슬픔을 이기지 못해 자살했어요. 가해자인 이근수의 부모는 장사가 잘되고 있었지만, 소문과 동네 주민들 눈총 때문에 강남으로 가게를 옮겼죠."

원식은 준영을 슬쩍 쳐다보고 계속 말을 이었다.

"선배님이 말했던 오래된 원한! 이게 바로 그거 아닌가요. 그 당시 피해자 아버지의 소재를 파악해 봐야겠어요. CCTV에 찍힌 모자 밑에 드러난 흰머리! 기억하시죠? 어째 슬슬 들어맞는 느낌 안 드세요? 저도 이제 힘이 나네요."

***

"외로워 보여요."

구부정하게 앉아 창밖 풍경을 바라보던 남자가 허리를 펴고 일어나 여자아이를 돌아봤다.

"너도 외로운 걸 아니?"

"아뇨. 전 외로움을 느껴본 적이 없어서 아직은 잘 몰라요."

"외로운 게 뭔지 모른다면서 내가 외로운 건 어떻게 알았니?"

"책에서 봤어요."

"책?"

"네, 동화책에는 외로운 사람이 자주 나오거든요."

"동화책이라…."

"동화책 그림 속 외로운 사람들은 항상 혼자 몸을 동그랗게 말고 앉아서 먼 곳을 바라봐요. 방금 앉아 계신 모습처럼 말이에요."

"허허…."

"저 사진 속에 혼자 떨어져 있는 낙엽도 외로워 보여요."

"그래, 내가 보기에도 그렇구나."

"조금은 용서할 수 있을 거 같아요."

"나를?"

"네."

"우리가 만난 지…."

"두 주일 됐어요."

"두 주일 만에 날 다 알아버렸구나. 널 진작 만났으면 좋았을 텐데."

"근데, 저 사진은 누가 찍은 거예요?"

**

21년 전 사건 발생 시 피해자의 주소를 시작으로 주민등록지 이동과 가족관계를 조회했다. 피해자는 외동아들이었다. 부동산 사장의 말대로 아들은 사망했고, 다음 해에 어머니도 사망했다. 가족 중 남은 사람은 한 명. 죽은 아들의 아버지이자 죽은 아내의 남편. 김종식.

그는 아들과 아내를 잃은 후, 곧 주소지를 옮겼다. 가족을 모두 잃은 그곳에서 계속 살기란 어려운 일이었을 것이다. 그가 고덕동을 떠나 새로이 정착한 곳은 분당이었다. 신도시가 건설되고 한창 입주 붐이 일었던 때와 맞물려 있었다.

왜 하필 신도시였을까. 도시 곳곳에 배어 있는 갓 칠한 페인트 냄새와 시멘트 냄새. 모두 새것이었다. 그리고 그 도시 안에 채워질 사람들…. 혹시 그는 모든 게 새롭게 만들어진 곳에서 과거를 지우며 새 출발을 하고 싶었던 게 아닐까.

의자에 깊숙이 기대앉아 이런저런 생각을 하던 준영은 사이드미러에 비친 자신의 얼굴을 보고 움찔했다.

"여깁니다."

원식이 차를 세웠다. 준영은 사이드미러에서 눈을 떼며 차 문을 열었다.

"91년에 여기로 옮긴 후, 한 번도 주소를 옮기지 않았네요. 우리가 여기까지 찾아왔으리라고는 생각지도 못할 거예요. 후후."

준영은 원식의 들뜬 목소리가 거슬렸다.

"조심해야 할 것 같아."

"뭘요? 무기라도 들었을까봐요? 그래 봤자 노인네인걸요."

"아니, 그런 게 아니고."

"그게 아니면?"

"범인이 아닐 수도 있다는 거야. 그러니까 조심스럽게 접근해야지. 이 사람은 21년 전 사건의 피해자 가족이었어. 깊은 상처가 있을 거야. 우린 과거 사건이 이번 사건과 관련이 있을 거라는 가설을 가지고 그 상처를 건드려야 하는 입장이고. 만약 우리의 가설이 틀렸다면 이 사람한테 몹쓸 짓을 하는 거지. 아픈 기억을 건드리는 것도 모자라서 범인으로 의심까지 하는 거니 조심해야 한다는 말이야."

"알겠습니다."

원식은 준영의 얼굴을 흘끗 쳐다봤다.

"근데, 선배님 컨디션 괜찮아요?"

"왜?"

"얼굴이 안 좋아 보여요."

"그래?"

준영이 손으로 얼굴을 쓸어내렸다.

"경비실에 먼저 물어보자."

준영은 그가 사는 아파트 경비원에게 깍듯이 인사했다. 육십 중반에 어깨가 약간 굽은 경비원은 준영의 신분을 확인하자마자 바로 입을 열었다. 할 말이 많아 보였다.

"501호 선생님께 무슨 일이 있는 건가요? 그렇잖아도 요즘 도통 모습이 보이지 않아서요."

원식의 얼굴이 환해졌다.

"언제부터인가요?"

"좀 됐죠. 안 보인 게 한 4개월 정도 된 거 같습니다."

경비원이 걱정하는 표정으로 말을 이었다.

"아무 말 없이 그냥 사라져버렸어요. 우리 경비원들한테 명절이면 따로 선물도 챙겨주고 틈틈이 담뱃값도 쥐여주시던 정이 많은 분이셨는데…. 저희도 처음엔 느끼지 못했습니다. 그런데 날이 갈수록 우편함에 우편물과 고지서가 쌓이는 거예요. 그래서 저희가 나름대로 알아봤어요. 그랬더니 선생님께서 관리비는 자동이체로 해놓고, 배달되던 신문과 우유도 끊었더라고요. 어디 멀리 간 것처럼 말입니다."

경비원은 잠시만요, 하더니 경비실에 들어가 우편물 한 꾸러미를 들고나왔다. 가지고 나온 우편물 양이 상당히 많았다. 오래 집을 비운 게 사실인 것 같았다.

"이게 다 모아둔 우편물입니다. 정말 무슨 일이 생긴 건 아니겠죠? 최근엔 몸도 안 좋아서 근처에 있는 서울대병원에도 다니시는 거로 알고 있는데…."

준영의 얼굴이 납빛으로 변해가고 있었다.

"선배님, 집을 한번 봐야 하지 않겠어요?"

원식이 나지막하게 말했다. 경비원이 원식의 말에 귀를 쫑긋했다.

"이게 법에 저촉되는 일이겠지요?"

원식이 준영에게 한 말을 알아들었다는 듯이 경비원이 끼어들었다.

"사실 너무 걱정돼서 선생님 집 번호키를 누르고 들어가 봤습니다. 예전에 해외에 놀러 가셨을 때 갈비세트가 택배로 온 적이 있었거든요. 며칠 그냥 두면 상할 수도 있으니까 전화 드리고 비밀번호 받아서 갈비세트를 김치냉장고에 넣어드렸습니다. 우리에게 잘해주시니까 우리도 챙겨드리는 게 예의라 생각해서 말이죠. 그때 적어놨던 비밀번호를 누르고 얼마 전에 집에 들어갔습니다. 혹시… 자살이나, 고독사 같은 게 아닐까 해서요. 옆 단지에도 얼마 전에 돈 많은 노인이 혼자 살다가 죽었는데 시체는 삼 주가 넘은 후에나 발견되었죠. 요즘 혼자 사는 노인들은 외로워요. 외로운 건 돈이 많은 사람이나, 저처럼 돈이 없어 경비 일을 하는 사람이나 마찬가지죠. 흠⋯."

"집 안 상태는 어떻던가요?"

"멀리 떠나는 사람처럼 잘 정돈되어 있었습니다. 다시 돌아오지 않을 것처럼 말입니다."

분당 서울대병원의 접수창구는 평일인데도 많은 사람으로 붐볐다. 원무과로 찾아간 준영과 원식은 종식의 진료기록을 요구했다. 처음에는 진료기록은 경찰이라도 함부로 보여줄 수 없다고 버텼지만, 납치와 관련된 긴급한 사항이라는 원식의 엄포에 이내 태도를 바꿨다. 원무과 직원은 담당 의사에게 전화하더니 두 남자를 의사에게 안내했다.

의사는 진료기록을 훑어보더니 무표정한 얼굴로 물었다.

"이 분이 무슨 범죄라도 저지른 겁니까?"

"확정적이지는 않지만 용의선상에 올라 있습니다."

의사가 고개를 갸웃거렸다.

"최근에 일어난 일입니까?"

"네, 한 달 조금 넘었습니다."

"글쎄요."

의사는 미간을 약간 찌푸렸다.

"이 환자가 지금 그런 상태가 아닐 텐데요."

"네?"

준영이 의사 쪽으로 몸을 기울였다.

"위암 말기 환자입니다. 여생이 얼마 남지 않은 분입니다."

준영이 아, 하는 탄식과 함께 종식이 마지막 진료를 받은 게 언제인지 물었다.

"마지막 항암치료는 두 달 전이었습니다. 그 이후로 병원에는 내원하지 않으셨네요. 마지막으로 처방해 드린 약도 이제 다 떨어졌을 겁니다."

"얼마나 더 살 수 있나요?"

의사는 잠시 생각하더니 입을 열었다.

"확정적으로 말씀드릴 수는 없지만, 길어야 한두 달입니다. 이 분이 처음 병원에 오셨을 때 이미 암세포가 많이 퍼진 상태였습니다. 자신의 여생이 얼마 되지 않는다는 건 환자분도 잘 알고 있을 겁니다. 본인에게 알려드렸으니까요."

"전혀 희망이 없는 상태였나요?"

의사는 천천히 고개를 끄덕였다.

종합병원의 분주함과는 상반되는 조용한 분위기였다. 준영과 원식은 간호사의 안내를 받아 원장실로 들어갔다. 준영과 원식을 맞이한 원장은 사람 좋은 인상의 노인이었다.

"김종식 씨 때문에 왔습니다."

준영의 말에 원장이 의자를 당겨 앉으며 기다렸다는 듯이 물었다.

"종식이한테 무슨 일이라도 있습니까?"

"분당 서울대병원에서 오는 길입니다. 담당 의사가 문진 과정에서 김종식 씨가 항우울증 약을 처방받아 먹고 있다는 말을 들었다는군요. 그래서 여기를 찾아오게 된 겁니다. 김종식 씨가 사라졌습니다. 범죄 혐의를 받고 있기도 하고요."

원식이 사건에 관해 설명했다.

"그렇군요. 저도 연락이 안 돼서 걱정하고 있었습니다만…"

원장이 한숨과 함께 책상 위에 있는 물컵에 손을 가져갔다. 원장은 떨리는 손으로 물을 들이켜더니 다시 한숨을 쉬었다.

"종식이가 20년 전 우리 병원을 찾은 게 인연의 시작이지요. 아시다시피 종식이는 가족을 모두 잃었습니다. 우울증이었죠. 심각한 상태였어요. 형사님들도 잘 아실 겁니다. 범죄피해자 가족들은 외상후스트레스장애나 우울증을 겪는 경우가 많습니다. 종식이는 나와 동갑이었고 나도 종식이가 잃은 아들 또래의 딸이 있어서 종식이가 더 측은하게 느껴졌습니다. 다른 환자보다 더 많은 신경을 썼지요. 꾸준히 약을 처방해 주고 정기적으로 상담도 했습니다. 병원이 아닌 곳에서도 종종 만났습니다. 등산이나 바다낚시를 함께하곤 했죠. 종식이는 의지가 강한 사람이었습니다. 시간이 흐르자 상태가 많이 좋아졌고, 결국 아픈 과거를 극복했습니다. 종식이는 의지만 강한 게 아니었습니다. 의리도 있어서 저를 잘 챙겨줬습니다. 은행에 다니던 종식이는 좋은 상품이 있으면 제게 제일 먼저 알려주고, 급전이 필요하면 낮은 이율로 대출도 알선해 주었습니다. 저의 재테크 담당이나 마찬가지였죠. 덕분에 돈을 차곡차곡 모아서 이 빌딩도 제 이름으로 등기하게 되었고, 젊은 의사들을 고용해서 원장 소리를 들으면서 편하게 지내고 있습니다만…."

준영과 원식을 바라보며 말하던 원장은 시선을 두 남자 앞에 있는 책상으로 떨어뜨렸다.

"종식이에게 우울증이 재발했습니다. 은행에서 퇴직하고 혼자 있는 시간이 많아져서인지 몇 년 전부터 다시 항우울증 약을 처방해 주고 있었습니다. 그렇다고 크게 걱정하지는 않았습니다. 요즘 퇴직 후에 우울증을 겪는 노인들이 많이 있거든요. 그런데 뜻하지 않는 곳에서 문제가 생겼습니다. 올해 1월이죠. 나와 종식이는 지인 몇몇과 함께하는 해외여행을 준비했습니다. 여행지 선정과 예약은 종식이가 하기로 했죠. 그런데 여행지를 알아본다던 종식이가 저를 갑자기 찾아왔습니다. 분노한 얼굴로 말이죠. 종식이를 만난 후 그렇게 화를 내는 건 처음 봤습니다."

"분노한 이유가 뭐였죠?"

준영이 물었다.

"사진 한 장 때문이었습니다. 종식이는 이번 여행을 일본에 있는 온

천으로 갈까 생각했던 모양입니다. 그래서 인터넷으로 일본 온천 여행을 검색하다가 망할 놈의 그 사진을 본 겁니다."

준영과 원식의 시선이 마주쳤다.

"혹시 여행지로 알아본 게 벳푸 온천이었습니까?"

"네! 그런데 어떻게 아셨죠?"

원장은 놀란 표정으로 준영에게 반문했다.

"우리도 원장님이 말하는 그 사진을 봤습니다."

"네… 행복해 보이더군요. 종식이는 그 사진에서 가해자 어머니인 심영숙의 얼굴을 정확히 알아봤어요. 나이 때문에 피부가 처지고 주름은 생겼지만, 그 얼굴은 평생 못 잊을 거라고 하더군요."

"가해자 본인도 아니고 하필이면 그 어머니 얼굴을 기억하고 있었던 거죠?"

원식이 물었다.

"종식이 아들인 민재는 학교에서 상습적으로 폭행과 갈취를 당하고 있었어요. 집에서는 몰랐죠. 민재를 괴롭히던 놈들은 그 학교에서 제일 잘나가던 놈들이었습니다. 요즘 일진이라고 부르는 애들 말입니다. 민재의 취미는 사진 찍는 거였는데, 어느 날 방과 후에 사진을 찍으려고 카메라를 가방에 넣어 학교에 가지고 간 게 사달이 난 거죠. 그 녀석들 눈에 띈 겁니다. 방과 후 아이들은 민재를 따라붙었고, 사진을 찍고 있는 민재에게 카메라를 며칠만 빌려달라고 했습니다. 하지만 민재는 알고 있었어요. 그게 빌려주는 게 아니라는 것을. 그 녀석들이 여태 빌려 간다는 명목으로 갈취한 게 한두 가지가 아니었거든요. 부모님이 물어볼 때도 다른 물건은 잃어버렸거나 친구에게 줬다고 둘러댔지만, 카메라만은 그럴 수 없었어요. 사진 찍기를 좋아하는 민재에게 카메라는 정말 소중한 물건이었거든요. 더군다나 카메라는 아버지가 일본에 다녀오면서 자신을 위해 비싸게 주고 산 것이었죠. 자신의 분신과 같은 물건인데 빼앗길 수는 없었습니다. 민재는 그날 그 녀석들에게 처음이자 마지막으로 반항했습니다. 녀석들은 모두

세 명이었죠. 민재가 반항하자 아이들은 더 가혹하게 민재를 폭행했습니다. 민재는 그렇게 세상을 떠났습니다. 결국… 아버지가 사준 소중한 카메라를 지켜낸 대신 목숨을 잃은 겁니다.

　사건이 일어나자 가해자 부모들이 줄기차게 종식이네 집을 찾아왔죠. 합의를 보기 위해서 말입니다. 하지만 종식이와 그의 아내는 용서할 수 없었어요. 그들을 만나지도 않았죠. 문전박대에도 그들은 종식이네 문밖에서 무릎을 꿇고 머리를 조아리며 눈물을 흘렸습니다. 자신의 아들을 용서해 달라고요. 재판이 시작되었습니다. 1심에서 실형이 나왔습니다. 사건이 사건이니만큼 실형은 피할 수 없었죠. 이제 실형을 모면할 기회는 항소심밖에 없었습니다. 계속되는 읍소에 종식이의 마음이 조금은 동요했습니다. 가해자의 부모들을 만난 거지요. 종식이는 가해자 부모들 대표인 심영숙 씨를 대면했습니다. 심영숙 씨는 거액을 제시하며 제발 합의를 해달라고 울면서 애원했습니다. 종식이는 아내와 상의해 보겠다며 시간을 달라고 했죠. 그러나 종식이의 아내는 가해자들과 합의할 마음이 전혀 없었습니다. 죄의 대가는 반드시 치러야 한다는 생각을 하고 있었죠. 종식이는 심영숙 씨에게 합의를 볼 수 없다고 통보했고 항소심 선고공판 날이 되었습니다. 1심 판결 선고 후 사정변경이 없었으니 항소심에서도 1심과 같은 실형이 선고되었습니다. 상고심은 양형에 대한 판단은 하지 않으니 2심이 사실상 마지막이었죠. 법정은 울음판이 되었습니다. 가해자 부모들의 눈물로 말입니다. 법정에서 나온 종식이와 그의 아내는 다시 한번 상처를 받았습니다. 심영숙을 비롯한 가해자 부모들에게 둘러싸여서 말이죠. 아이들끼리 싸우다 난 불상사로 앞길이 구만리 같은 아이들을 교도소에 가둬놓고 전과자 만드니 좋으냐, 솔직히 애들끼리 싸우면서 때렸으면 얼마나 때렸겠느냐, 재수가 없으니 뒤로 자빠져도 코가 깨진 거지…. 가해자 부모들은 자신의 자식들이 실형을 받아 전과자가 됐다는 생각에 악이 받쳤는지 종식이와 아내에게 삿대질하며 저주 같은 말들을 쏟아냈습니다. 그리고 거기서 종식이는 평생 잊지 못할 얼굴 하나를 머릿속 깊숙이 새겼습니다. 자식 대신 용서를 구하며 눈물을 흘리던 얼굴에서 재판 결과가 나오자마자 순식간에 돌변해 버린 그 얼굴! 그게 바로 심영숙의 얼굴이었습니다. 종식이는 그 순간 인간의 심연을 들여다본 겁니다. 애당초 그들은 피해자와 피해자의 부모에 대한 진정한 뉘우침은 없었어요! 단지 자기 자식이 전과자되는 걸 막고 싶은 기였죠."

여행지를 검색하다 뜻하지 않게 가해자 가족의 행복한 모습을 보게 된 종식은 주체할 수 없는 분노로 괴로워했다. 자신은 모든 것을 잃었지만, 그들은 잃은 것이 하나도 없어 보였다.

몇 년 전 재발한 우울증에 과거의 기억에서 시작된 분노까지 더하니 종식은 잠을 이루지 못하는 밤이 많아졌다. 잠을 제대로 못 자니 머리는 계속 멍한 상태였고, 지웠다고 생각한 과거의 기억들이 무한 반복되었다. 그리고 반복되는 기억들은 또다시 잠 못 이루게 하고…. 종식이 먹어야 하는 약은 점점 늘어났다.

인터넷에서 사진을 발견하고 분노에 휩싸여 지낸 지 4개월이 지날 즈음, 종식이 원장에게 전화를 걸었다. 속이 더부룩하고 소화가 안 되는 게 늘어난 약 때문이냐는 전화였다. 원장은 처방해 준 약이 소화에 지장을 주는 약은 아니라고 하면서 위염 때문일 수 있으니 내시경 검사를 받아보라고 권유했다. 그로부터 한 달 후, 종식은 직접 원장을 찾아와 인터넷에서 예전 가해자의 가족사진을 발견했다는 것보다 더 충격적인 이야기를 했다. 위암 말기, 그리고 6개월 시한부 선고.

자신이 시한부 인생이라는 걸 말하는 종식은 무척 차분했다. 분노로 가득 찬 눈으로 찾아왔던 5개월 전하고는 사뭇 다른 느낌이었다. 죽음의 공포에 질려서일까. 원장은 그렇게도 생각해 봤지만, 종식은 죽음을 두려워하는 것 같지는 않았다.

종식은 병원을 찾기 전에 은행에서 예금을 인출했다. 요양할 집, 그러니까 생을 마감할 집을 구할 예정이었다. 원장이 굳이 새로 집을 구할 필요가 있느냐, 잘 아는 요양원을 소개해 주겠다, 꾸준히 항암치료를 받으면 나을 수도 있다고 설득했다.

하지만 종식은 원장의 말에 뜻 모를 웃음과 함께 따로 계획이 있다고 말했다. 어떤 계획이냐고 캐물었지만, 종식은 묵묵부답이었다.

그리고 그게 마지막이었다.

준영과 원식이 정신과 원장으로부터 얻은 종식의 최근 사진 때문에 수사본부는 활기를 띠었다. 사진이 있으니 종식을 체포하는 것은 시간문제였다. 다만 사진을 언론에 공개하면서 공개수사로 전환할지, 비공개수사를 계속할지에 대한 결정이 필요했다.

수뇌부에서 수사 방향을 논의하는 동안 아파트 CCTV에 관한 전면 재조사가 시작됐다. 범인의 얼굴이 드러났으니 사건 발생 전, 사전 답사를 위해 아파트와 그 주변에 출현했을 종식의 모습을 찾아내기 위해서였다. 여태껏 범인의 얼굴이 철저히 가려진 탓에 CCTV 분석이 무의미한 일이었지만, 지금은 상황이 달랐다. 여러 명의 형사가 분석에 투입되었다.

준영은 분석에 투입된 원식과는 달리 종식이 인출한 예금을 조사했다. 종식의 총예금액은 15억이었다. 퇴직금까지 포함된 액수였지만 꽤 큰돈이었다. 그런데 인출한 금액은 7억뿐이었다. 준영은 7억의 돈이 들어갈 만한 곳을 곰곰이 생각해 보았다. 그 큰돈을 범행을 위해 사용할 만한 곳은 딱 한 곳밖에 없었다. 범행에 이용할 은신처 매입, 그것이었다.

그다음은 7억의 돈으로 살 만한 집을 생각해 보았다. 그 돈으로 살 만한 최적의 은신처는 어디일까. 아무래도 사람들 눈에 띄지 않는 경기도권의 전원주택이 좋을 것이다. 하지만 범행에 이용할 은신처 마련을 위해 7억의 돈을 사용한다는 것이 선뜻 이해되지 않았다. 아무리 시한부 선고를 받은 사람이라 하더라도 상식 범위를 넘어서는 일이다. 더군다나 사람 눈에 잘 띄지 않는 곳에 집을 구매하기 위해서라고 보기에 7억은 너무 높은 금액이었다. 그 정도라면 양평이나 광주

쪽에 별장으로 쓸 만한 좋은 집을 구할 수 있는 금액이었다.

준영은 다시 처음으로 돌아갔다. 왜 꼭 7억이었을까?

결론은 하나였다. 정확히 7억 정도의 돈이 필요했던 것이다. 과거 은행원이었던 종식은 자신이 필요한 금액만 정확히 인출했을 가능성이 크다. 그렇다면 종식은 이미 은신처를 물색한 후, 그에 맞는 금액만 인출했다는 얘기가 된다. 그렇다면….

준영이 생각의 끈을 길게 이어가고 있을 때, CCTV 분석팀 쪽에서 탄성이 터졌다.

"찾았다, 찾았어!"

준영이 분석팀 쪽으로 다가갔다. 다른 형사들이 그곳으로 몰렸다.

"이 사람 맞지? 피해자 차량 제네시스 앞에서 뭔가 확인하고 있는 사람 말이야."

"맞네, 맞아!"

모니터에 주차된 제네시스 앞에서 서성이고 있는 종식이 나타났다. 번호를 확인하는 듯했다.

"이게 사건 발생 한 달 전 화면입니다. 비싼 아파트라서 화질도 좋지 않습니까?"

종식을 화면에서 찾아낸 형사가 어깨를 으쓱였다.

그때, 준영의 머릿속을 파고드는 단어가 있었다.

비싼 아파트.

"이 아파트 얼마지?"

옆에 있던 형사가 대답했다.

"15억에서 20억까지?"

"그래? 그럼 전세는?"

"전세는 7억에서 10억 정도요."

"여기다!"

사건 당일 아파트에 설치된 CCTV를 모두 다시 돌려봤다. 종식의 얼굴을 알고 보니 범행은 간단했다.

학원에서 손녀를 싣고 오는 심영숙의 차를 어떤 차가 바짝 뒤좇아 들어왔다. 범행에 사용된 대포차에는 아파트 주차장 출입 카드가 없기 때문이었다.

범행을 저지른 종식의 대포차는 바로 도주했다. 범행이 발생하고 한 시간 삼십 분 후, 아파트에 등록된 종식의 싼타페가 아무 일도 없다는 듯이 아파트 지하 주차장으로 들어왔다. 종식은 싼타페의 뒷문을 열었다. 거기에는 큼지막한 화물용 캐리어가 들어 있었다. 종식은 캐리어를 차에서 내리고 자연스럽게 옆 동 출입구를 통해 들어갔다. 그가 들어간 출입구는 범행 장소와 떨어져 있고, 기둥으로 가려져 잘 보이지 않았다. 그렇지만 그가 들어왔던 시간에 한창 경찰 조사가 진행 중이었다는 걸 생각하면 대담한 행동이 분명했다.

종식은 예전에 대포차가 발견된 곳에서 미리 준비된 자신의 싼타페와 대포차를 바꿔 탔을 것이다. 거기에 실린 서연이도 마찬가지고….

***

사진 속 은행잎은 아직 노랗게 물들지 않은 채 바닥에 떨어져 있었다. 길게 뻗은 길에 떨어진 은행잎을 로우앵글로 찍은 사진. 횅한 벽에는 사진 액자만 외롭게 걸려 있었다.

"종일 책하고 TV만 보니 지루하지?"

"괜찮아요. 약은 안 드세요?"

"약? 이제 안 먹어도 된다."

"안 먹으면 아프잖아요."

"먹어도 아파."

"어떡해요, 아파서…."

"이제 집에 갈 때가 된 것 같다. 벌써 한 달이 지났구나."

"…."

"그간 고생했다. 나를 용서해다오."

"아니에요. 더 있어도 돼요."

"아니야. 많이 있었어. 나도 가볼 데가 있고. 집은 혼자서 찾아갈 수 있겠지?"

남자는 뭔가 생각난 듯 안방으로 들어갔다. 잠시 후 남자는 손에 카메라를 들고나왔다.

"뭐예요?"

"카메라다. 저 사진을 찍은 카메라."

"아! 저번에 말했던 그 카메라예요?"

"그래, 이걸 너에게 선물로 주마. 나에게 소중한 물건이지만 이제는 가지고 있을 수가 없겠구나."

"제가 잘 보관할게요."

"그래, 고맙다."

그때, 익숙한 멜로디가 흘렀다. 현관문 벨소리다.

"누구지?"

김종식은 인터폰을 확인했다. 경비원이었다.

앙상해진 손으로 문을 열었다.

경비원과 함께 인터폰 화면에는 보이지 않던 시커먼 남자들이 김종식을 덮쳤다.

그리고 감격에 겨운 목소리가 들렸다.

"아이가! 아이가 살아 있어요!"

***

준영의 손에는 과일바구니가, 원식의 손에는 음료수가 들려 있었다. 엘리베이터를 타고 10층에 내려 데스크에 병실을 문의했다. 맨 끝 방이었다. 조용한 복도에 들리는 소리는 두 남자의 발소리뿐이었다. 조심스럽게 복도 끝까지 온 준영이 병실 문을 노크하자 들어오세요,

하는 소리와 함께 문이 열렸다.

"안녕하세요."

준영과 원식은 밝지도 그렇다고 어둡지도 않은 정중한 표정으로 병실로 들어섰다. 침대에 누워 TV를 보던 노인이 천천히 고개를 돌렸다. 노인은 초점을 맞추는 듯 눈을 찌푸렸다.

"의식을 회복하셨다고 해서 병문안 왔습니다."

원식이 조심스럽게 입을 열었다.

"몸은 어떠신가요?"

준영이 노인 옆에 앉은 남자에게 물었다.

"아직 말씀은 못 하세요. 그런데 의사가 하는 말이 차츰 좋아질 거라고 합니다. 이 나이에 이렇게 깨어나는 건 기적이라고 하더군요."

"불행 중 다행입니다."

원식이 들릴 듯 말 듯 한 목소리로 말했다.

"형사님들도 그동안 고생 많이 하셨습니다."

준영이 "별말씀을요. 저희 일인데요."라고 대답하자마자, 원식이 말했다.

"말씀드릴 게 있습니다."

원식이 남자의 눈치를 살폈다.

"피의자 김종식 씨가 어제 병원에서 지병으로 사망했습니다."

남자가 멈칫했고, 잠시 침묵이 흘렀다.

"안타까운 일이군요…."

짧은 말과 함께 남자가 노인에게 다가가 발을 주물렀다.

두 남자는 과일과 음료수를 테이블 위에 올려두고 조용히 병실을 나왔다.

준영과 원식은 인도를 수북이 덮고 있는 샛노란 은행잎을 밟으며 걸었다.

"이제 이 사건은 피의자가 사망했으니 종결해야겠네요."

원식이 말했다.

"그러게."

"선배님, 그런데 아까 남자가 했던 '안타까운 일'이란 말, 무슨 뜻일까요?"

준영이 걸음을 멈췄다. 잠시 생각하는 듯 고개를 숙이더니 이내 아무 말 없이 다시 걸음을 내디뎠다.

떨어진 은행잎 위로 앙상한 은행나무 그림자가 드리웠다.

작가의 글

등단부터 지금까지 줄곧 범죄에 관한 소설을 썼다.

포털 사이트에 매일같이 범죄에 관한 기사가 실린다. 어제도, 오늘도 그리고 내일도 마찬가지이다. 인류가 이 지구상에서 멸종되지 않는 한 범죄는 사라지지 않을 것이다.

나는 오늘도 숙명처럼 추리소설을 쓴다.

낯선 아들

공민철

공민철

2014년 《계간 미스터리》 가을호에 투고한 〈엄마들〉로 신인상을 수상하였다. 2015년 〈낯선 아들〉로 '한국추리문학상' 황금펜상을 받은 데 이어, 2016년 〈유일한 범인〉으로 황금펜상을 수상했다. 2019년 단편집 《시체 옆에 피는 꽃》을 출간했다. 2021년에 장편 《다감 선생님은 아이들이 싫다》 출간을 앞두고 있다.

1

툇마루에 누워 있다가 한순간의 정적에 문득 주위를 둘러봅니다. 매미가 울음을 뚝 그쳤군요. 귀를 기울이면 아련히 들리곤 했던 파도 소리도 잠잠합니다. 흡사 무성영화를 보는 듯한 착각이 듭니다. 한 호흡을 내쉴 찰나, 툭 하고 슬레이트 지붕에 빗방울 떨어지는 소리가 유독 크게 울립니다. 이윽고 세상을 집어삼킬 듯 세찬 비가 내리기 시작합니다. 아무래도 제가 또 멍하니 생각에 빠져 있었던 것 같습니다.

점점 거세지는 빗소리와 더불어 마당에도 물이 고이기 시작합니다. 제 의구심도 점점 불어납니다. 어머니, 요즘 저는 하루에도 몇 번이고 그날 있었던 일을 떠올립니다. 마당에 소리 없이 눈이 쌓이던 날, 그 남자는 예고도 없이 너무도 당당하게 현관으로 들어왔습니다.

저는 남자에게 얻어맞아 바닥에 나뒹굴었습니다. 남자는 체온이 오른 듯 입고 있던 점퍼를 벗어 제 얼굴을 향해 집어 던졌습니다. 지독한 술냄새가 코를 덮쳤습니다. 위험한 남자였습니다.

"어머니, 경찰이요! 전화기를 들고 112를 누르세요. 빨리요!"

어머니는 쓰러진 저와 그 남자의 얼굴을 번갈아 쳐다보았습니다. 역시 상황을 인지하지 못한 듯 보였습니다. 남자는 어머니의 멱살을 잡았습니다. 어머니는 공중으로 들린 채 두 다리를 버둥거렸습니다.

"돈 어디 있어? 죽여버리기 전에 당장 내놔!"

어머니는 컥컥대며 고통스러워했습니다. 남자는 제정신이 아니었습니다. 그리고 저 역시도 제정신이 아니었습니다. 저는 벽을 짚으며 부엌으로 향했습니다. 개수대 아래 서랍을 열고 식칼을 꺼냈습니다.

남자는 바로 등뒤까지 접근한 저를 알아차리지 못했죠. 그때 어머니와 눈이 마주쳤습니다. 어머니의 눈이 순간 매섭게 번뜩였습니다.

"안 된다! 그만둬라!"

어머니는 목소리를 쥐어짜며 절규했습니다. 숨도 제대로 쉬지 못하던 어머니에게 어떻게 그런 힘이 나온 걸까요. 남자가 뒤를 돌아보려 하는 찰나, 저는 남자의 등에 칼을 꽂았습니다. 칼끝이 무언가에 닿는 느낌이 들었습니다. 저는 멈추지 않고 온 힘을 다해 찔러 넣었습니다. 남자는 크게 한 번 몸을 떨더니 바닥에 고꾸라졌습니다.

온몸이 주체할 수 없을 정도로 떨렸습니다. 집을 떠야 한다고 생각했습니다. 시간이 없었죠. 저는 허겁지겁 방으로 가서 가방에 짐을 챙겨 넣었습니다. 옷을 보니 남자의 피가 묻어 있더군요. 저는 옷을 갈아입은 후 방에서 나왔습니다. 피 묻은 옷은 그냥 아무렇게나 바닥에 벗어놓았죠. 현관에서 신발을 신을 때 어머니는 저를 다급히 불러 세웠습니다. 그리고 신발장 안쪽 서랍 깊숙한 곳에서 가방 하나를 꺼냈습니다.

"가지고 가거라. 멀리멀리 떠나서 다시는 돌아오지 말거라."

저는 내용물이 무엇인지도 모르고 가방을 받아들었습니다. 그날 새벽, 저는 남자의 시신을 뒤로한 채 가방 두 개를 둘러메곤 무작정 밤거리를 걸었습니다. 나중에 확인해 보니 어머니가 준 가방에는 현금 오만원권 열 뭉치가 들어 있더군요. 오천만 원이었습니다.

어머니는 그때 왜 저를 도망치게 둔 걸까요? 왜 제게 돈 가방을 준 걸까요? 답은 알 수 없습니다. 그래서 저는 종종 이렇게 어머니에게 말을 붙여보곤 합니다. 혹시나 꿈결에라도 대답해 줄지 모른다는 기대를 품고서요. 물론 어머니를 직접 찾아가서 묻고 싶지만 제가 도무지 그럴 수 없는 상황입니다. 또한 어머니가 과연 저를 알아볼지도 의문입니다.

어머니, 저는 지금 전남 여수의 어느 작은 마을에서 지내고 있습니다. 그 사건 이후 벌써 반년이 흘렀습니다. 아직까지는 경찰에 꼬리를 밟히지 않았습니다. 지난 반년간 외부와의 연락을 모두 끊고 죽은 듯이 숨어 지낸 탓일까요. 솔직히 지금 세상에 무슨 일이 일어나고 있는지도 모르겠습니다.

여기까지 흘러들어온 건 어머니의 영향이 아닐까 생각합니다. 어머니가 때때로 이런 이야기를 했죠.

"태우야, 난 어릴 때 바다가 내려다보이는 집에서 살았어. 뒷산에는 고구마밭이 있었는데, 늦은 오후에 밭에서 고구마를 캐다 보면 새빨간 해가 바닷속으로 떨어졌지. 그 모습이 얼마나 예쁜지 몰라. 언젠가 네게도 보여주고 싶어."

"그래요? 기대되네요."

저는 적당히 맞장구치며 어머니가 그런 장면을 어디서 보았을까 생각해 보았습니다. 어머니가 정말로 그런 곳에서 지낸 적이 있는지도 모릅니다. 하지만 신뢰감이 떨어지는 건 어쩔 수 없습니다. 어머니는 자신이 태어난 고향도 정확히 기억하지 못했으니까요.

"저는 강원도의 깊은 산골 자락에서 자랐어요. 공기가 굉장히 맑은 곳이었어요."

어머니는 종종 제게 존댓말을 하기도 했어요.

"어머니는 전남 바닷가 마을에서 태어나신 거 아니었어요?"

"아니에요. 바닷가에는 가본 적이 없는걸요."

어머니는 고개를 갸웃했어요. 시치미를 떼는 건지 정말 기억을 못하는 건지 알 수 없었습니다. 치매라는 것은 칠십 넘도록 산 노인의 삶을 이렇게 깊숙이 바꿔놓을 수 있구나, 하고 저는 신기함과 두려움 이 반반 섞인 감탄을 하곤 했습니다.

이곳은 정말 조용한 곳입니다. 깨닫고 보니 사십 중반인 제가 마을 에서 가장 젊은 나이더군요. 제가 사기죄나 절도죄로 몇 번이나 교도 소를 드나들었다는 것을 알면 이 마을 사람들은 어떻게 반응할까요? 아마 제게 내어준 이 집에서 쫓아낼지도 모릅니다. 지금은 그저 조심 스레 사람들과 신뢰를 쌓아가는 중입니다.

어머니, 얼마 전 중복이 지났습니다. 무더위 중에 예상치 못하게 찾 아오는 비는 반갑기 그지없군요. 사실 저는 어머니가 저를 찾아오진 않을까 종종 생각합니다. 집에 홀로 있다 보면 수상쩍은 인기척을 느 끼곤 하죠. 가끔 제법 커다란 소리가 나기도 하더군요. 한밤중에는 바 깥에서 그림자 하나가 후다닥 달아나는 기척도 느껴집니다. 저는 저 도 모르게 "어머니?" 하고 묻습니다. 곧 그럴 리가 없다는 것을 깨닫 습니다. 하지만 어머니와 함께 지내며 든 습관 때문일까요? 저는 몸을 일으켜 당장 그 자리로 향합니다. 확인해 보면 바람이 창문을 흔드는 소리거나 도둑고양이가 부엌을 뒤지는 소리일 뿐입니다. 묘한 느낌입 니다. 어머니는 어디에도 없지만, 조금만 주의를 기울이면, 언제나 곁 에 있습니다.

바다 저편의 하늘이 차츰 밝아집니다. 구름을 비집고 금줄 같은 햇 살이 내려옵니다. 어느덧 빗줄기가 약해져 있네요. 아무래도 지나가 는 비였나봅니다. 저는 처마 바깥으로 발을 뻗어 빗방울이 발등을 간 질이도록 가만히 내버려둡니다.

어머니와 함께 지내는 동안 저는 이웃의 중요성을 알게 되었습니 다. 먼 친척보다 가까운 이웃이 낫다는 말이 백번 옳더군요. 지금 생 각해 봐도 옆집 새댁은 정말로 마음씨가 고왔던 것 같습니다.

작년 10월입니다. 3년간 복역을 마치고 어머니의 집을 찾아간 그

다음 날의 이야기입니다. 어머니가 기억할지 모르겠군요. 전날 저녁
저를 보고 무척 반가워했던 어머니가 그날 아침은 이상했습니다.

아침에 일어난 저는 집 이곳저곳을 둘러보고 있었죠. 부엌 식탁 한
구석에 쌓인 우편물도 무심하게 살펴보았습니다. 보험안내서, 전기
요금고지서 등이 있더군요. 가장 아래에는 치매예방센터에서 발송한
'노년기 인지증(치매) 자가검진 테스트'라는 종이가 있었습니다.

사건에 대한 기억이 희미하다, 특정인의 이름이 기억나지 않는다,
익숙한 길을 헤맨 적이 있다, 날짜와 요일을 헷갈린다, 기념일을 잊는
다, 가스불이나 전깃불을 켜놓고 잊은 적이 있다, 이야기 도중 말문이
막혀 머뭇거린다, 최근 들어 유독 몸이 나른하고 피곤하다 등등.

어머니는 삼십여 가지가 넘는 항목 옆에 동그라미표와 가위표로 표
시를 해두었더군요. 어떻게 봐도 동그라미가 가위보다 많았습니다.
그때였습니다.

"다, 당신, 누구세요?"

어머니는 방에서 나와 저를 보고는 기겁하며 물었습니다.

"어머니, 왜 그러세요? 잠이 덜 깨신 거예요? 저예요. 어머니 아들
태우요."

"무슨 소리 하는 거예요? 당신이 어떻게 내 아들이에요?"

저는 등골이 서늘해지는 것을 느꼈습니다. 지난밤 어머니의 치매
증세를 알아채긴 했지만, 그날 아침 그런 반응을 보일 줄은 예상하지
못했습니다.

"어머니, 어제 일 기억 안 나세요? 도대체 왜 그러시는 거예요?"

저는 어머니를 안심시키려 애썼습니다. 하지만 한번 혼란에 빠진
어머니를 진정시키는 것은 쉽지 않았습니다.

"가까이 오지 마요!"

어머니는 제 손을 뿌리치곤 등을 돌려 집을 뛰쳐나갔죠. 저는 곧장
뒤따랐습니다. 반응을 보니 여차하면 어머니 앞에서 그대로 사라져야
할지도 모른다는 생각이 들었습니다. 맨발로 옆집 정원을 가로지른

어머니는 현관문을 두드렸습니다. 도와달라고 울부짖으면서요. 어머니는 문을 열고 나온 젊은 여자에게 매달려 자초지종을 이야기했습니다.

"저 사람이 갑자기 내 집에 들어왔어. 자기가 내 아들이라잖아."

저는 잠시 망설였습니다. 그대로 모습을 감추면 되레 수상쩍은 사람이 될 것이 분명했습니다.

"알겠으니까 할머니, 일단 우리 집에 들어가 계세요."

여보, 할머니 좀 잠깐 봐드려요! 집 안에 그렇게 외친 새댁은 신발을 신고 제 앞까지 걸어왔습니다. 저는 새댁과 이야기를 나눌 수 있었습니다.

"당신이 할머님 아들인가요?"

저는 그녀의 눈을 피하지 않고 천천히 고개를 끄덕였습니다. 이웃집 아들의 복역 사실까지 알 정도면 어머니는 그녀와 제법 살가운 사이였던 것 같습니다.

"당신은 확실히 살인죄였다죠? 정말 끔찍한 사람이네요. 분명 출소까지 몇 달 더 남았던 거로 기억하는데…."

저는 새댁에게 "난 적어도 살인자는 아닙니다."라고 말하려다가 입을 다물었습니다. 새댁은 스물 후반이나 서른 초반으로 보이는데도 제법 강단이 있었어요. 눈앞의 사람을 살인자라 여기면서도 기죽는 기색조차 없었습니다. 괜스레 싸울 필요는 없었죠.

"당신은 할머니가 얼마나 당신을 생각하는지 몰라요. 할머니는 뭔가 오해가 있어서 당신이 옥살이하고 있다고 말씀하셨어요. 그게 오해든 아니든 당신이 해야 할 일은 할머니를 잘 돌봐드리는 거예요. 할머니는 아주 많이 아프세요."

새댁의 말에 따르면 어머니가 이상증세를 보이기 시작한 것은 두어 달쯤 전이었다고 합니다. 어머니가 가스레인지 불에 냄비를 올려놓은 채 외출을 했다고 하더군요. 창문으로 새카만 연기가 새어 나오는 것을 본 새댁 덕에 다행히 큰 화재로 이어지지는 않았지만, 불행의 전조로서는 충분했던 것 같습니다. 어머니는 어느 날 '그것' 좀 나눠달라면서 새댁의 집을 찾았다고 합니다. 멸치볶음을 하려는데 그게 다 떨어졌다고요. '그것'이 간장이라는 것을 어머니는 끝내 기억하지 못했다고 합니다. 또 어느 날 저녁, 새댁은 골목길 가로등 아래에 쭈그려 앉은 어머니를 발견했다고 합니다. 말을 붙여도 어머니는 초점 잃은 눈으로 대꾸도 없었다더군요. 결국 새댁이 어머니를 집까지 모셔다 드렸다고 합니다. 그런 자잘한 이야기를 듣다 보니 끝이 없었습니다.

일이 있고 몇 시간 뒤, 저는 새댁의 집에서 잠든 어머니를 업고 집으로 돌아올 수 있었습니다. 놀랄 만큼 가벼워서 깜짝 놀랐던 기억이 납니다. 다행히도 어머니가 잠에서 깨어났을 때는 다시 저를 알아보았습니다.

"태우야, 배고프지? 밥 차려줄게."

어머니는 저를 '아들'이라 부를 때도 있었지만 '태우'라는 이름으로 부르기도 했습니다. 승현이, 도윤이, 민준이 등등 가끔은 전혀 다른 이름으로 부르기도 했죠. 특별히 정정할 필요성을 느끼지 못했습니다. 저를 아들로 생각해 준다면 그것만으로도 안심할 수 있었습니다.

그도 그럴 것이 아찔했던 일은 몇 번이나 있었습니다. 그 두 달 동안 어머니는 종종 저를 보고 기겁하며 도망치거나 물건을 집어 던지거나 당장 나가라며 저를 위협하기도 했죠. 실제로 경찰에 신고한 적도 있었고요. 어머니의 치매증상을 설명하느라 진땀을 뺐습니다. 옆집 새댁이 거들어준 덕분에 경찰도 수긍하고 돌아갔죠. 새댁의 도움이 컸습니다. 다행히도 어머니가 그렇게 갑자기 돌변하는 빈도는 점점 줄어들었습니다. 보름쯤 지났을 무렵, 크게 한 번 열병을 앓고 난 이후에는 완전히 사라졌습니다.

어머니, 저는 지금 옆집 노부부의 집으로 향하고 있습니다. 두 사람 다 어머니와 비슷한 연배가 아닐까 짐작해 봅니다. 평소에는 마른 흙먼지 냄새가 풍기는 시골길도 방금 비가 온 탓에 질척거리는군요. 대신 공기가 한결 시원합니다. 먹구름이 지나간 하늘은 청록빛을 띠고 있네요. 여름 해는 아직도 먼 바다 귀퉁이에 떠 있습니다.

노부부는 지금도 저를 굉장히 신뢰하는 듯 보입니다. 올봄의 일 때문이죠. 제가 이곳을 찾아 이장 어르신 댁에서 잠시 지내고 있을 때군요. 무료로 온천관광을 시켜준다는 두 명의 남자가 마을을 찾았습니다. 그들은 종종 이곳을 찾았는지 마을 사람들과 제법 친분이 있더군요. 마침 제가 이장 어르신의 부탁을 받아 노부부의 집을 찾았을 때는 거래가 성사되기 직전이었습니다. 일당 중 한 명이 조곤조곤 노부부를 설득하고 있더군요.

"할아버지, 건강 때문에 아들 내외한테 늘 미안하다고 말씀하셨잖아요. 분명 잘 사셨다고 좋아할 거예요. 아, 이참에 자녀분들한테 선물도 해주시면 어떠세요?"

저는 잠자코 그들이 가져온 카탈로그를 훑어보았습니다. 만병통치약이라는 온천수부터 시작해 적외선치료기, 정수기와 공기청정기까지 소개되어 있었습니다. 노부부는 서로의 얼굴을 힐끗 쳐다보더군요. 그들의 언변에 넘어가는 듯 보였습니다.

저는 그들이 사기를 치기 위해 얼마나 공을 들였을지 짐작해 보았습니다. 아마 몇 번이나 마을을 찾아왔겠죠. 자비도 아끼지 않았을 것입니다. 저는 잠시 고민해 보았습니다. 그대로 모른 척을 할 수도 있었죠. 하지만 가만히 생각해 보니 그들을 물리치는 것이 거꾸로 제게 도움이 될 것 같다는 생각이 들었습니다.

"이봐요, 당신들. 거기까지만 합시다. 어디서 순박한 어르신들 꼬드겨 사기를 치려고 하십니까? 그만 돌아가시죠, 경찰에 신고하기 전에."

저는 낮은 목소리로 으름장을 놓았습니다. 그들은 가벼운 욕지거리를 내뱉으며 마을을 떠났죠.

노부부는 제게 몇 번이나 고맙다고 말했습니다. 기분이 썩 나쁘진 않더군요. 하지만 어머니, 제가 그 사기꾼들을 비난할 자격은 없습니다. 저 역시도 본질은 그들과 같으니까요.

제가 복역을 마치고 곧장 어머니의 집을 찾은 것은 오로지 돈 때문입니다. 어머니는 돈을 은행에 맡기지 않습니다. 현금을 집 안에 보관해 놓죠. 외환위기 때 크게 덴 적이 있는 노인들은 때때로 은행을 믿지 못하더군요. 은행이 또 언제 파산할지 모른다고요. 어머니도 그랬습니다.

그 사실을 아는 것은 오직 가족뿐이었습니다. 저는 어머니가 안방 장롱서랍에 현금뭉치를 넣어둔다는 사실을 알고 있었습니다. 한밤중에 집에 몰래 들어와 그곳을 뒤져보았죠. 하지만 돈은 없었습니다. 심지어 어머니에게 들키고 말았습니다. 어머니는 저를 반갑게 맞이해 주었지만요.

생활이 보장된다는 이유도 있었지만, 제가 두어 달 동안 치매에 걸린 어머니를 모시고 산 가장 큰 이유는 바로 돈입니다. 돈을 찾을 때까지는 집을 떠날 수 없었으니까요. 그 낡은 이층집 어딘가에는 상당한 양의 현금이 감춰져 있는 것이 분명했습니다. 저는 집 안을 샅샅이 뒤지고 또 뒤졌습니다. 그러나 어떠한 흔적도 발견되지 않았습니다. 기묘했습니다. 마치 집 안이 꿈틀대며 스스로 모습을 바꾸는 것 같다는 착각마저 들었습니다. 어머니에게 돈이 있는 장소를 들을 수 있었다면 제가 집을 떠나는 건 조금 더 빨랐을 것입니다. 그 끔찍한 일이 벌어지기 전에 어머니를 내버려두고 떠났겠죠.

만약 어머니 정신이 온전했다면 어땠을까요? 저는 그 점이 아쉽기만 합니다. 가령 어머니, 저는 앞집의 노부부가 어디에 돈을 숨기고 있는지 알고 있습니다. 사기꾼 일당이 노부부를 찾아온 날 눈치를 챘죠. 노부부의 집 거실 한쪽 벽에는 커다란 부채가 장식되어 있더군요. 그들의 이야기를 들으면서 노부부는 왜인지 가끔 부채를 향해 눈을 흘기더군요. 물건을 살까 말까 고민하는 와중에 무의식적으로 시선이 향한 것입니다. 부채 뒤편에 공간이 있고, 그곳에 돈이든 통장이든 패물이든 값나가는 뭔가가 있는 게 분명해 보였습니다. 세상사 무슨 일이 일어날지 모르는 일 아니겠어요? 혹시 모를 경우를 대비해 일단 기억은 하고 있습니다.

이렇듯 어머니가 제정신이었다면 저는 눈치로라도 돈의 위치를 짐작할 수 있었을 겁니다. 하지만 어머니는 돈을 감춰뒀다는 사실조차 기억하지 못했습니다.

노부부 집에서 저녁을 먹고 나오니 해가 바다 저편으로 떨어지기 직전이군요. 이 무렵의 노을빛은 유난히도 짙습니다. 적색으로 반짝이는 바다를 가만히 보고 있자니 어느 순간 차츰차츰 등뒤에서 몰려오던 어둠이 바다 저편까지 쭉쭉 뻗어갑니다. 붉은 기운은 수챗구멍에 물이 빨려 들어가듯 수평선 아래로 태양을 쫓아 사라집니다. 세상은 삽시간에 암흑으로 뒤덮입니다. 이 광경을 볼 때마다 저는 종종 어머니의 치매증상을 떠올리곤 합니다.

단풍잎이 하나둘 떨어지기 시작하는 가을날이었죠. 어머니는 열이 아주 많이 났습니다. 안쓰러울 정도로 끙끙 앓았습니다. 사람이 아플 때 어떻게 간호해야 하는지 알지 못했습니다. 저는 병원에 가기 위해 어머니를 들쳐 업으려 했습니다. 하지만 어머니는 저를 보고 기겁을 했습니다. 또다시 저를 낯선 침입자로 여겼죠. 저는 어머니를 내버려둘 수밖에 없었습니다. 할 수 있는 건 수건을 적셔 어머니 이마에 올려놓는 것뿐이었습니다. 어머니는 저를 빤히 쳐다보았습니다. 자신에게 무슨 일이 일어났는지 모르겠다는 얼굴이었습니다. 어머니는 그대로 정신을 잃듯 스르르 잠이 들었습니다. 무려 이틀 동안 자다 깨다를 반복했습니다. 다시 일어난 어머니는 상당히 많은 기억을 잊어버렸습니다.

노부부가 차려줬던 밥상은 정성이 가득했습니다. 밥과 버섯된장국, 가지무침, 열무김치, 각종 쌈채소와 된장, 그리고 화덕에 통으로 구운 오징어 몇 마리가 상에 올라왔습니다. 특별히 신경을 써준 것으로 생각합니다.

저 역시도 식탁을 차리곤 했습니다. 물론 할 수 있는 일은 냉장고에 있는 반찬을 꺼내 접시에 담는 게 전부였지만요.

처음에 어머니는 아들이 왔다며 직접 밥상을 차려주었습니다. 하지만 열병을 앓은 그날 이후부터는 부엌에 서서도 한참을 무엇을 해야 할지 알지 못했습니다. 어머니는 아무것도 기억나지 않는다는 사실을 두려워했습니다. 하지만 시간이 지날수록 공포심마저도 희미해지는 것 같았습니다. 무엇을 두려워하는지에 대한 인지조차도 사라진 것입니다. 그것은 아마 저라는, '아들'이라는 안심할 수 있는 존재가 옆에 있었기 때문일 겁니다. 긴장의 끈을 스스로 풀어버린 것이겠죠.

어느 날 저녁이었습니다. 어머니는 밥상 앞에서 제게 이렇게 말했습니다.

"고마워요, 늘 이렇게 챙겨줘서."

멍하니 텔레비전을 보던 저는 고개를 돌려 어머니를 보았습니다.

"갑자기 왜 그러세요?"

어머니는 잠시 말이 없었습니다.

"그럼 저한테 가지고 있는 돈이나 전부 주세요. 그래야 제가 여길 나가죠. 대체 어디 숨기신 거예요?"

저는 아무렇게나 툭 내뱉었습니다. 어머니의 행동은 항상 예측할 수 없었습니다. 전에는 식사 도중 갑자기 식탁을 박차고 일어나 집을 뛰쳐나간 적도 있었으니까요. 제가 아들이 아니라고 하면서요. 이번에도 종잡을 수 없는 변덕이군. 저는 그렇게 생각했습니다. 하지만 다음 순간 어머니의 입에서 튀어나온 말은 예상 밖이었습니다.

"당신이 이제 다시는 나쁜 짓을 안 한다고 약속한다면요."

어머니는 눈도 한번 깜빡이지 않았습니다. 강렬한 시선이었습니다. 안구 너머에서 섬광이 번뜩인 것 같은 착각이 들더군요. 어머니는 돈을 숨겼다는 사실조차 기억하지 못했습니다. 그렇다면 정신이 돌아온 것인가? 저는 긴장했습니다.

다시 어머니를 쳐다보았을 때, 어머니는 씹던 반찬을 입에서 뚝뚝 흘리고 있었습니다. 재차 여쭤보았지만 어머니는 불과 몇 초 전에 한 말도 기억하지 못했습니다.

만약 어머니가 그때 돈의 위치를 알려주었더라면 어땠을까요? 저는 진즉에 어머니의 집을 나왔을 겁니다. 어머니를 그 집에 홀로 내버려두었겠죠.

밤벌레의 울음소리에 리듬을 맞추며 발걸음을 옮깁니다. 어머니의 고향은 참으로 좋은 곳입니다. 전 언제까지 이곳에서 지낼 수 있을까요. 아직 경찰은 코빼기도 안 보이는…. 빌어먹을. 본능적으로 등골이 오싹합니다. 대문 앞에 낯선 두 사람이 기웃거리고 있습니다. 저는 우뚝 멈춰 서고 말았습니다.

두 사람이 시선을 교환하더니 잰걸음으로 다가오는군요. 저는 반사적으로 등을 돌려 달아납니다. 그들에게 잡히면 저는 정말로 살인자가 되어버립니다.

2

무덥고 습한 날씨 탓에 유독 불쾌지수가 높은 날이었다. 서울시 강동경찰서 형사과에 전화 한 통이 걸려 왔다.

"선배님, 수배 중인 하대현의 위치가 확인되었답니다."

"하대현? 잠깐만, 그게 누구더라?"

조금 전 외무를 마치고 서로 복귀한 강 형사는 에어컨 앞에서 땀으로 흠뻑 젖은 옷을 말리고 있었다. 분명 어디선가 들어본 이름이었다.

"기억 안 나세요? 작년 연말에 치매에 걸린 할머니가 자기 아들을 칼로 찔러서 살해한 사건이요. 그 할머니는 사건 직후에 목을 매서 자살했고요. 그 사건에 연루된 놈이잖아요."

후배 이 형사의 설명에 강 형사는 손가락을 튕겼다.

"아, 그 사건. 생각났어. 조금 찜찜한 구석이 남는 사건이었지."

기억 저편에서 단번에 끄집어낼 수 있을 정도로 다소 묘한 사건이었다. 강 형사는 작년 12월 말 강동구의 한 주택가에서 발생한 살인사건을 복기해 보았다.

최초 신고자는 피해자 옆집에 사는 부부였다. 제법 큰 눈이 왔는데 집 앞에 쌓인 눈을 치우지 않았다는 점, 집 안에 불은 켜져 있는데 인기척은 없다는 점을 이상하게 여긴 부부는 경찰에 신고했다. 경찰은 문을 따고 들어갔고 집 안에는 사망한 지 닷새가 지난 두 구의 시체가 있었다.

피해자 49세 박태우는 오랫동안 살인죄로 복역하다 작년 말에 출소했다. 본래라면 올해 봄에야 형기가 끝나는 것이었는데, 크리스마스 특사로 선정된 덕에 조금 앞당겨 출소할 수 있었다. 그가 복역한 교도소 측에 따르면 박태우는 어느 순간부터 진심으로 죄를 뉘우친 듯한 모습을 보였다고 한다. 그것이 사면을 받은 이유였다. 박태우는 출소 직후 어머니를 무작정 찾아갔다. 하지만 불운하게도 치매증세가 있는 노부인 74세 조명숙은 아들을 낯선 침입자로 착각한 듯했다. 조명숙은 부엌칼로 박태우의 등을 깊숙이 찔렀다. 이후 조명숙은 식탁을 밟고 올라가 천장의 환기구에 포장용 노끈을 연결해 목을 매달았다. 어머니가 아들을 살해하고 스스로 목숨을 끊은 것이다.

과연 노인이 등뒤에서 칼을 찔러 넣을 수 있었을까? 수사 초기에 몇몇 형사는 이런 의문을 제기했다. 그러나 부검결과 박태우의 체내에서 알코올이 검출되었고, 조명숙의 몸에서 폭행을 당한 흔적이 발견되었다. 또한 조명숙이 최근 치매증세를 보였다는 인근 주민들의 증언도 있었다. 아들을 알아보지 못하고 생명의 위험을 느낀 노인이 상상 이상의 힘을 발휘했다는 의견 쪽으로 기울 수밖에 없었다.

무엇보다 흉기 손잡이에서 조명숙의 지문이 검출되었다. 또한 박태우의 혈흔과 더불어 조명숙의 혈흔이 칼날에서 검출되었는데, 이는 조명숙이 부엌칼로 박태우를 찌를 때 미숙하게 칼을 쥔 탓에 손가락이 칼날에 닿은 것으로 보였다. 실제로 조명숙의 손가락에서 베인 상처가 확인되었다.

조명숙은 왜 자살을 했을까? 이 질문에 대해선 치매에 걸린 조명숙이 아들을 죽인 직후 정신을 되찾았을 것이라는 의견이 지배적이었다. 조명숙은 아들을 죽였다는 죄책감을 견딜 수 없었던 게 아닐까?

수사는 그렇게 종결되는 듯 보였다. 하지만 강 형사는 조사보고서를 마무리하던 중 최초신고자인 옆집 여자에게 황당한 이야기를 듣는다. 언론에 보도된 내용을 듣고 찾아온 여자는 강 형사에게 아들 박태우가 12월 말에 출소했다는 것은 있을 수 없는 일이라고 말했다.

"할머니 아들이 12월에 출소했다니, 아니에요. 형사님, 말이 안 돼요. 왜냐면 할머니는 아들과 벌써 두 달 전부터 함께 산걸요."

옆집 여자뿐만이 아니었다. 재탐문 결과 이웃 사람들 모두 조명숙의 아들이 두 달 전 출소한 것으로 알고 있었다.

형사들은 사건을 조사하며 집 안 곳곳을 수색해 보았다. 하지만 조명숙 이외의 동거인이 생활한 흔적은 발견되지 않았다. 두 달 동안 같은 집에 함께 살았는데 이렇게 흔적이 없을 수 있는 걸까? 칫솔 하나라도 더 발견되어야 정상이었다. 하지만 그 어떤 흔적도 발견되지 않았다. 10월부터 12월까지 두 달 동안 노부인 조명숙과 함께 생활한 40대로 추정되는 남자. 그는 대체 누구인가. 증언을 토대로 몽타주를 제작하고 데이터베이스를 통해 얼굴을 분석해 본 결과 경찰은 그의 정체가 사기, 절도 전과 8범의 하대현이란 것을 알 수 있었다.

옆집 여자는 끝내 눈물을 흘렸다.

"할머니는 종종 무섭게 질려서 제게 도움을 청하셨어요. 낯선 사람이 집 안에 있다고요. 세상에나, 그게 정말이었다니."

결론은 명확했다. 아무래도 하대현은 치매에 걸린 노인을 속여 그녀의 재산을 갈취한 것으로 보였다.

"하대현이 조명숙에게 어떤 위해나 학대를 가하는 모습을 본 적 있습니까?"

옆집 여자는 잠시 곰곰이 생각하다가 천천히 고개를 저었다.

"그런 건 없었어요. 두 사람은 진짜 모자지간처럼 보였을 정도니까요. 그 남자도 할머니를 어머니라고 부르며 극진히 모셨어요."

　강 형사는 하대현의 대담함에 혀를 내둘렀다. 조명숙은 하대현과 동거하는 중 몇 번이나 기억이 되돌아온 것 같았다. 다행히도 위기를 넘긴 모양이지만 그것은 운이 좋았을 뿐이었다. 자칫 잘못하면 또다시 감옥에 가게 될지도 모를 일이었다. 그런데도 하대현은 위험을 무릅쓰고 두 달여간 조명숙의 집에 기거한 것이다. 이 살인사건과 하대현 사이에 어떤 연관이 있는가? 수사본부는 이 부분을 알 수 없었다. 찜찜한 구석을 없애기 위해선 하대현을 구속할 필요가 있었다. 수배령을 내릴 이유는 충분했다.

　"그래서 하대현은 지금 어디 있는데?"

　잠시 지난 사건을 되짚어본 강 형사는 이 형사에게 물었다.

　"전남 여수에서 목격되었답니다."

　"여수? 그동안 못 잡은 이유가 있었네. 그렇게 잘 도망 다니던 놈을 용케도 찾았어."

　"여수 경찰서에서 노인들 상대로 방문판매 사기를 치는 일당을 검거했답니다. 그런데 사기꾼 일당이 서에 붙어 있는 수배 전단에서 하대현을 알아봤다고 하더군요. 하대현이 틀림없으니까 당장 가서 잡으라고 방방 뛰더랍니다."

　무슨 일일까? 사기꾼들 사이에서 영역 다툼이라도 있었던 걸까? 강 형사는 고개를 갸웃했다.

　"뭐, 좋아. 그쪽에 연락해서 하대현의 신병을 확보해 달라고 전해."

　"네, 알겠습니다!"

　이 형사는 당찬 대답과 함께 책상 위의 수화기를 집어 들었다.

3

　"당신, 결혼은 언제 할 생각이에요?"

　"결혼이요? 글쎄요, 이미 늦은 것 같아요. 나쁜 짓을 하도 많이 해서…."

"부모님은 어디에 있어요?"

"오늘은 유난히 꼬치꼬치 캐물으시네요. 바로 제 앞에 있잖아요."

사실 저는 태어나서 누군가를 어머니라 불러본 적이 한 번도 없습니다. 인생 최초의 기억은 보육원에서부터 시작됩니다. 하지만 두 달여간 당신을 어머니라 부르다 보니 이젠 어머니라는 호칭이 입에 붙어버렸군요. 제 삶에서 잠시나마 그렇게 부를 수 있는 사람이 생길 줄은 꿈에도 몰랐습니다.

어머니, 저는 끝내 도망치지 못했습니다. 결국 이렇게 유치장 안에 갇히게 되었습니다. 붙잡혔을 때는 다 끝났다고 생각했습니다. 살인죄로 오랫동안 복역할 생각을 하니 눈앞이 캄캄해졌습니다. 하지만 저는 경찰관에게 놀라운 말을 들을 수 있었습니다. 불법주거침입? 절도? 사기? 제 죄목은 그러한 것뿐이었습니다. 이게 도대체 어떻게 된 일일까요?

어둠 속에서 선풍기 돌아가는 소리가 끼익끼익 울립니다. 마치 저를 비웃는 소리처럼 들리는군요. 천장에서 희미하게 빛나는 취침등은 은은하기보다 마치 안개가 낀 듯 자욱한 느낌을 줍니다. 저는 가만히 눈을 감고 딱딱한 장판 위에 드러눕습니다. 온몸에 힘을 빼자 어둠이 조금씩 몸으로 스며드는 것 같은 기분이 듭니다. 생각을 정리하기에 딱 좋습니다.

작년 여름의 일입니다. 교도소에는 한 달에 한 번 외부에서 죄수의 머리를 깎아주는 이발사가 들어옵니다. 저는 대기실에서 이발 순서를 기다리던 중 박태우와 한 죄수가 나누는 대화를 엿들을 수 있었습니다. 박태우는 큰집 꽈배기도 못 해먹을 짓이라며, 이곳에서 나가기만 하면 탄탄대로라며 큰소리를 쳤습니다.

"우리 집 할망구는 은행에 절대 안 가. 돈은 무조건 현금으로 보관하지. 보나 마나 또 안방 장롱서랍 안에 넣어놨겠지. 그 돈이 얼마가될지는 모르겠지만 내가 없는 동안 쌓인 연금까지 합치면 상당할 거야. 그 돈만 있으면 한동안은 걱정 없어. 할망구는 어쩔 생각이냐고? 죽든 말든 알 바 없어. 부양할 생각은 한 번도 해본 적 없거든. 그 사람은 나한테 돈만 준비해 주면 그만이야."

박태우는 제가 귀 기울여 듣는 것도 모른 채 옆의 죄수를 향해 떠들었습니다. 저는 이 기회를 놓칠 수는 없다고 생각했습니다. 보수만 지불하면 조사를 해줄 이는 충분했습니다. 저는 출소준비를 하며 바깥의 지인에게 박태우라는 사람에 대해서 조사를 부탁했습니다. 박태우의 모친, 즉 어머니의 집을 아는 것은 어렵지 않았습니다. 부친은 오래전 사망했다고 하더군요.

10월 초, 출소를 한 저는 지체 없이 어머니의 집으로 향했습니다. 캄캄한 밤이었습니다. 저는 담을 넘고 배관을 타고 2층으로 올라갔습니다. 테이프를 바르고 조심스럽게 창문을 깨뜨렸죠. 무사히 2층으로 침입한 저는 살얼음 위를 걷듯 발소리를 죽이고 계단을 내려갔습니다. 그런데 1층에 내려온 저는 가슴이 철렁했습니다. 어둠 속을 배회하는 작은 그림자가 있었습니다. 그림자가 순간 제 쪽으로 돌아섰습니다.

"태우니? 아들 맞지?"

어머니는 와락 제 품에 달려들었습니다. 어머니의 몸은 마르고 딱딱했습니다. 저는 그 가녀린 몸뚱이를 뿌리칠 수 없었습니다. 상황을 이해하기 위해서 머리를 최대한 굴리고 있었으니까요. 그렇군. 이 사람은 나를 박태우로 착각하고 있어. 그렇게 이해했을 때쯤, 희미한 온기가 전해져왔습니다. 어머니의 눈물 한 방울이 제 손등에 닿았습니다. 손등이 타들어가듯 뜨거웠습니다.

저는 어머니의 치매를 이용할 수 있겠다고 생각했습니다. 그리고 아들인 척 당분간 당신과 함께 지내기로 했습니다. 설마 다음 날 아침, 어머니가 기억을 되찾고 집을 뛰쳐나갈지는 상상도 못 했지만요.

어머니가 저를 아들로 착각한 이유가 있더군요. 어머니는 밤이 되면 환각증세가 유독 심해졌습니다. 이상한 사람이 집을 기웃거린다거나, 누군가 자신을 지켜보고 있다거나, 그런 이야기를 자주 하곤 했습니다. 그럴 때마다 저는 어머니를 얌전히 재우기 위해 손을 꼭 잡아주었습니다.

저는 사실 어머니가 어찌되든 상관없었습니다. 두 달여간 어머니와 함께 지낸 것도 완벽한 모자지간으로 보이기 위한 연기였을 뿐이지요. 하지만 어머니가 자살했다는 경찰의 이야기에 조금 충격을 받았습니다. 그리고 충격을 받은 저 자신에게 놀라고 말았습니다.

저는 박태우를 죽이고 어머니 집을 나온 이후로 신문이나 뉴스를 보진 않았습니다. 무사히 하루가 지나갔다는 위안만으로 그날그날을 버텼습니다. 꼭꼭 숨어서 지내기 바빴죠. 하지만 두려워할 필요가 전혀 없었던 것이군요. 살인죄는 어머니가 뒤집어썼으니까요.

그 집에서 치매에 걸린 어머니를 속이며 지낸 것은 맞지만 박태우가 찾아오기 전에 집을 나갔다. 경찰에는 그렇게 진술할 생각입니다. 그렇게 거짓말을 해도 될 것 같습니다. 일단 살길은 확보된 것 같군요. 운이 좋았습니다. 이제야 안도할 수 있습니다. 하지만 더는 생각할 필요 없다고 스스로 되뇌어도 '왜?'라는 의문이 또다시 머릿속에 곰팡이처럼 피어납니다. 지워내도 지워낼 수가 없습니다.

첫 번째 의문입니다. 어머니의 치매증세는 날이 갈수록 심해졌습니다. 어머니는 스스로 목숨을 끊는다는 인지조차 할 수 없는 사람이었고요. 어머니와 함께 지낸 저이기에 확신할 수 있습니다. 그런 어머니가 어떻게 자살을 할 수 있었던 걸까요?

두 번째 의문입니다. 치매증세가 나타날 때의 어머니는 돈의 개념조차 이해하지 못했습니다. 돈을 숨겼다는 것 역시도 떠올리지 못했습니다. 그런 사람이 어떻게 숨겨둔 돈을 단번에 찾을 수 있었나요? 또 왜 제게 돈을 건넨 것일까요?

마지막으로 세 번째 의문입니다. 그 집에는 제가 미처 챙기지 못한 생필품들이 있었습니다. 또한 저는 박태우를 죽인 후 피 묻은 셔츠를 적당히 던져두고 나왔는데, 들은 바로는 그 역시도 경찰에 발견되지 않았다고 합니다. 제 흔적은 어디로 사라진 걸까요?

논리적으로 생각해서 어머니는 제가 박태우를 죽인 순간, 혹은 그 이후에 기억이 돌아온 것입니다. 하지만 그렇게 생각하면 또 이상합니다. 제게 돈을 건넬 때의 어머니는 제가 당신의 아들 박태우가 아닌 것을 알았을 것입니다. 또한 제가 박태우를 찔러 살해한 것도 아셨겠죠. 그런데도 왜 어머니는 제게 그 큰돈을 건네준 것인가요? 게다가 어머니는 제 흔적을 지운 것도 모자라 살인을 뒤집어씁니다. 어머니는 어째서 그런 행동을 한 건가요?

12월 말, 박태우는 현관문의 비밀번호를 너무나 쉽게 열고 집 안으로 들어왔습니다. 느닷없이 찾아온 박태우를 마주한 저는 깜짝 놀랐습니다. 설마 박태우가 특별사면을 받을 줄은 생각지도 못했습니다. 어디선가 기분 좋게 취해 돌아온 그는 저를 보곤 눈이 휘둥그레지더군요. 곧 얼굴이 무섭게 굳어졌습니다. 저를 알아보고, 제 목적을 알아차린 것이겠죠.

저는 그에게 흠씬 두들겨 맞았습니다. 그는 또한 고함을 지르며 어머니를 마구 때리기 시작했습니다. 주먹으로, 발로 어머니의 온몸을 무차별적으로 때렸습니다. 당장 돈을 내놓으라고 소리치면서요.

"안 된다! 그만둬라!"

제가 박태우를 찌르는 순간 어머니는 외쳤습니다. 그건 분명 당신의 아들을 죽이려는 제게 한 말이겠죠. 그 순간 어머니의 정신은 그 어느 때보다 또렷했겠죠.

문득 정신을 차려보니 창가가 희미하게 밝습니다. 결국 한숨도 자지 못했군요. 조용히 새벽이 밝아옵니다. 저는 생각합니다. 어쩌면 어머니의 정신도 이렇게 소리 없이 돌아오곤 했던 것은 아닐까요?

어머니는 종종 저를 보곤 까무러치게 놀랐습니다. 그러나 크게 한번 열병을 앓고 난 이후부터는 단 한 번도 그런 적이 없었습니다. 저는 단순히 어머니의 치매증세가 극심해졌기 때문이라고 생각했습니다. 하지만 어쩌면… 어머니가 연기를 한 건 아닐까요? 낯선 타인인 저를 아들이라 부르면서 저와 함께 웃으며 대화를 나누고 밥을 먹고 외출을 하고 텔레비전을 보는, 그런 연기를 말이죠.

저는 그 이층집을 처음부터 끝까지 다 뒤져보았다고 생각했습니다. 하지만 돈은 어디에서도 발견되지 않았습니다. 그런데 어머니는 종이 봉투에 든 돈을 신발장 안쪽 서랍 깊숙한 곳에서 꺼내주었습니다. 당시엔 도망치기에 급급해서 미처 몰랐지만 지금 생각해 보면 이상합니다. 그곳은 10월 초에 제가 몇 번이나 살펴보았습니다. 그곳에 돈을 넣어둘 수 있었던 사람도 역시 한 사람뿐입니다.

어머니, 당신께 묻고 싶습니다. 언제부터 그렇게 저 몰래 돈의 위치를 이곳저곳 바꾼 건가요? 단순히 돈을 빼앗기고 싶지 않아서였을까요? 저는 당신 앞에서도 종종 말하곤 했습니다. 돈만 찾으면 이런 집은 두 번 다시 볼 일 없다고요. 그렇다면 어머니가 돈을 숨긴 이유는….

당신이 이제 다시는 나쁜 짓을 안 한다고 약속한다면요. 어느 날 밥상 앞에서 어머니는 제게 그렇게 말했습니다. 그때의 어머니는 도대체 누구였나요? 치매에 걸린 그 노인이었나요? 아니면 당신의 아들을 죽인 제게 돈을 건네주고, 제 뒷일까지 봐준 사람이었나요?

"당신이랑 같이 있으면 참 좋아요. 외롭지 않거든요."

햇살이 따사로웠던 어느 날 어머니는 마당에서 빨래를 너는 제 등을 향해 이렇게 말했습니다. 팡, 팡. 물기를 허공에 터는 소리에 묻혀 잘 들리지 않았던 말입니다. 햇빛을 받아 공중에 흩날리며 반짝이는 작은 물 알갱이들. 어머니의 눈가에 고인 눈물. 괜스레 가슴 안쪽이 부드럽게 흔들려 듣고도 모른 척했던 말입니다. 매를 맞아도 아파하지 않았던 저입니다. 하지만 이상한 일이죠. 치매에 걸려 자신이 무슨 말을 하는지도 모르던 당신의 목소리가 더 따끔했던 것 같군요. 그렇지만 어머니, 죄송하게도 천성은 버릴 수 없나봅니다. 저는 살길을 마련하기 위해 또다시 거짓말을 해야 할 것 같습니다. 당신의 노력을 헛수고로 만들 수는 없으니까요.

어머니, 지금은 저도 생각해 봅니다. 만약 박태우가 집에 찾아오기 직전에 어머니가 제게 돈을 건네주었더라면 어땠을까요? 저는 치매에 걸린 당신을 버려두고 매몰차게 그 집을 떠날 수 있었을까요?

이러한 의문 역시도 답을 알 수 없습니다. 하지만 반대로 제 머릿속은 점점 맑아집니다. 이제야 좀 잠들 수 있을 것 같습니다. 저는 대자로 뻗어 기지개를 켜며 눈을 감습니다. 문득 차츰 밝아오는 저편에서 누군가가 기웃거리는 듯한 착각이 듭니다. 묘하게도 조금 반가운 기분입니다.

작가의 글

신인상을 받은 후 1년여 간 정신없이 글을 쓴 것 같다. 〈낯선 아들〉은 그즈음 다섯 번째로 발표한 작품이다.

수상 소식을 들었을 때 기쁘기보단 조금 당황스러웠다. 고백체인 이 작품은 이전까지 쓴 작품과는 달리 참 수월하게 완성했다. 무엇보다 당시의 나는 아직 여러모로 상을 받기에 부족하다고 여겼다.

하지만 돌이켜 보면 그 시기에 수상을 해서 참 다행이다. 그 어떤 불안감도 이길 정도로 글 쓰는 것이 즐거웠다. 열심히 쓴다면 앞으로 좋은 작가가 될 것이라 믿어 의심치 않는 시기였다.

종종 온갖 핑계를 대며 창작의 고통으로부터 도망치는 지금의 나는 그때의 나를 떠올리며 반성하게 된다.

유일한 범인

공민철

공민철

2014년 《계간 미스터리》 가을호에 투고한 〈엄마들〉로 신인상을 수상하였다. 2015년 〈낯선 아들〉로 '한국추리문학상' 황금펜상을 받은 데 이어, 2016년 〈유일한 범인〉으로 황금펜상을 수상했다. 2019년 단편집 《시체 옆에 피는 꽃》을 출간했다. 2021년에 장편 《다감 선생님은 아이들이 싫다》 출간을 앞두고 있다.

1

   실내로 들어오자 따뜻한 공기가 훅 끼쳤다. 부드러운 커피향이 코끝에 닿았다. 약속장소에 먼저 도착한 것은 나였다. 종업원이 이쪽으로 오세요, 하고 자리를 안내해 주었다. 나는 잠시 머뭇거리다 더 안쪽의 창가 자리로 향했다.

   "한 사람 더 오기로 했습니다. 그때 주문하지요."

   종업원은 가볍게 목례를 하고 자리를 떴다. 나는 손가락을 튕겨 테이블을 두드렸다. 그 소리가 카페 안에 흐르는 클래식 음악과 불협화음을 이루었다. 초조할 때 무의식적으로 나오는 습관이었다.

   일주일 전 S시 '무연고자 추모의 집'에서 연락이 왔다. 노인의 유가족이 찾아왔다는 소식이었다. 3년 넘게 컨테이너 창고 안에 보관되었던 노인의 유해는 비로소 가족의 품으로 돌아갈 수 있게 되었다. 직원은 내가 남기고 온 연락처를 유가족에게 전해주었다고 했다. 몇 시간 뒤 유가족이란 사람에게서 전화가 걸려 왔다. 노인의 손녀딸이라고 했다.

혹시 장항덕 씨의 유가족이 나타나면 이 돈을 전해주실 수 있습니까? 3년 전 나는 추모의 집 직원에게 19만 원이 담긴 봉투를 내밀며 부탁했다. 물론 직원은 단박에 거절했다. 특별한 이유가 있다면 검토해 줄 수도 있다고 말했다. 노인은 나를 이용했다, 돈을 받았지만 사용하고 싶지 않다, 가지고 있는 것만으로도 화가 나 미칠 것 같다. 그렇게 머릿속에 맴도는 말을 쏟아내고 싶었다. 하지만 나는 아무런 말도 하지 못하고 돌아섰다.

지갑 안에 늘 간직하고 다니는 쪽지를 꺼내 펼쳐 보았다. 오래된 복권이다. 여섯 개의 숫자 위에 정갈하게 그려진 동그라미를 보니 또다시 알 수 없는 감정이 차올랐다. 나는 복권을 다시 지갑 안에 넣곤 창문으로 고개를 돌렸다. 가로등 불빛 아래 무언가가 반짝반짝 빛났다. 거리에는 어느새 눈이 내리고 있었다. 분명 아침 뉴스에서 올겨울 가장 큰 눈이 내린다고 했었지. 멍하니 그런 생각을 할 때였다.

문득 잔잔한 선율이 점차 격렬해진다. 웅장한 선율이 테이블을 두드리는 손가락 박자와 맞아떨어진다. 창문 주위가 어둠으로 물들고, 심장이 소리 높여 뛴다. 눈앞의 창문이 점점 멀어지는 것 같은 착각에 휩싸인다. 어느새 칠흑 같은 밤이다. 3년 전, 유독 눈이 많이 내리던 그 겨울날이었다.

나는 한 달 내내 원룸 베란다에 서서 노인의 방 창문을 바라봤다. 소름 끼치도록 차가운 새벽공기, 어렴풋한 가로등 불빛, 몸부림치듯 흩어지는 하얀 입김, 시간이 멈춘 듯 인적 없는 골목, 살아 있는 것처럼 살랑살랑 움직이는 커튼, 아마도 그 정도의 속도로 썩어가는 노인.

그즈음 나는 자살을 생각했다. 하지만 노인의 죽음 앞에서 나는 점점 살길 바랐다. 앞으로의 미래를 그리며 행복감에 젖었다.

"저, 혹시 할아버지 지인분 맞나요?"

누군가의 조심스러운 목소리에 나는 화들짝 고개를 돌렸다. 한 명의 여자아이가 서서히 복구되는 배경의 한가운데에 서 있었다. 미소

지을 때 눈가가 가늘어지는 것이 노인을 조금 닮았을지도 모른다고 생각했다. 하지만 돌이켜 보면 나는 노인이 웃는 모습을 단 한 번도 본 적이 없었다.

2

아영의 기억 속 할아버지는 굉장히 가부장적인 사람이었다. 아영이 다섯 살 때 아영의 부모님은 이혼을 했다. 이혼의 원인이 아빠의 바람기에 있었음에도 할아버지는 늘 엄마를 비난했다. 여자가 제구실을 하지 못한다는 것이 이유였다. 그런 태도가 엄마와 언니를 늘 분노케 했다. 반면 할아버지는 '자기사람'이라고 생각한 이에게는 아낌없이 퍼주었다. 엄마가 밤낮으로 일해 모은 목돈을 동향 사람에게 선뜻 건네기도 했고, 친구를 위해 집문서를 담보로 보증을 서기도 했다. 낯선 사람들이 여관처럼 집을 드나들었던 기억도 있다. 10년 전, 더 이상 참지 못한 엄마는 언니와 아영을 데리고 도망치듯 집을 나왔다. 언니가 열다섯, 아영은 열 살 때였다. 이후 아영은 단 한 번도 할아버지를 만나지 않았다.

무연고자 추모의 집에서 할아버지의 유해를 인수하며 아영은 한 사람의 연락처를 받았다. 3년 전 할아버지의 유해가 보관된 직후 찾아온 사람이라고 들었다. 일단 이야기나 들어보자는 마음으로 전화를 걸었다. 수화기 너머의 남자는 정중했다. 남자는 만나서 꼭 건네주고 싶은 게 있다고 말했다. 평일 저녁 남자의 직장 근처에서 만나기로 약속을 정했다.

약속장소에 도착하기까지 시간이 좀 더 걸릴 것 같았다. 아영은 혼들리는 버스의 리듬에 몸을 맡겼다. 눈을 감자 몇 번이나 다시 본 다큐멘터리의 영상이 눈꺼풀 위에 그려졌다. 한 노인의 죽음에 관해 말하는 남자 성우의 내레이션은 담백했다.

— 2년 전 겨울, 서울 외곽 달동네의 한 원룸에서 쓸쓸히 생을 마감한 71세 노인이 있습니다. 빌라 주인은 당시의 일을 기억하고 있었습니다.

"1월 말이었나, 2월 초였나. 그때 건너편 빌라에 사는 사람이 저를 찾아왔어요. 자기 방 베란다에서 할아버지 방이 바로 보이는데 겨울인데도 창문을 계속 열어놓은 게 뭔가 이상한 것 같다고요. 둘이서 찾아갔죠. 그 남자가 먼저 들어갔고 저는 잠깐 복도에 있었어요. 복지센터에 전화를 걸고 있었거든요. 그런데 그 사람이 욕지거리를 내뱉으며 뛰쳐나오더라고요."

장항덕. 이제 다시는 불릴 일 없는 고인의 이름입니다. 시신은 사후 한 달 동안 원룸에 방치되어 있었습니다. 고인의 옆에는 돌돌 말려 끈으로 묶인 이불이 뉘어 있었습니다. 어쩌면 고인은 이불을 사람 삼아 껴안으며 외로움을 달랜 것인지도 모릅니다.

'날 가장 먼저 발견하는 사람에게 이 돈을 꼭 전해주시기 바랍니다.'

노인은 짧은 유서를 남겼습니다. 유서 옆에는 19만 원이 담긴 하얀 봉투가 놓여 있었습니다. 봉투 옆에는 이상하게도 슬리퍼 한 짝이 놓여 있었습니다. 당시 경찰은 국과수에 부검을 의뢰했습니다. 사인은 음독사, 자살이었습니다.

당신은 옆집에 누가 살고 있는지 아시나요? 옆집의 누군가가 죽는다면 알아차리실 자신이 있으신가요?

"솔직히 누가 조용히 죽으면 몰라. 알 수가 있나? 벌레가 득실거리거나, 썩는 내가 나거나, 그러면 살펴보는 거지."

"왜 하필 우리 집 근처에서 죽은 거야 생각하지. 그렇게 생각해 버리지. 죽어도 민폐야, 민폐."

주민들은 냉담했습니다. 인근 슈퍼의 주인은 생전 장항덕 씨의 모습을 기억하고 있었습니다.

"술이랑 라면을 사 가곤 했지. 동네 친구는 없었어. 유일하게 어떤 젊은이하고 이야기를 나눴던 것 같기도 한데. 요기 앞에서 막걸리도 한 잔씩 마시고 그랬지. 그 젊은이도 그 노인네 죽은 다음에 사라졌지, 아마."

장항덕 씨에게도 가족이 있었습니다. 하지만 가족들은 지난 8년간 장항덕 씨를 만나지 않았고, 경제적인 어려움도 겪는 상황이었습니다. 유가족은 시신의 인계를 거부했습니다. 시신은 무연고 사망자 장례대행업체의 손으로 넘어갔고, 화장 후의 유해는 시에서 운영하는 유해보관소에 보관되었습니다. 끝끝내 고독한 죽음을 맞이한 장항덕 씨. 그것이 2년 전의 일입니다. 장항덕 씨의 유해는 아직 같은 곳에 보관되어 있습니다.

아영이 카페에 들어왔을 때 손님은 한 사람뿐이었다. 남자는 가장 안쪽의 테이블에 앉아 있었다. 나이는 삼십 대 중후반 정도일까? 날카롭고 예민한 인상의 남자였다. 갓 스무 살이 된 아영에게는 많은 나이지만 할아버지와 비교하면 굉장히 젊은 나이일 터였다. 그는 고통스럽게 얼굴을 일그러뜨리며 창밖을 바라보고 있었다. 아영은 잠시 서성이다 그에게 말을 걸었다.

남자는 당황한 듯 어색한 미소를 지으며 아영에게 정중히 자리를 권했다. 자신을 김수종이라 소개한 남자는 눈이 내리는데 오는 길이 힘들지 않았는지, 혹시 배는 고프지 않은지 물으며 아영을 배려해 주었다.

"유해는 어떻게 했나요?"

수종의 질문에 아영은 사흘 전 할아버지의 고향인 속초에 다녀온 이야기를 했다. 아영은 한 번도 가본 적 없는 곳이었다. 부둣가에서 만난 선장은 이전에 할아버지에게 신세 진 적이 있는 사람이었다. 할아버지에게 큰 도움을 받았다고, 아영은 대신 감사인사를 받았다. 덕분에 배를 얻어 타고 조금 먼 바다로 나갈 수 있었다.

아영은 뱃머리에 서서 반짝이는 바다와 마주했다. 불어오는 바람을 등지고 할아버지의 골분을 조심스레 흩뿌렸다. 골분은 하얀 잔영을 그리며 수면으로 빨려 들어가듯 사라졌다. 그 잔영마저도 바람에 금세 지워졌다. 언젠가 엄마, 언니와 함께 이곳에 올 수 있으면 좋겠다고 생각했다.

수종은 한쪽 눈썹을 치켜세웠다.

"그럼 할아버지의 유해를 되찾은 건 아영 양 혼자서 결정한 건가요?"

아영은 고개를 끄덕였다.

"엄마랑 언니는 끝까지 반대했지만요. 저도 성인이 되었고 그 정도 결정할 권리는 충분히 있다고 생각했어요."

3년 전 아영이 갓 고등학교에 입학할 무렵이었다. 경찰서에서 할아버지가 죽었다는 연락이 왔다. 할아버지의 시체는 그가 지내던 원룸 안에 한 달 동안 방치되어 있었다고 했다. 엄마와 언니는 할아버지의 외로운 죽음을 당연하게 생각하는 듯했다. 두 사람은 경찰서에 출두하여 시신 인수를 포기하는 서약서를 썼다. 할아버지의 시신은 그렇게 무연고자 처리가 되었다. 당시 미성년자였던 아영은 두 사람의 의견에 따를 수밖에 없었다.

"아영 양은 할아버지를 많이 좋아했나보군요. 혼자서라도 유해를 되찾을 정도로."

"아니요. 저도 할아버지를 미워해요. 지금도 아마 엄마나 언니보다 더 미워하고 있을 거예요. 3년 전 만약 제가 성인이었어도 똑같이 시신 인수를 포기했을 거예요."

수종은 고개를 갸웃거렸다. 그리곤 의아하다는 듯 물었다.

"그럼 왜 이제 와서 유해를 되찾은 거죠? 그럴 이유가 전혀 없을 텐데…."

아영은 일 년 반 전쯤 방송국 PD라는 사람이 찾아온 이야기를 꺼냈다. 그는 '고독사'라는 주제로 다큐멘터리를 제작하고 있다고 말했다. "장항덕 씨의 죽음에는 이상한 점이 있습니다. 알고 싶지는 않으신가요?" PD는 그렇게 말하며 인터뷰하고 싶다는 의사를 표했다. 엄마는 그를 문전박대했다. 우리와 상관없는 사람이니 다시 찾아오면 가만 안 두겠다고 엄포를 놓았다.

이상한 점이 뭘까? 경찰서를 방문한 엄마와 언니는 분명 알고 있을 것이었다. 하지만 아영은 두 사람에게 물어볼 수 없었다. 가족들에게 할아버지에 대한 화제는 암묵적인 금기였다.

그로부터 10개월 후, '현대사회와 고독사'라는 제목의 3부작 다큐 멘터리가 방영되었다. 할아버지의 이야기는 2부의 '고독사와 미스터리' 안에서 만날 수 있었다. 아영은 할아버지가 얼마나 고독하게 죽어 갔는지 충분히 느꼈다. 할아버지의 인생을 그렇게 만든 책임이 자신에게 있는 것 같은 착각이 들었다. 경찰서를 직접 방문한 엄마와 언니는 더 큰 죄책감을 느끼고 있을 것이었다.

왜 이제 와서 할아버지의 유해를 되찾은 것인가. 수종의 질문에 대한 답은 정해져 있었다.

"행복해지기 위해서예요. 할아버지란 사람을 영영 떨쳐버리고 엄마랑 언니랑 제가 행복해지기 위해서요."

아영은 정식으로 할아버지를 배웅하려 했다. 그 첫걸음을 자신이 시작해야 한다고 생각했다. 수종은 더 이상 깊게 묻지 않았다.

"할아버지에게 좋은 감정이 없는 건 저랑 같네요. 오늘 만나고자 한 것은 전화로 말했다시피 드릴 게 있어서예요."

수종은 코트 안주머니에서 하얀 봉투를 꺼내 테이블 위에 올려놓았다. 아영은 조심스레 봉투를 받아들었다. 안에는 현금 19만 원이 들어 있었다.

"아영 양의 할아버지가 제게 남긴 돈입니다."

아영은 고개를 갸웃했다. 19만 원. 기억에 남는 액수였다. 문득 머릿속에서 다큐의 한 부분이 다시 한번 재생되었다.

발견 당시 장항덕 씨는 바닥에 엎드린 채 사망해 있었습니다. 창문은 열려 있었고 그 상태로 커튼이 닫혀 있었습니다. 사체의 부패는 그리 심하지 않았습니다. 방 안은 유독 추웠던 그해 겨울처럼 싸늘했습니다.

　제작진은 2년 전 장항덕 씨의 자살을 취재한 모 케이블 방송국의 기자를 만날 수 있었습니다.

　— 발견 당시 고인의 상태는 어떠했나요?

　"처음에 경찰은 타살을 의심했어요. 목 주변으로 멍자국이 있었거든요. 끈으로 졸린 것처럼요. 현장에선 어떠한 끈도 발견되지 않았고요. 범인이 살인을 저지르고 흉기를 가져갔다, 그렇게 보였죠. 하지만 침입의 흔적은 없었어요. 현관문은 안에서 잠겨 있었고요. 창문은 열려 있었지만 외부에서 3층 높이의 방에 침입하는 건 사실상 불가능했죠. 또 살인자는 어느 정도의 폭력을 쓸 수밖에 없는데요. 사체에선 몸싸움의 흔적이 전혀 발견되지 않았습니다. 되레 깔끔했습니다."

　— 현장에서 이상한 점은 없었나요?

　"아무래도 눈에 가장 띄는 건 방 한가운데에 떡하니 설치된 스탠드 옷걸이였습니다. 기둥을 늘려 바닥과 천장에 단단하게 고정하는 'H'형의 행거죠. 빌라 주인의 말로는 본래 벽 쪽에 설치되어 있었다고 합니다. 고인이 일부러 벽에서 떼어내 방 중앙에 설치한 것 같았어요."

　— 고인의 사인은 무엇인가요?

　"사체 발견 이후 경찰은 국과수에 부검을 의뢰합니다. 부검결과 고인의 시체에서 장기가 손상된 흔적이 발견되었다고 하더군요. 또한 고인의 방에서 빈 술병과 소독용 에탄올, 살충제가 발견되었습니다. 경찰은 그것을 섞어서 마셨을 것이라 결론짓습니다. 방에서는 고인의 토사물로 추정되는 얼룩도 발견되었고요. 교살에 대한 의혹도 사라지는데요. 누군가 끈을 이용해 교살을 시도했다면 목 전체적으로 일정한 힘이 가해졌을 거라고 합니다. 하지만 멍은 아래턱 밑 부분에 강하게 남아 있었다고 하더군요. 목을 매 허공에 몸을 띄운 증거라고 합니다. 앞서 말했다시피 몸싸움의 흔적은 없었고요. 고인의 주검은 1

월 31일에 발견되었는데요. 빌라 입구의 CCTV를 확인한 결과, 그 이전에 특별히 수상한 외부인의 침입은 찾아볼 수 없었습니다. 아마 고인은 한 번 행거에 목을 매었다가 실패한 것 같습니다. 사용했던 끈은 실패 후에 처분을 한 모양입니다. 어쨌든 사건은 그렇게 종결됩니다. 자살이 확실한 이상 더 이상 수사를 진행할 필요가 없었던 거예요."

해가 떨어지면 기온도 영하로 내려가는 추운 날. 장항덕 씨는 얼어붙듯 아주 서서히 죽어갔을 겁니다. 장항덕 씨의 인생은 행복했을까요? 고인의 죽음을 보며 그의 인생에 대한 질문을 던져봅니다. 어쩌면 죽음보다 더욱 고통스러운 것은 도무지 기댈 곳 없는 삶은 아니었을까요.

영상을 보며 아영은 생각했다. 할아버지는 정말 자살을 한 것일까. 다큐멘터리를 본 직후 아영은 할아버지의 자살을 다룬 일간지와 주간지, 인터넷 기사를 모두 찾아보았다. 그리고 다큐멘터리에는 나오지 않은 몇 가지 새로운 정보를 추려낼 수 있었다. 물론 사건과 관련이 있을지는 알 수 없지만.

첫 번째. 인근 철물점 직원은 크리스마스 다음 날 할아버지가 7미터짜리 등산용 로프를 구입한 것을 기억하고 있었다. 할아버지는 몇몇 철물 부품을 추가로 구입했다.

두 번째. 12월 31일 오전 5시, 할아버지의 원룸 바로 아랫집에 사는 자영업자 B씨는 늘 이른 새벽에 출근했다. 그날도 어김없이 나갈 채비를 하는 도중 B씨는 무언가 창문을 톡톡 두드리는 소리를 들었다. B씨는 창밖의 어둠 속에서 무언가 뱀 같은 것이 스르르 올라가는 듯한 착각을 받았다. 잠시 뒤, 출근하려 건물 밖으로 나간 B씨는 자신의 방 창문 쪽을 올려다보지만 특별히 이상한 점을 발견하진 못했다. 대신 골목에 여성의 원피스가 떨어져 있는 것을 발견했다. 이 원피스는 맞은편 빌라의 옥탑방에 살던 여대생의 옷으로 밝혀졌다. 여대생은 건조대에 널어놓은 옷이 밤사이 바람에 날아간 것 같다고 말했다.

세 번째. 3년 전 A유업은 독거노인에게 무료로 우유를 배급하는 사업을 진행 중이었고, 12월 31일은 우유 배급 사업의 마지막 날이었다. 배달부는 오전 다섯 시쯤 할아버지가 사는 301호 우유투입구로 우유를 넣었다. 그런데 문득 현관문 너머에서 둔탁한 소리가 들려왔다. 배달부는 무릎을 꿇고 투입구 안을 살폈다. 마침 바닥에 누워 있던 할아버지가 아주 천천히 몸을 일으키고 있었다. 배달부는 훔쳐본 것이 민망하여 서둘러 자리를 떴다고 진술했다.

네 번째. 빌라 건물 주인의 아들, 초등학교 1학년인 아이는 종종 빌라 주민들의 우유에 손을 대곤 했다. 1월 1일 오전 열 시경, 그날 할아버지의 집을 찾아간 아이는 우유투입구 안으로 팔을 집어넣어 주변을 더듬거렸다. 그때 갑자기 아이는 우유가 스르르 밀려서 손에 닿는 것을 느꼈다.

다섯 번째. 경찰은 수사가 끝난 후 앞집의 K에게 19만 원을 전달했다. 하지만 K가 돈을 거부하며 한바탕 실랑이가 일어났다. 또한 K는 음독자살로 처리된 할아버지의 죽음에 대해 타살의 가능성은 없는지 반문했다.

여섯 번째. 12월 31일 오전 네 시경, 집으로 향하던 취객은 허공 5미터 정도 위에서 하얀 옷을 입은 귀신을 목격했다. 귀신은 치맛자락을 펄럭이며 허리를 직각으로 꺾은 채 취객을 내려다보고 있었다. 취객은 정신없이 도망쳤다.

아영은 수종이 건네준다는 물건만 받아 돌아갈 참이었다. 하지만 19만 원이라니. 너무 딱 맞아떨어지는 액수였다.

"혹시 아저씨는 할아버지가 돌아가실 때 할아버지 건너편 방에 살던 분이신가요?"

수종은 부정하지 않았다.

"네, 맞아요. 저는 그때 건너편 건물의 방에 살고 있었어요. 작은 베란다가 딸린 원룸이었죠. 베란다에 나가면 장항덕 할아버지의 방이 바로 보였어요."

아영은 심장의 고동이 점차 빨라지는 것을 느꼈다. 진정하기 위해 빨대에 입을 대고 오렌지주스를 쭉 들이켰다. 아영은 수종의 눈을 똑바로 바라보며 자신이 본 다큐멘터리 이야기를 들려주었다. 동시에 자신의 생각을 한 번 더 정리해 보았다.

3

커피 위로 요동치듯 파문이 일었다. 나는 살짝 들어 올렸던 잔을 다시 내려놓았다. 손아귀에 축축한 땀이 배어 나왔다. 설마 그런 다큐가 있었을 줄이야.

다큐는 전반적으로 고독사라는 사회현상의 문제점에 대해 다룬 것 같았다. 그것뿐이라면 안심할 수 있다. 하지만 그녀는 노인의 죽음에 관해 의심스러운 정황만 추려낸 것 같다. 게다가 3년 전의 사건에 대해 나름대로 조사를 해본 듯하다.

"3년 전의 일을 알아보면서 생각했어요. 건너편 방에 사는 사람이 할아버지의 죽음과 관련이 있을 것 같다고요."

그녀는 테이블 위에 팔꿈치를 올리고 손깍지를 꼈다. 그 상태로 기도하듯 나를 바라보았다.

"하지만 할아버지의 죽음은 음독사가 아닐지도 몰라요. 목을 매고 자살하신 건지도 몰라요. 왜 그런 방법을 택하신 건지는 모르겠지만요."

"잠깐만요, 아영 양은 할아버지를 미워했던 게 아닌가요? 이제 와서 굳이 되짚어볼 필요가 있나요?"

긴장을 감추기 위해 비꼬듯 툭 내뱉은 말이었다. 나도 모르게 목소리가 높아지고 말았다. 그녀는 시선을 떨어뜨리며 어쩔 줄 몰라 했다.

나는 괜스레 얼굴이 화끈거렸다.

"미안하지만 아무것도 묻지 말고 그냥 이 돈을 받아줄 순 없나요? 지금으로선 아영 양 할아버지가 남긴 유일한 유품일지도 몰라요."

나는 부드럽게 그녀를 설득했다. 하지만 그녀의 눈빛은 결연했다.

"그날의 일을 확인하기 전까진, 죄송하지만, 이 돈 받을 수 없어요."

말을 끝낸 그녀는 입술을 굳게 다물며 봉투를 다시 내 쪽으로 밀어냈다. 절로 한숨이 나왔다.

여기서 이 돈을 건네주지 못하고 돌아서면 나는 앞으로도 계속 돌덩이를 삼킨 것처럼 위가 더부룩한 기분을 떨쳐내지 못할 것이다. 나도 모르게 또다시 과거의 그 시점으로 빨려 들어가는 일을 반복할 것이다.

이야기를 이어갈 수밖에 없다. 나도, 그녀도 마찬가지다. 지금 이 자리에서 노인과의 사슬을 끊어내려 하고 있었다.

"그래서 아영 양은 어떻게 생각하는데요? 제가 어떻게 연관이 있나요?"

"할아버지는 자살하기 전에 직접 등산용 로프를 샀어요. 목에는 로프 자국이 남아 있었어요. 다큐에선 방 안이 어질러진 흔적이나 할아버지의 몸에 상처가 없었다고 했고요. 외부인의 침입은 없었던 거예요."

나는 그녀가 들려준 이야기를 떠올렸다.

"하지만 현장에 로프는 없었잖아요."

"아랫집에 사는 사람이 뱀 같은 걸 봤다고 했어요. 그게 로프였던 거예요."

"잘못 볼 수도 있는 거잖아요? 그리고 방 안에서 목을 매고 자살했다면 그 로프를 아랫집 사람이 보는 것도 이상하지 않나요?"

최대한 머리를 굴려 빈틈을 찔러보았다. 하지만 그녀는 무언가 확신한 눈치였다.

"12월 31일 새벽, 한 취객이 귀신을 봤어요."

"사건이랑 상관이 있나요?"

"할아버지 아랫집에 사는 B씨는 밖에 나가서 건물 주변을 살펴요. 물론 로프를 발견하지 못했어요. 하지만 바닥에 떨어진 원피스를 찾아요. 이건 어디서 나온 걸까요?"

나도 모르게 뺨 한쪽이 움찔거렸다. 글쎄요, 하고 턱을 쓰다듬는 척 손바닥으로 뺨을 가렸다.

"3년 전 아저씨가 지내던 원룸 빌라에는 옥탑방이 있었어요. 당시 그 옥탑방에는 여대생이 한 명 살고 있었다고 해요. 여대생은 외부 건조대에 빨래를 널었어요. 바람에 날려 원피스 하나가 빌라와 빌라 사이의 골목으로 떨어져요. 그게 공중에 떠서 펄럭이게 된 거예요."

"아영 양, 지금 말이 굉장히 이상한 거 알죠? 옷이 어떻게 공중에 뜬다는 거예요."

나도 모르게 오른쪽 다리가 떨렸다. 얼른 테이블 아래로 손을 뻗어 무릎을 감싸 쥐었다. 확실히 공중에서 나풀거리는 여성의 옷은 취객의 눈에 사람이 아닌 형상으로 보였을 수 있다. 하지만 나는 끝까지 발악을 해보았다.

"걸린 거예요. 무언가 받침 위에 있는 것처럼요. 그리고 그날 유일하게 받침이 될 수 있었던 건…."

"로프밖에 없었다?"

"네. 그날 새벽, 할아버지의 방과 아저씨의 방 사이에 허공을 가로지르는 줄이 생겼어요. 로프는 아저씨가 회수했을 거예요. 그래서 할아버지의 방에서 로프가 발견되지 않은 거고요. 아저씨가 할아버지의 죽음과 연관이 있다고 말한 것도 그 때문이에요. 줄을 설치하는 건 할아버지 혼자서, 그리고 아저씨 혼자서는 절대 할 수 없는 일이에요. 두 분이 함께 꾸민 일이에요."

정곡이었다. 아무런 대꾸도 할 수 없었다. 그녀는 주머니에서 머리끈을 하나 꺼냈다. 그것을 양손 검지에 걸고 좌우로 쭉 당기며 기세 좋게 말을 이었다.

"줄은 이렇게 길쭉하게 둥근 모양으로 걸렸을 거예요. 로프를 갖고 있던 할아버지가 아저씨가 있는 쪽으로 로프 끝을 던져요. 아저씨는 로프를 받아서 어딘가에 감아 고정시켜요. 그리고 다시 로프 끝을 할아버지에게 던져요. 할아버지는 받은 로프의 끝을 남은 로프 끝과 묶었어요. 그렇게 공중에 두 가닥의 줄이 생긴 거예요. 건물 사이는 3미터 정도였어요. 줄을 던져서 주고받기란 그리 어렵지 않았을 거예요."

"왜 두 줄이라고 생각한 거죠?"

"아저씨가 로프를 회수하는 과정을 생각해 봤어요. 할아버지 집으로 직접 갈 필요는 없었어요. 아저씨는 두 가닥의 로프 중 한쪽 끝을 잘라냈을 거예요. 잘린 로프 끝은 맞은편 빌라 쪽으로 떨어졌어요. 아저씨는 남은 한쪽을 잡고 쭉 당겼어요. 줄을 당기면 떨어진 로프는 서서히 올라갔을 거예요. 아랫집의 B씨는 그때 그걸 본 거예요."

나는 식은 커피를 한 모금 마셨다. 손은 더 이상 떨리지 않았다. 그녀가 그날 밤의 일에 대해서 얼마나 많이 그려보았을지 짐작이 되고도 남았다.

"눈치채셨군요."

"전부는 아니에요. 저도 알 수 없는 부분이 있어요. 우유배달부가 할아버지가 몸을 일으키는 모습을 봤다는 건 잘 모르겠어요. 만약 목을 매셨다면 할아버지는 그때 분명 숨이 끊어졌을 텐데…."

"줄이 사라지는 걸 본 아랫집 사람, 할아버지가 몸을 일으킨 것을 본 배달부. 두 사람이 목격한 시간대가 정확히 일치한다면, 그 부분은 짚이는 데가 있네요. 정말 놀라운 우연으로요. 하지만 그 전에 먼저 아영 양 할아버지에 대한 이야기를 들려줄게요. 그래야 아영 양이 이 돈을 받아주겠죠."

가을이 한창 무르익어가는 10월 즈음 나는 그 원룸으로 이사했다. 얼마 되지 않는 짐을 주섬주섬 풀어놓고 있을 때 문득 시선이 느껴졌다. 노인은 창가에 서서 나를 가만히 지켜보고 있었다.

눈이 마주친 이상 무시할 수도 없는 노릇이었다. 나는 베란다로 나가 노인에게 인사를 건넸다. 3미터 정도의 거리였다. 대화는 어렵지 않았다. 노인의 방은 어디에 어떤 물건이 있는지 알 수 있을 정도로 한눈에 들여다보였다. 이 방 역시 그렇게 들여다보일 것이라고 생각했다.

"거기 사는 거요? 그 방에서 있었던 일 알고 있습니까?"

"예, 들었습니다."

차 한 대 올라오지 못하는 좁고 가파른 달동네. 1평 남짓한 베란다가 딸린 6평 원룸이었다. 베란다로 나가면 건너편 빌라 탓에 채광은 그리 좋지 않았지만 통풍은 나쁘지 않았다. 전적으로 월세가 싼 동네였고 그 방은 조건에 비해 월세가 더욱 저렴했다. 이유를 묻자 중개인은 잠시 머뭇거리다 전 세입자가 죽었다고 대답했다. 바닥과 벽지를 전부 갈아엎은 것이니 걱정할 필요 없다고 말했다. 나는 고개를 끄덕이며 설득당한 척 연기를 했다. 그런 건 아무런 상관이 없었다.

"어르신도 알고 계셨나요?"

"아니요. 난 몰랐습니다. 그 사람이 죽고 나서 한참 지난 후에야 알았다오. 매일 그쪽 방을 내다봤는데 전혀 눈치채지 못했지. 불쌍한 노인네."

노인이 자신은 그런 식으로는 죽고 싶지 않으니 혹시라도 자신이 죽으면 얼른 신고해 달라고 말했다. 노인이 먼저 천천히 등을 돌렸고 나도 방으로 들어갔다.

우리는 거의 방에 있었고 종종 눈을 마주치곤 했다. 아니, 서로의 생사를 확인하곤 했다는 게 더 정확할 것이다. 노인의 얼굴에는 짙은 죽음의 그림자가 드리워 있었다. 노인도 내게서 똑같은 느낌을 받았을 것이다.

죽기 전까지 시간을 때울 방편이 필요했던 우리는 자연스럽게 술친구가 되었다. 인근 슈퍼의 평상에서 안주 없이 술을 마시기도 했고, 각자의 방으로 올라가 노인은 창가에 서서, 나는 베란다의 난간에 기대어 마시기도 했다. 그러나 특별히 대화를 나눈 기억은 없다. 무기력하게 각자의 술잔을 비웠다.

크리스마스이브 전날이었던 걸로 기억한다. 날씨는 그리 춥지 않았다. 슈퍼 앞 평상에서 술을 마시던 중 노인은 돌연 가족 이야기를 꺼냈다. 노인에게는 딸 한 명과 손녀 두 명이 있었다. 하지만 아주 오랫동안 만나지 못했다. 노인은 그녀들을 향해 욕설을 퍼부었다. 노인은 과거 자신의 인맥에 대해 자랑을 늘어놓았다. 지금은 남아 있는 사람이 아무도 없다고 말했다. 노인은 눈시울을 붉혔다.

당시 나의 가장 큰 문제는 돈이었다. 부모로부터 물려받은 빚이 있었고, 친구라 믿었던 이에게 큰 사기를 당했다. 돈이 궁하니 주변의 인간관계가 모두 사라졌다. 노인에게는 다 말해도 상관없었다. 말은 안 했지만 서로 알고 있었다. 머지않아 눈앞의 상대가 자살하리란 것을. 저 사람은 나를 죽게 내버려둘 것이다, 나에게 아무런 상관도 하지 않을 것이다. 그런 생각을 하자 작은 안도감이 들었다.

"가진 돈도 다 떨어졌고요. 이제 한계예요. 더는 못 버틸 것 같습니다. 저는 내년 1월 1일에 끝내려고 합니다."

내 말에 노인은 아무런 말도 하지 않았다. 우리는 그렇게 말없이 남은 술잔을 비웠다. 적당한 취기가 오를 때쯤 노인이 함께 갈 곳이 있다며 자리에서 일어났다. 노인에게 이끌려 간 곳은 근처 복권판매점이었다.

"술은 내가 샀으니 이번엔 자네가 돈 좀 내주게나."

노인은 내게도 억지로 구입하게 했고, 나는 복권 값을 지불했다. 돈을 지불하는 것에 큰 거부감이 들지 않았다. 만 원 정도야, 앞으로의 일을 생각하면 사실상 아무런 의미도 없었다.

주말이 되었고 당첨번호를 확인할 시간이 찾아왔다. 예상대로 내가 산 복권은 당첨되지 않았다. 팔백만분의 일이라는 확률에 잠시나마 기대를 걸었던 스스로가 바보 같았다. 나는 더욱 절망했다. 나는 이때 노인이 왜 내게 복권을 사게 했는지 의심해 봤어야 했다.

12월 31일 저녁 아홉 시쯤, 담배를 피우려 베란다에 나왔을 참에 노인의 방 커튼 위로 그림자가 떠올랐다. 그림자는 무언가를 밟고 올라섰다 다시 내려오기를 몇 차례 반복하고 있었다.

"어르신, 어르신."

나는 목소리를 높였다. 커튼이 열리고 그날따라 유독 비쩍 말라 보이는 노인이 얼굴을 비췄다. 노인은 방 한가운데에 행거를 설치하고 있었다. 저곳에 목을 매는구나. 노인이 죽는다고 생각한 나는 특별히 의심하지 않았다.

"오늘이신가요?"

나는 조용히 물었다. 잠시 말이 없던 노인은 내게 잠시 밑에서 볼 수 있느냐는 말을 건넸다. 우리는 빌라 사이의 골목에서 만났다. 노인은 죽기 전 마지막으로 부탁이 있다고 말했다.

"이게 뭔지 알겠나?"

나는 노인이 준 종이쪼가리를 받아들었다. 반이 접힌 복권이었고, 마지막 줄의 여섯 자리 숫자에 동그라미가 쳐져 있었다. 놀랍게도 며칠 전 복권을 확인할 때 본, 머릿속에 있는 여섯 자리 숫자가 그곳에 있었다. 제대로 숨을 쉴 수 없었다. 손이 부들부들 떨렸다.

노인은 내 손에서 복권을 낚아채 파카 품속에 깊숙이 집어넣었다.

"설마, 그때 제가 사드린 복권? 다 맞은 거예요?"

노인은 긍정도, 부정도 하지 않았다.

"내 부탁을 들어주면 이걸 주겠네."

자네의 돈으로 산 거니까 자네 것이나 마찬가지야. 노인은 그렇게 속삭이듯 중얼거렸다. 그리고 내가 해야 할 일을 하나하나 알려주었다. 심장이 두근거렸다. 이명 때문에 머리가 지끈거려 노인의 말이 잘 들리지 않을 정도였다.

"자네도 알고 있지? 난 어차피 죽을 사람이었어. 방법만 다른 것뿐이야. 자네가 도와주는 것뿐이지."

알고 있었다. 그러나 한 가지 의문이 따라붙었다.

"어르신, 왜 굳이 이런 방법을…."

노인은 잠시 나를 가만히 바라보다 입을 열었다.

"나한테도 가족이 있어. 내가 혼자 죽어도 그들은 모른 척하겠지. 하지만 살해당했다고 하면 얘기가 달라질 거야. 조금은 불쌍하게 볼지도 모르지. 어쩌면 나를 만나러 와줄지도 몰라. 죽어서는 가족 품으로 돌아가고 싶어."

이 말이 나를 속이기 위한 거짓말이란 것을 나는 한참 뒤에야 알 수 있었다. 노인은 가족들에게 기대지 않았다. 어쩌면 자신이 죽은 후 장례를 치르지 않으리란 것도 알고 있지 않았을까. 그러나 그때의 나는 알 수 없었다.

노인은 기다리고 있겠다는 말을 마지막으로 남기곤 자신의 방으로 올라갔다. 나는 하얀 입김을 뿜어내며 한동안 골목을 떠나지 못했다.

그래, 저 노인은 원래 죽으려던 사람이었어. 새벽 네 시가 가까울 즈음 결심을 할 수 있었다. 베란다로 나가자 노인이 나를 기다렸다는 듯 커튼을 열어젖혔다. 우리는 다시 한번 말없이 서로를 마주 보았다. 우리는 얼마나 오랫동안 이렇게 서로를 마주 보았을까. 문득 그런 궁금증이 들었다.

시작하시죠. 나는 낮은 목소리로 속삭였다.

나는 먼저 노인이 던진 로프의 끝을 받아 베란다의 배수기둥에 감았다. 하나의 줄이 허공을 가로질렀다. 나는 로프의 끝을 다시 노인에게 던졌다. 노인은 몇 번이나 헛손질을 하며 로프를 놓쳤다. 잠시 고민한 나는 베란다에 있는 슬리퍼 한 짝에 로프를 묶어 노인의 방 안으로 힘껏 던져 넣었다. 그렇게 두 개의 줄이 허공을 가로질렀다. 로프의 끝과 끝을 묶은 노인은 로프를 방 중앙에 설치한 행거 위로 걸어 넘겼다.

노인은 이어진 로프 안에 목을 넣고 손짓으로 신호를 보냈다. 나는 두 줄의 로프를 모아 잡아 힘껏 당겼다. 정면에서 노인의 몸이 허공으로 두둥실 떠올랐다. 무게중심 탓일까. 노인의 몸은 곧 한쪽 방향으로 빙글빙글 돌기 시작했다. 노인은 발버둥을 쳤다. 나는 다급히 줄을 놓았다. 노인은 제법 큰 소리를 내며 두 발로 바닥에 떨어졌다.

깊은 새벽, 혹시 누가 들은 건 아닌지 나는 심장이 철렁했다. 줄은 꽤나 세게 노인의 목에 감긴 듯 보였다. 우스꽝스럽게도 노인은 제자리에서 몇 바퀴 돌며 꼬인 줄을 풀어냈다.

노인은 칵칵거리며 창가로 다가왔다. 목소리도 내기 힘들었는지 연신 턱을 문질렀다. 노인의 언성은 아주 작았지만 세상은 너무도 고요했다. 한마디 한마디가 귓가로 흘러들었다.

"줄 길이는 내가 조정하겠네. 얘기한 대로 이따가 자네 쪽에서 줄을 거두면 돼."

"복권은 제가 어떻게 찾아가죠?"

한 사람의 죽음 직전, 나는 그런 것밖에 관심이 없었다. 노인은 잠시 고민하다 냉장고 밑에 깊숙이 숨겨놓겠다고 말했다. 노인은 자신이 죽은 다음의 일도 내게 지시했다.

"다른 사람이 내가 죽은 걸 발견하기 전까지 남에게 알려서는 안 돼. 먼저 찾아와도 안 돼. 자네가 의심을 받을지도 모르니까."

목이 졸린 시신, 사라진 흉기. 노인은 누군가에게 살해당한 것처럼 보일지도 몰랐다. 나는 수긍했다. 경찰이 괜스레 나를 범인으로 의심하면 곤란했다. 그것은 곧 복권이 내 손에 들어오지 않을지도 모른다는 말과 같았다. 아니, 죽는 걸 도와줬다고만 하면 어떨까? 그러나 사람의 죽음을 돕는 것 역시 엄연한 범법행위다. 자살방조라고 했던가. 나는 끝내 복권을 차지할 수 없을 것이었다.

노인은 로프 위쪽으로 올려놓듯 커튼을 쳤다. 커튼이 들려 어느 정도 노인의 방이 보였다. 그 상태로 내가 줄을 회수하면 커튼은 그대로 떨어져 창문 전체를 가리게 될 것이었다. 곧 노인의 방에 불이 꺼졌다.

방으로 들어온 나는 어둠 속에 쪼그려 앉았다. 이후 얼마나 시간이 흘렀는지 제대로 알 수 없었다. 정신이 또렷했던 것 같기도 하고 깜박 잠든 것 같기도 했다.

지금쯤 목을 매고 죽었을 거야.

이윽고 베란다로 나간 나는 조금 당황했다. 노인과 나의 방을 잇는 로프 위에 여성의 옷이 걸려 있었다. 하지만 문제가 될 것은 없었다. 나는 로프의 한쪽 끝을 잘라냈다. 잘린 로프는 어둠 저편으로 사라졌다. 나는 배수기둥에 감긴 로프 한쪽을 있는 힘껏 잡아당겼다. 한겨울이었지만 땀으로 온몸이 후끈거렸다. 곧 여성의 옷이 골목으로 떨어졌다. 노인의 방 창문에 커튼이 완전히 드리워졌다. 나는 그렇게 로프를 회수할 수 있었다.

"목을 맨 할아버지의 몸은 한 방향으로 빙글빙글 돌았어요. 로프는 꼬여서 할아버지 목에 감겼을 거예요. 제가 베란다에서 남은 로프를 잡아당기면 어떻게 될까요? 할아버지의 몸은 들어 올려져요. 활차처럼요. 아랫집 사람이 줄이 올라가는 걸 본 시간. 배달부가 할아버지가 몸을 일으키는 것을 본 시간. 두 사람은 제가 로프를 잡아당길 때 각각의 상황을 목격했어요. 만약 배달부가 끝까지 보고 있었다면 눈치챌 수밖에 없었을 거예요. 할아버지의 몸이 천장을 향해서 올라갔을 테니까요. 그리고 꼬인 로프가 풀리면서 천장에서 빙글빙글 돌았을 거예요. 그다음엔 할아버지의 시신이 바닥으로 떨어졌을 거예요."

여기까지 말을 마친 나는 눈앞의 그녀를 바라보았다. 그녀는 미간을 찌푸리며 석연치 않다는 표정을 짓고 있었다.

"그때 할아버지는 확실히 목을 매었나요?"

"깜깜해서 잘 보이지는 않았지만, 줄을 회수하기 전에 커튼이 살짝 들려 어렴풋한 형체 정도는 볼 수 있었어요. 그때 전 허공에서 할아버지가 흔들거리고 있는 걸 봤어요. 또 제가 줄을 회수할 때 뭔가 바닥으로 떨어지는 걸 봤어요. 손에 무게감도 있었고요."

나는 확신할 수 있었다. 그럼에도 그녀는 잘 모르겠다는 듯 한쪽 볼에 바람을 넣고 고개를 갸우뚱거렸다.

아영은 수종의 말을 들으며 할아버지의 행동을 하나하나 되짚어보았다. 다소 번거롭다는 것이 솔직한 감상이었다. 할아버지는 왜 그렇게까지 하며 죽은 것일까.

"저는 거의 한 달 내내 할아버지의 방에서 눈을 떼지 않았어요. 혹시 누군가 먼저 들어가는 사람이 있으면 복권을 뺏길 수도 있다고 생각했어요. 그렇다고 먼저 들어갈 수는 없었어요. 저는 할아버지의 죽음에 관여했으니까요. 경찰이 수사를 시작하면 꼼짝없이 잡힐 것 같았어요. 복권을 못 받을 수도 있다고 생각했어요."

"할아버지 시신을 처음 발견한 건 아저씨였죠?"

아영은 수종이 어째서 마음을 바꿨는지 물어보았다.

"저는 새해가 넘어가면 자살할 생각이었어요. 그래서 원룸도 짧게 계약했고요. 이후의 일은 생각하지 않았죠. 그런데 1월 말 즈음 빚쟁이가 숨어 있던 저를 찾아왔어요. 걱정은 없었어요. 저한테는 막대한 돈이 들어오니까요. 할아버지는 다른 누군가가 자기를 발견하기 전까지 모른 척해달라고 했지만 그런 약속은 아무 소용 없었어요. 건너편 빌라 주인에게 연락하고 당장 찾아갔죠. 방으로 들어갈 때는 빌라 주인보다 앞장서서 들어갔어요. 목표는 복권이었어요. 들어가니 할아버지는 방 가운데에 엎드린 채 죽어 있었어요. 그 옆에 탁상이 있었고요. 저는 자연스럽게 탁상 위를 보게 되었어요. 거기에 뭐가 있었는지 아세요? 복권이 있었어요. 그것도 두 장, 578회 복권과 579회 복권이. 579회 복권의 여섯 개 숫자 위에 동그라미가 쳐져 있더군요. 탁상 위에는 그날 새벽 로프에 묶어 할아버지 방으로 던진 슬리퍼 한 짝, 그리고 유서가 있었어요. 거기서 눈치챘죠. 제가 할아버지에게 사드린 건 578회 복권이었어요. 할아버지는 579회 복권을 다시 구입한 거예요. 578회 당첨번호를 써서. 저는 복권을 들고 방을 뛰쳐나왔어요. 화가 나서 참을 수 없었어요."

"거짓으로 복권이 당첨되었다고 한 거라고요?"

아영은 역시 할아버지의 행동을 이해할 수 없었다.

"저를 움직이기 위해서였겠죠. 그냥 부탁하면 제가 거절했을 테니까요. 당시의 전 그런 말도 안 되는 거짓말에 속을 만큼 절박했어요. '578'과 '579'의 두 숫자도 구분하지 못할 정도로 미친 듯이 간절했어요. 그리고 아영 양 할아버지는 그걸 꿰뚫고 있었고요."

수종은 잠시 말을 잇지 못했다. 짧은 한숨을 한 번 내쉬곤 손가락으로 관자놀이를 짚었다.

"전 화가 나서 미칠 것 같았어요. 방법만 있다면 한 번 더 죽이고 싶다는 생각이 들 정도였으니까요."

괜스레 죄책감이 든 아영은 아무 말도 할 수 없어 깍지 낀 손과 수종의 얼굴을 번갈아 쳐다보았다. 수종은 아영을 슬쩍 보더니 끄응 하고 앓는 소리를 냈다.

"미안합니다. 제가 또 불편하게 했군요. 그렇게 주눅들 필요 없어요. 어쨌든 전 그 19만 원을 받게 되었어요. 빚을 갚을 수도 없는 적은 돈이죠. 거기까지 가니 역으로 헛웃음이 나오더군요."

"할아버지는 왜 그런 불편한 공작을 한 걸까요? 혹시 짐작 가는 부분이 있으세요?"

수종은 또 한 번 크게 한숨을 쉬며 고개를 저었다.

"아니요. 솔직히 잘 모르겠어요. 아마 사후에 자기 시신을 발견해 줄 사람이 필요했던 게 아닐까 하고 군이 추측을 해봐요. 아무도 찾아주지 않은 채로 몇 달 동안 썩어가고 싶지 않았던 거겠죠. 그래서 자기 마지막 길을 배웅해 줄 사람으로 저를 택한 것 같아요. 죽은 이후에도 고독하기 싫어서요. 저는 복권을 위해 어떻게 해서든 할아버지의 방을 찾아갈 수밖에 없었으니까요."

수종은 몸을 움직여 테이블 위의 봉투를 아영 가까이 쓱 밀었다.

"이제라도 건네줄 수 있어서 다행이에요. 혹시 아영 양이 제게 자수를 요구한다고 해도 소용없어요. 경찰이 왜 그런 결론을 내렸는지 모르겠지만 할아버지의 사인은 음독사였으니까요."

음독사…. 천천히 음미하듯 되뇌어보았지만 대답할 말이 마땅히 생각나지 않았다. 가슴이 답답했다.

"이제 이 돈 받아주세요. 할아버지는 제게 자살을 도와주고, 또 시체를 발견해 준 보상금으로 이 돈을 남겼어요."

아영은 받아든 봉투를 두 손으로 꼭 쥐었다.

밖으로 나오니 거리에는 아직도 눈이 내리고 있었다. 시선이 닿는 모든 곳이 하얀 눈으로 가득했다. 수종은 지하철역으로, 아영은 근처의 버스정류장으로 향했다. 두 사람은 잠시 말없이 걸었다. 때때로 지나가는 자동차의 불빛에 눈발이 반짝반짝 도드라졌다.

수종과 아영은 횡단보도 앞에 멈췄다. 수종은 횡단보도를 건너면 되었고 아영은 보도를 따라 지나치면 되었다. 아영은 그에게 마지막으로 물어보고 싶은 게 있었다.

"3년 전에는 안 좋은 생각을 하셨잖아요. 지금도 그런 생각 하시나요?"

조심스럽게 수종의 얼굴을 쳐다보았다. 수종은 손가락으로 뺨을 긁적이곤 이제 그런 생각은 안 한다고 말했다.

"갚을 빚이 아직 산더미지만 하루하루 버티면서 살아가고 있어요."

수종은 씁쓸하게 웃었다. 횡단보도 반대편에 서 있는 신호등이 녹색으로 바뀌었다. 몇몇 행인들이 두 사람을 스쳐 지나갔다.

"그때 왜 마음을 바꾸셨는지 물어봐도 될까요?"

수종은 점멸하는 녹색등을 가만히 바라보다 입을 열었다.

"처음에는 분노 때문이었던 것 같아요. 할아버지가 저를 이용했다고 생각하니 화가 나서 죽고 싶어도 죽을 수가 없었어요. 억지로 살아졌다고 해야 하나. 그런데 살려면 돈이 필요하잖아요. 정신을 차려보니 수중에 남은 돈이 19만 원이더라고요. 그것만큼은 열이 받아서 도저히 쓸 수가 없었어요. 결국 미친 듯이 일을 했죠."

"아직도 할아버지가 많이 미우세요?"

수종은 아영을 지그시 바라보았다.

"아영 양은 어떤데요? 할아버지가 미워요?"

아영은 잠시 생각해 보았다. 엄마와 언니, 그리고 자신을 불행하게 만든 사람이었다. 아영은 고개를 끄덕였다. 수종 역시 아영과 같다고 말했다.

"저는 한 달 동안 할아버지 방을 감시하면서 행복한 꿈을 꾸었어요. 빚을 갚고 남은 돈으로 어떻게 새 출발을 할까 고민했죠. 빨리 시체가 발견되기를 바랐어요. 그 순간 저는 누구보다도 살고 싶었어요. 미련 없이 죽을 수 있을 줄 알았는데 한번 그런 꿈을 꾸니까 도저히 죽을 수가 없었어요. 전 말이죠, 아영 양의 할아버지가 저한테 그런 꿈을 꾸게 한 게 가장 원망스러워요."

수종은 목이 메는지 잠시 말을 잇지 못하고 깊은 한숨을 내쉬었다. 하얀 입김이 허공에서 빠르게 사라져갔다.

"아저씨, 행복해지고 싶은 건 당연해요. 그건 저도 마찬가지고요."

아영은 수종을 위로하고 싶었다. 하지만 수종은 고개를 저었다.

"맞아요. 그게 당연한 거겠죠. 하지만 전 마냥 행복할 수는 없어요. 한번 살아보자고 생각하니까 그런 생각이 들더군요. 난 이렇게 꾸역꾸역 살아가려는데 그 사람은 왜 살 수 없었을까. 거기까지 생각이 미치니 알겠더군요. 3년 전 그날, 제가 어떻게 행동했느냐에 따라서 결과가 달라졌다는 것을요. 오직 저만이 할아버지의 자살을 말릴 수 있었어요. 어쩌면 할아버지는 그날 제게 살려달라는 구조요청을 하고 있었는지도 몰라요. 결과적으로 저는 돈에 눈이 멀어 사람을 죽게 한 거예요. 저는 할아버지를 죽인 범인이나 다름없어요. 유일하고, 오직 저일 수밖에 없는…. 아영 양, 전 지금 죄책감으로 살고 있어요. 이 죄책감이 차라리 죽는 게 나은 지독한 삶을 살아가는 이유예요."

버스정류장 의자에 홀로 앉아 아영은 하염없이 내리는 눈을 바라보았다.

아영은 할아버지가 음독자살을 한 것이 아니라 가정하고 수종과 이야기를 풀어나갔다. 의문점을 던지고 퍼즐을 맞추듯 연결하자 3년 전 새벽에 무슨 일이 일어났는지 그려볼 수 있었다. 하지만 전부 알 수 있었던 건 아니다. 여전히 몇 가지 의문점이 남는다.

12월 31일 새벽, 우유배달부는 할아버지가 몸을 일으키는 장면을 목격했다고 했다. 1월 1일 오후, 빌라 건물 주인의 아들은 할아버지의 원룸에서 우유를 꺼내 먹었다고 말했다. 그때 아이는 방 안의 누군가가 우유를 슬쩍 밀어줬다고 말했다. 수종은 31일 새벽에 이미 할아버지가 죽었다고 말했다. 배달부가 목격한 건 수종이 들어 올린 시신이라는 것이다. 그렇다면 1월 1일에 아이가 느낀 인기척의 정체는 무엇이었을까? 단순히 혼나는 것이 두려웠던 아이의 거짓말이었을까?

아영은 경찰이 내린 음독자살이라는 결론을 생각해 보았다. 경찰은 시신의 부검을 통해 사인을 결론지었다. 현장검증도 충분히 했을 것이다. 수사결과가 잘못되었을 거란 생각은 들지 않았다. 그럼 12월 31일 새벽 다섯 시, 이부자리에서 스르르 몸을 일으킨 사람은 누구인가? 1월 1일 오전 열 시, 투입구에 손을 넣어 더듬거리는 아이에게 우유를 밀어준 사람은 누구인가? 아영은 둘 다 할아버지였으리라 생각했다. 할아버지는 하루라는 시간 동안 더 살아 있었던 것이다. 그 시간 동안 무엇을 했을까? 조용히 음독자살을 준비했을 것이다.

아영은 할아버지가 어떤 삶을 살았는지 알 수 없다. 하지만 할아버지의 성격은 알고 있다. '자기사람'이라고 생각한 이를 위해서는 뭐든 아낌없이 퍼주는 사람이었다. 그들을 위해 가족을 버리면서까지 자기 고집을 꺾지 않은 사람이었다. 3년 전, 수종은 할아버지에게 분명 자기사람이었다. 할아버지가 그런 수종을 범죄자로 만들 리 없었다. 수종은 할아버지의 자살과는 상관없는 사람이었다. 그저 로프를 연결하고 다시 그 로프를 회수한 것뿐이었다. 할아버지는 그 누구에게 어떤 도움도 받지 않고 홀로 자살을 한 것이었다.

그렇게 된 거구나.

진실을 알게 된 순간 아영은 눈물이 날 것 같았다.

"결국 성공하셨네요, 할아버지."

아영은 가만히 중얼거렸다. 사방이 조용한 탓인지 혼자 내뱉은 말이 허공에서 은은히 울리는 착각이 들었다.

원룸 가운데에 행거를 설치하고, 복권을 위조하고, 로프를 이용해 목을 매는 시늉까지 했다. 즉흥적으로 실행했던 것으로 보이진 않는다. 할아버지는 아마 며칠 동안 고민했을 것이다. 할아버지가 속이려고 했던 사람은 단 한 사람, 수종뿐이었다. 다큐멘터리에서는 할아버지의 시신 옆에 돌돌 만 이불이 놓여 있었다고 말했다. 할아버지는 이 이불을 이용했다. 아영은 머릿속에서 그날 새벽의 일을 재구성해 보았다.

창가의 커튼을 닫은 후 할아버지는 이불을 로프에 매어둔다. 수종은 새벽의 어둠 속에서 공중에 매달린 이불을 할아버지로 착각한다. 로프를 회수한 이후 방 안은 커튼에 가려서 보이지 않는다. 그렇게 수종은 자신이 할아버지의 죽음과 관련이 있다고 철석같이 믿게 된다.

할아버지는 수종에게 그의 손을 통해 자신이 죽게 되었다는 인상을 심어줄 필요가 있었다. 할아버지는 자신이 죽어도 자기사람인 수종을 죽게 하고 싶지는 않았던 것이다. 그래서 돈에 눈이 멀어서 사람을 죽이고 말았다는 죄책감을 안겨주었다. 그렇게 해서라도 수종을 살리고 싶었다.

할아버지의 시체가 발견되면 수종은 자신이 속았다는 것을 눈치채고 만다. 물론 이후에 수종은 자살을 결심할 수도 있다. 할아버지는 그래도 좋다고 생각했을 것이다. 적어도 그 시간 동안만이라도, 조금이라도 더 길게 살아주기를 바란 것은 아니었을까?

수종은 할아버지에게 1월 1일에 자살하겠다고 말했다. 하지만 1월 1일에 수종은 자살하지 않았다. 할아버지는 커튼 너머로 수종이 살아 있는 것을 보곤 안심했을 것이다. 그리고 기쁜 마음으로 음독을 시도했을 것이다. 한 번에 편하게 죽지는 않았을 것이다. 겨울의 혹독한 추위 속에서 아주 천천히 죽어갔을 것이다. 그 와중에 바랐을 것이다. 건너편 젊은이가 부디 조금이라도 더 오래 살아가기를.

아영은 가슴이 뻥 뚫린 것 같았다. 진상을 알게 되어 통쾌하다거나 시원하다는 감정이 아니었다. 정말로 가슴에 커다란 구멍이 난 것 같았다. 아영은 할아버지에게 화가 났다. 왜 우리는 할아버지에게 '자기 사람'이 아니었던 걸까. 왜 우리를 위해서는 어떤 희생도 하지 않은 걸까. 아영은 수종을 만나고 싶었다. 우리가 가지지 못한 것을 가진 그에게 전하고 싶었다. 할아버지를 원망하는 사람은 엄마와 언니, 그리고 자신만으로도 충분하니까 할아버지를 미워하지 말아달라고. 벌받는 사람처럼 살지 말아달라고.

아영은 지하철역 방향으로 달렸다. 발걸음에 점차 힘이 실렸다. 숨이 차올랐다. 토해내듯 뱉은 하얀 숨결이 등뒤로 춤추듯 멀어져갔다.

작가의 글

황금펜상을 받은 이후, 더 좋은 작품을 써야 한다는 부담감이 생겼다. 색다른 시도를 해야만 했고, 의무적으로 본격추리의 형식을 사용하게 되었다.

초고를 다 썼을 때는 너무나 마음에 들지 않았다. 트릭만 신경쓰다 보니 소설 속 인물은 그저 이야기를 진행시키기 위한 도구처럼 다뤄져 있었다.

그래서 이 작품은 정말 여러 번 다시 썼다. 인물들 각각 저마다의 사연을 추가했고, 시점도 여러 번 바꿔보았다. 그렇게 이 한 작품만 붙들고 무려 반년 가까이 퇴고를 했다.

감사하게도 이 작품으로 나는 한 번 더 상을 받게 되었다. 그리고 내가 추구하고픈 가치를 알 수 있었다.

나는 어두운 이야기를 다루더라도 독자의 마음속에 작은 온기를 남기고 싶다. 지금까지처럼 앞으로도 그런 이야기들을 쓸 것 같다.

귀양다리

한이

한이

만여 권의 책을 읽고서야 아는 것이 없다는 것을 깨달은 둔재(鈍才). 많은 직업을 거쳐서 작가가 되었고, 여러 부캐로 다양한 글을 쓰고 있다. 2019년부터 제8대 한국추리작가협회 회장으로 활동하고 있다.

1

"저것인가?"

제주목사(濟州牧使) 이원진(李元鎭)이 타고 있던 말 위에서 물었다. 그의 손끝은 거칠게 요동치는 바다의 한 부분을 가리키고 있었다. 돛을 내린 배 한 척이 금세라도 바다에 삼켜질 듯이 흔들리고 있었다.

"그렇사옵니다."

이원진의 옆에서 두 손을 가지런히 모으고 서 있던 아전이 대답했다.

"저 이국선(異國船)의 모양이 특이하구나. 왜의 것도 아니고 중원의 것도 아니니, 네가 보기에는 어디서 온 것 같으냐?"

"소생도 이리저리 수소문했으나 정확하게 답하는 이가 없었사옵니다. 사정에 밝은 장사치 하나가 남만인(南蠻人)의 것이 아닐까 하고 조심스럽게 답했을 따름입니다."

"남만인이라…. 아직 별다른 움직임은 없으나 경계를 늦춰선 안 될 것이다. 너는 대정현감 권극중과 판관 노정으로 하여금 병사를 교대

배치하여 이국선을 밤낮으로 감시토록 하여라."

"알겠사옵니다."

이원진은 아전이 명을 전하러 떠난 후에도 한참 동안 이국선을 바라보고 있었다.

너른 바다 위에서 휘청거리는 이국의 배는 금방이라도 노한 해룡(海龍)의 아가리 속으로 빨려 들어갈 것만 같았다. 넓디넓은 바다 위에 있으나 갈 곳이 없는 이국선의 선원들이나 바다라는 창살에 갇힌 자신의 신세가 비슷하게 느껴졌다.

"나으리!"

자신을 부르는 다급한 소리에 이원진은 상념에서 깨어났다. 제주목 사관 소속의 사령 하나가 갈색 말을 타고 황급히 달려오고 있었다.

"무슨 일인데 이리 호들갑이냐?"

이원진이 목소리를 낮추어 물었다.

"크, 큰일났습니다. 유배객 중 하나가 자결을 한 것으로 보입니다요."

"누구냐?"

"송교명(宋教明)이라는 자이옵니다."

"자결이라고 생각하는 이유는?"

"적거지 안에서 발견되었고, 손에 자신을 찌른 칼을 쥐고 있었다고 합니다요."

이원진은 바다로 눈을 돌렸다.

그사이 바람은 지붕을 날릴 것처럼 거세지고, 사위는 야음(夜陰)이라도 된 것처럼 어두워져 있었다. 아무리 바람이 많은 제주라 해도 심상치 않게 느껴질 정도였다. 조만간 거대한 비바람이 몰아칠 조짐이 보였다.

"너는 관아로 달려가 사사(司使) 복희달(卜禧達)과 오작(仵作) 우질동(牛叱同)을 송교명의 적거지로 오도록 하여라. 나는 여기서 바로 그곳으로 갈 것이다."

사령이 대답과 함께 말을 달려 사라지자 이원진도 송교명의 적거지를 향해 고삐를 잡아당겼다.

이원진이 적거지에 도착했을 때 이미 많은 사람들이 대문 앞에 모여 웅성거리고 있었다. 그는 대문을 지키고 있던 병사에게 말고삐를 넘겨주고 안으로 들어갔다.

마당에는 거적 위에 길게 누운 시신이 있었고, 사사와 오작이 검험할 준비를 서두르고 있었다. 분주하게 움직이는 오작 우질동의 주변으로는 한지, 관척(官尺), 은비녀, 지게미, 소금, 창출(蒼朮), 매실 과육 등의 각종 법물(法物)들이 가지런히 놓여 있었다. 사사는 먹물을 찍은 붓으로 시장(屍帳)을 기록할 채비를 하고 있었다.

"시친(屍親)은?"

이원진은 다급하게 허리를 굽히는 아전들에게 손을 휘저으며 물었다. 시친은 시체의 친인척을 뜻하는 말인데, 반드시 검험 과정에 배석하도록 되어 있었다.

"보시다시피 유배객인지라…."

복희달이 말을 흐렸다. 원칙적으로 귀양살이에는 가족을 대동하지 못하게 되어 있는 까닭이었다. 물론 유배객이라 하나 가문의 위세나 복직될 가능성과 같은 요인에 의해서 조카나 머슴을 데려와 시중들게 하는 경우도 있었다.

"그럼 시신을 발견한 자가 누구냐?"

"저 계집종이옵니다."

복희달이 손가락으로 옷고름을 틀어쥐고 오들오들 떨고 있는 처자를 가리켰다. 계집종이긴 해도 미색이 상당했다. 제대로 씻기고 입히면 어지간한 기생보다 나아 보일 것 같았다. 이원진은 그녀를 유심히 지켜보다가 검험을 시작할 것을 지시했다.

먼저 우질동이 상처가 있을 것으로 의심되는 목, 손, 가슴 등을 물을 뿌려 적신 다음 총백(蔥白: 파의 흰 뿌리)을 짓찧어 상흔이 있는 곳에 펴 발랐다. 그리고 그 위에 초에 적신 한지를 덮어두었다가 얼마의 시간이 지난 다음 걷어내고 물로 씻어냈다.

"상처가 있는가?"

기다리던 이원진이 물었다.

"목에 세 군데 찔린 상처가 있습니다."

우질동이 대답하자, 준비하고 있던 복희달이 사람 모양이 그려진 시장의 공란에 내용을 적어넣었다.

"깊이는?"

"이 촌(寸) 정도 됩니다."

"깊이가 모두 동일한가?"

이원진의 물음에 우질동이 각각의 상처에 관척을 집어넣어 깊이를 재고는 모두 동일하다고 대답했다.

"찔린 곳 주변에 다른 상처는 없는가?"

"없사옵니다."

우질동이 대답했다.

그 이후에도 검험은 계속되어 앞면의 정심(頂心)에서부터 뒷면의 뇌후(腦後), 척추에 이르기까지 모두 70여 개 항목에 대한 자세한 묘사가 이어졌다. 오작이 시체를 만지며 검험하고 사사가 기록하는 내내 이원진은 무엇인가 다른 생각에 골똘해 있었다. 모든 항목을 기록하고 나자 복희달이 관련 인물들의 명단을 적고 수결을 받기 위해서 이원진에게 내밀었다.

"잠깐만."

이원진이 시장을 밀치며 말했다.

"어디 부족한 부분이라도…?"

"잠시 확인할 일이 있네. 시신을 발견한 계집종을 데려오게."

이원진의 명령에 계집종이 불려 왔다. 계집종은 금방이라도 쓰러질 것처럼 온몸을 후들후들 떨고 있었다.

"겁먹지 말아라. 이름이 무엇이냐?"

"난금이옵니다."

"난금이 네가 주인 양반의 시신을 발견한 곳으로 가보거라."

이원진의 말에 난금이 총총거리며 안방으로 들어갔다.

"여기옵니다. 조반을 올리려 하였으나 아무리 불러도 기침하신 기색이 없어 문을 열어보니 그만…"

이원진은 난금이 가리킨 곳을 손바닥으로 훑고는 자세히 들여다보았다.

"혹시 네가 시신을 옮긴 후 바닥을 닦았느냐?"

"아, 아니옵니다. 저는 아무것도 건드리지 않았사옵니다."

"의심스러운 일이라도 있으신지…?"

뒤따라 들어온 복희달이 물었다.

"송교명은 자살이 아니라 타살일세."

"어찌 그리 생각하시는지요?"

"우선 목을 찌른 상처의 깊이가 모두 동일한 점. 아무리 자결을 결심했다 하더라도 한두 번은 망설이다가 얕게 찌르기가 쉽네. 반대로 처음에 깊게 찔렀다 하더라도 통증 때문에 다음번은 얕아지기 마련이야. 그런데 송교명의 경우는 이 촌의 깊이로 동일하게 찔렀네. 여간하면 어려운 일이지. 다음으로 송교명의 시체가 발견된 이곳! 목에 그정도 상처라면 이곳에는 상당한 양의 핏자국이 남아 있어야 정상이지. 하지만 보다시피 바닥은 바싹 말라 있네. 지금이 바닥에 불을 때지 않는 팔월이라는 점을 생각하면 한 가지 결론뿐이야."

"그것이 무엇입니까?"

"송교명은 다른 곳에서 살해되었고 이곳으로 옮겨져 자살로 위장되었다는 거지."

이원진의 담담한 목소리와는 달리 사람들의 얼굴은 차갑게 굳어가고 있었다.

2

"나리, 어디를 가시옵니까?"

사사 복희달이 의아한 목소리로 물었다.

"잠시 바람을 좀 쐬고 싶네."

제주목사 이원진은 그렇게 말하며 마당으로 내려섰다. 방금 송교명의 죽음이 자살이 아니라 타살이라고 선언한 사람답지 않게 평온한 모습이었다.

"날이 좋지 않사옵니다."

복희달의 말처럼 금세라도 머리 위로 주저앉을 것처럼 낮게 깔린 시커먼 먹장구름이 빠른 속도로 몰려오고 있었다. 잠시 하늘을 살피던 이원진이 서둘러야겠다고 중얼거리며 걸음을 재촉했다. 복희달은 잰걸음으로 그 뒤를 따랐다.

밖으로 나간 이원진은 허리를 숙이고 적거지 주변을 빙빙 돌기 시작했다. 그러다가 적거지 뒤편 해풍에 기울어 자라는 소나무 아래에 이르러서는 무릎을 꿇고 땅바닥을 헤집어보기도 하고 코를 킁킁거리기까지 했다.

'도대체 저게 뭐람. 꼭 뭐 마려운 강아지마냥.'

이원진의 뒤에서 공수시립(拱手侍立)하고 따르던 복희달의 머릿속에 떠오른 생각이었다. 하지만 자신의 생각을 입 밖으로 낼 만큼 주변이 없지는 않았다.

"왜 그러나?"

어느새 일어선 이원진이 복희달을 빤히 쳐다보며 물었다.

"아, 아니옵니다."

"뭔가 음흉한 생각을 한 표정인데? 혹시 내 모습이 똥 마려운 개새끼 같다고 생각한 것 아닌가?"

"그, 그럴 리가 있겠사옵니까?"

복희달이 왜소한 몸을 떨면서 극구 부인했다.

'눈치 빠르기는 도갓집 강아질세.'

"내가 눈치는 좀 빠르지?"

이원진이 능글맞게 웃으며 묻자 복희달은 그저 어색한 미소를 지을 뿐이었다.

"이게 뭔가 좀 들여다보게."

복희달은 머리를 처박고 원진이 가리키는 것을 들여다보았다. 바싹 코를 갓다 대니 퀴퀴한 냄새가 치밀어 올라왔다. 복희달은 얼른 손가락으로 코를 틀어줘었다.

"그게 무엇인가?"

"아무래도 말똥 같습니다요."

"얼마나 된 것 같은가?"

"글쎄요."

"손으로 한번 비벼보게."

"네? 말똥인뎁쇼?"

"그러니까 자네보고 하라는 게 아닌가. 뭐 하는가? 어서 문질러보지 않고."

'이런 제기랄. 나리님 손만 손이고 내 손은 똥통인가. 더러워서 정말.'

복희달은 구시렁구시렁하면서 말똥을 손으로 비비적거렸다. 이원진은 복희달의 손을 유심히 관찰하더니 이것도 비벼보게, 저것도 만져보게, 하며 주문을 넣었고, 지시에 따르는 복희달의 얼굴은 점점 더 돼지 간을 닮아가고 있었다.

'뭔 놈의 말똥이 이렇게 많은 거야.'

이원진이 "그만하면 됐네." 하고 말할 때쯤에는 복희달의 손이 온통 말똥범벅이 되고 말았다. 이원진은 잠시 생각에 잠겨 먼바다를 바라보더니 적거지 안을 향해 몸을 돌렸고, 복희달은 여전히 손을 가지런히 모으고 종종걸음으로 뒤를 따랐다.

"왜 따라오는 겐가?"

"당연히 제가 목사님 뒤를 따라야…."

"자네 덕분에 나까지 말똥냄새가 진동하겠네. 우물가에 가서 손이라도 좀 씻고 오게."

복희달은 인상을 찌푸리며 손사래를 치는 이원진을 보고 어이가 없었지만, 그저 고개를 끄덕일 뿐이었다.

"참, 말똥냄새를 지우고 나면 난금이와 송교명의 보수주인(保授主人)[1]을 데리고 들어오게."

이원진은 그 말을 끝으로 코를 틀어쥐면서 뒷걸음질로 달아났고, 복희달은 그 모습을 어이없어하며 바라볼 뿐이었다.

이원진은 적거지의 마루턱에 앉아 있었고 복희달은 섬돌에 두 손을 모으고 시립해 있었다. 그 아래 마당에는 난금이와 뾰족한 턱을 가진 얄팍해 보이는 사내 하나가 머리를 조아리며 서 있었다. 복희달은 공수하고 있던 손을 코로 가져가 큼큼 냄새를 맡다가 이원진의 눈총을 받고서야 그만두었다.

"저자가 송교명의 보수주인을 맡은 자인가?"

이원진이 복희달에게 물었다.

"조망내(趙亡乃)라는 자이옵니다."

복희달이 속삭였다.

"네 이놈! 너는 죄인을 감호하고 처소를 이탈하지 못하도록 감시하는 역할을 맡고 있음에도 불구하고 어찌하여 죄인이 사사로이 바깥출입을 하도록 방관하였느냐?"

이원진이 느닷없이 호통을 쳤다.

"무… 무슨 말씀이시온지…."

"어허! 명확한 증거가 있는데도 발뺌을 할 터이냐?"

"소인은 통 모르는 일이옵니다."

1)   안치된 유배인을 감호하고 음식과 같은 것을 넣어주는 사람.

조망내가 서 있던 자리에서 털썩 무릎을 꿇으며 소리쳤다. 난금은 그 옆에서 고개를 숙인 채 떨고 있었다.

"안 되겠구나. 아까 그걸 갖고 오너라."

이원진이 복희달에게 명령했다.

"무엇을… 요?"

복희달이 미심쩍은 표정으로 물었다.

"아까 네가 만져보았던 그것 말이다. 모두 다 갖고 오너라."

"저 손 씻었는데…."

"지금 네가 손 씻은 것이 문제더냐? 어서 모조리 들고 오도록 하여라."

'저게 정말 목사만 아니면….'

복희달은 입을 댓 발이나 내밀면서 사라졌다가 앞자락에 말똥을 한 아름 담아 와선 조망내의 무릎 앞에 던져놓았다. 그리고 섬돌 위로 다시 올라서려 하자 이원진이 다급한 손짓으로 말리며 그냥 거기 있으라고 명령했다.

"보다시피 적거지 뒤편 소나무 밑에서 주워 온 말똥이다."

"…."

"말똥의 상태를 잘 들여다보거라. 어떤 것은 바싹 말라 있고, 어떤 것은 푸석거리는 정도고, 어떤 것은 아직 찰기가 남아 있지 않느냐? 이것이 무슨 뜻이냐?"

"…."

"말이 여러 차례에 걸쳐서 그곳에 매여 있었다는 것을 뜻함이 아니고 무엇이겠느냐? 멀쩡한 목초지를 놔두고 테우리[2]들이 구태여 적거지 앞까지 와서 꼴을 먹였을 리는 만무하니 누군가 타고 다니기 위함이라고 결론짓는 것이 타당하지 않겠느냐?"

"주… 죽을죄를 지었사옵니다. 송교명이 비록 유배 온 처지라 하나

2)   제주 말(語)로 목자(牧子)를 일컫는 말.

워낙 세도가의 자제인지라 곧 조정으로 다시 올라갈 것이란 말에 속
아서 그만…!"

조망내가 머리를 흙바닥에 처박으며 울부짖었다.

"목사관으로 끌고 가 얼마나 받아 처먹었는지 토해내게 하여라."

이원진이 명령하자 병사 둘이 울부짖는 조망내를 질질 끌고 갔다.

"난금이 너도 알고 있었느냐?"

이원진의 물음에 난금이 사시나무 떨듯 몸을 떨며 무릎을 꿇었다.

"아마 주인이 자리를 비우면 네가 대역을 했겠지."

"잘못하였사옵니다."

난금이 기어들어가는 목소리로 대답했다.

"본디 유배 죄인이 처소를 이탈하면 지방 수령이 아니라 의금부로
하여금 문초하게 하는 것이 법령이라 너도 마땅히 그리 하는 것이 타
당하다. 허나 죄를 지은 유배 죄인은 이미 살해되고 없으니 네 주인
이 가던 곳이 어디인지를 알고 있다면 죄를 용서해 주마. 어찌하겠느
냐?"

"이년이 직접 가보지는 못하였으나 대강 알고는 있사옵니다."

난금이 말했다.

"그럼 가자."

이원진이 섬돌을 내려서자 난금이 몸을 일으켰고 복희달도 그 뒤를
따랐다. 앞서 걷던 이원진이 몸을 틀어 복희달을 빤히 보며 말했다.

"저거 안 치우는가?"

"네?"

"말똥 말일세. 마당 한가운데에 그냥 둘 텐가?"

이원진이 턱짓으로 가리키는 곳을 본 복희달이 참지 못하고 버럭
소리를 질렀다.

"진정 너무하십니다, 나리!"

3

이원진이 사사 복희달을 대동하고 죽은 송교명의 계집종 난금의 안내를 따라 말을 타고 도착한 곳은 해변이 멀지 않은 곳이었다.

그사이 하늘은 더 낮아지고 바람은 더 거세어졌다.

휘몰아치는 바람에, 비탈을 점령하고 있는 억새가 오체투지를 하듯 바닥에 납작 엎드려 있었다.

이원진은 검은 바위에 부딪혀 하얀 포말을 일으키며 부서지는 파도를 내려다보았다. 파도는 제 몸이야 부서지든 말든 누천년에 걸쳐 해오던 대로 아무런 의심도 없이 밀려오고 밀려갈 뿐이었다.

'주상! 저 파도가 주상이 꾸시는 꿈 같습니다. 이루지 못할 꿈. 북벌(北伐)의 꿈. 그러나 주상의 꿈에 부서지고 깨지는 것은 아무 죄 없는 백성들이옵니다.'

문득 고개를 들어 한양이 있으리라 생각되는 곳을 바라보았다. 하지만 보이는 것이라고는 요동치는 바다와 맞닿은 먹장구름뿐이었다. 그곳에서 나라를 알 수 없는 이국선이 거대한 고래 등에 올라타기라도 한 것처럼 위태로운 춤을 추고 있었다.

"저곳이냐?"

이원진이 비탈 아래 보이는 허름한 집을 가리키며 물었다. 주변에 인가라고는 딱 한 채뿐이었다.

"그러하옵니다."

등뒤에서 난금이 작은 소리로 대답했다.

"지금부터 비탈을 내려갈 터이니 꽉 잡도록 해라."

"예, 나리."

난금이 수줍게 속삭이며 살그머니 이원진의 허리춤을 잡았다.

"저, 나리? 불편하시면 제 뒤에 태워도 되는데요."

두 사람의 모습을 가자미눈을 하고 흘겨보던 복희달이 말했다.

"되었네. 어찌 복 사사에게 그런 불편을 안겨줄 수 있겠는가? 이 정도 불편은 내가 기꺼이 감수할 터이니 자네는 조심조심 뒤를 따라오시게나."

그 말과 함께 이원진이 고삐를 틀어 비탈을 내려가니 난금이 허리춤을 잡은 손에 힘을 주며 바싹 안겨들었다. 복희달은 아까보다 더한 가자미눈이 되어 이원진의 뒤통수를 노려보며 그 뒤를 따랐다.

"아무도 없느냐?"

복희달이 문 앞에서 목청을 돋워 소리쳤다. 몇 번을 불러도 아무런 대답이 없자 입을 크게 벌리고 다시 한번 부르려다가 이내 불어닥친 거친 바람에 잔기침을 해댔다.

"누구요?"

문이라 부르기에도 옹색한 방문이 열리며 햇볕에 타 검붉은 얼굴에 산발을 한 사내가 삐죽이 얼굴을 내밀었다. 방 안쪽에서 퀴퀴한 술냄새가 풍겨왔고 사내의 입가에도 술찌꺼기가 허옇게 말라붙어 있었다.

"웃드르³⁾ 놈이냐?"

"어헛! 말조심하게나. 제주목사님이시네."

복희달이 호통을 쳤다.

"아이고, 무식한 놈이 몰라 뵈어서 참으로 죄송합니다요."

사내가 비틀거리며 일어나 넙죽 절을 하려다가 발을 헛디디며 밖으로 굴러떨어졌다. 사내는 흙투성이가 되면서도 기어코 몸을 일으켜 절을 하겠다며 고집을 부려댔다.

"이 사람이 어디서 야료(惹鬧)를 부리는가? 목사관에 끌려가 물고가 나고 싶은 거냔 말일세."

복희달이 사내를 바닥에 눌러 앉히며 윽박질렀다.

"하! 목사관? 좋지요. 갑시다. 어디 저도 끌고 가서 물고든 장살(杖

---

3) 제주 고원(高原)에서 목장 일을 하는 사람을 뜻한다.

殺)이든 하고 싶은 대로 해보란 말입니다! 으허어엉, 마누라!"

급기야 사내가 목놓아 통곡하기 시작했다.

"어헛, 계봉(戒奉) 이 사람이!"

복희달이 사내의 입을 틀어막으며 대신 변명했다.

"나리, 술에 너무 취해 제정신이 아닌 모양입니다요."

"놔두게. 그런데 자네 아는 사람인가?"

이원진이 바닥에서 무엇인가 반짝거리는 것을 주워 들며 물었다. 화려한 문양이 새겨진 칠보 비녀였다.

"네? 처음 와보는 집인뎁쇼."

"집을 아느냐고 물은 것이 아니라 이 사람을 아느냐고 물은 것일세. 방금 이름을 부르지 않았는가?"

"제, 제가요?"

복희달이 어색하게 웃으며 난금을 쳐다보았지만 난금은 긍정의 뜻으로 새초롬하게 고개를 끄덕일 뿐이었다.

"그, 그게 말입니다요."

복희달이 난처한 표정으로 몸을 배배 꼬았고, 이원진은 아무런 말 없이 손에 든 비녀를 요리조리 관찰하며 대답을 종용했다.

"후우, 말씀드립지요."

복희달이 체념한 듯 입을 열었다.

그사이에 사내는 다시 잠이 들었는지 가슴에 턱을 처박고 있었다.

"나리 말씀대로 이 집은 생소합니다만, 사내는 알아보았습니다. 처음에는 몇 년 새에 너무 늙어서 누군지 몰라봤습니다만, 야료를 부리는 모양새를 보니 예전에 목사관에서 난판을 놓던 기억이 떠올랐습니다요."

"무슨 연유였는가?"

"전임 목사님이 계실 때 일인지라…."

"알았으니, 꺼리지 말고 솔직하게 말해보게."

"그럼 아뢰겠습니다요. 이 사내는 전복(全鰒)이나 조개를 캐는 일을 생업으로 삼던 사람이었습니다."

"포작간(鮑作干)[4]이었단 말인가? 나라에 진상하는 물품이 과하였던 것인가?"

"진상품이 과하기도 하였습니다만…."

복희달이 말끝을 흐렸다.

"설마 진상품도 모자라 목사가 사사로이 착복을 하였단 말인가?"

"때로는 그 양이 진상품의 몇 곱절은 되었습니다. 실정이 그러하다 보니 몰래 육지로 도망가다가 바다에 빠져 죽는 이가 속출하는지라, 물량을 채울 때까지 마누라를 옥에 가두기까지 하였습지요."

"허어, 제 배를 채우기 위해 죄 없는 아낙네를 인질로 잡았더란 말이냐?"

"그러다가 계봉의 처가 옥에서 병을 얻어 죽는 사달이 터지고 말았습니다요."

사정을 알게 된 이원진은 인사불성이 된 사내를 측은하게 내려다볼 뿐이었다.

"나리, 아무래도 오늘은 그냥 돌아가시고 다시 오셔서 물어보시는 것이 낫지 않겠습니까요?"

"아니다. 물어보는 것은 저쪽 처자에게 하면 되겠구나."

이원진의 시선 끝에서는 젊은 여자가 물허벅을 등에 지고 비탈길을 힘차게 걸어 내려오고 있었다. 그는 손에 든 칠보 비녀를 만지작거리며 젊은 처자에게서 눈을 떼지 않았다.

4

이원진은 낡은 옷을 입은 젊은 여자를 지그시 바라보았다. 소녀에

---

4) 제주도 방언 '보자기'의 한자 차용. 바다에서 미역이나 조개 등을 캐는 일을 생업으로 삼는 남자를 일컫는 말.

가까운 얼굴인데 해풍과 볕에 새카맣게 그을렸고, 언뜻 보기에도 규방의 규수와는 달리 지속적인 노동으로 단련된 탄탄한 몸매를 갖고 있었다. 그녀는 등에 대나무를 엮어 만든 물구덕을 지고 있었고 그 안에 주둥이는 좁고 통이 넓은 물허벅이 담겨 있었다.

소녀가 그들의 모습을 발견하고는 쭈뼛거리며 다가왔다.

"어서 인사 여쭈어라. 제주목사님이시다."

사사 복회달이 재촉하자 소녀가 깊숙하게 허리를 숙였다.

"그만 되었다. 이름이 무엇이냐?"

이원진이 물었다.

"열이(烈伊)라고 하옵니다."

대답을 하면서도 열이의 눈은 쓰러져 있는 계봉에게서 떨어지질 않았다.

"걱정 말거라. 그저 술이 과해 잠에 떨어진 것뿐이다."

"알고 있사옵니다. 그런데 귀하신 제주목사님께서 천한 저희 부녀의 집에는 어인 일로….."

말끝을 흐리며 이원진을 올려다보는 열이의 눈빛 속에는 그들을 향한 감출 수 없는 적개심이 담겨 있었다.

'어찌 그렇지 않겠는가.'

이원진은 가늘게 한숨을 내쉬었다. 조정은 백성들의 사정 따윈 아랑곳하지 않고 터무니없는 진상품을 요구하고, 목민관은 그들의 아픔을 돌보기는커녕 조정을 빌미로 자신의 사리사욕을 채우기에 급급하다. 사욕을 채우기 위해 부인이자 어미를 인질로 삼아 옥에 가두었다 죽게 하였으니 그 원망을 이루 다 말할 수 없을 것이다.

"내 용건보다 무거우니 어서 등에 지고 있는 허벅이나 비우거라."

원진은 목사관에 드나들던 아낙들이 물구덕을 등에 진 채로 허리를 기울여 물허벅의 물을 한 방울도 흘리지 않고 항아리로 옮겨 붓던 모습을 떠올리며 말했다.

"아, 아닙니다. 나중에 붓지요."

열이가 당황하며 마당에 물구덕을 내려놓았다.

"그럼 지금 길어 온 물이나 한 잔 주겠느냐? 목이 마르구나."

"이 물은 마실 것이 못되옵니다."

열이가 손사래를 치더니 마당 한쪽에 있는 커다란 항아리에서 물을 한 바가지 떠서 건네주었다. 이원진은 바가지의 물을 한 모금 마시더니 복회달에게 건네주었다.

"어서 마시게나."

"네? 이건 나리님께서 마시던 물이 아닙니까요. 저는 새로 떠달라고 하렵니다요. 제가 이래 보여도 굉장히 깔끔한 놈입니다."

바가지를 엎어 물을 바닥에 버리려는 복회달의 손을 이원진이 움켜잡았다.

"어허, 이 사람! 열이야, 집에서 샘터까지 얼마나 되느냐?"

"가는 길만 오 리 정도 되옵니다."

"그러니 열이가 이 물을 길어 오려면 십 리는 족히 걸었을 것이다. 그러니 자네가 좋아하는 탁주다 생각하고 감사하는 마음으로 한 방울도 남김없이 쭈욱 들이켜도록 하게."

복회달은 뭐 씹은 얼굴로 바가지의 물을 다 마시고는 머리에 탁탁 털어 보였다.

"아주 자알 마셨습니다요."

복회달이 불퉁한 얼굴로 열이에게 바가지를 건네자 이원진이 칠보 비녀를 들어 보였다.

"혹시 이것이 네 것이냐?"

"아니옵니다."

열이가 대답했다.

"내가 보기에도 그렇구나. 네게 이것이 어울리지 않는다는 뜻이 아니라 잠녀(潛女)인 네가 비녀를 꽂을 기회가 많지 않으리란 뜻이다."

"제가 잠녀인 것은 어찌 아셨습니까?"

"벽에 걸린 비창, 뭉게까꾸리, 공젱이[5] 같은 것들이 마치 오늘 닦아

288

놓은 것처럼 손질이 잘되어 있구나. 아비의 모습이 이젠 포작인 생활을 하기는 어려운 것 같으니 네가 바다에 나가지 않을까 생각해 본 것이다. 그래 하군[6]은 벗어났느냐?"

"대상군께서 좋게 보아주셔서 애기상군[7]은 되옵니다."

"오, 다행이구나."

"그런데 제주목사님은 도성에서 오신 분이 아니십니까? 어찌 그리 아랫것들에 대해 잘 아십니까?"

"몇 안 되는 목민관이 백성에게 맞춰야지 수많은 백성이 목민관에 맞춰서야 되겠느냐?"

열이는 이상한 사람을 본다는 듯 이원진을 올려다보았다.

"어찌되었든 열이 너는 이 칠보 비녀에 대해 전혀 모른다는 말이로구나?"

"그러하옵니다."

"알았다. 아비 잘 모시어라. 큰비가 오려는지 바닷바람이 차다."

열이가 대답하며 고개를 숙였다.

이원진이 재촉하자 복회달과 난금이 그 뒤를 따랐다. 마당을 벗어날 즈음 이원진이 몸을 휙 돌리더니 질문을 던졌다. 덕분에 복회달과 난금이 주르르 원진에게 부딪혔다.

"평소에도 식수를 저렇게 많이 채워놓느냐?"

"무슨 말씀이신지?"

"항아리에 식수가 가득한데도 십 리 길을 가서 물을 또 길어 왔으니 하는 말이다."

"벳물질[8]을 나가면 시간이 없는지라…."

---

5) 비창에서 '비'는 전복을 뜻하는 우리말로 '비창'은 전복을 따는 창이라는 뜻. '뭉게까꾸리'는 문어를 잡는 호미의 일종. '공젱이'는 미역 등을 끄집어 올릴 때 쓰는 도구.

6) 하군을 기량이 떨어지는 해녀를 가리킴.

7) '대상군'은 물질이 가장 뛰어난 해녀를, '애기상군'은 물질을 배운 지 얼마 되지 않은 아이 가운데 기량이 뛰어난 해녀를 가리킴.

8) 배를 타고 나가서 하는 물질.

"아! 오늘은 파도가 높아 바다에 나가지 못하였구나."

이원진은 그제야 납득한 듯 몸을 돌려 휘적휘적 걷기 시작했다.

"이해하시게. 사소한 것에 집착하는 것이 나리의 나쁜 버릇이라네."

복희달이 뒷등에서 열이에게 재빠르게 속닥거리고는 비탈길을 올라가는 이원진의 뒤를 총총거리며 따랐다. 열이는 그 자리에 서서 납작 엎드린 억새 사이로 사라지는 세 사람의 뒷모습을 멍하니 바라보고 있었다.

바다가 내려다보이는 언덕에 올랐을 때 이원진이 물었다.

"이 근처에 기루(妓樓)가 있는가?"

"가까운 곳에 하나 있기는 하옵니다만, 갑자기 기루는 왜 찾으십니까요? 이놈에게 수고했다고 맛난 술이라도 내리시려고요?"

"아직 사건이 해결되지도 않았는데 무슨 술타령이냐? 이 비녀의 주인을 찾으러 가자는 말이다."

"비녀 주인이 거기 있다는 것은 어찌 아시어요?"

입을 다물고 있던 난금이 눈을 동그랗게 뜨고 물었다.

"네가 한번 보아라."

이원진이 칠보 비녀를 건네주었다.

"내가 규방의 물건은 잘 모르지만 여염집 규수가 하기에는 지나치게 화려한 것 같구나. 계봉 처가 죽었다 하여 혹시나 하고 기다려보았으나 열이의 물건도 아니라 하니 그저 남은 경우를 어림짐작해 보았을 뿐이다."

이원진의 짐작은 들어맞았다. 춘매루(春梅樓)에 있는 기생 하나가 칠보 비녀의 주인을 알아본 것이다.

5

사위에 어스름이 깔리고 있었다. 파도를 들썩이게 만드는 해풍에는 비릿한 물기가 섞여 있었다. 어스름 속에서 한 곳에서만 휘황한 불빛과 함께 향긋한 기름냄새가 풍겨왔다. 한눈에 보기에도 춘매루가 틀림없었다.

사사 복희달은 코를 벌름거리며 입맛을 쩝쩝 다셨다.

"히야! 아주 산해진미가 차려지고 있는 모양입니다요. 편육 한 점에다가 탁주 한 사발 쭈욱 들이켜면 소원이 없겠습니다."

"네놈 뱃속의 주충(酒蟲)이 요동을 치는 모양이구나."

"헤헤. 저희같이 몸 굴리는 놈들에게는 그게 유일한 낙이 아니겠습니까요."

복희달이 아양 섞인 목소리로 굽실거렸다.

"주불고신 색불고병 재불고친(酒不顧身 色不顧病 財不顧親)이라 하였네."

"엥? 갑자기 그게 뭔 말씀이십니까?"

"술은 몸을 돌아보지 않고 색은 병을 돌아보지 않으며 재물은 혈육을 돌아보지 않는다, 라는 말이네. 내 어찌 윗사람의 도리로 아랫사람에게 백해무익한 것을 권할 수 있겠는가? 자네에게는 따로 시킬 일이 있네."

"뭔 말을 그렇게 돌려서 하십니까요? 그러니까 이놈에게는 탁주 한 사발도 아까우니 딴 볼일 보란 말씀이시잖습니까?"

"역시 자네는 말귀가 빨라 좋아. 이리 오게."

이원진이 복희달을 부르더니 속삭이듯 몇 마디 지시를 내렸다.

"할 수 있겠는가?"

"그거야 뭐 이 동네 오래 사신 할망에게 물으면 금방 알 수 있습죠. 그럼 일을 마치고 어디로 찾아가면 됩니까요?"

"이곳에 없으면 아까 그곳으로 오게."

복희달이 허리를 접는 것으로 인사를 대신하더니 종종걸음으로 사라졌다. 그러면서도 "제 배 부르니 종의 밥 짓지 말라."고 한다며 구시렁거리는 것을 잊지 않았다. 그 모습이 우스웠는지 난금이 킥 웃음을 터뜨렸다.

두 사람이 안으로 들어서자 하인 하나가 냉큼 달려 나오다가 눈살을 찌푸렸다. 이원진이 계집을 끼고 들어오는 것을 본 탓이었다. 하지만 금세 얼굴을 펴며 허리를 접었다.

"어디로 뫼실까요?"

"술을 마시러 온 것이 아니라 몇 가지 물어볼 것이 있어 왔네."

이원진의 대답에 하인의 태도가 눈에 띄게 불손해졌다. 꼬집어 말하기는 어려워도 굽혔던 허리가 펴지고 건들거리는 걸음걸이로 바뀌었다. 관복이 아니라 평범한 옷을 입고 있는 이원진에게서 별다른 위세를 느끼지 못했기 때문이었으리라. 난금도 그것을 느꼈는지 입을 달싹거렸지만 눈짓으로 만류했다.

이원진과 난금은 하인의 마지못한 안내를 따라 발걸음을 옮겼다.

얼마 지나지 않아 닫힌 문 안에서 사내들의 호탕한 웃음소리와 기녀들의 교태 띤 목소리가 한데 어우러져 들려왔다.

"어디에서 오신 손님들이신가?"

그들의 목소리를 유심히 듣던 이원진이 하인에게 넌지시 물었다.

"선비님께서 아실 만한 분들이 아니십니다."

하인의 대답에서는 노골적인 무시가 묻어 나왔다.

이원진은 섬돌을 성큼 밟고 마루로 올라가 닫힌 문짝을 활짝 열어젖혔다.

"아니, 뭐 하시는….."

다급하게 하인이 막아보았지만 이원진은 이미 문지방을 넘어 안으로 들어서고 있었다. 방 안에서는 도성에서도 보기 힘든 온갖 산해진미를 차려놓은 술상 앞에 관복을 입은 사내 둘이 화려한 복색과 화장으로 단장한 네 명의 기생을 양쪽에 끼고 한창 흥을 올리고 있었다.

그중 상좌에 앉아 있던 사내가 호통을 치려다가 화들짝 놀라 몸을 굽혔다.

"제주목사님께서 여기는 어인 일이십니까?"

이원진의 소매를 잡아채던 하인이 슬그머니 손을 거두었다.

"대정현감 권극중과 노정 판관이 아니십니까? 지금쯤은 이국선을 감시하는 곳에 계셔야 하실 분들이 여기는 무슨 일로?"

"그, 그것이 날도 저물고 무료하여서…. 거긴 또 여정(女丁)들이 잘 감시하고 있는지라…. 그러지 마시고 목사님도 한잔하시죠."

권극중이 너스레를 떨면서 잔에 술을 채워 이원진에게 건넸다. 이원진은 술잔을 받기는커녕 발을 걸어 술상을 엎어버렸다.

"네 이놈들! 불쌍한 어미를 볼모로 잡아 옥에 가두고 지아비로 하여금 목숨을 걸고 물질을 하게 해 사욕을 채우는 것도 모자라 초저녁부터 술판을 벌이고 있는 것이냐? 네놈들 눈깔에는 몰려오는 비바람이 보이지도 않는단 말이냐? 저 이국선이 파도를 이기지 못하고 파선이라도 하는 날에는 누가 저들을 구할 것이냐? 다른 나라 사람이라고 하여 저 생목숨들을 모조리 수장시키고 말 것이냐?"

이원진의 퍼런 서슬에 권극중과 노정이 비대한 몸뚱어리를 사시나무 떨듯 떨어댔다.

"어서 썩 자리로 꺼지지 못할까!"

이원진의 호통에 벼슬아치들이 바닥에 널브러진 그릇과 접시들에 엎어지고 깨지며 밖으로 줄행랑을 놓았다. 한구석에서 바들거리며 떨던 기생들이 그의 눈치를 살피다가 슬그머니 자리에서 일어섰다.

"너희들은 잠깐 있어. 이 비녀의 주인이 누구냐?"

이원진이 칠보 비녀를 건네며 물었다.

"이 비녀의 주인은 어찌 찾으십니까?"

서로 비녀를 돌려 보던 기생 중 하나가 하얗게 질린 얼굴로 물었다.

"이름이 무엇이냐?"

"석생화(石生花)라 하옵니다."

"이 비녀의 주인이 너이더냐?"

짙은 속눈썹을 살포시 내려 감으며 석생화가 고개를 끄덕였다. 갸름한 목덜미의 솜털이 바르르 곤두서 있었다. 제주목사가 찾는 인물

이 자신이 아니라는 것을 깨달은 기생 셋은 쭈뼛거리면서도 부리나
케 방을 나갔다.

"송교명이란 자를 아느냐?"

석생화가 다시 작게 고개를 끄덕였다.

"그와 정을 통하였느냐?"

"… 예."

"그자가 안치된 귀양다리란 것도 알고 있었겠구나?"

"예. 하오나 곧 한양으로 올라간다고 호언장담을 하고 의실 자리를
약조하는지라 그만…."

"아무리 그자의 위세가 대단하다고 해도 대놓고 정을 통하지는 못
하였을 터인데?"

"그분이 술값을 쥐여주고 빌리는 곳이 있었사옵니다."

이원진이 어딘가를 말하자 그녀가 고개를 다시 한번 끄덕였다.

"어젯밤에도 그를 만났느냐?"

"만나기로 약조는 되어 있었으나 이미 선객이 있었사옵니다."

"그래서 그냥 돌아섰단 말이냐?"

"세상사 다 그런 것이 아니옵니까? 오만 잡생각이야 많았지만, 그저
그 사람이 선물한 이 비녀를 던지는 것으로 대신하고 돌아왔습니다."

석생화의 얼굴에 처음으로 지난한 세월이 묻어나는 쓸쓸한 미소가
스치고 지나갔다.

6

이원진 일행이 춘매루를 벗어난 지 얼마 되지 않아 종일 찌푸렸던
하늘이 마침내 참았던 울분을 토해냈다. 금세 사위는 칠흑처럼 어두
워지고 굵은 빗줄기가 날카로운 화살이 되어 사정없이 땅으로 내리
꽂혔다.

"나리, 보통 비가 아니옵니다. 목사관은 길이 머니 춘매루로 돌아가시지요."

심부름을 마치고 합류한 복희달이 고함을 지르듯 외쳤다.

"서두르면 오늘 안으로 끝낼 수 있는 일이네. 마무리되면 뜨끈한 술국에 탁주 한 사발 코밑에 진상할 터이니 그 튀어나온 입 좀 다물게."

이원진의 말에 복희달이 입술을 삐죽거렸다.

"소인이 뭐 제 몸 생각해서 그럽니까? 나리께서 곳불이라도 걸리실까 걱정되어서 그러는 겁지요."

복희달이 넉살을 떨었지만 이원진은 말없이 길을 재촉할 뿐이었고, 난금은 그런 그의 등에 한 마리 매미처럼 매달려 있었다. 괜스레 머쓱해진 복희달도 뒤를 따랐다. 얼마를 달렸을까, 비에 흠뻑 젖은 옷이 살갗에 찰싹 달라붙었을 때쯤 이원진이 말을 멈추었다.

포작인 계봉의 집이 내려다보이는 곳이었다.

세찬 비바람에 억새는 땅에 오체투지라도 하는 양 누워 있었고, 집으로 이어진 비탈길은 진창으로 변해 번들거렸다. 푸르던 파도는 먹물이라도 풀어놓은 것처럼 검게 물들어 일렁였다.

계봉의 집 마당에 누군가가 억수 같은 비를 맞으며 서 있었다.

이원진이 나무에 말을 매어놓고 매끄러운 비탈길을 내려가자 난금과 복희달이 조심스럽게 그 뒤를 따랐다.

"이 비를 뚫고 어찌 다시 오셨습니까?"

마당에 들어서는 세 사람을 향해 몸을 돌리며 열이가 물었다. 그녀는 바다에라도 들어갔다 나온 것처럼 흠뻑 젖어 굴곡진 몸매를 완연하게 드러내고 있었다.

번쩍! 새하얀 번개가 검은 바다 한가운데를 찢어발겼고 그 서슬에 그녀가 손에 든 비창의 날카로운 끝이 예리하게 번뜩였다.

"그것인가?"

이원진이 물었다.

"무엇 말씀이십니까?"

"송교명을 죽인 흉기 말일세."

"그자가 누구이옵니까?"

"이미 춘매루의 석생화에게 다 듣고 왔네. 이 집이 평소 송교명과 석생화가 정을 통하는 장소로 이용되었다는 것을 말일세. 세도가의 자제라 하나 그래도 신분이 위리안치의 귀양객인지라 드러내놓고 정을 나눌 처지는 아닌 탓에 가까운 곳에 있는 늙은 포작인에게 술값 몇 푼 쥐여주고 집을 빌렸다 하더군. 아닌가?"

"그게 뭐 나랏법에 어긋나는 일인가요? 이제 와 세금이라도 내라는 말씀이신가요?"

열이가 눈을 번들거리며 으르렁거렸다.

"그건 죄가 아니지만 살인은 죄지."

"무슨 근거로 그렇게 말씀하시는 거죠?"

"내가 난금이 주인 송교명이 자주 가던 장소로 지목한 이 집을 찾았을 때 제일 먼저 눈에 들어온 것은 저 도구들이었다."

이원진은 열이가 손에 들고 있는 비창과 벽에 걸린 공젱이, 뭉게까꾸리 등을 가리켰다.

"저게 뭐 어떻단 말씀이십니까요?"

돌아가는 상황에 어리둥절해진 복회달이 안절부절못하며 물었다.

"근래 십여 일은 계속해서 바람이 거세고 파도가 높아 물질을 못 하였을 것이다. 그런데도 네가 쓰는 도구들은 하나같이 방금 닦아놓은 듯 지나치게 깨끗하더구나."

"그래서 제가 흉기에 묻은 핏자국이라도 닦아놓았단 말인가요? 전 그저 도구를 잘 손질해 두는 습관이 있을 뿐이에요."

"그래, 처음에는 위화감이 느껴지기는 하였지만 그러려니 하였다. 하지만 두 번째, 내가 너에게 물허벅으로 길어 온 물을 좀 마시게 해 달라고 하였을 때, 너는 마실 것이 못된다고 한사코 거부하더구나. 항아리에 있던 물보다는 막 길어 온 물이 더 마실 만할 텐데 말이다. 그리고 길어 온 물을 담아둔 항아리에 허벅의 물을 붓지도 아니하였다.

이유가 무엇이냐?"

"항아리에 물을 붓거나 안 붓거나 제 맘 아닌가요?"

"안 부은 것이 아니라 못 부은 것이 아니냐? 네가 허벅에 길어 온 물은 마실 수 있는 물이 아니라 소금기가 있는 바닷물이었기 때문에 말이다."

"제, 제가 짠 바닷물을 뭐하러 길어 온단 말이에요?"

"나도 처음에는 그 이유를 몰랐으나 아낙들이 피가 묻은 옷을 빨 때 소금을 풀어 빨던 기억이 떠오르더구나. 네가 길어 온 물은 저 옷에 묻은 피를 씻어내기 위한 것이 아니었느냐? 사람들이 많이 모이는 곳에서 공공연히 피 묻은 옷을 빨 수도 없는 일이니 어쩔 수 없는 선택이었을 것이다."

이원진이 깃발인 양 펄럭거리고 있는 사내의 젖은 옷가지를 가리켰다.

"아, 아니에요."

열이가 눈에 핏줄을 세우며 소리쳤다.

"열이야, 이제 그만하면 되었다."

방문이 열리며 계봉이 마당으로 내려섰다. 살짝 비척거리기는 해도 술기운은 모두 가신 모양새였다.

"아버지, 뭐하러 나오셨어요! 어서 들어가세요!"

"제가 홧김에 죽였습니다. 그러니 저를 잡아가십시오. 저 어린 것은 그저 제 아비가 잡혀가지 않게 하려고 꾀를 내어 뒷일을 꾸민 것뿐입니다요."

계봉이 마당에 풀썩 무릎을 꿇으며 말했다.

"자네가 송교명을 죽일 정도로 화가 난 이유가 무엇인가?"

"받은 잔돈푼으로 거하게 목 좀 축이고 돌아와 보니 그 귀양다리 놈이 기생년이 아니라 제 딸을 희롱하고 있는지라 그만⋯."

"그만! 그만해! 아버지만 아니었음 나도 이 뇌옥 같은 지긋지긋한 섬을 떠나 뭍에서 의실 자리 하나 꿰차고 편하게 살 수 있었다고! 그

래서 춘매루의 기생에게 일부러 그 사람이 올 시간을 틀리게 알려준
거라고!"

열이가 비창으로 바닥을 찍으며 오열했고, 이원진을 비롯한 세 사
람은 그저 흐느껴 우는 두 부녀를 물끄러미 내려다보고 있었다.

계봉 부녀가 체포되는 모습을 보고 제주목사관으로 돌아오는 길에
난금이 한숨 섞인 목소리로 입을 열었다.

"아무리 아비의 마음이라고 해도 어떻게 사람을 죽일 수 있었을까
요?"

"어쩌면 아비는 딸의 욕심이 헛된 것이라는 걸 알았기 때문인지도
모르지."

이원진이 대답했다.

"그게 무슨 말씀이셔요?"

"복 사사의 조사에 따르면 계봉의 모친도 귀양다리의 첩으로 들어
가 그를 낳았다는군. 시일이 지나 부친은 사면을 받아 한양으로 올라
갔고 모자 역시 뭍으로 나가 새로운 삶을 시작할 꿈에 부풀었지. 하지
만 부친은 때마침 조정에서 내린 출륙금지령을 핑계 삼아 차일피일
시일만 미루었고 모자의 꿈은 피어보지도 못하고 끝나고 만 것이지."

이원진의 대답에 난금의 시선은 닿을 수 있는 가장 먼 곳을 향했다.

"그런데 나리, 저도 한 가지 이해되지 않는 점이 있사옵니다."

복희달이 불쑥 입을 열었다가 이원진의 고갯짓에 말을 이었다.

"비창으로 난 상처라면 굵은 못에 찔린 것 같아야 하는데 송교명의
상처는 칼에 찔린 넓적한 상처였습니다. 어찌된 것일까요?"

"너라면 절대 집 밖에서 죽어서는 안 되는 주인의 시체가 있어 자
살로 위장해야 하는데 아무리 찾아도 상처에 맞는 흉기가 없다면 어
떻게 하겠느냐? 처음의 상처보다 더 큰 상처를 내어 위장하지 않겠느
냐?"

"아, 그렇군요. 에, 에엑? 그렇다면 시체를 다시 찌르고 칼을 쥐여준 것은 바로 난⋯."

복희달이 난금을 쳐다보며 호들갑을 떨려 할 때, 말을 달리던 아전 하나가 다급하게 고삐를 채며 멈춰 섰다.

"나리! 지켜보라 명하신 이국선이 난파되었사옵니다!"

"선원들은?"

"나뭇조각에 의지해 파도에 떠밀려 오고 있사옵니다."

"알았다. 너는 사람들을 더 불러오너라. 나는 즉시 해안으로 갈 것이다."

이원진이 단호한 명령을 내린 후 말과 함께 전방으로 달려갔고, 사사 복희달이 날아간 탁주를 아쉬워하며 다급하게 그 뒤를 따랐다.

1653년 8월 15일, 네덜란드 상선에 타고 있던 이방인이 조선 땅을 처음 밟던 날의 일이었다.

작가의 글

추리소설은 제 첫사랑입니다. 시장에서 건어물 장사를 하시던 어머니 옆 평상에 배를 깔고 누워, 셜록 홈즈와 소년 탐정단이 활약하던 이야기를 끼적이던 예닐곱 살 시절부터 작가는 늘 선망의 대상이었습니다. 나이를 먹고 추리소설 쓰는 일을 직업으로 삼고 있지만 여전히 미스터리는 가장 매력적인 장르입니다. 거기에는 인간성의 가장 내밀한 부분을 들여다보고, 인간관계의 극한을 시험해 보고, 선과 악의 고전적인 투쟁을 다룰 수 있는 놀라운 여지가 있습니다. 사회와 인간에 대해 통렬한 질문을 던질 수도 있지요. 그 질문이 세월과 함께 조금은 더 깊어져가길 바랄 뿐입니다.

소나기

정가일

정가일

2000년에 스포츠투데이 신춘대중문학상에 추리소설로 당선하였고, 2001년 불교신문 동화 부문 신춘문예에도 당선하였다. 2017년 장편《신데렐라 포장마차》로 '한국추리문학상' 대상을 수상했다. 2019년 7월 라디오문학관에서 〈좀비를 인정하는 심리의 다섯 단계〉를 드라마로 각색해 방송했다.

첫 키스였다. 그저 입술과 입술을 맞대고 서로의 입을 통해 숨을 마시고 내쉬는 숨쉬기 같은 키스였다. 그래선지 이상하게 편안했다. 심장이 큰북처럼 울려대고 몸속에서 뜨겁고 단단한 불기둥 같은 것이 치밀어 올랐지만, 마음만은 차분했다. 설명하기 힘들지만, 오랫동안 떨어져 있던 손을 맞잡는 것처럼 편했다.

아무것도 안 들리고 아무것도 안 보였다. 그저 맞닿은 입술과 내 얼굴을 잡은 손에서 느껴지는 부드러운 촉감, 그리고 옅은 벚꽃 향기가 전부였다. 다른 감각은 모두 어디론가 날아가버렸다.

여자아이가 숨을 내쉴 때 아련한 벚꽃 향기가 났다. 어쩌면 벚꽃향이 들어간 껌이나 입술에 바른 립밤 때문이었는지도 모른다. 하지만 오랜 시간이 지난 지금도 여자아이에게서 났던 벚꽃 향기를 분명히 기억한다. 그래서 그런지 나는 벚꽃 향기를 맡을 때마다 첫 키스를 떠올린다. 눈코입이 다 컸던 서구적인 인상의 여자아이. 그 여자아이의 분홍색 입술에서 났던 옅은 벚꽃 향기….

***

철거를 앞둔 주택가는 서부영화에 나오는 유령마을처럼 한산했다. 계절에 어울리지 않는 찬바람 사이로 둥근 덤불이 굴러다닐 것 같은 스산한 분위기였다. 빨간 스프레이로 쓰인 '철거'라는 글씨가 곳곳에 보였고, 이미 유리창이 깨지고 일부 담이 무너진 집들도 많았다. 동네 꼬마녀석들은 쥐꼬리 같은 보상금만 받고 쫓겨나다시피 떠나는 부모의 마음도 모르고 '철거'라는 글씨를 장난스럽게 '청결'이나 '잘가'라는 글씨로 바꿔 쓰는 장난을 쳐놓았다.

다시 이곳으로 오는 데 거의 20년이 걸렸다. 바쁘다는 핑계도 있었고 친구나 친지들 대부분이 떠난 이곳을 굳이 다시 찾아오고 싶지도 않았다. 몇 년 전에 차를 타고 지나가며 먼발치에서 보기는 했지만 이미 옛날 같은 고즈넉한 주택가가 아니라, 빌라만 빽빽하게 들어서서 한 뼘 공간도 없이 닥지닥지 차를 욱여넣은 삭막한 골목들을 보고 실망해서 고개를 돌려버렸었다. 하지만 오랜 세월을 버텨온 동네슈퍼와 다 쓰러져가는 낡은 교회당의 십자가는 떠날 때 모습 그대로여서 왈칵 반가움이 터져 나왔다. 예전에 우리 가족이 살던 단층집터에는 이미 고층빌라가 들어서 있었고, 1층은 자전거 수리점 겸 점포가 되어 있었다. 있을 리가 없는 옛날 우리 집의 흔적들을 찾아서 한참 동안 격자 셔터가 내려진 점포 안을 기웃거리다가 체념하고 발길을 돌렸다.

언덕길을 따라 올라가던 발걸음은 나도 모르게 그 집으로 향하고 있었다. 내 인생에서 가장 큰 충격을 두 번이나 던져준 곳, 바로 플라타너스 이층집이었다.

언덕 위에 있는 그 이층집은 인근에서 가장 큰 집으로, 그 아래에 공터가 있어서 동네 아이들이 자주 모이는 곳이었다. 국회의원 가족이 살던 곳인데 높은 담장과 큰 철문 때문에 마치 왕궁 같은 느낌을 받곤 했다. 부인이 전직 영화배우로 엄청난 미인이었고, 나보다 한 학년 위인 딸과 나보다 한 살 어린 아들이 있었다. 미인인 엄마의 영향으로 두 남매 역시 연예인처럼 훤칠했는데 공부까지 잘해서 누나는 항상 전교 1등을 놓치지 않았고 피아노대회에서 우승을 할 정도로 다방면에 재능이 있었다. 남동생도 항상 전교 10등 안에 들고 운동까지 잘해서 여자아이들 사이에서 인기가 많았다.

근처만 가도 언제나 노랫소리와 피아노 소리가 끊이지 않는, 모두가 부러워하는 그림 같은 집, 사람들은 그곳을 플라타너스 이층집이라고 불렀다.

누나는 쉽게 접근하기 어려운 도도한 인상이었지만 남동생은 우리가 공놀이를 할 때면 몰래 담을 넘어와서 같이 놀곤 했다. 그러나 언제나 한 시간을 넘기지 못하고 데리러 온 누나에게 이끌려 아쉬운 얼굴로 집에 돌아가야 했다. 소문에 의하면 전직 대학교수이자 국회의원인 아버지는 아들의 성적을 못마땅하게 여겨서 자주 손찌검을 한다고 했다. 아들은 그러면서도 항상 웃는 얼굴로 몰래 담을 넘어와 우리와 함께 어울려 놀았다.

우리는 언제나 그 집 아들을 '그 아이', 혹은 '그 녀석'이라고 불렀다. 그 아이가 자기 이름을 알려줬지만, 우리는 이름보다 '그 아이'라고 부르는 것이 더 익숙했다.

어느 날 그 아이의 얼굴에 너무나 선명한 손자국이 남아 있어서 "집에서 공부해야 하는 거 아냐?"라고 걱정스레 물었더니, 그럼 자기는 답답해서 죽어버릴 거라고 웃으면서 말했다. 당시에는 잘 몰랐는데 입은 웃고 있었지만 눈은 울고 있었던 것 같다. 나와 친구들은 "아, 몰라! 됐어!" 하며 얼버무리고 그 아이와 함께 오징어 게임을 하며 더 미친 듯이 뛰어놀았다.

그러던 어느 날 일이 터졌다.

그날도 담을 넘어온 그 아이와 함께 말뚝박기를 하며 신나게 놀고 있었다. 누나가 얼굴이 하얘져서 달려왔다.

"야! 빨리 와! 지금 아버지 들어오신대!"

하지만 다급한 누나와 달리 그 아이는 태연하게 "잠깐만!" 하고 무시한 채 가위바위보에만 열중하고 있었다.

그때였다. 언덕을 달려오던 검은색 관용차가 공터 입구에서 급정거를 하더니, 거칠게 문이 열리고 감색 양복에 푸른색 선글라스를 쓴 남자가 차에서 내렸다. 운전기사가 급하게 내렸지만 이미 선글라스 남자는 시뻘게진 얼굴로 공터를 향해 달려오고 있었다. 다른 아이의 등에 타고 있던 그 아이가 창백해진 얼굴로 "어, 아버지?" 하고 중얼거렸다. 서슬 퍼렇게 달려온 남자가 비싸 보이는 선글라스를 거칠게 팽개치더니 큰 손으로 다짜고짜 그 아이의 뺨을 때렸다. 허공에 발이 떠 있던 그 아이는 그대로 바닥으로 꼬꾸라졌다. 머리부터 바닥에 떨어져 크게 다친 것 같았다. 나는 얼른 그 아이에게 달려가 몸으로 감싸 안으며 "괜찮아?" 하고 물었다. 그 아이는 터져서 피가 고인 입으로 '씨익' 웃으며 "어, 형, 괜찮아."라고 대답했다. 하지만 그 눈에는 초점이 없었다.

"이 새끼 뭐야? 안 비켜?"

남자가 이번에는 내 머리를 내려쳤다. '퍽' 하는 소리가 들리고 한동안 멍한 느낌만 이어지다가 감각이 돌아오면서 갑자기 머리 전체를 수천 개의 바늘로 찌르는 것처럼 아프기 시작했다. 남자는 분이 안 풀렸는지 나를 발로 차 넘어뜨리고는 구둣발로 밟기 시작했다.

"안 돼요! 아빠!"

"의원님! 안 됩니다. 기자! 기자라도 있으면….."

운전기사의 말에 남자가 갑자기 발길질을 멈추고 황급히 옷을 추스르기 시작했다. 머리를 손으로 빗어 넘기고는 여자아이에게 "동생 데리고 들어와!" 하고는 돌아섰다.

입안에 비릿한 쇠붙이 냄새가 번졌다. 예전에 장난삼아 아파트 난간을 혀로 핥은 적이 있는데, 그때와 비슷한 맛이 났다. 침을 뱉으니 온통 피였다. 나는 벌떡 일어나서 외쳤다.

"아저씨, 나 때렸어? 경찰에 신고할 거야!"

"뭐야?"

남자가 험악한 얼굴로 다시 돌아서더니 이번에는 따귀를 때렸다. 진짜 세게 맞으면 감각이 미처 따라가지 못한다는 것을 그때 알았다. 아까 머리를 맞았을 때처럼 귀에서 '쩌엉!' 하는 금속성의 뭔가가 깨지는 소리가 나더니 아무런 감각 없이 둔하게 울리는 느낌만 가득했다. 물속에 있을 때처럼 남자의 목소리가 잘 들리지 않았다. 그러다가 갑자기 '윙' 하는 소리가 사라지며 주변 소리가 폭발하는 것처럼 들리기 시작했다.

"어린놈의 새끼가 감히 어디서…!"

남자의 욕설이 이어졌다. 하지만 나는 눈물이 그렁그렁한 눈으로 그를 노려보았다.

"두고 보자. 신고할 거야! 꼭!"

그제야 남자의 손이 멈칫했다.

국회의원이 동네 아이를 폭행했다. 신문 머리기삿감이 분명했다.

"신문기자한테… 다 말할 거야!"

이번에는 남자가 충격을 받은 것 같았다. 순종적인 자기 아이들과는 다른 아이를 만나서 놀란 것 같았다. 그는 멍한 표정으로 슬그머니 손을 내리더니 헛기침을 했다.

"거, 어린놈이 건방지게…."

"어른이라고 마음대로 때려도 돼?"

나도 눈에 보이는 게 없었다. 목소리에서 깨진 사발 소리가 나왔다. 화가 나서 미친 듯이 악을 쓰는 내 앞에 그 아이가 터덜터덜 걸어와서는 갑자기 털썩 무릎을 꿇었다.

"형, 미안해. 우리 아빠 나 때문에 그런 거야. 용서해 줘."

남자한테 맞은 것보다 더 큰 충격을 받아서 나는 입을 다물고 말았다. 그렇게 맞으면서도 아버지를 감싸는 이유가 뭘까?

그사이에 국회의원은 헛기침을 하며 뒷짐을 지고 집으로 올라가버렸다. 동생을 부축해 집으로 들어가던 여자아이가 꾸벅이며 어색한 인사를 했다. 나도 눈물이 그렁그렁한 채 손으로 뺨을 감싸고 고개를 숙였다.

아버지는 퇴근하자마자 보랏빛으로 퉁퉁 부어오른 내 얼굴을 보고는 화가 나서 국회의원의 집으로 달려갔다. 뛰쳐나갈 때의 분기탱천한 모습과 달리, 진탕 술을 마신 채 늦게 돌아왔다. 아무리 억울해도 일개 공무원이 국회의원에게 따지기는 많이 힘들었을 것이다. 그냥 그런 시대였다.

"그놈 자식, 애를 얼마나 세게 때렸으면, 손목에 깁스를 다 했더라…"

그날 밤 아버지는 불콰한 얼굴로 한숨을 내쉬며 잠든 내 머리를 한참 동안 쓰다듬으셨다고 한다.

다음날 우리 집으로 전직 영화배우인 국회의원 부인이 찾아왔다. 돈 못 버는 공무원 아버지 대신 어머니가 부업으로 과일가게를 하고 있었는데, 그 앞에 어제 본 검은색 관용차가 멈춰 섰다. 부인은 "아이들이 싸우다가 다쳤나봐요." 하며 적당히 고개를 숙였고, 어머니는 "아유, 뭘. 아이들이 그러면서 크는 거죠." 하며 연신 90도로 허리를 숙였다. 의원 부인은 가장 비싼 과일바구니를 세 개나 사고는 나를 보며 "이제 싸우지 말고 사이좋게 잘 지내야 한다." 하고 머리를 때리듯 토닥이고 먼저 차에 올라탔다. 그 부인의 연기가 너무 훌륭해서, 어쩌면 국회의원에게 맞은 것이 아니라 진짜로 아이들과 싸웠던 게 아닌가 하는 의심이 들 정도였다. 뚱뚱한 운전기사는 큰 수입산 멜론이 들어 꽤 무거운 과일바구니를 낑낑거리며 차 트렁크에 실은 뒤, 옷소매로 땀을 닦고는 운전석에 앉았다. 차가 안 보일 때까지 어머니는 연신 허리를 구부리며 인사하고 있었다.

***

　　부인이 다녀간 다음 날은 아침부터 꾸물꾸물 구름이 모여들었다. 차라리 시원하게 내리면 좋을 것을 올 듯 말 듯 하루종일 애만 태우더니 하필 오후 늦게 우산도 없는데 한꺼번에 쏟아지기 시작했다. 윗동네 어머니 친구분댁에 과일바구니를 전달하고 돌아올 때였다. 갑자기 폭포처럼 거세게 쏟아지는 폭우를 피해서 놀이터의 정자 안으로 뛰어들었는데, 그 안에는 뜻밖의 사람이 먼저 와 있었다. 그 아이의 누나였다. 나를 보고 깜짝 놀라는 눈치였다. 비를 피해서 들어왔는지 머리와 옷이 모두 젖어 있었다.

　　잠시 눈치를 보던 여자아이가 나에게 꾸벅 고개를 숙였다. 적어도 자기 엄마처럼 가식적이지는 않았다.

　　"지난번에 미안, 아팠지?"

　　"아니, 우리 부모님도 때리시는데 뭐."

　　"정말?"

　　여자아이가 눈을 크게 뜨며 물었다.

　　"언제? 왜 맞았어?"

　　"음….."

　　잠시 생각을 정리하다가 대답했다.

　　"내가 거짓말할 때."

　　"그래? 그럼 자주는 안 맞겠다."

　　여자아이가 조금 실망한 표정으로 말했다.

　　"아니, 매일 맞는데? 좀 전에도 맞고 나오는 길이야."

　　놀란 표정으로 나를 쳐다보던 여자아이가 빙글빙글 웃는 내 얼굴을 보고 피식 웃었다. 웃는 모습은 처음이었다. 가슴이 뛰었다.

　　"… 좋아해."

　　"뭐?"

　　나는 갑작스런 말에 화들짝 놀랐다.

"내 동생… 너희들하고 노는 거 정말 좋아해."

"그래…."

조금 안심이 되면서 실망스럽기도 했다. 이런 모순적인 두 가지 감정을 동시에 느낄 수 있다는 것이 신기했다.

"내 동생, 원래 외국어학교 다녔어."

거기가 어딘지 잘 안다. 전국에서 전교 일등들만 모인다는 수재 학교였다. 어떤 녀석은 그 학교에서는 수도꼭지를 틀면 콜라와 우유가 나온다고 했다.

"거기서도 공부를 잘했어. 반장도 됐고. 그런데 아이들이 왕따를 시작한 거야. 아무도 내 동생한테 말을 안 걸고 투명인간 취급했어. 그렇게 반년을 버티다가 여기로 전학 온 거야."

"반년이나? 정말 힘들었겠다."

"왕따당하다가 집으로 돌아오면 공터에서 너희들이 놀고 있더래. 그런데 이상하게 너희들은 내 동생 보자마자 같이 놀자고 했다던데?"

그때를 기억한다. 테니스공으로 야구를 하는데 한 명이 모자라서 팀을 못 나누고 있었다. 먼발치에서 물끄러미 우리를 보고 있던 녀석을 내가 불렀다. 머뭇거리며 다가온 아이와 우리는 같이 놀기 시작했다. 거친 땅바닥에서 테니스공으로 하는 야구에 익숙하지 않은 아이가 실수를 했지만, 우리는 서로 '괜찮아!' 하며 격려했다. 나중에 아이는 활짝 웃는 얼굴로 손을 흔들면서 집으로 돌아갔다.

"내 동생한테 유일한 휴식처였어, 너희들이."

"그래, 그런데 왜 요즘 안 나와?"

"이제 못 나와."

여자아이가 슬픈 표정으로 고개를 저었다.

"그날 아버지한테 너무 많이 맞았어. 밤새도록 맞고 다시는 너희들하고 안 논다고 각서까지 썼어."

어린아이한테 각서를 쓰게 하는 어른은 도대체 어떤 정신상태를 가진 사람일까? 나도 모르게 깊은 한숨을 내쉬었다.

"아빠가 동생 저금통장까지 압수했어."

"뭐?"

언젠가 놀다가 더워서 나무 그늘에서 잠시 쉬고 있을 때였다. 내 옆에 누워 있던 그 아이가 갑자기 킥킥하고 웃어대서 왜 웃냐고 물었다.

"형, 나 어른 되면 집 나올 거야! 알아봤는데 열여덟 살 되면 자원입대할 수 있대."

나는 깜짝 놀랐다. 왕궁 같은 집에, 정치가 아버지, 영화배우 어머니를 둔 녀석이 집을 떠나겠다니.

"군대, 힘들 텐데?"

"에이, 아무리 힘들어도 우리 집만큼은 아닐 거야. 돈도 모아놨어. 어릴 때부터 세뱃돈, 용돈, 다 모았거든. 한 백만 원은 될걸? 난 집 나갈 생각만 하면 즐거워서 견딜 수가 없어. 그래서 웃음이 나와."

나는 녀석이 집을 떠날 구체적인 계획까지 세워놓은 것에 많이 놀랐다. 나보다 훨씬 어른처럼 보였다.

통장은 나중에 아이가 집을 나가려고 모아둔 돈이자 자유의 상징이었다. 그걸 빼앗았다는 건 아기 새의 날개를 꺾은 것과 마찬가지였다.

어색한 침묵이 이어졌다. 가슴속에 뭔가 무겁고 뜨거운 것들이 가득 차서 숨을 쉬기 힘들어서 그 자리에 계속 있을 수가 없었다.

소나기의 폭음이 조금 약해졌다.

나는 벌떡 일어나서 가려다가 젖은 옷을 입고 오들오들 떨고 있는 여자아이를 발견하고 가방을 열었다. 그 속에는 평소에 땀을 많이 흘리는 나를 위해 엄마가 넣어준 큰 수건이 있었다. 수건을 꺼내서 여자아이에게 내밀었다. 망설이며 수건을 받지 않았다. 난감해진 나는 아예 수건을 펼쳐 머리 위에 씌워주었다. 그러고는 뒤도 돌아보지 않고 조금 약해진 빗줄기를 뚫고 달렸다. 빗줄기에 속옷까지 홀딱 젖었지만 조금도 춥지 않았다. 한달음에 집까지 달려와서 목욕탕으로 직행했지만 결국 감기에 걸려서 한동안 콧물을 훌쩍거렸다.

며칠 뒤 집에 가는 길에 누군가가 "저기…" 하고 나를 불렀다. 돌아보니 그 아이의 누나였다.

"고마웠어."

여자아이는 손에 들고 있던 비닐봉지를 내게 건네곤 얼굴이 빨개져서 먼저 뛰어가버렸다. 봉지 안에는 깨끗이 세탁된 수건이 들어 있었다. 이름 모를 향긋한 꽃향기에 가슴이 뛰었다.

집에 돌아와 혼자 방 안에서 수건이 들었던 봉지를 머리에 뒤집어쓰고 냄새를 맡고 있는데 갑자기 어머니가 벌컥 문을 열고 들어오셨다. "너 심부름 좀…" 하시다가 봉지를 뒤집어쓴 내 모습을 보시고는 "어이구, 이놈아!" 하며 등짝을 마구 때리셨다.

"하여튼 이놈은 매일매일 새로운 말썽을 발명해, 발명을! 아주 말썽으로 노벨상감이야!"

나는 수건을 이불 속에 감추고 서둘러 밖으로 뛰쳐나갔다.

**

이후 공터에는 공사 중 표지판이 세워지고 아이들의 출입이 금지되었다. 국회의원이 마을을 위해서 테니스장을 만든다는 소문이 들렸다. 이층집 왼쪽 아래에 정자가 있는 작은 놀이터가 있었지만, 너무 좁아서 우리의 수요를 충족시키지는 못했다.

우리는 공터가 사라지자 철새처럼 다른 놀이터를 찾아 떠났고, 그 뒤로 국회의원의 아들과는 두 번 다시 같이 놀지 못했다.

그 무렵, 동네에 이상한 소문이 돌기 시작했다. 플라타너스 이층집 아들이 이상해졌다는 것이다. 바보처럼 웃기만 하고 똥오줌도 못 가린다고 했다. 한밤중에 혼자서 맨발에 러닝셔츠 차림으로 동네를 돌아다니다가 만나는 사람에게 "우리 형, 못 봤어요? 같이 놀기로 했는데." 하며 헤벌쭉 웃는 것을 여러 사람이 봤다고 했다.

국회의원의 집에서는 난리가 났다. 우선 아이를 휴학시켰다. 그리고 창문에 검은색 코팅을 한 자동차에 아이를 태우고 전국의 병원을 다 돌아다녔다. 하지만 아이의 병은 차도가 없었다. 아이는 점점 더 이상한 모습으로 동네를 배회하기 시작했다.

가장 상심한 것은 아이의 아버지였다. 차기 교육부장관 후보에 올랐다던 그는 돌연 정계에서 은퇴를 선언했다. '유망주 OOO 의원, 돌연 정계 은퇴'라는 제목의 신문기사에 손목에 깁스를 한 채 비통한 얼굴로 고개 숙여 인사하는 의원의 얼굴이 실려 있었다. 깁스를 보자 그날의 일이 다시 떠올랐다. 잠깐 맞은 나도 그렇게 며칠을 앓았는데 밤새 맞았다는 아이는 어떻게 됐을까? 나는 화가 치밀어 올라 아버지가 보시던 신문을 빼앗아 국회의원 사진이 나온 면을 갈기갈기 찢어버렸다. 부모님은 너무 놀라서 화내는 것도 잊은 채 멍하니 나를 바라보았다.

"죄송해요. 너무 화가 나서."

정신을 차리고 사과드리자 어머니가 울며 나를 안아주셨다. 부모가 힘이 없어 아들이 맞고 들어와도 당할 수밖에 없었던 현실에 두 분도 억장이 무너졌을 것이다. 먼 산을 보시던 아버지는 땅이 꺼질 듯이 깊은 한숨만 내쉬었다.

"내 탓이다, 내 탓이야! 다, 내가 못 나서 그래!"

국회의원에게 부당한 폭행을 당한 다음, 나는 조금 이상해졌다. 부조리와 억압에 지나치게 민감해진 것이다. 그날 당한 억울함, 아버지도 어머니도 그저 조아릴 수밖에 없는 권력이라는 놈에게 반항심이 생겨났다.

그 당시 나는 학급신문 편집위원이었다. 돌아가며 하는 것이 원칙이었지만 담임선생의 게으름 덕분에 그냥 한 사람이 같은 업무를 계속하고 있었다. 나는 군대 간 사촌형이 물려준 폴라로이드 카메라를 가지고 있었다. 필름이 무척 비쌌기 때문에 한 달에 한 장만 찍어서 교실 뒤의 게시판에 붙여놓았다. 내가 가진 필름은 다섯 장뿐이라서 친구들이 찍어달라고 사정하는 것도 한사코 거절하며 아꼈다. 봄 소풍 갔을 때 한 장 찍은 것 외에는 오직 신문을 위해서 남겨두었다.

그렇게 3개월이 흘러서 필름이 달랑 두 장 남았을 때였다. 나는 수업 중에 떠든 벌로 청소를 하는 바람에 모두가 하교한 학교에 마지막까지 남아 있었다. 청소를 끝내고 아무리 기다려도 선생님이 오시지 않아 교무실로 갔는데, 담임과 부반장 엄마가 교무실에 마주 앉아 있는 것이 보였다. 부반장 엄마가 핸드백에서 봉투를 꺼내서 건넸다. 담임은 한 손으로는 봉투를, 한 손으로는 부반장 엄마의 손을 잡았다. 두 사람이 보통 사이가 아닌 것처럼 보였다.

갑자기 화가 치밀어 올랐다. 담임선생은 항상 말버릇처럼 한국인은 부도덕하고 한국에는 미래가 없다고 떠들었다. 그런 주제에 본인이 부정을 저지르고 있었다. 갑자기 담임 얼굴에 플라타너스 이층집의 국회의원 얼굴이 겹쳐 보였다. 나는 잽싸게 폴라로이드 카메라를 꺼내서 플래시를 끄고 초점을 맞춘 다음 셔터를 눌렀다. 폴라로이드 카메라는 찰칵하는 셔터 소리가 유독 크기 때문에 사진을 찍자마자 도망쳐야 했다.

"야! 누구야!"

담임이 허둥지둥 뛰어나왔지만 나는 이미 복도를 돌아 현관을 빠져나간 뒤였다.

담임의 별명은 '밥맛'이었다. 삼십 대 중반인 그는, 자신은 마흔이 되면 캐나다에 이민 갈 준비를 하고 있다고 수업 중에 자주 말하곤 했다. 현지에서 식당을 할 예정이라서 영어와 요리를 배우고 있다며 자랑하곤 했는데, 문제는 그의 말은 대개 "한국은 가망이 없어."로 끝난다는 것이었다. 초등학교 선생이 학생들한테 이런 말을 해도 되나 싶을 정도로 개념이 없는 사람이었다. 또 돈을 얼마나 밝히는지 대놓고 돈 많은 집 자식들한테 촌지를 요구하기도 했다. 부모한테 촌지를 받은 학생들만 시험 전에 따로 모아놓고 특별과외를 시켜주고 또 돈을 요구했다. 선생인지 학원 강사인지 구분이 안 가는 진짜 '밥맛'이었다.

나는 사진을 두 장 복사한 후에 서류봉투에 넣고 학교 이름과 담임의 이름을 적어 서울시교육청으로 보냈다. 편지에는 '원본 사진이 있습니다. 적절한 조치가 없으면 신문사로 보내겠습니다.'라고 썼다.

다음 날 학교는 난리가 났다. 교육청의 조사관들이 학교로 찾아왔다. 담임은 즉시 보직해임되었고 검찰 조사까지 받게 되었다. 학생들 사이에서 문제의 사진을 찍은 사람이 나라는 것이 알려지며 나는 그야말로 유명인사가 되었다.

이 일로 캐나다 이민이 좌절된 담임은 나에 대한 적개심을 품은 채 지방의 작은 학원에서 강사로 근근이 살아가게 되었다.

선생들은 내 눈치를 보거나 대놓고 나를 싫어했지만 어쩌지는 못했다. 나는 일종의 힘을 느꼈다. '권력의 실체가 이런 것이구나.'라고 느꼈다. 가슴 가득 뜨거운 열기 같은 것이 차올랐다. 마치 나 자신이 폭주하는 기관차가 된 것처럼 어떤 일이라도 할 수 있을 것 같았다.

학교에서 아이의 누나와 마주쳤지만, 그냥 지나쳐버렸다. 복잡한 표정의 여자아이 얼굴에 옅은 두려움이 섞여 있었다.

***

그 무렵 플라타너스 이층집에 대한 안 좋은 소문이 동네 전체에 퍼졌다. 아이의 상태가 안 좋아져서 이제는 정신병원에 입원시킬 수밖에는 없다는 것이었다. 문제는 영화배우 출신 엄마도 불안과 초조가 심해져서 소위 말하는 '맛이 간' 상태가 되었다고 동네 아주머니들이 수군거렸다. 전 국회의원은 집에서 두문불출했고, 아침마다 엄마와 아들을 태운 자동차가 철문을 나섰다가 밤늦게 돌아왔다.

오후부터 짙은 구름이 모여들어 습하고 무거운 공기에 숨쉬기도 답답한 날이었다. 늦은 밤, 잠이 안 와서 집 밖으로 나온 나는 자연스럽게 플라타너스 이층집으로 향했다. 이층집 아래의 놀이터에서는 위쪽을 볼 수 있었다. 나는 먼발치에서라도 그 집을 보고 싶었고, 항상 웃는 얼굴의 '그 아이'가 보고 싶었다.

놀이터 근처까지 왔을 때 갑자기 굵은 빗방울이 떨어지기 시작했다. 집으로 돌아갈까 잠시 망설이다가 놀이터까지 뛰었다. 작은 정자나 미끄럼틀 아래에서 비를 피할 심산이었다. 도착한 정자 안에서 하얀 그림자를 발견하고 깜짝 놀랐다. 그 아이의 누나였다. 여자아이는 두 팔로 무릎을 감싸 안은 채 혼자 쪼그려 앉아 울고 있었다.

하늘에 구멍이라도 난 듯 장대비가 퍼붓기 시작했다. 멀리에서 천둥소리도 들렸다. 나는 다시 빗속으로 나가지도 못하고 엉거주춤 서 있었다.

나를 본 여자아이가 벌떡 일어나서 등을 돌리고 손으로 눈물을 닦았다.

"왜 왔어?"

"니 동생 보고 싶어서."

나는 이층집을 등진 채 여자아이의 눈치만 보고 있었다.

"볼 거 없어. 빨리 가!"

여자아이의 눈에 맺힌 눈물을 보며 나는 아무 말도 할 수 없었다. 비가 너무 많이 와서 밖으로 나갈 엄두가 안 났다.

"비 좀 그치면…."

몸이 덜덜 떨릴 정도로 추워졌다. 나도 모르게 이빨이 딱딱 부딪쳤다. 여자아이도 추운지 두 팔로 몸을 감싸 안은 채 바들바들 떨고 있었다. 갑자기 바로 근처에서 불빛이 번쩍하며 번개가 쳤다. '콰앙' 하는 요란한 소리에 여자아이가 악! 하고 비명을 지르며 내 쪽으로 펄쩍 뛰어왔다. 나는 어쩔 줄 몰라서 손으로 여자아이의 양팔을 잡았다. 얼음처럼 차가웠다. 다시 한번 '콰광' 하고 번개가 쳤다. 뭔가 이상한 느낌에 고개를 돌려 이층집을 올려다보았다. 창문에 사람 그림자 같은 것이 어른거렸다.

그때였다. 가늘고 긴 차가운 두 손이 내 얼굴을 잡고 살짝 잡아당겼다. 고개를 돌리자 눈앞에 바로 여자아이의 눈이 보였다. 잔뜩 겁먹은, 크고 예쁜 눈이 나를 보고 있었다. 망설이던 여자아이의 입술이 수줍게 내 입술에 닿았을 때 나는 이렇게 되리란 걸 알고 있었던 것 같은 느낌이 들었다.

'그 아이'의 누나가 부르르 몸을 떨었다. 첫 키스였다. 두 손으로 양볼을 단단히 잡은 채 한참 동안을 내 입술에 자기 입술을 맞대고 움직이지 않았다.

아무것도 안 들리고 아무것도 안 보였다. 그저 맞닿은 입술과 내 얼굴을 잡은 손에서 느껴지는 부드러운 촉감, 그리고 옅은 벚꽃 향기가 전부였다. 다른 감각은 모두 어디론가 날아가버렸다.

여자아이가 숨을 내쉴 때 아련한 벚꽃 향기가 났다. 어쩌면 벚꽃향이 들어간 껌이나 입술에 바른 립밤 때문이었는지도 모른다. 하지만 오랜 시간이 지난 지금도 여자아이에게서 났던 벚꽃 향기를 분명히 기억한다. 그래서 그런지 나는 벚꽃 향기를 맡을 때마다 첫 키스를 떠올린다. 눈코입이 다 컸던 서구적인 인상의 여자아이. 그 여자아이의 분홍색 입술에서 났던 옅은 벚꽃 향기….

한참 동안 나를 붙잡고 입술을 맞대고 있던 여자아이는 갑자기 나를 밀쳐내더니 빗속을 달려 집으로 들어갔다. 모든 것이 너무나 갑작스럽게 시작됐고, 갑작스럽게 끝났다.

다시 이층집을 올려다봤지만 사람 그림자는 없었다.

비가 조금 잦아들었다. 나는 정자에 버려진 신문지를 우산 삼아 집으로 돌아갔다.

다음 날 아침 일찍부터 동네가 시끄러웠다. 구급차와 경찰차들이 잇따라서 사이렌을 울리며 골목을 올라가고 있었다. 그 길 끝에는 플라타너스 이층집이 있었다.

나는 벌떡 일어나 밖으로 뛰쳐나갔다. 어제 비를 맞아서 미열에 감기 기운이 있었지만 숨을 몰아쉬며 언덕을 뛰어 올라갔다. 뭔가가 있음을 직감했다. 내가 도착했을 때, 구급대원이 들것에 하얀 천을 덮은 뭔가를 싣고 있었다. 발을 헛디딘 구급대원이 살짝 흔들릴 때 천이 벗겨졌다. 바로 옆에 서 있던 나는 아이의 반쯤 뜬 눈을 정면으로 보았다. 붉게 충혈된 두 눈. 얼굴은 웃고 있었다. 언제나처럼. 온몸에 맥이 빠졌다. 구급대원들이 천을 다시 덮고 들것을 앰뷸런스에 실었다.

아이의 엄마가 신발도 신지 않은 초췌한 모습으로 달려와서 들것을 붙잡았다.

"안 돼! 나를 데려가! 나를! 얘는 안 돼!"

실성한 것처럼 아들의 이름을 부르며 우는 엄마의 모습에 동네 사람들도 같이 눈물을 흘렸다. 누나도 엄마를 붙잡고 같이 울었다. 전직 의원인 아버지도 평소 같은 세련된 모습이 아니라 수염이 덥수룩한 후줄근한 모습으로 대문 앞에 서서 식구들을 쳐다보고 있었다. 아직 붕대를 감고 있는 그의 손목을 보고 그때의 일이 떠올랐지만, 화도 나지 않았다.

"목을 매달았다고? 사인이 그거 맞아?"

경찰이 물었다.

"네, 다른 외상은 없고 사인은 그렇게 보입니다."

구급대원 대답에 경찰이 인상을 찌푸리며 고개를 끄덕였다.

전직 의원이 바닥에 털썩 주저앉아 오열하기 시작했다.

"미안해! 내가 죽일 놈이야! 내가…."

그렇게 모두의 부러움을 사던, 행복한 플라타너스 이층집의 영화 같은 일상은 하루아침에 허무하게 막을 내렸다.

경찰은 형식적인 조사를 마치고 아이의 시체를 인도했고 유족들은 바로 다음 날 화장을 했다. 식구들끼리 조촐하게 장례를 치른 그들은 소리소문도 없이 동네에서 사라져버렸다. 큰 이삿짐 트럭이 석 대나 와서 짐을 실어 나르고 플라타너스 이층집은 순식간에 빈집이 되었다.

언제나 노랫소리와 피아노 소리가 들리던, 모두가 부러워하던 그림 같은 집… 생각해 보면 그 집에서 빠진 것이 한 가지 있었다. 바로 웃음소리였다.

의원 가족들이 캐나다에 이민 갔다는 사실을 나중에야 알게 되었다. 그 이후로 다시는 그 여자아이를 만나지 못했다.

얼마 뒤, 아버지의 전근 때문에 우리도 그 동네를 떠났다. 아버지는 경기도의 작고 한적한 도시의 동사무소 소장으로 승진 발령을 받았다. 그것이 국회의원의 도움인지, 아버지의 능력인지는 알 수 없었다. 승진인지 좌천인지도 모를 애매한 발령이었지만, 어머니는 눈물을 흘리며 기뻐했다.

"아유, 이제야 당신을 알아본 거예요. 여보, 축하드려요."

하지만 아버지는 이제 더 이상의 승진은 없다는 것을 잘 아셨기에 억지로 미소만 지어 보였다. 아버지는 그곳에서 정년퇴직 때까지 일했다.

나는 오랫동안 그 첫 키스를 잊지 못했다.

생각해 보면 그것은 이상한 키스였다. 번개처럼 순식간에 일어나서 영원히 지울 수 없는 깊은 흔적을 남겼다. 그 강렬하고 향긋한 추억 뒤에는 언제나 한 가지 의문이 남았다. 그 여자아이는 정말 나를 좋아했던 걸까?

***

오랜만에 옛날 동네친구들을 다시 만났다. 공무원시험 준비하는 놈, 중소기업에서 과장 하는 놈, 의사까지, 다양한 모습으로 살고 있는 옛 친구들의 모습에 어릴 적 얼굴들이 겹쳐지며 코끝이 찡해졌다. 마지막 남은 허름한 동네슈퍼 앞 평상에 앉아서 맥주캔을 부딪치는 맛도 이상하게 좋았다.

"야, 너희 그 플라타너스 이층집 기억하냐?"

"당연히 알지. 그 집 아들이랑 자주 놀았잖아?"

"누나가 진짜 예뻤지."

"엄마가 영화배우였지, 아마?"

"야, 너도 혹시 그 여자애 좋아했냐?"

"다들 개 좋아했지. 다른 학교에서도 유명했잖아."

다들 어린 시절의 추억을 떠올리며 맥주캔을 기울이다 화제는 그 죽은 아이에게로 옮겨갔다.

"그 애, 목매달아서 자살했다더라? 원래 공부도 잘하던 놈이었는데."

"난 그날 아침에 직접 봤어. 지금도 그 아이 눈이 빨갛게 충혈된 거 못 잊겠다. 한동안 꿈에도 나왔어."

"뭐라고? 그거 이상한데."

내가 한 말에 의사 녀석이 고개를 갸우뚱했다. 놈은 다 마신 맥주캔을 찌그러뜨리고는 새 맥주의 마개를 땄다.

"눈의 충혈은 목매달아 자살한 사람한테는 나타나지 않아. 그건 교살, 즉 목을 졸려서 죽은 사람한테 나타나는 현상이라고."

그 말을 듣고 나는 벼락에 맞은 것 같은 충격을 받았다. 분명히 기억한다. 그날 아침, 들것에 실려 나오던 아이의 시체. 창백한 팔과 얼굴, 붉은 눈.

"잠깐만."

나는 벌떡 일어나서 정신없이 달렸다.

"야! 어디 가 인마?"

"내버려둬. 화장실이 급한가봐."

"그냥 근처에서 적당히 보지. 사람도 없는데."

나는 숨을 헐떡이며 언덕길을 달리고 또 달렸다. 소나기가 오던 그 밤처럼.

놀이터의 정자에 도착해서 위쪽을 쳐다보았다. 불빛도 온기도 없는 이층집이 공룡의 화석처럼 어둡게 앉아 있었다. 놀이터의 시설은 대부분 새것으로 바뀌어 있었다. 정자도 새로 세운 것 같았지만 다행히 같은 위치에 있었다. 나는 그날을 떠올리며 정자 안으로 들어갔다. 바닥에 앉아서 울고 있던 여자아이가 보인다. 내가 들어선다. 여자아이가 일어서고 어린 내가 몸을 떨며 이층집을 올려다본다. 여자아이가 다가와서 두 손으로 내 얼굴을 잡아서 자기 쪽으로 돌린다. 그리고 키스한다. 꽤 오랜 시간 동안.

나는 여자아이가 앉아 있던 곳에 앉아보았다. 그 자리에서는 이층 방이 훤히 보였다. 죽은 남동생의 방. 그제야 모든 것이 보였다.

누군가가 남동생의 목을 조른다. … 버둥거리던 동생의 몸이 잠잠해지고 떨림이 멈춘다. … 목을 조른 사람이 창밖을 내려다본다. … 그 눈이 소녀의 눈과 마주친다. … 내가 돌아보려 한 그 순간, 소녀가 내 얼굴을 잡는다.

그 여자아이는 내가 좋아서 키스한 것이 아니었다. 남동생이 죽는 순간을 목격하고 내 시선을 돌리려 한 것이었다. 누군가의 손에 동생이 죽는 그 순간을 내게는 절대 보이고 싶지 않았던 것이다. 그녀를 떨게 했던 것은 장대비도, 번개도 아니었다. 바로 공포였다.

어디선가 벚꽃 향기가 난다. 나는 나도 모르게 그 첫 키스를 떠올린다. 소나기가 내리던 그 밤의, 공포에 떨던 소녀의 눈동자를 떠올린다.

작가의 글

폭력으로 강요된 질서와 소수를 위해 억압된 자유가 애국으로 포장되었던 1980년대. 독재와 폭정에 맨손으로 맞서던 사람들의 함성과 비명이 노래처럼 거리를 뒤덮고 매캐한 최루탄 냄새가 초등학교 운동장을 가득 메워 단축수업이 일상이 된 전쟁 같던 어린 시절, 깊은 숲속의 꽃처럼 남모르게 피어났던 아련한 첫사랑의 추억. 하지만 그 진실은 전혀 다른 곳에 있었다.

일각수의 뿔

조동신

조동신

2010년 단편 〈칼송곳〉으로 '제12회 여수 해양문학상' 소설 부문에서 대상을 수상했으며, 2012년 '제1회 아라홍련 단편소설 공모전'에서 가작. 2017년 '제2회 테이스티 문학상 공모전'에서 우수상. 2017년 '제3회 부산 음식 이야기 공모전'에서 동상. 2018년 '제4회 사하구 모래톱 문학상'에서 최우수상. 2019년 '제주 신화콘텐츠 공모전'에서 우수상을 수상했다. 장편 《까마귀 우는 밤에》, 《내시귀》, 《금화도감》, 《필론의 7》, 《세 개의 칼날》, 《아귀도》, 《수사반장》. 인문서 《초중학생을 위한 동양화 읽는 법》, 《청소년을 위한 서양화 읽는 법》 외 다수의 단편을 발표하였다.

"네가 윤경식이니?"

갑자기 들려온 낯선 여자 목소리에 나는 뒤를 돌아보았다. 여자애가 부른 건 나인데, 옆에 있던 친구가 더 크게 놀란 듯했다.

"그런데, 왜요?"

긴 머리에 키도 크고 연예인인가 하는 생각이 들 정도로 예뻤다. 교복을 보니 이 학원에서 그리 멀지 않은 곳에 있는 여고에 다니는 것 같았다.

"어머, 나도 1학년이야. 방학 동안 학원에서 스터디 모임 만들려고 하는데, 너도 같이하지 않을래?"

나는 별로라는 생각이 먼저 들었다. 그 나이의(물론 나도 동갑이지만) 아이들은 모이면 공부보다는 수다, 아니면 노는 일에 더 정신을 팔기 마련이다. 거기다 학원에서까지 그런 모임을 만들 필요가 있을까 하는 생각이 들었다.

"저기, 나도 가입해도 돼?"

친구 녀석이 나보다 눈을 더 크게 뜨며 물었다. 그녀는 녀석을 한번 흘깃 쳐다보고는 내게 고개를 돌렸다.

"뭐, 그래도 되고! 좌우간 윤경식, 가입할래?"

나는 생각해 보겠다고 말했지만, 친구가 잡아끄는 바람에 어쩔 수
없이 스터디 모임을 하기로 하고 전화번호까지 건네주었다.

"야, 너 쟤 누군지 몰라?"

그녀가 떠나자, 친구가 나를 붙잡으며 말했다.

"모르는데? 연예인이라도 돼?"

"김서린이라고! 김서린, 몰라? 저기 여고 있잖아, 거기서 제일 예쁜
애라고! 연예기획사에서 길거리 캐스팅도 몇 번이나 받았대! 집안도
빵빵하다던데! 걔가 너한테 말을 걸다니!"

"그런가?"

"아니야, 나한테 말을 건 걸 거야. 나한테 걸기 쑥스러워서, 너한테
건 게 분명해!"

그녀를 비롯해 몇 명의 친구들이 학원에 있는 빈 교실에서 스터디
모임을 시작하고 며칠 후, 서린은 커다란 소풍용 바구니를 가져왔다.
그 안에서 자기가 직접 만들었다며 꽤 큼지막한 케이크를 꺼냈다.

"학원 다니기도 바쁜데, 케이크까지 배웠어?"

"우리 엄마가 케이크 교실에 다니시는데, 어제 엄마한테 갑자기 일
이 생겨서 내가 대신 갔어. 케이크 두 개 굽느라 고생 좀 했어. 플럼케
이크(플럼의 원래 뜻은 자두이나, 케이크에 들어가는 건포도 등 말린 과일을 통
칭할 때 쓰기도 한다.)야."

서린이 웃으며 말했다.

케이크 위에는 흰색, 노란색, 초록색 슈거 파우더가 뿌려져 있었다.
졸지에 학원 교실에서 티타임을 갖게 되었고, 이야기를 나누던 중에
장래희망 이야기가 나왔다. 한 명이 서린에게 물었다.

"너는 나중에 뭐가 되려고? 너희 엄마처럼 변호사 할 거니?"

"아니, 난 경찰이 되고 싶어. 아빠가 경찰서장이시잖아."

나는 순간 서린이 엘리트 집안의 딸이구나 하는 생각을 했다. 아버

지는 경찰서장이고, 어머니는 로펌 대표의 딸이자 변호사다. 우리 집처럼 보통 회사원 집안이랑은 차원이 다르다.

"윤경식, 너는 뭐가 되고 싶어?"

서린이 물었다.

"나? 외교관."

"외교관? 하하하! 네 성격에?"

하긴 남들이 보면 샌님이고 수줍음도 많은 내가 용기와 배짱이 필요한 외교관이 되겠다는 것이 어불성설처럼 들릴지도 몰랐다. 그렇다고 남의 꿈을 그렇게 비웃다니. 나는 속으로 '인성이 덜 됐군.' 하는 생각을 하면서도 서린에게 질문을 던졌다.

"너는 추리소설 좋아하니?"

"아니, 왜?"

"나는 네가 추리소설을 좋아해서 경찰 되려고 하는 줄 알았는데."

"애는, 추리소설 읽는다고 경찰 되니? 사실 추리소설은 현실이랑 동떨어진 게 많으니까, 그런 거 보면서 경찰 꿈꾸면 오산이야. 우리 아빨 보면 알아. 소설이나 드라마에 나오는 거랑은 전혀 다르게 사시거든. 거기다 추리소설에서는 경찰이 다 바보로 나오잖아."

"그래? 수사에는 상상력이 필요하고, 소설 읽기는 상상력을 기르는 데 도움이 되잖아."

"그래도 뭘 굳이 추리소설을 읽어? 실제로 밀실살인이 일어나겠니? 또 소설에는 다잉메시지 같은 것도 나오는데, 사실은 죽기 전에 그런 걸 남길 정신도 없대."

하긴 그녀의 말이 옳았다. 추리소설은 사실 범죄의 판타지나 마찬가지라고 할 수 있다. 소설에 나오는 사건들은 논리적이긴 해도 현실적이진 않은 경우가 많다. 어떻게 보면 아이러니라 할 수 있지만, 퍼즐을 푸는 것처럼 수수께끼를 하나씩 풀어가다가 마침내 사건이 해결됐을 때의 쾌감은 추리소설의 가장 큰 매력이다. 나도 그 때문에 추리 마니아가 되었다.

그때, 서린의 전화벨이 울렸다.

"네? 아빠, 웬일이세요?"

경찰서장이라 늘 바쁘다던 그녀의 아버지. 그런데 전화를 받는 그녀의 얼굴이 점점 창백해졌다.

"뭐, 뭐라고요?"

통화가 끝나자 그녀는 힘없이 팔을 늘어뜨렸고 핸드폰을 떨어뜨릴 뻔했다.

"미, 미안한데, 나 급한 일이 있어서 지금 가봐야 해."

평소의 그녀와는 달리 당황한 모습을 보고 무슨 일인지 좀 궁금하긴 했지만, 별생각은 하지 않았다. 그런데 바로 다음 날, 그녀가 만든 케이크를 먹고 사람이 죽었다는 소식이 들려왔다. 나는 무슨 일이 벌어진 건지 궁금했다.

전날, 한 아파트 서재에서 사람이 죽었다. 사망자의 이름은 신상혁. 전직 경찰이었으나 친지에게서 사업체를 물려받아 기업가로 변신했고 꽤 많은 부를 축적했다.

신상혁은 서재에서 문을 잠그고 누구의 방해도 받지 않은 채 자신의 수집품을 감상하는 일이 취미였다. 그래서 부인도 서재에 들어간 남편이 오랫동안 기척이 없었지만, 그냥 내버려두었다. 하지만 저녁 식사를 하라며 문을 두드리는데도 아무런 답이 없자 결국 119에 신고를 했다. 구조대원들이 문을 뜯고 들어가자, 남편은 서재 한복판에 가슴을 움켜쥔 채 쓰러져 있었다. 바닥에는 누구의 것인지 분명한 토사물까지 있었다. 뭔가 독극물 종류를 먹고 중독 증세를 일으킨 것 같았다. 구조대원이 그의 맥을 짚었을 때는 이미 숨을 거둔 뒤였다.

서재 책상 위에는 케이크와 홍차가 놓여 있었다. 홍차는 신 사장이 유럽에서 사 온 것이었다. 경찰이 조사한 결과, 케이크에 독이 뿌려져 있었다. 부엌 쓰레기통에서는 다 타서 재가 돼버린 종이가 나왔다. 덜

탄 부분은 케이크 상자로 추정됐고, 물을 부어 끈 흔적이 있었다.

외출했던 부인이 돌아온 시각이 오후 여섯 시인데, 신상혁은 다섯 시쯤에 사망했다. 처음에는 신고를 일곱 시가 넘어서 했다는 점 때문에 부인이 의심을 받았다. 미리 음식에 독을 탔다면, 사망시각의 알리바이는 거의 의미가 없기 때문이다. 하지만 신고가 늦어진 이유는 신 사장이 수집품을 감상할 때 서재 문을 아예 잠가버리기 때문이었다. 또한 독이 검출된 케이크를 부인이 가져다준 것이 아니었기 때문에 일단 혐의에서 벗어날 수 있었다.

경찰은 아파트 CCTV 영상을 살펴보았다. 그날 오후 한 시에 신 사장 부인이 집을 나섰고, 그리고 세 시에 웬 남자가 케이크 상자를 들고 집 안으로 들어갔다. 그는 집에서 한 시간쯤 있다가 다시 나왔다. 네 시가 좀 넘었을 때, 한 남자가 술병 케이스로 보이는 상자를 들고 그 집으로 들어갔다. 그 사람은 십여 분 후에 다시 나왔다. 그런데 표정이 그리 좋아 보이지 않았다.

케이크 상자를 들고 신 사장의 집에 들어간 사람의 신원은 금세 밝혀졌다. 바로 그 관할구역의 경찰서장인 김명준이었다. 김 서장은 경찰대학을 졸업한 뒤 엘리트 코스만 밟았고, 경찰관 업무 실적도 뛰어나 유력한 간부 후보 명단에 올라 있었다. 신 사장이 경찰로 일할 때 김 서장의 파트너였고, 퇴직 후에도 둘은 가끔 만나며 친분을 유지해 왔다.

문제는 그 사건 소식을 들은 김 서장이 주변 사람들이 모두 놀랄 정도로 전에 없이 당황한 모습을 보였다는 점이다. 그 이유는 문제의 케이크를 만든 사람이 다름 아닌 바로 자신의 딸이었기 때문이다.

학원 끝나고 집에 가려는데, 누군가가 나를 불렀다. 뒤돌아보니 서린이었다. 여느 때와는 달리 그녀의 주변에는 아무도 없었다. 벌써 소문이 돈 모양이었다.

"무슨 일이 있었는지, 들었구나?"

나는 대답하지 않았다.

"겨우 하루 만에 별별 소문이 다 돌더라. 그 아저씨가 날 추행했기 때문에 내가 앙심을 품고 케이크에 독을 넣었다는 얘기까지…. 너도 나 의심하니?"

"내가 왜?"

"말이라도 고맙다. 아저씨가 그럴 분도 아니고. 만약 그랬다가는…!"

순간, 서린의 팔에서 뭔가가 안테나처럼 길게 휙 튀어나왔다. 호신용 삼단봉이었다.

"이걸로 한 방 먹였을 거야! 내가 이래 봬도 펜싱이랑 삼단봉술도 배웠거든."

물론 서린이나 그 아버지가 범인일 가능성이 없지는 않다. 하지만 누군가를 독살하려고 굳이 딸이 만든 케이크를 이용하지는 않을 것 같다.

"너희 아버지가 그 집에 케이크를 가져가실 예정이란 걸 알았던 사람은 누구누구야?"

"우리 엄마랑, 표영미 아주머니(신 사장의 아내), 그리고 나랑, 그 케이크교실에 있었던 사람들까지 모두. 아! 너, 혹시 영시 좀 아니? 이건 아직 발표되지 않은 사실이라서 다른 사람에게 말하면 안 돼."

사자와 일각수(유니콘)

사자와 일각수가
왕위를 놓고 싸웠다.
사자가 일각수를 이기고는
마을 끝에서 끝까지 뛰어다녔다.
사람들은 그들에게 흰 빵을 주고

누구는 갈색 빵을 주고

누구는 플럼케이크를 주고

그들을 마을 밖으로 나가게 했다.

사건 현장인 서재 책상 위에서 발견된 쪽지의 내용이었다.

"상혁 아저씨도, 그 부인도 시는 전혀 모르셔. 영문 시는 더 그럴 테고."

"아니, 이건 시가 아니라 〈머더구스의 노래〉에 있는 곡 중 하나야."

"〈머더구스의 노래〉라고?"

"〈Mother Goose's Melody〉인데, 18세기부터 영국에서 유행했던 동요들을 모은 동요집이지. 그런데 동요치고는 매우 잔혹하기도 하고 당시 사회를 풍자한 내용이 많아서 그런지 추리소설에 자주 등장하는 소재이기도 해. 애거사 크리스티의 《그리고 아무도 없었다》란 소설 알지? 거기서도 동요 가사를 흉내 낸 연쇄살인이 일어나잖아."

"추리소설?"

그녀는 예쁜 얼굴을 약간 찌푸렸다. 아무리 추리소설에 흥미가 없다고 해도 워낙 유명한 작품이라 알고는 있었던 모양이다. 사실 〈머더구스의 노래〉는 크리스티의 여러 작품에서 소재로 사용됐고, 다른 작가들에게도 단골 소재 중 하나였다. 그만큼 영국이나 미국 등에서 보편적으로 알려진 동요다.

그건 그렇고, 나는 황당하면서도 흥미가 느껴졌다. 나는 추리소설을 좋아해서 그 동요에도 관심이 있었지만, 실제로 한국에서 〈머더구스의 노래〉를 응용한 사건이 일어나다니. 피해자나 그 부인은 영시에는 전혀 관심이 없다고 했으니 그걸 놓고 간 사람이 범인일 수밖에 없다. 하지만 범인이 동요 노랫말이 적힌 종이를 굳이 그곳에 놓고 간 이유를 짐작하는 건 쉽지 않았다.

"일각수 하니까 생각나는 것이 있어. 상혁 아저씨가 상아 세공품 수집가셨어. 10년 전에 공조수사로 유럽 갔을 때 한번 보고 완전히 상아에 반하셨대. 그러다가 친척 사업을 잇게 되고, 상아 제품 수집을 시작했어. 그분 서재에 있는 컬렉션 보고 정말 놀랐어. 그때 아저씨랑 같이 공조수사 간 경찰관이 우리 아빠시거든. 그래서 기억해."

상아(象牙)란 코끼리의 송곳니가 길게 자란 것이다. 값비싼 보석처럼 취급되는지라 지금도 상아를 얻기 위해 코끼리를 밀렵하는 사람들이 있다. 상아 때문에 코끼리는 물론 바다코끼리, 하마까지 밀렵을 당해 멸종 위기에 처했고, 전 세계에서 상아의 거래가 금지됐다. 그런데도 신 사장은 수집을 멈추지 않았고, 비판하는 사람들이 있었지만 아랑곳하지 않았다.

"이건 내가 상혁 아저씨 집에 걸려 있던 사진을 찍은 거야. 오스트리아 빈의 호프부르크박물관에 보물전시관이 있는데, 아저씨가 거기 갔을 때 찍은 거래."

서린이 핸드폰 화면을 들이밀었다.

순간, 내 눈이 커졌다. 사진에 찍힌 것은 일각돌고래의 뿔, 아니 정확히 말하면 이빨이었다. 나선형 무늬의 그 이빨은 뾰족한 끝을 위쪽으로 한 채 바닥에 고정되어 있었다. 앞에서 웃고 있는 사람의 키와 비교했을 때 그 이빨의 길이는 2미터가 넘어 보였다.

"대단한데?"

훌륭한 예술품일수록 그 분야에 식견이 없는 보통 사람의 마음까지도 사로잡는 힘을 지니고 있다. 그런데 그 이빨은 그림이 아닌 자연물이면서도 아름다움과 함께 강한 힘을 느끼게 해주었다.

"이건 그 아저씨가 제일 좋아하는 세공품이야."

서린이 화면을 넘기자 일각수 조각상이 나타났다. 작지만 매우 정교하게 만들어진 그 조각상은 나선형 뿔까지 조각되어 있었다.

"일각돌고래 이빨로 만든 거래."

"그렇구나. 너희 아버진 그 케이크를 드시지 않았대?"

"아빠 케이크 안 드셔. 단 걸 별로 좋아하지 않으시거든. 생신에도 케이크는 드리지 않아. 나랑 엄만 엄청나게 좋아하는데. 상혁 아저씨는 단 걸 좋아하셔서 유럽 갈 때마다 이런저런 과자를 사 오셨대."

"운이 아주 좋으셨구나. 같이 드셨으면 위험할 뻔했네. 그다음에 들어간 다른 사람은 누구야?"

"지금 그 사람을 찾고 있어."

나는 간단히 용의자를 머릿속으로 나열해 보았다. 김서린, 김명준, 표영미 여사 그리고 김 서장 다음으로 집에 들어갔다 나온 사람.

"마지막으로 방문한 사람이 지금으로선 가장 강력한 용의자구나. 동요가 적힌 종이의 지문도 그 사람 것일지 몰라. 아, 그런데 피해자가 먹은 독은 어떤 거야?"

"비소래."

비소 중독은 위염이나 위궤양과 증상이 비슷하고, 먹었을 때 단맛이 나서 독이라는 걸 알아채기가 어렵다. 중세 유럽에서는 매일 극소량의 비소를 음식에 넣어서 상대를 서서히 독살하기도 했다. 실제로 사후 유골에서 비소가 검출된 경우도 적지 않다. 거기다 비소에는 피부를 하얗게 하는 미백 효과가 있어서 미용을 위해 조금씩 먹는 사람들도 있었다.

무엇보다 요즘 비소를 구하는 것이 과연 가능한지 모르겠다. 19세기까지는 쥐약 등으로 사용되어 흔히 구할 수 있었지만, 지금은 사정이 다르다. 1836년 영국의 화학자 제임스 마시가 비소검출법을 발견한 후에는 오히려 '바보들의 독약'이라는 별명이 붙었다. 극미량이라도 검출이 가능해졌기 때문이다.

"피해자가 상아 조각 수집가라고 했잖아? 현장에 사자 조각은 없었어?"

내가 물었다.

"그걸 내가 하나하나 다 보진 못했어. 왜?"

"그 동요 가사가 그거잖아. 사자가 일각수를 이기고 동네를 돌아다니는 바람에 사람들이 흰 빵, 갈색 빵, 플럼케이크를 주며 달래서 동네 밖으로 내보냈다고."

나는 범인이 〈사자와 일각수〉 노랫말을 현장에 놓아둔 이유가 자기를 사자에, 피해자를 일각수에 비유했기 때문이라는 생각이 들었다. 하지만 서린이나 그녀의 아버지 역시 〈머더구스의 노래〉에 대해서는 전혀 알지 못한다고 했다.

서린이나 그녀의 아버지가 범인이 아니라면, 누군가가 틈을 보아 독이 든 케이크로 바꿔치기했다는 말이 된다. 하지만 과연 그럴 수 있었을까. 서린이 케이크를 구운 건 사건 전날 저녁이었다. 그 케이크는 바로 먹기보다는 조금 뒀다 먹는 편이 더 맛있기 때문에 그녀는 상자에 담아 집으로 가져갔다.

"내가 말했지? 우리 엄마가 요즘 케이크 굽는 데 재미를 붙이셔서 베이킹 수업도 같이하는 케이크 가게에 다니시거든. 거기서 케이크 상자도 주더라. 사실 거기는 그 아저씨의 사촌동생이 하는 가게였어."

신 사장의 사촌동생, 이름은 신상호다. 서린의 어머니는 신 사장 부인의 추천으로 그가 하는 케이크 가게에 갔던 것이다.

"신 사장님 부부에게 자식은 없었니?"

"없었어. 그래서 늘 내가 가면 귀여워해 주셨거든. 너 설마, 케이크 가게 사장님이 유산을 노리고 사촌형인 신 사장님을 죽였다고 생각하는 거야?"

"맞아떨어지잖아. 네 어머니가 그 가게에서 케이크를 배웠고, 네가 문제의 플럼케이크를 만든 것도 그 가게잖아. 독을 넣을 기회도 있고."

"케이크 가게 사장님도 아주 친절하고 좋은 분이던데…. 하긴, 신 사장님 유산이 좀 많긴 했을 거야. 그동안 수집한 상아 세공품만 해도 가격이 상당했을 테니까."

물론 신 사장에게는 부인이 있기 때문에 그 재산이 전부 사촌동생에게 갈 수는 없다. 하지만 만약에 케이크를 부부가 같이 먹고 둘 다 죽었다면? 부인이 운 좋게 살아남은 것일 수도 있었다.

다음 날, 나는 신 사장의 사촌동생이 운영하는 케이크 가게에 가보았다. 그곳에서는 정기적으로 수제 케이크 만들기 수업도 열리고 있었다. 그런데 수업 전단에 적힌 일정표를 보니 그 사건이 있기 전후의 수업 과제는 따로 있었다. 서린이 만든 플럼케이크는 원래 일정에는 없는 것이었다.

벽에는 주인인 신상호가 오스트리아에 있는 제과제빵학교에서 받은 수료증과 북극곰이나 바다표범은 물론 온갖 고래와 빙산 등 북극의 모습을 담은 사진들이 걸려 있었다.

"사진이 멋지네요!"

그 말은 빈말이 아니었다.

"보는 눈이 있군요. 전부 내가 북극에서 찍은 겁니다."

그 '사자와 일각수' 사건 때문인지 일각돌고래 사진이 가장 먼저 눈에 들어왔다. 그 일각돌고래는 같은 무리의 다른 고래들보다 몸집은 조금 작아 보였지만 이빨은 몸에 비해 꽤 크고 길었다. 바로 그 일각돌고래를 배경으로 예닐곱 살 정도 되어 보이는 아이가 웃고 있는 사진도 있었다.

"일각돌고래의 고기는 이누이트들에게 중요한 식재료죠. 그 사람들이야 저걸 먹기 위해 잡는 거지만, 저 뿔을 가지려는 사람들이 많다는 게 문제예요. 아프리카에서도 코뿔소 뿔, 코끼리 상아 때문에 밀렵꾼들이 기승입니다. 상아 거래가 금지되니까, 이제 빙하기에 살았던 매머드 상아 화석까지 거래하고 있죠."

이야기를 들으니 신상호는 환경운동에 꽤 열심인 모양이었다. 슬쩍 그의 손을 보았는데, 왼쪽 손바닥에 물집이 꽤 많이 잡혀 있었다. 검도를 한다는 뜻이다. 그러고 보니 벽에는 검도대회에서 상을 받는 모습을 찍은 사진도 있었다.

나는 진열장을 보았다. 크리스마스 시즌이라 그런지 북극에서 모티브를 따온 듯한 새하얀 케이크들이 꽤 있었다. 몇몇 케이크는 아라잔(설탕과 녹말 등으로 만든 덩어리에 식용 은가루로 코팅한 구슬)으로 장식되어 반짝반짝 빛났다.

계산대 뒤편을 보니 종이로 만든 케이크 상자가 접힌 상태로 차곡 차곡 쌓여 있었다. 케이크 수업을 받은 사람들은 자기가 만든 것을 그 상자에 넣어서 가져갈 수 있다고 했다.

나는 머랭 쿠키들을 보았다. 식용 색소를 썼는지 다양한 색의 쿠키 가 여러 종류 있었다.

"이건 식용 색소를 썼나요?"

"식용 색소라뇨, 요즘 세상에…. 전부 녹차, 딸기, 단호박입니다."

나는 예의상, 조금 비싸긴 해도 쿠키를 하나 사서 밖으로 나왔다.

돌아오는 길에, 서린으로부터 전화가 왔다.

"경식이니? 나 지금 OO호텔이야. 우리 아빠 뒤에 그 집에 갔던 사 람을 찾았어. 이름은 강득룡이고, 해외교포래. 그 사람이 경찰서에서 조사를 받는데, 별다른 혐의가 없다고 하네. 그런데 10년 전에, 우 리 아빠랑 상혁 아저씨가 만난 적이 있대."

"어디서?"

"오스트리아. 미술품 밀수사건이었어. 그때 강득룡도 용의선상에 오르긴 했지만 무혐의로 풀려났대."

"강득룡의 직업은?"

"미술품 상인이래. 오스트리아에서 돌아온 이후로 상혁 아저씨가 늘 그 사람한테서 상아 세공품을 샀대."

"요즘 상아는 거래금지 품목에 올랐는데, 어떻게 계속 거래를 하 지?"

"그래서 요즘 상아 세공품은 골동품으로 시장에 돌아다니는 것만 취급한다고 해. 새로 만들거나 하면 큰일 나니까."

"그렇구나. 그런데 그때 무슨 일이 있었는지 몰라도, 10년이나 지난 다음에 와서 살인을 한다는 게 말이 될까?"

"그렇긴 하지만, 역시 그 사람이 제일 수상해."

서린의 아버지가 신 사장의 집을 나서고 얼마 있지 않아 강득룡이
그 집에 들어갔다가 십 분도 되지 않아 밖으로 나왔다. 뭔가 싸움이
있었는지 그리 좋은 표정도 아니었다. 내가 생각해도 강득룡이 가장
유력한 용의자였다.

나는 호텔 근처의 카페에서 서린을 만났다.

"강득룡은 언제 한국에 들어왔대?"

"사흘 전."

"그래? 신 사장 집에 술병 같은 걸 들고 들어갔다고 하지 않았어?"

"응, 오스트리아산 브랜디. 그리고 잘츠부르크 명물 있잖아, 모차르
트 쿠겔이라고. 그것도 같이."

모차르트 쿠겔은 구슬 모양의 초콜릿으로 포장지에 모차르트의 얼
굴이 그려져 있다는 점이 특징이다. 초콜릿 안에는 마지팬(아몬드 반죽,
설탕, 달걀흰자 등을 섞어 말랑말랑하게 만든 과자), 피스타치오 반죽 등 여
러 가지가 겹겹이 들어 있다. 잘츠부르크뿐 아니라 오스트리아를 대
표하는 상품 중 하나라고 할 수 있다.

"현장에서 깨진 술병이 나왔는데, 강득룡이 가져갔던 거래."

"그래? 왜 깨졌는데?"

"그 플럼케이크 있잖아. 영국에서는 크리스마스 때 그 케이크에 럼
주나 브랜디를 끼얹고 불을 붙여서 내온대. 조금 있으면 크리스마스
니까 기분이나 한번 내보려고 그랬대."

나는 조금 어색하다는 생각이 들었다. 그런 거라면 부부 아니면 가
족과 함께 있을 때 해야지, 남자 둘이서 그런 걸 하고 싶었을까 하는
생각이 들었다.

강득룡은 상자에서 케이크를 꺼내 브랜디를 부으려다 실수로 병
을 떨어뜨려 깨뜨렸고, 마침 담배를 피우던 중이었기 때문에 불이 나

버렸다. 브랜디를 흘린 케이크 포장 상자만 불타고 말았지만, 화가 난 신 사장이 강득룡을 쫓아냈다고 한다.

"저런, 차라리 케이크까지 타버렸으면 먹지 않았을 텐데…. 그 케이크에서 브랜디 성분이 나왔대?"

"그런 말은 못 들었는데? 끼얹기 전에 엎어서 그랬나? 좌우간, 강득룡은 오늘이라도 사과하러 가려고 했대."

현장에서 발견된 모차르트 쿠겔에서도 독은 나오지 않았다.

"그 케이크 상자에는 아무 단서도 없었어? 비소가 발견되었거나?"

나는 다시 말을 돌렸다. 내가 현장에 직접 갈 수는 없지만, 서린에게 얻은 정보를 최대한 활용해서 단서를 찾아내고 싶었다.

"케이크 상자 바닥에서 비소 가루가 발견되긴 했어."

"현장의 브랜디를 닦은 휴지도 검사해 봤겠지? 혹시 거기서 비소가 나왔어?"

"없었어. 경찰에서 그 정도도 살펴보지 않았을까봐?"

"그렇다면 강득룡이 거짓말을 하지 않은 이상, 범인일 확률은 별로 없는데?"

내가 말했다.

"왜?"

"케이크에 브랜디를 부어서 불을 붙이려다 실수로 불을 냈다고 했잖아? 그런데 케이크에는 비소가 뿌려져 있었다고 했지? 비소를 가열하면 비소가스가 발생하면서 마늘 비슷한 냄새가 나거든. 그러면 이상하다는 걸 신 사장님이 알아차렸겠지. 나라면 브랜디를 붓지 않았을 거야. 아니, 가져가지도 않았을 거야."

"어머, 그렇구나."

"그렇다면, 혹시 누군가가 다른 데에 비소를 넣어서 죽인 뒤 그건 치우고, 나중에 케이크에 비소를 뿌린 건 아닐까? 케이크 먹고 죽은 걸로 위장하기 위해."

"그런 단서가 있단 말은 없는데?"

"그래? 그 동요가 적힌 종이에서 발견된 지문은 없었어?"

"강득룡의 지문이었어. 하지만 케이크를 꺼내다가 상자 안에 종이가 있길래 꺼내본 것뿐이라던데? 그래서 그 종이는 안 탔나봐."

그렇다면 강득룡은 자연스럽게 그 종이에 손을 댔을 것이다.

"〈머더구스의 노래〉에 대해서는 알고 있대?"

"그건 나도 몰라."

서린은 잠시 있다가 내게 말했다.

"그건 그렇고, 그 강득룡이란 사람이 지금 뭐 하는지 알고 싶어. 그래서 그런데, 네가 가서 좀 보고 와줄래? 나는 근처에서 살펴볼게. 아빠가 여기 오실지도 몰라서 그래."

"너희 아버지?"

"아빠는 상혁 아저씨가 미술품 밀수사건 때 강득룡이랑 단둘이 얘기하는 걸 본 적이 있다고 하셨어. 그러고 나서 강득룡이 무혐의 처리된 것이 상혁 아저씨가 뒤를 봐줬기 때문이 아닌가 하는 의심이 드신대."

강득룡은 오스트리아에서 만난 이후 거의 10년 동안 신 사장에게 믿기 어려울 만큼 싼 가격에 상아 세공품을 팔았다. 더욱이 상아 거래가 금지된 이후 가격이 더욱 올랐을 테니, 강득룡 입장에선 이만저만 손해가 아니었을 것이다.

"혹시, 신 사장이 그 강득룡을 협박해서?"

"그런지도 몰라."

서린은 우울한 목소리로 말했다. 신 사장이 그녀를 무척이나 귀여워해 줬다고 했다. 그런 사람이 범죄와 관련이 있을지 모르니 당연히 그럴 것이다.

나는 근처 편의점에서 서류봉투를 하나 사서 호텔 안으로 들어갔다. 잠시 주변을 둘러보고는 제복을 입고 있는 친절해 보이는 여직원에게 다가가 말했다.

"안녕하세요. 저 서류 배달 왔는데, 투숙하고 계신 강득룡 씨 방 번호 좀 알 수 있을까요?"

"호텔 손님 정보는 함부로 알려드릴 수 없습니다. 직접 전화해서 알아보셔야 합니다."

미소 띤 얼굴과는 다르게 단호한 목소리였다.

"제가 부모님 심부름으로 왔는데 전화번호를 잃어버려서요."

나는 최대한 난감한 표정을 지으며 사정했다.

"강득룡을 왜 찾지, 학생?"

갑자기 섬뜩한 목소리가 들려왔다. 뒤를 돌아보자 키가 크고 눈매가 매서운 남자가 나를 노려보고 있었다.

"서류 배달? 나 경찰인데, 좀 보여줘도 되나?"

"아, 저, 그게…."

그는 봉투를 확 낚아챘다.

"아무것도 없는데? 요즘은 빈 봉투도 배달하나?"

그때 문자메시지 알림음이 띵 하고 울렸다. 나도 모르게 핸드폰을 들어 확인했다.

'우리 아빠 방금 들어가셨어! 눈에 띄지 않게 해!'

"아니, 이게 누구야? 김서린? 내 딸이랑 아는 사인가? 우리 아빠 들어가셨으니 눈에 띄지 않게 해?"

김 서장이 그걸 보고는 눈매가 더 사나워졌다. 눈에 띄지 않기는커녕 오히려 현장을 잡히고 말았다.

"서린이 지금 어딨어? 혹시 남자친군가?"

그는 내 팔을 잡았다. 겉보기는 유약해 보였지만, 힘이 상당했다.

"남자친구라니요. 그냥 학원 친군데, 일이 좀 있어서 여기서 만났어요."

"그런데 왜 아빠 눈에 띄지 않게 만나? 그것도 호텔에서?"

뭐라고 해야 하나. 서린의 남자친구라고 할 순 없고, 그렇다고 사건

340

조사를 하던 중이라고 할 수도 없었다. 그는 어느새 내 핸드폰의 통화 내역을 훑어보고 있었다.

"통화 내역에 김서린이라는 이름이 왜 이렇게 많지? 물론 동명이인 은 아니겠지?"

"자, 잠깐만요. 저, 제가 만약 남자친구면 그냥 '김서린'이라고 저장 했겠어요? '내 사랑', '내 여친', 아니면 더 오글거리는 이름으로 저장 했겠죠."

김 서장이 내 핸드폰으로 서린에게 전화를 걸었다.

"이 녀석, 아빠다! 뭐하러 사건 이야기는 학원 애들한테까지 해서 별 이상한 녀석까지 끼어들게 만드냐? 탐정 놀이할 나이는 지났잖아! 나중에 집에서 보자."

그는 통화를 끝내곤 내게 핸드폰을 던지듯 되돌려줬다.

"학생도 집에 가. 그리고 내 딸 근처에 얼씬거리지 마라!"

나는 물러날 수밖에 없었다. 저런 살벌한 아버지 밑에서 자라다니, 서린이 불쌍하다는 생각이 들었다.

"그 사람이 죽었다고?"

그날 저녁, 서린은 편의점에 간다는 핑계를 대고 집에서 슬쩍 빠져 나와 내게 전화를 걸었다. 강득룡이 자신이 묵던 호텔 방에서 시체로 발견되었다는 소식이었다.

"그렇구나. 사인은 뭐래?"

"역시 비소인데, 캡슐에 넣은 것 같아. 그 사람이 매일 먹는 약이 있 는데, 그 캡슐을 하나 훔쳐서 거기에 비소랑 수면제를 같이 넣은 것 같대. 위에서 캡슐 녹은 흔적이 나왔대."

"그렇구나."

비소를 먹었다면 배가 아파 응급차를 불렀을 수도 있다. 하지만 수 면제까지 같이 넣었으니 꼼짝없이 죽은 것이다.

누가 그를 죽였을까. 사람을 독살하기 위해 오스트리아에서 한국까지 온 사람이 자살할 리는 없다. 강득룡이 신 사장을 죽이고, 그는 다른 사람이 죽였다고 추정해 볼 순 있을 것이다. 하지만 강득룡이 범인이라면 브랜디로 케이크에 불을 붙이려 했다는 것이 말이 되지 않는다.

"내 생각이긴 한데, 미술상이라면 독을 꽤 쉽게 구할 수 있을지도 몰라."

"어떻게?"

"추리소설에서 흔히 등장하는 방법인데, 중세부터 20세기 초까지 유럽에서 쓰던 물감에는 색을 더 선명하게 만들기 위해 비소, 카드뮴, 납 같은 걸 섞었어."

"그래서?"

"그림에서 눈에 띄지 않게 물감을 조금씩 긁어내면 독을 얻을 수 있을 거야. 오래된 그림을 많이 취급했을 테니까. 특히 노란색이나 녹색은 더 그렇지."

"왜 노란색이랑 녹색이야?"

"녹색은 더 선명해지고, 노란색은 계관석으로 만들었거든. 계관석도 황화비소가 주성분이야. 조선시대 왕실에서 은수저를 쓴 이유가, 비소에 닿으면 황 때문에 은이 까맣게 변색되기 때문이지. 당시에는 비소라면 황화비소였으니까. 그래서 죽염을 은수저로 뜨면 그 수저도 까매져. 대나무에도 황 성분이 있으니까. 잠깐, 까만색? 은?"

순간, 뭔가가 내 머릿속을 스쳤다. 아니, 사실 시나리오라고 해도 과언이 아니었다. 나는 그 〈사자와 일각수〉라는 동요를 떠올리며 그날 사건을 다시 한번 정리했다.

김서린은 케이크를 두 개 구워서 하나는 신 사장을 찾아가는 아빠에게 주고, 다른 하나는 자신이 학원에 가져와서 친구들과 먹었다. 플럼케이크, 맛은 꽤 괜찮았는데.

"사람들이 누구는 갈색 빵을 주고, 누구는 하얀 빵을 주고, 누구는 플럼케이크를 줘서 그들을 모두 마을 밖으로 보냈다. 케이크, 케이크….”

“윤경식?”

갑자기 서린이 내 이름을 불렀다. 순간, 나는 그녀와 통화 중이란 것조차 잊고 있었다.

“갑자기 뭔 소리야?”

“너 그날 학원에 케이크 가져왔을 때, 케이크 상자가 아니라 소풍 바구니 비슷한 거에 넣어서 가져왔잖아? 그 바구니는 어디서 났어?”

“케이크 가게에서 특별히 추첨으로 선물을 준다고 해서 당첨돼서 받은 건데, 왜?”

“역시 그랬구나. 아니, 별 건 아니고, 상상력이 좀 발휘돼서 그래. 좀 있다 내가 다시 걸게!”

나는 서둘러 신상호의 케이크 가게로 갔다. 다행히 가게 불은 꺼져 있었다.

음식점이라 그런지 쓰레기가 많았다. 나는 핸드폰을 손전등 삼아 도둑고양이처럼 쓰레기통을 뒤지면서도, 혹시 신상호나 누군가가 알아차리면 어쩌나 해서 가슴이 두근거렸다. 한참을 뒤졌지만 없었다. 별수 없이 쓰레기봉투를 커터칼로 찢고 살펴봤다. 멀리 떨어진 곳에 버린 것이 아닌가 하는 생각이 들 때쯤, 검은 구슬이 몇 개 굴러 나왔다.

“됐다.”

나는 주머니에서 휴지를 꺼내 그 구슬들을 쌌다.

“뭐가 된 겁니까?”

갑자기 들려온 목소리에 놀라서 휴지를 떨어뜨릴 뻔했다.

“너는? 지난번에 사진 구경하고 간 학생 아니야?”

신상호였다. 그는 한 손에 목검까지 들고 있었다. 호신용으로 가게에 마련해 둔 거겠지. 분명히 가게의 불이 꺼진 것을 확인했는데, 퇴근하진 않은 모양이었다.

"아니요. 지나가다가, 뭘 떨어뜨린 것 같아서요."

"뭘 떨어뜨렸길래 남의 쓰레기봉투를 칼로 찢었지?"

나는 순간 흠칫했다.

"역시, 사장님이 범인이었군요?"

"그게, 무슨 소리지?"

신상호가 나를 똑바로 노려봤다. 지난번의 온화한 표정은 사라지고 없었다.

"신 사장님의 유산이 탐났나요? 그래서 부부를 모조리 독살하려고 했나요?"

"독살? 무슨 엉뚱한 소리야!"

"당신은 케이크에 독을 넣어서 신 사장님을 독살했습니다. 거기다 공범인 강득룡까지 죽였죠?"

"강득룡? 그게 누구야?"

"오스트리아에서 제과제빵학교에 다녔다면서요? 강득룡도 거기서 미술상을 하고 있었어요."

"오스트리아에 사는 한국인이 한둘인 줄 알아? 그리고 내가 한국 돌아온 지가 언젠데 그때 사람들을 다 기억해? 거기다 독살이라니? 내가 독을 어디서 구해?"

"독을 가져온 사람은 강득룡입니다. 당신은 그 사람이 신 사장님을 없애려고 한 걸 알아차렸죠?"

나는 검게 변한 작은 구슬을 내밀었다. 순간, 그의 안색이 약간 변했고 나는 그것을 놓치지 않았다.

"강득룡은 미술상입니다. 19세기 혹은 20세기 초반 그림을 손에 넣기 쉽죠. 그리고 거기서 물감을 조금씩 긁어낸 다음에 초콜릿을 입혀 숨겨 왔죠. 옛 그림에 쓰던 물감에는 비소나 카드뮴 등이 많이 섞여 있었으니까요."

"그게 나랑 무슨 상관이지?"

"상관이 있죠. 강득룡이 이 가게를 방문했다는 사실은 CCTV에도 찍혔잖아요."

"무슨 소리야? 우리 가게 CCTV가 갑자기 고장 나서 며칠째 쓰지도 못했는데. 그리고 설사 그 사람이 우리 가게에 왔다고 해도 그게 죄는 아니잖아? 내가 손님 이름을 전부 알아야 하나?"

"주, 주변 CCTV요! 가게 주변 것까지 다 고장 나지는 않았잖아요!"

사실 CCTV에 강득룡이 찍혀 있었다는 사실은 즉석에서 내가 지어낸 것이었다.

"원래 강득룡은 일부러 여기에서 산 케이크에 독을 넣어서 사장님에게 혐의를 뒤집어씌우려고 했겠죠. 유산을 노리고 사촌형 부부를 독살했다, 이렇게 만들려고요. 그런데 사장님은 케이크의 장식용 아라잔이 검게 변한 걸 봤어요. 비소가 들어간 노란색 물감 주성분은 황화비소죠. 은이 황과 만나면 검어지잖아요. 당신은 그걸 우연히 보고, 강득룡이 케이크에 독을 뿌렸다는 걸 알아챘죠."

"으하하, 거기서 이미 잘못된 거 아니야? 나는 무식해서 은이니 황이니 하는 걸 알지도 못하고, 만약 내가 사촌형의 유산을 노렸다면 독을 뿌린 걸 알아챘을 때 그냥 가만히 뒀을 텐데?"

"사실, 그 점 때문에 많이 고민했습니다. 가만히 있었으면 되는 걸 왜 굳이 끼어들고, 공범까지 죽였을까요? 저는 간단히 생각해 봤습니다. 당신은 처음에는 그 목검으로 강득룡을 잡아 경찰에 넘기려고 했을 겁니다. 그런데 그 사람이 당신을 설득했을 거예요! 자신은 신 사장에게 협박을 당해 말도 안 되는 가격에 상아 조각품을 팔게 되었다. 그래서 죽이려고 했다."

나는 그날 있었던 일을 상상해 보았다.

"그래서, 당신은 그 사람의 유혹에 넘어갔죠? 그렇잖아도 사촌형과 사이가 좋지 않았는데, 부부가 다 죽으면 재산은 당신이 물려받으니까."

"내가 그랬다는 증거가 있나? 아라잔이 그렇게 됐다고 해도, 그게 증거가 돼? 내가 잘못해서 검게 칠하는 바람에 버렸다고 하면 그만 아니야? 그리고 무엇보다도, 케이크에 독을 넣었다고 하는데, 그걸 여기서 사 갔나? 그리고 그걸 가져간 사람은 누구야?"

"그날 이 케이크 교실 스케줄을 보니 갑자기 '플럼케이크'로 메뉴가 바뀌었던데요?"

"그게 이상해? 원래 레몬케이크였는데 그날 들여놓은 레몬을 차로 깔아버리는 바람에 바꼈어."

"물론 조건만 갖고 증거라고 하면 안 되겠죠. 하지만 김 서장님이 케이크를 들고 신 사장님을 찾아갈 예정이라는 걸 우연히 듣고 그걸 바탕으로 범행을 계획했죠. 당신은 사건 전날 김서린이 구운 케이크를 들려 보낼 때, 하나는 케이크 상자에, 하나는 소풍 바구니에 넣어서 가게 했죠. 어른인 신상혁 사장에게 가져갈 케이크를 바구니에 넣어 갈 수는 없으니, 당연히 상자에 넣었겠죠. 당신이 조작한 상자에!"

"무슨 말도 안 되는 소리야?"

"보통 케이크 상자는 종이로 만들죠. 칼선으로 오려진 양쪽 부분을 일으켜 세우면 손잡이가 만들어지고요. 이때, 여기에 약간의 장치를 해놓기만 하면 됩니다."

"뭐라고?"

"이걸 보실래요?"

나는 커터칼을 꺼내 보였다. 순간 그는 움찔했지만, 나는 주머니에서 휴지를 한 장 꺼내 살짝 금을 그었다. 그리고 다른 휴지를 쐐기 모양으로 접어서 그 금 안에 꽂았다.

"으, 응?"

"이 금 안에 이렇게 접은 휴지를 꽂으니까, 밑의 부분은 금보다 넓기 때문에 끝까지 들어가지 않는군요?"

그 쐐기 모양 휴지 조각의 뾰족한 부분을 잡으니 그것을 꽂은, 금 그은 휴지도 같이 들어 올릴 수 있었다.

"이 금 그은 휴지를 케이크 상자라고 하고, 접은 휴지는 그 손잡이입니다. 그렇게 되면, 이 상자를 납작하게 폈을 때는 손잡이도 누워

346

있지만, 이걸 세우면 밑 부분도 펴지게 되죠. 그런데 이 손잡이 아랫부분, 즉 상자 안에 있는 부분을 숟가락처럼 움푹하게 만들어 뭔가가 들어갈 수 있게 하고, 그 안에 독을 담아두면 어떻게 될까요?"

"뭐, 뭐라고?"

"상자에 케이크를 담은 다음 마지막 작업이 손잡이를 세우는 거죠. 손잡이를 세우면 이렇게, 커피에 설탕을 숟가락으로 넣듯 독이 케이크 위로 쏟아질 겁니다. 케이크를 검사한 결과 케이크 속에는 독이 없고, 위에 있는 슈거 파우더에 섞여 있었다니까요. 플럼케이크 위에는 슈거 파우더를 뿌린 상태니까 그렇게 해도 이상하지 않을 겁니다. 그래서 당신은 메뉴를 플럼케이크로 바꾼 거죠. 일부러 녹차, 호박 등등으로 색을 낸 슈거 파우더까지 섞어서! 케이크에도, 상자에도 그런 장치를 할 수 있는 사람은 당신뿐이에요."

순간, 그의 얼굴빛이 변했다.

"그럴듯하군. 그런데 내가 그랬다는 증거 있어?"

"증거 인멸을 위해, 당신은 강득룡에게 케이크 상자를 태워서 없애라고 했죠! 하지만 안타깝게도 손잡이 부분은 타지 않았더라고요. 그 손잡이에서 당신 지문이 나온다면 어떨까요?"

"뭐라고?"

"그리고 강득룡을 죽이기 위해 그 사람이 먹는 약 캡슐을 하나 훔쳐서 거기에 남은 비소를 몽땅 넣었죠? 언제든 그걸 먹고 죽을 수 있게. 그런데 생각보다 빨리 죽었을 뿐이죠."

"이, 이런……."

"경찰한테서 들었습니다. 이제 곧 경찰이 올 거예요!"

"그런데 왜 경찰이 아니고 네가 왔지? 너 거짓말이지? 그 케이크 상자는 전소되었다고 들었어!"

그는 목소리를 높였다. 나도 주장을 굽히지 않고 더 밀고 나갔다.

"방금 자백하셨네요. 그 상자가 전소되었다는 걸 어디서 들었죠?"

"그, 그야, 경찰한테서! 나한테도 조사하러 왔으니까!"

"아니죠. 무슨 경찰이 중요한 단서가 얼마나 탔는지, 그런 말을 해요? 강득룡한테서 들었겠죠. 그런데 방금은 그 사람을 알지도 못한다고 했죠?"

순간, 그는 정말로 당황하고 말았다.

"그때 그냥 강득룡을 경찰에 넘기지 그러셨어요? 이제 그만 자수하세요!"

"내가 왜 그랬는지 알아?"

신상호가 눈을 치켜뜨며 소리쳤다.

"내 가게에 걸린, 그 사진 봤어? 일각돌고래를 배경으로 서 있는 그 아이, 내 아들이야! 날 때부터 심장이 약했어. 잔병치레가 많아서 늘 신경써서 보살펴야 했어. 그런데 그 애가 고래를 좋아해서, 그린란드 고래 투어에 데려갔어."

"고래 투어요?"

"그린란드에서 일각돌고래 구경하는 투어가 있었어. 내 아들은 그 중에서 한 마리를 특히 좋아했어. 몸집은 크지 않았는데 이빨이 커서. 그래서 이름을 '유니콘'이라고 지어주고, 계속 그 고래를 따라다니며 말도 걸고 그랬지. 그 애가 그렇게 좋아하는 건 처음 봤어."

벽에 걸어둔 사진에 찍힌 고래가 바로 유니콘이었다.

"그, 그런데 그때 억지로라도 아들 녀석을 데려와야 했어! 너무 좋아해서 일정을 연장한 바로 그날, 애가 빙산 위에 있던 유니콘의 사체를 보고 만 거야. 아들 녀석이 정말 귀신같이 그걸 구분해 내더구먼. 이빨이 잘린 상태였어! 누가 그랬는지는 말 안 해도 알겠지?"

"밀렵꾼이군요?"

"그래. 아들 녀석에게 그걸 보여주지 말았어야 했는데, 그걸 본 녀석이 너무 큰 충격을 받은 거야. 그때 그 애 얼굴이 지금도 눈앞에서 떠나지 않는다고! 내 아들은 그 일로 인해 며칠 지나지 않아 세상을 떠났어!"

신상호는 그 사건 이후로 아내와 이혼하고 한국으로 돌아와 작은

348

케이크 가게를 열고 그럭저럭 살았다. 하지만 사촌형인 신상혁이 여전히 상아와 일각돌고래 세공품을 수집하는 걸 알고는 분노하여 크게 싸웠고 그와 의절하다시피 했다. 그다음엔 야생동물보호운동에 적극적으로 나섰다.

"그런데 알고 보니 강득룡이 유니콘을 잡도록 밀렵꾼을 고용한 거였어. 우리 가게에 온 강득룡이 벽에 걸린 사진을 보고 자랑스럽게 떠들더군. 놈은 유니콘의 이빨로 만든 세공품을 사촌형에게 팔았어."

신상호의 눈에서 눈물이 흘러내렸다.

"아무리 우연이라곤 해도 다른 사람도 아닌 내 사촌형이 상아 세공품에 눈이 멀어 밀렵과 밀수를 눈감아주고, 내 아들을 죽게 했잖아! 그러고도 장례식에 뻔뻔하게 그 얼굴을 들이밀었어! 나는 도저히 그것들과 같은 하늘 아래에서 살아갈 자신이 없었어!"

강득룡에게 유니콘 이야기를 들은 순간, 10년 동안 그의 마음속에 있던 슬픔은 격렬한 증오와 복수심으로 바뀌었다. 그는 그 자리에서 강득룡의 머리를 목검으로 박살낼 수도 있었지만, 그렇게 했다가는 신 사장에 대한 복수를 마칠 수 없었을 것 같았다. 그래서 일단 그의 제안을 받아들여 함께 신 사장을 없애기로 했다.

"그런데, 왜 김 서장님까지 끌어들였어요? 거기다 신 사장님 부인이 같이 먹기라도 했으면 그분까지 죽었을 거 아니에요!"

"그 작자도 한패 아니었나? 둘이 같이 공조수사를 했잖아. 그자까지 없앨 생각이었지! 그리고 사장 부인? 그게 뭐가 중요해?"

"김 서장님은 아무것도 몰랐어요!"

내가 말했다.

"무슨 소리야? 설마 사촌형만 그랬겠어? 그 작자도 같이했겠지! 그래, 아직 기회는 있다. 너를 없애면 되지! 그리고 그 서장도 없애는 거야!"

신상호의 눈을 보았다. 슬픔과 광기로 충만해 있었다. 하지만 나는 그의 눈보다는 손에 든 목검에 더 집중해야 했다. 그는 검도대회에서

349

상을 탈 정도의 실력자였다. 나는 주변을 둘러보았다. 커터칼을 들고 오기는 했지만, 그것으로 목검에 대항할 수 있을 리 만무했다.

나는 쓰레기봉투를 던지면서 밀어 넘어뜨리려 했다. 나 또한 작지 않은 체구니 가능할 거라 여겼다. 봉투를 던진 순간 강한 충격이 등을 강타했다. 그가 목검으로 등을 내리친 것이다.

"윽!"

신상호는 광기와 분노로 폭주하고 있었다. 그는 재빠르게 나를 붙잡아 가게 뒷문으로 끌고 들어가더니 주방 바닥에 내동댕이쳤다.

"난 하나뿐인 자식도 잃고, 이혼까지 당했어. 거기다 그 사건 이후 지금까지도 계속 수면제를 먹어야만 잠들 수 있다고! 내가 뭘 두려워할 것 같아? 이제 겨우 내가 할 일이 하나 생겼는데, 그것마저 방해하려고 해? 네가 뭔데!"

나는 일어나며 반죽용 밀대를 잡으려 했지만, 그의 목검에 손목만 맞고 말았다. 딱 소리와 함께 손목이 부러졌다는 느낌이 왔다.

"잔머리 굴리고 있네. 금방 끝내주지! 억!"

갑자기 그가 머리에 충격을 받은 듯 주춤했다. 그의 뒤에 나타난 사람은 서린이었다. 그녀의 손에는 삼단봉이 들려 있었다.

"내가 경찰 불렀으니까 곧 올 거예요! 지금이라도 그만두고 자수해요!"

"이것들을 그냥!"

목검이 이번에는 그녀를 향했다. 서린은 삼단봉으로 그것을 막았고, 봉은 신상호의 손목을 찌르더니 거의 동시에 그의 얼굴을 강타했다. 펜싱이랑 삼단봉을 배웠다더니, 생각 이상의 실력이었다.

나는 신상호가 등을 돌린 틈을 타서 부러진 손목의 아픔도 잊은 채 미식축구 선수처럼 그의 허리를 붙잡고 엎어졌다. 그는 앞으로 나자빠지고 말았다. 서린도 재빠르게 달려와 목검을 걷어차고는 그의 양팔을 잡고 눌렀다.

신상호는 뿔이 잘려나간 일각돌고래처럼 울부짖었.

그날 밤 경찰이 오고 신상호가 결국 붙잡혔으니 다행이지만, 나는 졸지에 깁스를 한 채 서장실까지 불려가 서린의 남자친구가 아니라는 사실을 몇 번이고 다시 주장해야 했다.

"대체, 그 늦은 시각에 살인범 가게까지 왜 간 거지? 위험할 줄 몰랐나? 학생도, 우리 애도 그렇지만 탐정 놀이할 나이는 지나지 않았어?"

김 서장이 말했다.

"아빠! 지금 뭐 하시는 거예요?"

서린이 갑자기 소리쳤다. 그러자 김 서장은 당장 그녀에게로 고개를 돌렸다.

"딸이랑 친구가 죽을 뻔했는데, 그리고 무엇보다도 아빠랑 제가 범인으로 몰릴 뻔한 사건의 진범을 잡아준 은인인데, 고맙다고는 못 하실망정 야단부터 치세요?"

"아, 뭐…."

서린의 말을 듣곤 김 서장도 조금 당황했다.

나는 그 틈을 타서 서장실에서 나왔다. 밖에 있던 경찰관들이 웃음을 참는 듯한 얼굴을 하고 있었다.

나는 순간, 내가 잘못 생각했음을 느꼈다. 그날 낮에는 저런 살벌한 아버지 밑에서 자라는 서린이 불쌍하다고 여겼는데, 알고 보니 그렇지 않았다. 그녀는 자신도 경찰이 되고 싶다고 했다. 부모에게 학대당하는 딸이라면 절대로 아버지처럼 살겠다고 하지 않는다. 오히려 김 서장이야말로 요즘 말하는 '딸 바보'였다.

"그래도 제법이네? 추리소설 좋아한다더니, 정말 소설에 나오는 탐정 같은데?"

"뭐…."

"그래도 네 목숨 구해준 게 나란 거 잊지 마."

"어떻게 알고 온 거야?"

"니가 케이크, 케이크 하더니 전화를 끊었잖아. 그러니 당연히 케이크 교실과 연관된 무엇인가를 눈치챘을 거라고 생각한 거지. 추리소설을 안 읽어도 그 정도는 해. 아! 그리고 너 하나 틀린 게 있어."

서린이 날 놀리는 투로 말했다.

"뭐가?"

"오스트리아 경찰에서 연락 왔는데, 강득룡이 그림에서 물감을 긁어낸 게 아니라던네? 그 사람이 미술상 정리하다가 오래된 물감을 찾았대. 그걸 어떻게 처분할까 하다가 거기에 비소 섞인 걸 알고 일을 꾸몄대."

"저런, 그랬구나."

"뭐, 그래도 앞으로는 나도 추리소설 좀 읽어보려고 해."

"그래?"

"네가 여러 번 강조한 대로 상상력을 길러보려고. 그래서 그런데, 추천해 주지 않을래? 뭐가 재밌어?"

"여러 번이나 강조하지는 않았는데. 뭐, 그래도 좋은 거야 많지. 뭐가 좋을까…? 홈즈나 뤼팽으로 시작해 보는 건 어때? 아니, 그건 너무 고전인가?"

"서점에 같이 가서 추천해 주면 더 좋고."

서린이 빙긋이 웃었다.

작가의 글

오늘날 전 세계의 추리소설가 중 애거사 크리스티의 영향을 받지 않은 사람이 있을까 하는 생각이 들 정도지만, 이 작품 역시 마찬가지다. 크리스티가 작품의 모티브로 많이 사용했던 동요 〈머더구스의 노래〉를 배경에 썼고, 살해방식 역시 그녀가 가장 많이 썼던 독살이다. 특히 유럽에서는 코끼리의 상아를 독 검출하는 데 썼다는(과학적 근거는 없지만) 이야기가 이 작품의 모티브가 되었다. 이 작품으로 황금펜상을 수상하게 되어 영광스러운 일이다.

'한국추리문학상 황금펜상' 역대수상작 작품해설

박광규

단편 추리소설의 매력

추리소설은 형식의 문학이다. 단순하게 설명하자면 주로 범죄를 소재로 삼아 논리적으로 해결하는 과정을 묘사하는 것인데, 이렇게 뻔해 보이는 이야기에 독자가 흥미를 느끼고, 나아가서는 일종의 중독에 가깝게 빠져드는 모습은, 추리소설에 무관심한 사람의 입장에서는 이해하기 어려울지도 모른다.

추리소설가는 창작 과정에서 '사건과 논리적 해결'이라는 기본 틀을 유지하면서 최대한 참신함과 기발함을 발휘하고, 과거의 작품들과는 다른 모습을 보이려 노력한다. 그러다 보니 소재나 작품 성격 면에서 다양한 방향을 찾아나간다. 기본적인 퍼즐형 추리소설에서 하드보일드, 경찰소설, 사회파 추리소설, 서스펜스, 첩보, 역사, 가정폭력 등 형식 혹은 문체에 따라 다양하게 세분되었으며, 독자의 선호도 역시 작품 분야만큼 가지각색일 것이다. 이런 이유 때문에 추리소설 좀 읽은 사람에게서 '요즘 읽을 만한 추리소설 하나만 소개해 달라'는 부탁을 받았을 때, 그 사람의 독서 취향을 모른다면 추천하기가 몹시 어렵다.

그러나 그런 질문을 한 사람이 완전한 초보자, 즉 추리소설을 처음으로 읽는 사람이라면 의외로 답은 간단해진다. 바로 아서 코난 도일의 '셜록 홈즈' 시리즈 단편집이 적당하지 않을까. 아마도 많은 사람들의 의견이 비슷할 것이다. 홈즈 시리즈는 장편도 있지만 진정한 재미는 단편에서 나타난다.

홈즈 시리즈가 아니더라도, 추리소설 초보자에게는 아무래도 단편이 더 적절하다. '브라운 신부' 시리즈의 작가 G. K. 체스터튼은 "소설의 첫 장은 곧 마지막 장이 될 수도 있어야 한다."는 의견을 밝히며 추리소설에 있어서는 단편이 장편보다 효과적일 수 있다고 주장하기도 했다.

잘 알려진 바와 같이 '추리소설'이라는 형식의 작품은 짤막한 이야기, 즉 단편소설의 형태로 탄생했다. 에드거 앨런 포가 1841년 월간 문학지 《그레이엄스 매거진》을 통해 발표한 단편소설 〈모르그 가의 살인〉은 세계 최초의 현대적 추리소설로 인정받고 있다. 19세기 중반 미국 작가 포에서 시작된 단편 추리소설은 약 50년 가까운 세월이 흐른 뒤 영국의 의사 출신 작가에 의해 전성기를 맞이한다. 바로 오늘날까지도 최고의 단편 추리소설 시리즈로 꼽히는 셜록 홈즈의 모험담들이다. 도일은 《주홍색 연구》(1887), 《네 사람의 서명》(1890) 등 홈즈가 등장하는 장편소설을 발표했지만 대중의 인기와는 거리가 멀었다. 그러다 1891년부터 연재 방식의 장편이 아닌, 짧은 시간에 결말까지 읽을 수 있는 단편 형식의 모험담이 월간 문학지 《스트랜드 매거진》에 게재되면서, 홈즈는 말 그대로 하루아침에 스타가 되었다. 짧은 분량 속에 압축되어 지루할 틈 없이 전개되는 명탐정 홈즈의 활약상은 독자들에게 폭발적인 인기를 얻었고, 추리소설의 흐름을 단편소설로 바꿔놓는 계기가 되었다. 홈즈의 활약에 매혹된 독자들 덕택에 잡지 판매량은 경이적으로 늘어났으며, 도일의 성공에 힘입어 수많은 추리소설가 지망생이 등장했다. 이들은 모두 단편 형식의 추리소설을 썼으며, 독특한 개성을 가진 명탐정들을 등장시켜 홈즈를 넘어서려 했다. 그리고 의외로 느껴질 수도 있겠지만, 하드보일드 분야의 걸작들은 《블랙 마스크》 등과 같은 1920년대의 미국 '펄프 잡지'에 수록된 단편들이 토대가 되었다.

줄리안 시먼스의 《블러디 머더 : 추리 소설에서 범죄 소설로의 역사》(1972)에 따르면 단편 추리소설의 황금시대는 셜록 홈즈에서 시작되어 제1차 세계대전이 끝날 무렵 막을 내렸다. 도서관 보급이 확대되고 도서 유통방식이 변화함에 따라 차츰 인기를 얻기 시작한 장편 추리소설은 S. S. 밴 다인, 애거사 크리스티, 엘러리 퀸 등 거장들의 등장에 의해 새로운 황금시대를 맞이했고, 장편소설의 우위는 오늘날까지도 이어지고 있다.

예전의 황금시절에 비한다면, 현대의 단편 추리소설은 입지가 넓은 편은 아니다. 게재 매체 자체가 줄어들면서 출판사의 청탁이 크게 줄었다는 점이 첫째 이유이다. 작가의 경제적인 측면에서 살펴봐도 단편 하나의 수입은 그다지 많지 않다. 인세 개념도 아니어서 잡지가 갑자기 많이 팔린다 해도 수입이 늘어나는 것도 아니다. 아이디어의 측면으로도 작가는 장편을 선호한다. 단편의 분량은 장편의 10분의 1 정도에 불과하지만, 단지 글을 쓰는 노동력에서만 차이가 날 뿐 플롯을 구상하는 노고는 장편과 단편에 큰 차이가 없다. 그렇기 때문에 작가들은 기왕이면 장편소설을 써서 단행본으로 출간하고 싶은 욕망을 품고 있다.

그러나 작가들의 생각과는 별개로 단편 추리소설을 선호하는 독자들은 드물지 않다. 요즘처럼 책 읽기도 힘들 정도로 바쁜 세상에서, 두툼한 책에는 손을 댈 엄두가 나지 않는 독자들이라면 단편집을 고르지 않을까. 또 군더더기 없는 단편에서 진정한 추리소설의 맛을 느낀다고 주장하는 독자도 있다. (비평가 에드먼드 윌슨은 1945년에 쓴 〈누가 로저 애크로이드를 죽였는지 알게 뭔가?〉라는 에세이에서 "도로시 세이어즈의 장편소설 《나인 테일러스》의 아이디어라면, 도일은 30쪽 정도의 재미있는 이야기로 압축했을 것이다.”라고 독설을 퍼부은 바 있다.)

지금까지 많은 작가들이 단편 추리소설을 발표해 왔고, 지금도 여전히 많은 작가들이 단편을 쓰고 있다. 단편 위주로 쓰는 작가가 있고 장편만 쓰는 작가도 있지만, 능력 있는 작가들은 두 갈래를 자유롭게 넘나든다. 수많은 단편들이 문학지에 실린 뒤 사라지곤 했지만, 그중 뛰어난 작품들은 시대에 구애받지 않고 단편집 등에 여러 차례 재수록되면서 끈기 있는 생명력을 발휘하고 있다.

한국의 단편 추리소설

1909년 이해조의 《쌍옥적》 발표 이래, 한국의 창작 추리소설은 한동안 장편 위주로 이어졌다. 그러나 외국 단편 추리소설의 번역 및 번안을 통한 소개가 활발해지면서 1930년대부터 차츰 창작 단편 추리소설도 나타나기 시작했는데, 양유신·신경순·최유범·한인택 등이 그 시기에 활동했던 작가들이다. 1930년대 중반에 들어오면서 한국 추리문학계에 큰 변화가 일어나는데, 바로 김내성의 등장이다. 일본 유학 도중 추리전문 잡지 《프로필》의 신인작가 공모에 〈타원형 거울〉이 당선되며 등단한 그는 귀국 후 《백가면》, 《마인》 등을 발표하며 한국에 추리소설 붐을 일으켰는데, 장편소설 이외에도 〈가상범인〉, 〈이단자의 사랑〉, 〈무마〉, 〈괴도 그림자 후일담〉 등 정통 스타일과 그로테스크 스타일을 오가는 단편들을 꾸준히 발표하며 전문 추리소설가로서의 입지를 굳혔다.

1940년대 중반부터 1950년대 초반까지는 제2차 세계대전과 한국전쟁 등 사회적 여건상 추리소설을 찾아보기 어려웠지만, 1950년대 중반부터 잡지 수가 급격하게 증가하면서 상황이 호전되기 시작했다. 시사잡지, 문예잡지, 여성잡지, 과학잡지, 아동잡지 그리고 흥미 위주의 대중잡지에 이르기까지 수많은 잡지가 창간되었는데, 한동안 문화적 갈증을 겪던 대중들에게 잡지라는 매체는 샘물과도 같은 존재였다. 잡지의 내용은 각각 성격에 맞는 내용으로 구성되었으며, 거기에 지면을 채우듯 단편소설들이 자리 잡았는데 그중 추리소설이 꽤 많은 지분을 가져갔다. 잡지 게재 추리소설의 전성기라고 할 수 있는 1950년대부터 1960년대 사이에 활동했던 천세욱, 서용운, 허문녕, 홍성현 등은 장편소설도 썼지만 단편소설이 작품 활동의 큰 비중을 차지하는 경우가 많았다. 안타깝게도 이들이 잡지에 발표한 수많은 단편 작품들은 극소수의 작품만 단행본으로 출간되고, 나머지는 잡지들이 폐간되면서 함께 사라져버렸다. (유실된 잡지들이 많아 정확한 숫자를 파악할 수는 없지만, 확인된 작품들만 대략 400여 편이며 작가의 수는 약 200여 명에 이른다.) 이는 요즘의 독자들이 1950~1960년대 20여 년을 한국 추리소설의 공백기로 여기게 되는 원인이 된다. 작품의 증발 원인은 작품의 낮은 수준이 가장 큰 이유일 것이다. 비슷한 내용, 즉 치정이나 원한에 의한 범죄, 예전에 이미 본 듯한 수수께끼 풀이형 소설 등 다소 극단적으로 표현하자면 한 번의 읽을거리에 불과했던 이런 작품들을 굳이 단행본으로 출간할 만한 가치가 없다고 판단했을 가능성이 크다. 작가 역시 인세 개념이 희박하던 시절이라 단편소설을 묶어 책을 내는 것이 별 실속이 없다고 여겼을 가능성도 있다.

1970년대로 접어들자, 1950년대 중반부터 1960년대까지 꾸준히 활동했던 작가들은 갑작스럽게 사라졌다. 아마도 대중 잡지들이 폐간되거나 내용을 (더욱 오락적으로) 개편하면서 지면이 없어진 것, 그리고 아이디어의 고갈과 같은 작가적 한계가 주된 이유일 것이다. 그래도 새로운 흐름이 이어졌다. 1969년 신춘문예로 등단한 김성종은 〈경찰관〉을 비롯하여 〈어느 창녀의 죽음〉, 〈사형집행〉 등 '범죄'라는 소재를 다루면서도 당시의 독자들이 추리소설로서 인식하기는 어려운, 말하자면 '경찰이 등장하는 사회 고발적 작품'을 꾸준히 발표하며 좋은 평가를 받았다. 김성종은 1974년 한국일보 장편소설 공모전에《최후의 증인》으로 당선된 뒤 30여 년 가깝게 신문·잡지에 장편 연재를 하면서도 꾸준히 단편 추리소설을 발표해 왔다. 역시 1970년대부터 본격적으로 추리소설에 뛰어든 현재훈 역시 장편과 단편을 병행해 발표하며 한국 추리문학의 명맥을 이었다.

1980년대에는 사회적·문화적으로 커다란 변화가 있었다. 경제적으로 크게 성상했으며, 아시안게임과 하계올림픽이 개최되면서 해외 선진 문화와의 거리가 과거에 비해 훨씬 가까워졌다. 추리문학계의 변화로서는 1983년의 한국추리작가협회 창설을 꼽을 수 있을 것이다. 한국추리작가협회는 1985년부터 협회 작가들의 작품을 엮은 단편집을 꾸준히 출간하면서 우수한 단편을 독자들에게 소개해 오고 있다. 1980년대에는 외국의 유명 작품이 많이 번역 소개되고, 추리소설이 베스트셀러 목록에 오르는 등 추리소설 독자들의 수가 급격하게 늘어났으며, 그와 함께 독자의 눈높이도 크게 올라갔다. 스포츠신문에서는 추리소설을 연재하는 한편 신춘문예 공모전에 단편 추리소설 분야를 포함시켜 신인 작가를 발굴했으며, '명지사'나 '현대추리사'처럼 추리소설을 주로 발간하는 출판사도 등장했다. 이 흐름은 1990년대 중반까지 계속 이어져서, 이상우, 노원, 한대희, 김상헌, 유우제 등 당시의 중견 작가들은 장편소설뿐만 아니라 단편집도 발간하며 왕성하게 활동했다. 이와 함께 추리소설은 읽을거리로 인기가 높아 일반 잡지뿐만 아니라 일간신문의 여름 특집이나 대기업의 사보 및 사외보에도 자주 실리곤 했다.

위기는 1990년대 후반 IMF 사태로 국가 경제가 휘청하는 상황과 함께 맞물렸다. 출판계가 위기를 맞이하자 판매량의 축소와 함께 작품 발표 지면이 급격하게 줄어들었으며, 그로 인해 전업 작가들은 추리소설 집필을 포기하고 다른 길을 찾아가야만 했다. 또한 영화, 케이블TV, 인터넷 등의 보급으로 인해 읽을거리로서의 입지는 점점 줄어들 수밖에 없었다.

이런 어려운 상황은 2000년대에 들어설 때까지 계속되었는데, 셜록 홈즈 시리즈가 성공하면서 해외 추리소설의 인기가 높아지자, 출판사들도 국내 작가 발굴을 꾀하면서 새로운 작가들이 등장하는 기회가 마련되었다. 그 덕분에 매년 신인 작가들이 세상에 선을 보이고, 그와 함께 한국 추리소설을 찾아 읽는 독자들도 꾸준히 늘어났다. 또한 한국추리작가협회는 2002년부터 《계간 미스터리》를 발간하면서 매호 빠짐없이 기존 작가의 단편을 수록하고 공모를 통해 신인 작가를 발굴했다. 본서에 수록된 작가들 중 박하익, 송시우, 홍성호, 공민철 등이 《계간 미스터리》 신인상 수상자들이다.

IMF 이후 잡지가 거의 전멸에 가까웠던 상황도 약간은 숨통이 트인 상태다. 과거에 비해 대중잡지에 단편 추리소설이 실리는 일은 줄어들었지만, 《계간 미스터리》와 《미스테리아》 등의 전문잡지에서는 매호 신작 단편을 볼 수 있다. 21세기의 작품들은 과거에 비해 스펙트럼도 매우 넓어졌다. (달가운 일은 아니지만) 노인문제나 학원, 가정폭력이라는 새로운 사회문제들이 대두되면서 소재가 늘어난 측면도 있다. 또한 많은 해외 걸작의 번역 세례 덕택에 작가와 독자의 수준 역시 상승했다. 이러한 흐름을 지켜보며, 언젠가는 단편의 시대가 열리지 않을까 하는 막연한 기대를 해본다.

수상작 작품해설

이번에 '한국추리문학상 황금펜상' 수상작품집을 처음 펴내면서 2007년부터 2020년까지의 수상작 열두 편 전체를 수록해 특별판으로 구성했다. 각 작품에 대해 간략히 소개해 보자.

김유철의 〈국선 변호사, 그해 여름〉은 황금펜상의 첫 번째 수상작이라는 작은 명예를 차지했다. 애인의 살인을 자백한 젊은 현직 경찰관. 검찰과 경찰은 진상을 규명하는 것보다는 자백우선주의를 바탕으로 신속하게 사건을 덮기를 원하지만, 국선 변호를 맡은 중년의 변호사는 뭔가 미심쩍음을 느낀다. 단편이라는 짧은 분량에서 사건의 진상을 파헤치는 과정, 등장인물들의 인간적인 모습이 절제된 문장으로 밀도 높고 담담하게 묘사된다. 이 작품의 주요 등장인물은 김유철이 2019년에 펴낸 장편 《콜 24》에 다시 등장한다.

2008년 제2회, 2009년 제3회에는 수상작을 내지 못하고, 2010년 제4회 수상작으로 박하익의 〈무는 남자〉가 선정되었다. 한국의 추리소설에서는 그다지 찾아보기 어려웠던 학원 미스터리인 이 작품은, 발랄한 여고생들의 통통 튀는 대화 등 경쾌한 분위기 아래 '사학 비리'라는 묵직한 주제를 깔고 있다. 천재 오빠를 둔 채율과 무수대 소녀들의 발랄한 캐릭터는 시리즈로 발전하여 《선암여고 탐정단 : 방과후의 미스터리》(2013)와 《선암여고 탐정단 : 탐정은 연애 금지》(2014)라는 두 권의 연작 단편집으로 탄생했다. 또한 《선암여고 탐정단》이라는 동명의 TV 드라마로도 제작되는 등 작가의 대표작이 되었다. 추리소설에서 매력적인 캐릭터의 힘이 얼마나 강력한지 보여주는 대표적인 단편이다.

황세연은 2011년 제5회에 〈스탠리 밀그램의 법칙〉으로, 2020년 제14회에 〈흉가〉로 두 차례 '황금펜상'을 수상했다. 황세연은 수록 작가 중 유일하게 20세기에 작품 활동을 시작한 작가이다. (단편 〈염화나트륨〉으로 1995년 '스포츠 서울' 주최 신춘문예 추리소설 부문에 당선되었다.) 작은 일탈로 인해 긴 세월에 걸쳐 연쇄반응처럼 이어진 비극(〈스탠리 밀그램의 법칙〉), 새로 이사 온 집에서 일어나는 공포(〈흉가〉)를 그린 두 수상작은 사건의 추적이라는 추리소설적 공통점 이외에는 스타일 면에서 전혀 다른 방향을 추구하고 있다. 전통 추리소설 외에도 공포소설 《DDR》, 테크노 스릴러 《디데이》, 모험소설 《삼각파도 속으로》 등 장편 출간작만 봐도 알 수 있는 것처럼, 추리소설의 다양한 하위 장르에 능한 작가의 다재다능함을 엿볼 수 있는 대목이다. 그러면서도 슬픔과 공포의 묘사 아래 은근히 깔려 있는 블랙유머는 작가 황세연의 특징이라고 할 수 있다.

데뷔 이래 매년 신작을 출간하며 꾸준한 작품 활동을 하고 있는 송시우는 2012년 〈아이의 뼈〉로 제6회 '황금펜상' 수상 작가가 되었다. 20년 전 어린 딸을 잃은 노파, 그리고 딸을 죽인 혐의를 가진 죄수, 이 두 사람 사이에 일종의 거래가 이루어진다. 제3자인 변호사의 시점에서 서술되는 이야기여서 독자는 많은 부분을 논리적 추리(혹은 상상)에 의해 사건 전개를 파악해야만 하는데, 그것이 오히려 더 적극적인 몰입을 요구하고 있다. 시종일관 차분함과 냉정함을 잃지 않는 작가의 목소리가 격정적 이야기와 대비되며 먹먹한 감동을 준다. 이 작품을 표제작으로 한 작가의 단편집《아이의 뼈》가 출간되어 있다.

조동신은 데뷔 이래 이른바 퍼즐 미스터리에 거의 전념하다시피 하는 작가로, 2013년 제7회 수상작 〈보화도〉, 2019년 제13회 수상작 〈일각수의 뿔〉 역시 같은 범주에 속한다. 전자는 임진왜란 이후 16세기 말의 조선, 후자는 CCTV와 스마트폰이 일상화된 21세기를 배경으로 각각 살인사건이 벌어지고, 탐정 역할을 맡은 인물들 역시 각각 충실하게 논리적으로 사건을 해결하는 과정이 이어진다. 추리소설의 순수 오락적인 측면에서는 일종의 교과서적인 작품이라 할 수 있다. 한 가지 아쉬운 점이 있다면, 기왕에 퍼즐 미스터리를 천착한다면 애거사 크리스티의 '미스 마플'이나 '포와로', 히가시노 게이고의 '갈릴레오' 같은 독창적이고 매력적인 메인 캐릭터 창조에 공을 들였으면 하는 바람이다.

주차장에서 벌어진 폭행, 그리고 어린 소녀의 유괴. 2014년 제8회 수상작인 홍성호의 〈각인〉은 도입부에서 스릴러 작품에서 흔히 볼 수 있는 장면이 묘사된다. 그러나 평범한(?) 유괴사건처럼 여겨지던 사건은 몸값 요구도 없이 실마리조차 나오지 않으며 미궁에 빠진다. 이 작품을 소개한다면 '사회파 경찰소설'이라고 표현하는 것이 적절하지 않을까. 경찰의 조직적 수사, 현대의 사회문제, 호흡 맞는 선후배라는 앙상블 캐스트 등이 어우러지고, 묵직한 물음표를 던지면서 훌륭하게 마무리된다. 이후에 반복되어 나타나는 홍성호 단편소설의 원형이 된 작품이라고 할 수 있다.

앞서 소개한 황세연, 조동신과 더불어 '황금펜상'을 두 차례 수상한 또 한 명의 작가는 공민철이다. 2014년 '계간 미스터리' 신인상으로 등단한 공민철은 2015년 제9회에 〈낯선 아들〉로 2016년 제10회에 〈유일한 범인〉으로 '황금펜상'을 2년 연속 수상한 유일한 작가이기도 하다. 〈낯선 아들〉에서는 치매 어머니, 〈유일한 범인〉에서는 고독한 노인의 자살 등 어느새 사회적으로 큰 고민거리가 된 현대의 문제점이 추리소설 속에 매끄럽게 녹아들어가 있는데, 작품의 기저에 자리 잡은 인간의 근본적 선량함에 대한 작가의 따뜻한 시선이 돋보인다. "트릭은 반복되더라도 인물의 상황은 반복되지 않는 그런 소설을 쓰고 싶다."라는 어느 인터뷰에서의 발언처럼 개성적인 캐릭터와 충실한 심리묘사가 기존의 추리소설과 다른 공민철만의 특징을 드러내고 있다. 두 작품은 그의 단편집 《시체 옆에 피는 꽃》에 수록되어 있다.

2017년 제11회 수상작인 한이의 〈귀양다리〉는 조동신의 〈보화도〉와 함께 역사 미스터리 방면의 작품이다. 17세기 중반, 제주의 유배객이 자살 시체로 발견되는데, 제주목사(濟州牧使)는 이내 자살이 아닌 타살로 판단하고 조사에 나선다. 일반적 도시가 아닌 유배지라는 특수 지역을 배경으로 삼아, 특별한 상황하에서 전개되는 이 작품은 추리소설이면서 일종의 사회파 소설이기도 하며 역사소설로서도 손색이 없다. 작가가 그리고 있는 17세기나 작금의 현실이 그리 다르지 않다는 사실이 씁쓸하다.

초등학생 시절 입맞춤의 기억으로 시작되는 2018년 제12회 수상작 정가일의 〈소나기〉. 부잣집 국회의원의 아들과 친구가 된 화자는 모종의 사건이 벌어진 후 '부조리와 억압에 지나치게 민감해진다.' 그리고 이어지는 일련의 사건과 도입부에 언급된 이웃 소녀와의 키스…. 과거의 추억은 얼마나 정확한 기억일까. 아름다운 추억을 거슬러 올라가면서 찾아낸 진실은 과연 달콤하기만 할 것인가. 유려하게 흘러가는 문장 속에서 발견할 수 있는 진실은, 은은한 벚꽃 향기 같던 첫 키스를 전혀 다른 것으로 바꿔놓는다. 우리 인생의 찬란했던 것 대부분이 필연적으로 빛이 바래는 것처럼.

이 책에 실린 열두 편의 작품은 퍼즐 미스터리에서부터 법정, 학원, 사회파, 역사, 경찰, 공포에 이르기까지 다양한 분야의 성격을 골고루 갖추고 있다. 제정된 지 대략 14년에 불과한 '황금펜상'은 1940년대에 제정된 미국추리작가협회상이나 일본추리작가협회상과는 역사와 전통에서 비교하기조차 어렵고 발표 지면의 저변은 훨씬 빈약한 상황임에도 불구하고, 나름대로 서서히 자리를 잡아가고 있다. 인쇄매체의 시대가 저물어간다는 예측도 있지만, 그런 상황이라면 단편소설은 짧은 분량이라는 특성 때문에 새로운 통로가 개척될 수도 있을 것이다. 앞으로 '황금펜상'이 작가들에게 선의의 경쟁을 통해 더 많은 작품들을 발표할 수 있는 동기부여의 목표가 되기를 바란다.

고려대학교 대학원(비교문화비교문학협동과정)에서 석사학위를 받았다. 《계간 미스터리》 편집장, 〈월간 판타스틱〉과 한국어판 〈엘러리 퀸즈 미스터리 매거진〉의 편집위원으로 활동했다. '블랙캣 시리즈' 등을 비롯한 다수 추리소설에 해설을 썼고, 〈주간경향〉과 〈스포츠투데이〉 등에 칼럼을 연재했다. 저서로는 《우리 시대의 대중문화》, 《일본추리소설사전》(공저), 《미스터리는 풀렸다!》 등이 있고, 역서로는 《지킬 박사와 하이드 씨》, 《세계 추리소설 걸작선》(공역) 등이 있다.

한국추리문학상 황금펜상 수상작품집 2007-2020 특별판

초판 1쇄 펴냄 2020년 12월 24일
초판 2쇄 펴냄 2021년 2월 8일

지은이 황세연 김유철 박하익 송시우 조동신 홍성호 공민철 한이 정가일
펴낸이 이영은
편집인 김현경
편집장 한이
홍보마케팅 김소망
디자인 여상우
제작 제이오

펴낸곳 나비클럽
출판등록 2017. 7. 4. 제25100-2017-0000054호
주소 서울특별시 마포구 동교로22길 49 2층
전화 070-7722-3751 팩스 02-6008-3745
메일 nabiclub17@gmail.com
홈페이지 www.nabiclub.net
페이스북 @NabiClub
인스타그램 @nabiclub

ISBN 979-11-91029-05-5 03810